Le Monastère oublié

Steve Berry

Le Monastère oublié

Traduit de l'anglais (États-Unis)
par Danièle Mazingarbe

ÉDITIONS FRANCE LOISIRS

Titre original : *The Emperor's Tomb*.

Pour Fran Downing, Frank Green,
Lenore Hart, David Poyer, Nancy Pridgen,
Clyde Rogers et Daiva Woodworth
qui furent tous d'extraordinaires professeurs.

Édition du Club France Loisirs,
avec l'autorisation des Éditions le cherche midi.

Éditions France Loisirs,
123, boulevard de Grenelle, Paris.
www.franceloisirs.com

Étudie le passé si tu veux connaître l'avenir.

CONFUCIUS

L'histoire est une jeune fille qu'on peut habiller à sa guise.

Proverbe chinois

Tous les pays grands et petits ont un défaut commun : l'entourage du dirigeant par un personnel indigne.
Ceux qui veulent exercer un contrôle sur les dirigeants commencent par découvrir leurs peurs secrètes ainsi que leurs souhaits.

HAN FEI TZU
(IIIe siècle av. J.-C.)

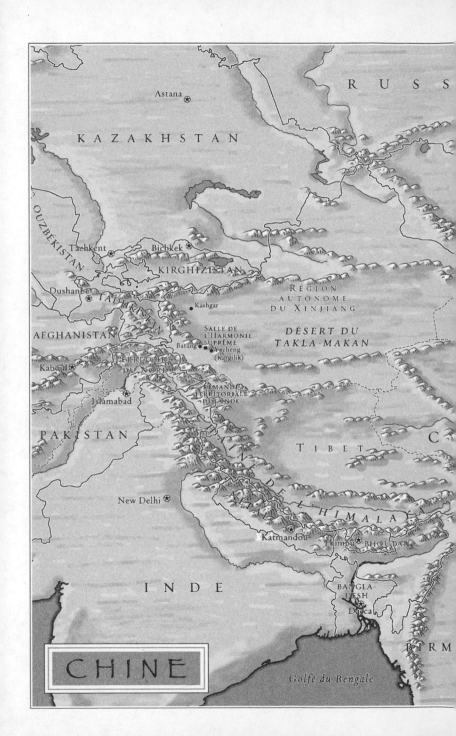

PRINCIPALES DATES DE L'HISTOIRE DE LA CHINE RELATIVES AU RÉCIT

1765-1027 av. J.-C.	Dynastie Shang (la plus ancienne connue)
770-481 av. J.-C.	Période Printemps et Automne
551-479 av. J.-C.	Confucius
535 av. J.-C.	Naissance du système des eunuques
481-221 av. J.-C.	Période des Royaumes combattants et émergence du légalisme
200 av. J.-C.	Les Chinois effectuent leurs premiers forages pour le pétrole
221 av. J.-C.	Qin Shi réunit les Royaumes combattants pour créer la Chine et en devient le premier empereur
210 av. J.-C.	Mort de Qin Shi. L'armée de terre cuite est terminée et enterrée avec le premier empereur dans le tumulus impérial
146 av. J.-C. – 67 de notre ère	Le système des eunuques devient une force politique
89 av. J.-C.	Sima Qian achève les *Mémoires historiques (Shiji)*
202-1912	La règle dynastique s'impose en Chine
1912	Le dernier empereur est contraint de quitter le trône. La règle dynastique n'a plus cours. Le système des eunuques est aboli. La république de Chine est instaurée
1949	Révolution communiste. La république populaire de Chine est créée
1974	L'armée de terre cuite est redécouverte
1976	Mort de Mao Tsé-toung

PROLOGUE

TERRITOIRES DU NORD, PAKISTAN

VENDREDI 18 MAI
8 H 10

Une balle siffla aux oreilles de Cotton Malone. Il plongea sur le sol rocailleux et chercha un abri derrière les quelques peupliers épars. Cassiopée Vitt en fit autant, et ils rampèrent à travers le terrain gravillonné jusqu'à un rocher susceptible de les protéger tous les deux.

On continuait à leur tirer dessus.

« Ça se gâte, dit Cassiopée.

— Tu crois ? »

Jusque-là, leur trajet s'était effectué sans encombre. Autour d'eux, se dressait le plus grand ensemble de pics gigantesques de la planète. Le toit du monde. À plus de trois mille kilomètres de Pékin, à l'extrême sud-ouest de la région autonome du Xinjiang, en Chine, à moins que ce ne soient les Territoires du Nord du Pakistan : tout dépend de la personne à qui vous vous adressez ! En tout cas, aux abords immédiats d'une frontière âprement disputée.

Ce qui expliquait la présence de soldats.

« Ce ne sont pas des Chinois, dit Cassiopée. J'en ai aperçu certains. Sans aucun doute des Pakistanais. »

Des sommets déchiquetés, enneigés, montant jusqu'à six mille mètres, entouraient des glaciers, des forêts vert sombre et des vallées luxuriantes. Les chaînes de l'Himalaya, du Karakorum, de l'Hindou Kouch et du Pamir se rejoignaient toutes ici. C'était le pays des loups noirs et des pavots bleus, des ibex et des léopards des neiges.

Où les esprits se rassemblent, se dit Malone en se remémorant la remarque d'un ancien voyageur. Peut-être même l'endroit qui inspira à James Hilton son Shangri-La. Un paradis pour randonneurs, alpinistes, amateurs de rafting et skieurs. Malheureusement, l'Inde et le Pakistan en revendiquaient chacun la sou-veraineté, la Chine y maintenait son emprise, et les trois gouvernements se disputaient depuis des décennies cette région déserte.

« Ils doivent savoir où nous allons, dit Cassiopée.

— Sans aucun doute. »

Et il ajouta : « Je t'avais dit que nous aurions des ennuis avec lui. »

Ils portaient tous les deux une veste de cuir, un jean et des bottes. Malgré l'altitude de plus de deux mille cinq cents mètres, l'air était étonnamment doux. Pas loin de cinq à six degrés. Heureusement, ils étaient munis chacun d'une arme chinoise semi-automatique et de quelques chargeurs supplémentaires.

« Il faut que nous prenions par là. »

Il montra un endroit derrière eux. « Mais ces soldats sont beaucoup trop près. »

Le moment était venu de fouiller dans son cerveau eidétique. La veille, il avait étudié la géographie des lieux et noté que ce territoire, pas tellement plus grand que le New Jersey, s'appelait le Hunza. État princier pendant plus de neuf cents ans, cette région avait perdu son indépendance dans les années 1970. Les autochtones à la peau blanche et aux yeux clairs prétendaient descendre des soldats de l'armée d'Alexandre le Grand, du temps de la conquête des Grecs, deux millénaires auparavant. Qui sait ? L'endroit était resté isolé pendant des siècles, jusqu'aux années 1980 quand fut percée l'autoroute du Karakorum reliant la Chine au Pakistan.

« Il faut lui faire confiance, dit Cassiopée enfin.

— C'est toi qui en as décidé, pas moi. Passe d'abord. Je te couvre. »

Il serra le pistolet chinois à double action. Pas une mauvaise arme dans l'ensemble. Quinze balles, assez précise. Cassiopée se prépara également. Il aimait ça chez elle – elle était toujours prête à tout. Ils formaient une bonne équipe, mais ce Maure l'intriguait vraiment.

Elle se précipita vers un bouquet de genévriers.

Il visa au-dessus du rocher, prêt à réagir au moindre mouvement. Sur sa droite, dans la lumière sépulcrale qui filtrait à travers le feuillage de printemps, il aperçut le reflet d'un canon de fusil dépassant d'un tronc.

Il tira.

Le canon disparut.

Il décida de profiter de cet instant pour suivre Cassiopée, en restant à l'abri du rocher.

Quand il l'eut rejointe, ils se mirent à courir, protégés par les arbres.

Des coups de fusil éclatèrent. Des balles pleuvaient autour d'eux.

Le sentier sortit des arbres en zigzaguant et commença à monter sérieusement le long de la paroi rocheuse, soutenu par des murs en grosses pierres instables. Ils étaient presque à découvert à présent, mais ils n'avaient pas le choix. Au-delà du sentier, il aperçut des canyons tellement profonds et abrupts que seul le soleil de midi devait pouvoir y pénétrer. Une gorge plongeait sur leur droite, dont ils suivirent la crête en hâte. Un soleil éclatant brillait à l'extrémité, terni par l'ardoise noire de la montagne. Trente mètres plus bas, l'eau grise sablonneuse se précipitait à gros bouillons, faisant jaillir de l'écume.

Ils escaladèrent la berge pentue.

Il aperçut le pont.

Exactement à l'endroit mentionné.

Pas grand-chose comme travée, juste des poteaux branlants à chaque bout, coincés à la verticale entre des rochers, avec des poutres horizontales attachées en haut et reliées par un cordage épais. Une passerelle en planches se balançait au-dessus de la rivière.

Cassiopée était arrivée au bout du sentier.

« Il faut traverser. »

Il s'en serait bien passé, mais elle avait raison. Leur objectif se trouvait de l'autre côté.

Des coups de feu retentirent au loin, et il regarda derrière eux.

Pas de soldats.

Inquiétant.

« Peut-être est-il en train de les éloigner », dit-elle.

Sa méfiance le poussait à rester sur sa défensive, mais il n'avait pas le temps d'analyser la situation. Il enfouit le pistolet dans sa poche. Cassiopée en fit autant et s'engagea sur le pont.

Il la suivit.

Les planches vibraient sous la force du courant en dessous. La traversée ne devait pas faire plus de trente mètres, mais ils seraient suspendus complètement à découvert, sans la moindre possibilité de se protéger. Au bout, un autre sentier gravillonné passait sous les arbres. Il aperçut une statue d'environ cinq mètres de haut, taillée dans la paroi rocheuse au-delà du sentier – une représentation bouddhiste, conforme à ce qu'on leur avait annoncé.

Cassiopée se tourna vers lui. Des yeux orientaux dans un visage occidental.

« Ce pont a connu des jours meilleurs. »

Elle s'agrippa aux cordes qui soutenaient la travée.

Il empoigna à son tour les fibres rugueuses, puis annonça :

« Je passe le premier.

— Pourquoi ça ?

— Je suis plus lourd. Si ça tient pour moi, ça tiendra pour toi.

— Ta logique est imparable. »

Elle s'écarta pour le laisser passer.

« Après toi. »

Il prit les devants, aussitôt familiarisé avec la vibration des planches.

Pas trace de poursuivants.

Puis il accentua l'allure, estimant qu'un pas rapide

serait préférable pour ne pas laisser réagir les planches. Cassiopée suivait.

Un bruit nouveau couvrit le vacarme du courant.

Des sons graves, lointains, mais qui se rapprochaient.

Boum. Boum. Boum.

Il tourna brusquement la tête vers la droite et aperçut une ombre sur la paroi rocheuse, à quinze cents mètres environ, là où la gorge qu'ils traversaient en croisait une autre, perpendiculaire.

À mi-chemin du pont, il lui sembla que la structure tenait bon, malgré des planches moisies qui s'enfonçaient comme des éponges. Les mains fermement posées sur le chanvre rugueux, il était prêt à s'y agripper si les planches cédaient.

L'ombre n'avait pas cessé de grandir. Un hélicoptère d'attaque AH-1 Cobra apparut.

De fabrication américaine, ce qui n'était pas forcément une bonne chose.

Le Pakistan en utilisait aussi. Ces appareils étaient fournis par Washington pour aider un allié présumé dans sa guerre contre le terrorisme.

Le Cobra se dirigeait droit sur eux. Avec deux pales jumelles et un double moteur, il était équipé de fusils de vingt millimètres, de missiles antichars et de roquettes air-air. Aussi rapide qu'un bourdon et tout aussi manœuvrable.

« Il n'est certainement pas là pour nous aider », dit Cassiopée.

Il était bien de cet avis, mais il ne servirait à rien de souligner qu'il avait raison depuis le début. Ils avaient été conduits à cet endroit pour cette raison précise.

Espèce de salaud...

Le Cobra commença à tirer.

Des balles de vingt millimètres se mirent à pleuvoir en rafale dans leur direction.

Il se plaqua contre les planches du pont et roula. Cassiopée en fit autant. Le Cobra fondait sur eux, propulsé par son moteur à turbine à travers l'air sec et limpide. Les balles atteignirent le pont, déchirant sauvagement le bois et le cordage.

Une nouvelle rafale survint.

Concentrée sur les trois mètres entre Cassiopée et lui.

Folle de rage, elle dégaina son pistolet, s'agenouilla et tira sur l'habitacle de l'hélicoptère. Mais, compte tenu de son blindage, les chances d'endommager un appareil se déplaçant à plus de cent kilomètres à l'heure étaient pratiquement nulles.

« Couche-toi, nom de Dieu ! » cria-t-il.

Une autre rafale anéantit la partie du pont entre eux deux. Une seconde plus tôt, la construction en bois et en corde était là, l'instant d'après, elle avait disparu dans un nuage de débris.

Il se releva d'un bond, conscient que la travée était sur le point de s'effondrer d'un seul coup. Il n'était plus question de revenir sur ses pas. Il se précipita pour franchir les quelques mètres restants en se cramponnant aux cordes pendant que le pont tombait.

Le Cobra passa au-dessus, en direction de l'extrémité opposée du défilé.

Il s'accrocha au cordage, et pendant que le pont se scindait, chaque moitié se balançant en direction d'un côté de la gorge, il se trouva propulsé en l'air.

Il alla heurter la roche, rebondit, puis se stabilisa.

Ce n'était pas le moment d'avoir peur. Il se hissa

lentement vers le haut, en direction du sommet distant de quelques mètres. Le vacarme était assourdissant, entre l'eau qui dévalait en dessous et le bruit sourd des pales de l'hélicoptère. Il scruta le versant opposé du défilé à la recherche de Cassiopée, espérant qu'elle avait pu atteindre l'autre versant.

Son cœur se serra en la voyant se cramponner des deux mains à l'autre moitié du pont qui se balançait contre la paroi lisse de la falaise. Il ne pouvait rien faire. Elle était à plus de trente mètres. Avec un grand vide entre eux deux.

Le Cobra vira brusquement dans la gorge en reprenant de l'altitude puis fondit de nouveau dans leur direction.

« Tu peux grimper ? » cria-t-il, en s'efforçant de couvrir le vacarme.

Elle secoua la tête.

« Vas-y ! » cria-t-il.

Elle tourna la tête vers lui.

« Fiche le camp d'ici.

— Pas sans toi. »

Le Cobra était à moins de mille cinq cents mètres. Son canon allait tirer d'un instant à l'autre.

« Grimpe », cria-t-il.

Elle tendit la main vers le haut.

Puis elle chuta de quinze mètres dans l'eau tumultueuse.

Quelle que soit la profondeur de la rivière, les rochers en surface n'avaient rien de rassurant. Elle disparut dans l'eau tourbillonnante, probablement glaciale aussi, puisqu'elle provenait en grande partie de la fonte des neiges.

Il attendit, espérant la voir refaire surface. Quelque part.

Mais elle ne réapparaissait pas.

En contrebas, le flot gris rugissant charriait du limon et des pierres en soulevant des nuages d'écume. Il aurait voulu sauter derrière elle, mais il savait bien que c'était impossible. Lui non plus ne survivrait pas.

Il restait là à regarder, sans y croire.

Après tout ce qu'ils avaient vécu ces trois derniers jours.

Cassiopée Vitt était morte.

PREMIÈRE PARTIE
TROIS JOURS PLUS TÔT

1

COPENHAGUE, DANEMARK

MARDI 15 MAI
12 H 40

Cotton Malone tapa l'adresse mail avec inquiétude. C'est comme le téléphone qui sonne au milieu de la nuit, un message anonyme n'est jamais bon signe.

La note était arrivée deux heures plus tôt, pendant qu'il était sorti de sa librairie pour faire une course, mais l'employée à qui on avait remis l'enveloppe vierge ne la lui avait donnée que quelques minutes auparavant.

« La femme n'a pas précisé que c'était urgent, avait-elle dit pour s'excuser.

— Quelle femme ?

— Une Chinoise, avec une superbe jupe Burberry. Elle a dit de vous la remettre en mains propres.

— Elle a mentionné mon nom ?

— Deux fois. »

À l'intérieur, une feuille de vélin gris pliée portait une adresse mail imprimée se terminant en .org. Il monta aussitôt les quatre étages menant à son appartement au-dessus de la librairie et sortit son ordinateur portable.

L'adresse tapée, il attendit que l'écran devienne noir, puis une nouvelle image apparut. Un affichage vidéo en bas de l'écran indiquait qu'un message en temps réel allait démarrer.

La liaison s'établit.

Un corps apparut, couché sur le dos, bras au-dessus de la tête, les chevilles et les poignets attachés solidement à ce qui ressemblait à un panneau de contreplaqué. La personne était placée de façon à ce que sa tête se trouve légèrement plus bas que ses pieds. Une serviette lui entourait le visage, mais il était évident qu'il s'agissait d'une femme.

« Monsieur Malone. »

La voix était modifiée électroniquement pour gommer toute caractéristique de timbre et de sonorité.

« Nous vous attendions. Vous n'êtes pas très pressé, n'est-ce pas ? J'ai quelque chose à vous montrer. »

Une silhouette masquée apparut à l'écran, tenant un seau en plastique. Il regarda l'individu verser de l'eau sur la serviette entourant le visage de la femme ligotée qui se tordit pour essayer de se détacher.

Il comprit ce qui était en train de se passer.

Le liquide traversait la serviette et coulait tout droit dans sa bouche et son nez. Au début, elle pourrait voler quelques bouffées d'air en s'efforçant de ne pas avaler d'eau, mais ça ne durerait que quelques secondes. Ensuite le sentiment d'étouffement l'emporterait, lui faisant perdre tout contrôle. La tête était inclinée vers le bas pour que la gravité contribue à prolonger le supplice. Cela revenait à se noyer sans être immergé.

L'homme s'arrêta de verser.

La femme continua à se débattre.

Cette technique remontait à l'Inquisition. Très prisée puisqu'elle ne laissait aucune trace, son principal inconvénient était sa dureté, une dureté telle que la victime était aussitôt prête à admettre n'importe quoi. Malone l'avait subie une fois, il y a des années, lors de sa formation comme agent de la division Magellan. Aucune des recrues n'y échappait, cette épreuve faisant partie du programme de survie. La douleur avait été décuplée par sa phobie de l'enfermement. Le fait d'être attaché, plus la serviette trempée avaient déclenché chez lui une terrible crise de claustrophobie. Il se souvenait du débat public, quelques années plus tôt, quant à savoir si l'asphyxie par l'eau était ou non une torture.

Évidemment que ça en était une.

« Voilà pourquoi j'ai pris contact », dit la voix.

La caméra montra en gros plan la serviette qui enveloppait le visage de la femme. Une main entra dans le champ de la caméra et arracha le tissu trempé, dégageant le visage de Cassiopée Vitt.

« Oh, non », murmura Malone.

La peur l'envahit. Sa tête se mit à tourner.

Ce n'est pas vrai.

Non.

Elle cligna des yeux pour enlever l'eau, cracha un bon coup et reprit son souffle.

« Surtout, ne leur donne rien, Cotton. Rien. »

On lui appliqua à nouveau la serviette trempée sur le visage.

« Ce ne serait pas très malin, dit la voix électronique. Pas pour elle en tout cas.

— Vous m'entendez ? dit Malone dans le micro de son portable.

— Bien sûr.

— Était-ce vraiment nécessaire ?

— Pour vous ? Je crois que oui. Vous êtes un homme digne de respect. Ancien agent du ministère de la Justice. Extrêmement bien entraîné.

— Je suis libraire. »

La voix gloussa.

« Ne vous moquez pas de moi, et ne faites pas courir davantage de risque à Mme Vitt. Je veux que vous compreniez parfaitement ce qui est jeu.

— Et vous, vous devez comprendre que je peux vous tuer.

— Mme Vitt sera morte avant. Arrêtez plutôt de faire le malin. Je veux ce qu'elle vous a donné. »

Cassiopée recommençait à se débattre, agitant la tête d'un côté à l'autre sous la serviette.

« Ne lui donne rien, Cotton. Surtout. Je te l'ai confié pour le mettre en sécurité. Ne le rends pas. »

On versa encore de l'eau, étouffant ses protestations tandis qu'elle s'efforçait de respirer.

« Apportez l'objet aux jardins de Tivoli, à 14 heures, juste devant la pagode chinoise. On vous contactera. Si vous n'êtes pas là... »

La voix marqua une pause.

« Vous pouvez imaginer les conséquences. »

La connexion fut interrompue.

Malone recula dans sa chaise.

Il n'avait pas vu Cassiopée depuis un mois et ne lui avait pas parlé depuis quinze jours. Elle lui avait dit qu'elle partait en voyage, mais, comme à son habitude, n'avait donné aucun détail. Leur *relation* n'en était pas vraiment une. Juste une attirance tacite.

Curieusement, la mort de Henrik Thorvaldsen les avait rapprochés, et ils avaient passé beaucoup de temps ensemble après l'enterrement de leur ami.

C'était une dure à cuire, intelligente, avec un cran fou.

Mais pourrait-elle résister au supplice de l'asphyxie par l'eau ?

Elle n'en avait probablement jamais fait l'expérience.

La voir à l'écran l'avait rendu malade. Si quelque chose arrivait à cette femme, sa vie serait bouleversée.

Il fallait qu'il la retrouve.

Tout le problème était là.

Apparemment, elle avait été contrainte de faire ce qu'il fallait pour survivre. Seulement, cette fois, le morceau était peut-être un peu trop gros pour elle.

Elle ne lui avait rien confié du tout à mettre en sécurité.

Il n'avait pas la moindre idée de ce dont ils parlaient, elle et son ravisseur.

2

CHONGQING, CHINE

20 HEURES

Le visage de Kwai Tang était indéchiffrable. Après bientôt trente années de pratique, il avait parfaitement maîtrisé cet art.

« Et pourquoi es-tu venu cette fois ? » lui demanda le médecin.

C'était une femme au visage dur et au maintien rigide, avec des cheveux noirs raides, coupés court à la mode prolétaire.

« Ta colère envers moi est toujours aussi virulente ?

— Je n'ai aucune hostilité, ministre. Au cours de ta dernière visite, tu m'as bien fait comprendre que c'était toi le responsable de cet endroit, bien que ce soit mon établissement. »

Il ignora son ton insultant.

« Et comment va notre patient ? »

Le premier hôpital pour maladies infectieuses, situé juste en dehors de Chongqing, avait en charge presque deux mille patients, atteints soit de tuberculose, soit d'hépatite. Il faisait partie des huit établissements répartis à travers le pays, qui étaient autant de sinistres complexes en briques grises entourés de clôtures vertes où les contagieux pouvaient être placés en quarantaine. Mais la sécurité que ces hôpitaux offraient en faisait aussi l'endroit idéal pour héberger des prisonniers malades venant du système pénal chinois.

Comme Jin Zhao qui avait fait une hémorragie cérébrale dix mois auparavant.

« Il n'a pas quitté son lit depuis son arrivée, dit le médecin. Il s'accroche à la vie. Les dégâts sont énormes. Mais – toujours selon tes ordres – il n'a reçu aucun traitement. »

Il savait qu'elle détestait qu'on usurpe son autorité. C'en était fini des « médecins aux pieds nus » soumis de Mao, qui, selon le mythe officiel, partageaient de leur plein gré le quotidien des masses et se faisaient un devoir de s'occuper des malades. Et tout administrateur en chef de l'hôpital qu'elle fût, Tang, lui, était le ministre national des Sciences et de la Technologie, membre du Comité central, premier vice-premier secrétaire du Parti communiste chinois, et premier vice-président de la république populaire de Chine – le second dans la hiérarchie après le président, lui-même Premier ministre.

« Comme je te l'ai exprimé clairement la dernière fois, docteur, dit-il, ce n'était pas un ordre de ma part, mais la directive du Comité central, auquel nous devons, toi et moi, une allégeance absolue. »

Ces paroles ne s'adressaient pas seulement à cette stupide créature, mais également aux trois membres de son staff, et aux deux capitaines de l'Armée de libération du peuple qui se tenaient derrière lui. Les militaires portaient un uniforme impeccable avec l'étoile rouge de la mère patrie sur leur casquette. L'un d'eux était sûrement un informateur agissant sans doute pour le compte de plusieurs bénéficiaires, et de ce fait,

Tang tenait à ce que tout renseignement sur son compte soit particulièrement élogieux.

« Conduis-nous jusqu'au patient », ordonna-t-il calmement.

Ils empruntèrent des couloirs aux murs recouverts de plâtre vert laitue, tout craquelé et bosselé, éclairés par de malheureuses lampes fluorescentes. Le sol, propre dans l'ensemble, était jauni par les lavages fréquents. Des infirmières, le visage caché derrière des masques chirurgicaux, s'occupaient de patients en pyjamas à rayures bleues et blanches, dont certains avec des robes de chambre marron, ressemblant étrangement à des prisonniers.

Ils entrèrent dans une autre salle par des portes métalliques battantes. La pièce était spacieuse, suffisamment grande pour accueillir plus d'une douzaine de patients. Pourtant, il n'y en avait qu'un seul, couché sur un lit étroit sous des draps d'un blanc fané.

Une odeur fétide flottait dans l'air.

« Je vois qu'on n'a pas changé le linge, dit Tang.

— Comme tu me l'as ordonné. »

Encore un bon point en sa faveur que l'informateur pourrait rapporter. Jin Zhao avait été arrêté dix mois auparavant, mais il avait fait une hémorragie au cours de son interrogatoire. Il avait été ensuite accusé de trahison et d'espionnage, jugé par un tribunal de Pékin et condamné par contumace puisqu'il était toujours ici dans le coma.

« Il est dans le même état que quand tu l'as quitté », dit le docteur.

Pékin se trouvait à presque mille kilomètres à l'est, et, pour Tang, le toupet de la femme était proportionnel à la distance. *On peut supprimer aux trois armées leur commandant en chef, mais on ne peut pas priver le paysan le plus humble de son opinion.* Encore des bêtises de Confucius. En fait, le gouvernement pouvait parfaitement agir, et cette salope insolente n'aurait pas dû l'oublier.

Il fit un geste, et l'un des hommes en uniforme la conduisit vers l'autre côté de la salle.

Il s'approcha du lit.

L'homme, dans un état de prostration totale, avait dans les soixante-cinq ans, des cheveux longs sales et mal coiffés, un corps émacié et des joues cadavériques. Son visage et son torse étaient couverts de bleus, et des tuyaux intraveineux sortaient de ses deux bras. Un ventilateur faisait entrer et sortir l'air de ses poumons.

« Jin Zhao, vous avez été jugé coupable de trahison contre la république populaire de Chine. Vous avez bénéficié d'un procès, où vous avez fait appel. Je suis au regret de vous informer que la Cour suprême du peuple a approuvé votre exécution et rejeté votre appel.

— Il n'entend rien », dit le médecin à l'autre bout de la salle.

Il garda les yeux baissés vers le lit.

« Peut-être bien, mais il importe que ces paroles soient prononcées. »

Il se tourna vers elle.

« C'est la loi, et il a droit à une sentence en bonne et due forme.

— Tu l'as jugé sans même qu'il soit présent, laissa-t-elle échapper. Tu n'as jamais voulu entendre ce qu'il avait à dire.

— Son représentant a été autorisé à faire état de ses preuves. »

Le médecin secoua la tête d'un air dégoûté, le visage blême de fureur.

« Entends-tu ce que tu dis ? Son représentant n'a même jamais pu parler avec Zhao. Quelles preuves aurait-il pu présenter ? »

Il lui était impossible de savoir si les yeux et les oreilles de l'informateur appartenaient à l'un de ses adjoints ou bien à l'un des capitaines de l'armée. Il ne pouvait plus s'en assurer désormais. En tout cas, son rapport au Comité central ne constituerait pas la seule version de la scène, alors autant s'assurer que les choses soient parfaitement claires.

« Tu en es sûre ? Zhao n'a jamais communiqué quoi que ce soit ?

— Il a été tabassé et laissé sans connaissance. Son cerveau est détruit. Il ne sortira jamais de son coma. On le maintient en vie simplement parce que tu – non, pardon, le Comité central – l'a ordonné. »

Le médecin avait l'air dégoûté, chose qu'il voyait de plus en plus souvent. Surtout chez les femmes. Presque tout le personnel de l'hôpital – docteurs et infirmières – était féminin. Elles avaient beaucoup progressé depuis la révolution de Mao, ce qui n'empêchait pas Tang de rester fidèle à l'adage de son père. *Un homme ne parle pas d'affaires dans la maison, et une femme ne parle pas d'affaires en dehors.*

Ce médecin insignifiant, attaché à un hôpital d'État mineur, était incapable de comprendre l'importance de son défi. Pékin dirigeait un pays qui s'étendait sur cinq mille kilomètres d'est en ouest, et plus de trois mille du nord au sud. Une grande partie était constituée de montagnes et de déserts inhabités, parmi les régions les plus désolées au monde, avec 10 % seulement du pays cultivable. Près d'un milliard et demi d'habitants, plus que l'Amérique, la Russie et l'Europe réunies. Mais soixante millions seulement étaient membres du Parti communiste chinois – moins de 3 % du total. Le médecin était membre du Parti depuis plus d'une décennie. Il avait vérifié. Autrement, elle n'aurait jamais pu atteindre un poste de direction aussi élevé. Seuls des membres du Parti, des Han, pouvaient atteindre un tel poste. Les Han constituaient une grande majorité de la population, le reste étant réparti sur cinquante-six minorités. Le père du médecin était un membre éminent du gouvernement provincial local, un fidèle du Parti qui avait participé à la révolution de 1949, et connu personnellement Mao et Deng Xiaoping.

Néanmoins, Tang devait se montrer clair.

« Jin Zhao avait l'obligation d'être loyal envers le gouvernement du peuple. Il a décidé d'aider nos ennemis...

— Qu'est-ce qu'un géochimiste de soixante-trois ans a pu faire comme mal au gouvernement du peuple ? Dis-moi, ministre. Je veux savoir. Que pourrait-il nous faire maintenant ? »

Tang regarda sa montre. Un hélicoptère attendait pour l'emmener au nord.

« Ce n'était pas un espion, dit-elle. Ni un traître. Qu'a-t-il vraiment fait, ministre ? Qu'est-ce qui justifie de frapper un homme jusqu'à provoquer une hémorragie cérébrale ? »

Il n'avait pas le temps de discuter de ce qui avait déjà été décidé. L'informateur scellerait le destin de cette femme. Dans un mois, elle recevrait un ordre de transfert – malgré les appuis de son père – et serait probablement expédiée à des milliers de kilomètres à l'ouest, dans une des régions les plus isolées, là où les problèmes restaient bien cachés.

Il se tourna vers l'autre uniforme et fit un geste.

Le capitaine sortit l'arme de son étui, s'approcha du lit et tira une balle dans le front de Jin Zhao.

Le corps fit un soubresaut puis retomba, inerte.

Le respirateur continuait à impulser de l'air dans les poumons morts.

« La sentence a été exécutée, déclara Tang. Dûment constatée par les représentants du gouvernement du peuple, l'armée... et l'administrateur en chef de cet établissement. »

Il fit signe qu'il était temps de partir. Le médecin se chargerait du nettoyage.

Tang se dirigea vers les portes.

« Tu viens de tuer un homme sans défense, cria le médecin. C'est ça notre gouvernement ?

— Tu devrais être reconnaissante, dit-il.

— Pour quoi ?

— Que le gouvernement ne grève pas le budget de l'hôpital en lui facturant la balle. »

Et il partit.

3

COPENHAGUE

13 H 20

Malone sortit de sa librairie et déboucha dans la Højbro Plads. Le ciel de l'après-midi était limpide, l'atmosphère plaisante. Le Strøget – un ensemble de rues piétonnes, la plupart bordées de magasins, de cafés, de restaurants et de musées – grouillait de monde.

Il avait résolu le problème quant à ce qu'il pouvait apporter en attrapant sur une étagère le premier livre venu et en le fourrant dans une enveloppe. Cassiopée avait apparemment cherché à gagner du temps en l'impliquant. Une manœuvre habile, mais qui avait ses limites. Il aurait aimé savoir à quoi elle était mêlée. Depuis Noël dernier, il y avait eu quelques rendez-vous entre eux, quelques repas, des coups de téléphone et des e-mails. La plupart concernant la mort de Thorvaldsen, qu'ils avaient mal vécue tous les deux. Il avait encore de la peine à croire que son meilleur ami n'était plus de ce monde. Chaque jour, il s'attendait à ce que son vieux complice danois entre dans la librairie, prêt à s'engager dans une conversation animée. Au fond de lui, il regrettait toujours que son ami soit mort en pensant qu'il avait été trahi.

« Tu as fait ce que tu croyais devoir faire à Paris, lui avait dit Cassiopée. J'en aurais fait autant.

— Henrik ne l'avait pas envisagé comme ça.

— Il n'était pas parfait, Cotton. Il a été pris dans une spirale. Il ne réfléchissait pas et il n'écoutait pas. L'enjeu était plus important que sa vengeance. Tu n'avais pas le choix.

— Je l'ai déçu. »

Elle lui saisit la main au-dessus de la table et la serra.

« Laisse-moi te dire quelque chose. Si jamais je me trouve vraiment dans le pétrin, je voudrais que tu me déçoives de la même manière. »

Il continua à marcher, tandis que ses paroles résonnaient dans sa tête.

Voilà que ça recommençait.

Il quitta le Strøget et traversa le boulevard encombré de voitures rutilantes, de bus et de bicyclettes. Il se dépêcha de traverser la Rådhuspladsen, devant la mairie de la ville, une des nombreuses places publiques de Copenhague. Il vit les joueurs de trompette au sommet, soufflant en silence dans leurs *lurs*[1] antiques. Au-dessus d'eux, se dressait la statue en cuivre de l'évêque Absalon, qui, en 1167, avait transformé un petit village de pêcheurs en une forteresse.

À l'autre bout de la place, de l'autre côté d'un autre boulevard engorgé, il vit le Tivoli.

Il saisit l'enveloppe d'une main, gardant le Beretta fourni par la division Magellan enfoui sous sa veste. Il avait récupéré l'arme qu'il gardait sous son lit dans un sac à dos avec d'autres souvenirs de son ancienne vie.

---

1. Instrument de musique à vent scandinave en forme de trompe plus ou moins droite. *(N.d.T.)*

« J'ai l'impression que tu es un peu nerveux », lui avait dit Cassiopée.

Ils étaient devant sa librairie un jour frisquet de mars. Elle avait raison. Il était nerveux.

« Je ne suis pas un grand romantique.

— Vraiment ? Je ne l'aurais pas deviné. Heureusement pour toi, moi, je le suis. »

Elle était superbe. Grande, mince, avec une peau couleur d'acajou clair. D'épais cheveux auburn retombaient sur ses épaules, encadrant un visage frappant mis en valeur par des sourcils minces et des joues fermes.

« Arrête de te fustiger, Cotton. »

Comment pouvait-elle savoir qu'il pensait à Thorvaldsen.

« Tu es un type bien. Henrik le savait.

— Je suis arrivé deux minutes trop tard.

— Il n'y a plus rien à faire. »

Elle avait raison.

Mais il ne pouvait toujours pas se débarrasser de ce sentiment.

Il avait vu Cassiopée dans ses meilleurs moments, mais aussi dans des occasions où elle avait totalement perdu confiance – des moments où elle était vulnérable, encline à faire des erreurs, émotive. Heureusement, il avait été là pour compenser ses failles, comme elle l'avait été pour lui en d'autres circonstances. C'était un mélange surprenant de féminité et de force, mais elle aussi ne savait pas toujours s'arrêter à temps.

La vision de Cassiopée, attachée à une planche avec une serviette sur le visage, lui traversa l'esprit.

Pourquoi elle ?
Pourquoi pas lui ?

Kwai Tang monta dans l'hélicoptère et prit place dans le compartiment arrière. Son travail à Chongqing était terminé.

Il détestait l'endroit.

Trente millions de personnes occupaient chaque mètre carré des montagnes proches de l'endroit où se rejoignaient la Jialing et le Yangtsé. Sous les règnes mongol, han et manchou, c'était le centre de l'empire. Il y a cent ans, pendant la guerre et l'invasion japonaise, c'était devenu la capitale. Aujourd'hui, c'était un mélange d'ancien et de moderne – avec mosquées, temples taoïstes, églises chrétiennes et monuments communistes –, un endroit maudit, chaud et humide, avec des gratte-ciel barrant l'horizon.

L'hélicoptère s'éleva dans un brouillard chargé de carbone et se dirigea vers le nord-ouest.

Il avait renvoyé ses adjoints et les capitaines.

Aucun espion ne l'accompagnerait pour cette partie du voyage.

Il fallait qu'il le fasse seul.

Malone acheta son billet d'entrée et pénétra dans le Tivoli. Moitié parc de loisir, moitié centre culturel, ce pays des merveilles enchantait les Danois depuis 1843.

Un trésor national, où des grandes roues à l'ancienne, des théâtres de pantomime et un bateau pirate rivalisaient avec des attractions plus modernes défiant la gravité. Même les Allemands l'avaient épargné pendant la Seconde Guerre mondiale. Malone aimait y venir – il était facile de voir comment cet endroit avait pu inspirer aussi bien Walt Disney que Hans Christian Andersen.

Il laissa derrière lui l'entrée principale et emprunta une avenue centrale bordée de fleurs. Plantes à bulbes, roses, lilas, ainsi que des centaines de tilleuls, de marronniers, de cerisiers et de conifères étaient répartis de façon habile, ce qui lui donnait toujours l'impression que l'espace était bien plus vaste que sa dizaine d'hectares. Des odeurs de pop-corn et de barbe à papa flottaient dans l'air, sur fond de valse viennoise et d'airs de grands orchestres. Le créateur du Tivoli avait, paraît-il, justifié tous ces excès en assurant au roi Christian VIII que « lorsque le peuple s'amuse, il ne pense pas à la politique ».

Il connaissait bien la pagode chinoise. Au cœur d'une charmille fournie, elle s'élevait sur quatre étages face à un lac. Édifiée il y a plus de cent ans, elle ornait de son image typiquement asiatique presque toutes les brochures de publicité pour le Tivoli.

Un groupe de jeunes garçons, élégamment vêtus de vestes rouges, de cartouchières et de chapeaux en peau d'ours, défilait sur le chemin adjacent. C'était la Tivoli Boys Guard, la fanfare de Tivoli. La foule était massée sur leur trajet et regardait la parade. Curieusement, toutes les attractions étaient combles en ce mardi de mai, la saison d'été ayant seulement commencé la semaine précédente.

Malone aperçut la pagode, formée de trois blocs superposés sur une base, chacun de proportions inférieures par rapport au précédent, avec des toits en saillie et des corniches tournées vers le ciel. La foule entrait et sortait constamment du restaurant de la pagode au rez-de-chaussée. D'autres fêtards occupaient les bancs sous les arbres.

Il n'était pas tout à fait 14 heures.

Il était à l'heure.

Des canards venus du lac se promenaient tranquillement parmi la foule. Il ne pouvait pas en dire autant. Il avait les nerfs à vif, le cerveau en ébullition comme celui de l'agent du ministère de la Justice qu'il avait été pendant douze années périlleuses. Son objectif avait été de prendre une retraite anticipée et de tourner le dos au danger en se transformant en paisible libraire danois, mais les deux dernières années avaient été tout sauf paisibles.

Réfléchis. Fais attention.

La voix électronique lui avait dit qu'une fois ici il serait contacté. Apparemment, les ravisseurs de Cassiopée savaient exactement à quoi il ressemblait.

« Monsieur Malone. »

Il se retourna.

Une femme au visage allongé se tenait à côté de lui. Ses cheveux noirs étaient raides, et ses yeux marron bordés de longs cils lui donnaient un air mystérieux. En vérité, il avait toujours eu une faiblesse pour la beauté orientale. Elle était élégante, avec des vêtements près du corps et une jupe Burberry ceignant sa taille menue.

« Je suis venue pour le paquet », dit-elle.

Il fit un geste avec son enveloppe.

« Ça ? »

Elle acquiesça.

Elle devait approcher la trentaine et paraissait parfaitement décontractée compte tenu de la situation. Son impression n'allait pas tarder à se confirmer.

« Ça vous dirait de rester déjeuner avec moi, même s'il est tard ? » demanda-t-il.

Elle sourit.

« Une autre fois.

— C'est une promesse. Comment pourrai-je vous contacter ?

— Je sais où est votre librairie. »

Il sourit à son tour.

« Suis-je bête. »

Elle montra l'enveloppe.

« Je dois partir. »

Il lui tendit le paquet.

« Peut-être passerai-je un autre jour à votre librairie, dit-elle avec un sourire.

— Je compte sur vous. »

Il la regarda partir, se mêler à la foule d'un pas tranquille, parfaitement insouciante.

Tang ferma les yeux, comptant sur le ronronnement de la turbine de l'hélicoptère pour apaiser ses nerfs.

Il regarda sa montre.

21 h 05 ici, il était 14 h 05 à Anvers.

Les choses se précipitaient. Tout son avenir dépendait d'un ensemble de circonstances qui devaient être toutes soigneusement contrôlées.

Au moins, le problème de Jin Zhao avait été résolu.

Tout commençait à se mettre en place. Trente années de dévouement étaient sur le point d'être récompensées. Toutes les menaces avaient été éliminées ou contenues.

Il ne restait plus que Ni Yong.

4

ANVERS, BELGIQUE

14 H 05

Ni Yong prit place dans le fauteuil laqué noir, copie d'un meuble Qing. Il en connaissait bien les lignes élégantes et les splendides courbes, celui-ci étant un parfait exemple de l'artisanat chinois d'avant le XVIIIe siècle, d'une qualité et d'une précision d'assemblage telles qu'il ne nécessitait ni clou ni colle.

Son hôte d'apparence austère était assis dans un fauteuil de bambou ; son visage était plus allongé que ceux de la plupart des Chinois, ses yeux plus ronds, son front plus haut et ses cheveux clairsemés bouclés. Pau Wen portait une veste en soie de couleur jade sur un pantalon blanc.

« Ta demeure est particulièrement élégante », dit Ni dans leur langue natale.

Pau acquiesça et accepta le compliment avec l'humilité d'un homme qui approchait les soixante-dix ans. Trop jeune pour avoir été aux côtés de Mao en 1949, lorsque la révolution du peuple avait obligé Tchang Kaï-chek et ses nationalistes à trouver refuge à Taïwan. Ni savait que Pau avait pris de l'importance dans les années 1960, et que son rôle était resté primordial, même après la mort de Mao en 1976.

Puis, dix ans après, Pau avait quitté la Chine.

Pour s'installer, chose étrange, ici, en Belgique.

« Je voulais que ma résidence me rappelle ma patrie », dit Pau.

Cette maison, située à quelques kilomètres en dehors d'Anvers, ressemblait, de l'extérieur, à une simple bâtisse faite de hauts murs gris, avec des toits à multiples niveaux aux bords évasés et deux tours où l'on retrouvait tous les éléments fondamentaux de l'architecture traditionnelle chinoise – enclos, symétrie, hiérarchie. L'intérieur était clair, aéré, reprenant les couleurs et le style d'un décor classique, avec toutes les commodités modernes : air conditionné, chauffage central, système de sécurité, télévision par satellite.

Ni en connaissait bien le plan.

Un *siheyuan,* une maison traditionnelle chinoise, le symbole ultime de la richesse chinoise – une résidence destinée à abriter plusieurs familles, avec une cour centrale entourée de quatre bâtiments, généralement mise en valeur par un jardin et une terrasse. Autrefois demeures des nobles, elles étaient aujourd'hui accessibles seulement aux militaires chinois, aux membres de la hiérarchie du Parti ou bien à ces affreux nouveaux riches.

« Ceci, dit Ni, me rappelle une résidence que j'ai visitée récemment dans le Nord-Est, et qui appartient au maire local. Nous avons trouvé deux cent cinquante lingots d'or cachés à l'intérieur. Un vrai tour de force pour un homme qui gagnait à peine quelques milliers de yuans par an. Évidemment, étant le maire, il contrôlait l'économie locale, ce que les propriétaires d'entreprise de l'endroit et les investisseurs étrangers ont apparemment reconnu. Je l'ai arrêté.

— Ensuite, tu l'as exécuté. Rapidement, je présume. »

Pau devait connaître parfaitement le système judiciaire chinois.

« Dis-moi, ministre, qu'est-ce qui t'amène en Europe et plus précisément chez moi ? »

Ni dirigeait la Commission centrale pour l'inspection de la discipline du Parti communiste de Chine. Placé sous l'autorité de l'Assemblée nationale, au même niveau que le tout-puissant Comité central, il était chargé de traquer la corruption et les malversations.

« Tu es le genre de représentant officiel que je n'aimerais pas avoir comme ennemi, dit Pau. On m'a dit que tu étais l'homme le plus redouté en Chine. »

Ni aussi avait entendu citer ce qualificatif à son sujet.

« D'autres disent aussi que tu es probablement l'homme le plus honnête en Chine. »

Il l'avait également entendu dire.

« Et toi, Pau Wen, tu es toujours un de nos citoyens. Tu n'as jamais renoncé à ce droit.

— Je suis fier de mon héritage chinois.

— Je suis venu pour récupérer un peu de cet héritage. »

Le salon où ils étaient assis s'ouvrait sur une cour intérieure, pleine d'arbres en fleurs. Des abeilles voltigeaient d'un bourgeon parfumé à l'autre, leur bourdonnement et le gargouillis de la fontaine étant les seuls bruits troublant le silence. Des portes en verre avec des rideaux en soie les séparaient d'un bureau adjacent.

« Apparemment, dit Ni, quand tu as quitté la patrie, tu as décidé que certaines œuvres d'art partiraient avec toi. »

Pau se mit à rire.

« As-tu la moindre idée de ce qui se passait du vivant de Mao ? Dis-moi, ministre, avec ton poste élevé, en tant que gardien de la conscience du Parti, as-tu la moindre conception de notre histoire ?

— À l'heure qu'il est, ce que tu as volé est mon seul sujet de préoccupation.

— Il y a presque trois décennies que j'ai quitté la Chine. Pourquoi mon prétendu *vol* ne devient-il important que maintenant ? »

Ni avait été mis en garde contre Pau Wen, un historien éminemment qualifié, orateur habile et passé maître dans l'art de retourner les situations à son avantage. Mao et Deng Xiaoping avaient tous les deux mis ses talents à profit.

« Je n'ai été mis au courant de ton crime que récemment.

— Par un informateur anonyme ? »

Ni acquiesça.

« Nous avons la chance d'en avoir.

— Et tu leur facilites grandement la tâche. Tu as

même ouvert un site Web. Il leur suffit de t'envoyer un e-mail, sans nom ni adresse, avec leurs accusations. Dis-moi, que se passe-t-il en cas de dénonciation fallacieuse ? »

Il n'allait pas tomber dans ce piège.

« En entrant, j'ai remarqué un cheval en céramique de la dynastie Han. Une cloche en bronze de l'époque Zhou. Une statuette de la dynastie Tang. Autant de pièces authentiques que tu as volées.

— Comment le sais-tu ?

— Tu étais responsable d'un certain nombre de musées et de collections, c'était facile pour toi de mettre la main sur tout ce que tu voulais. »

Pau se leva.

« Puis-je te montrer quelque chose, ministre ? »

Pourquoi pas ? Il tenait à voir la maison.

Il suivit le vieil homme dans la cour, ce qui lui rappela sa propre maison ancestrale dans le Sichuan, une province avec des monts vert jade et des champs soignés. Pendant sept cents ans, les Ni y avaient vécu, protégés par une haie de bambous qui entourait des rizières fertiles. Il y avait une cour aussi dans cette maison. Avec une seule différence : ce n'était pas de la brique au sol, mais de la terre battue.

« Tu vis seul ici ? » demanda Ni.

Une si grande maison devait nécessiter un entretien permanent, et tout semblait impeccable. Pourtant, il n'avait vu ni entendu personne.

« C'est ton côté enquêteur ? Poser des questions ?

— Je me renseignais, c'est tout. »

Pau sourit.

« Je vis dans une solitude que je me suis moi-même imposée. »

Pas vraiment une réponse, mais il ne s'attendait pas à autre chose.

Ils suivirent un chemin qui contournait des arbustes en pot et des ifs nains, et s'approchèrent d'une grande porte noire ornée d'un disque rouge à l'extrémité de la cour. Derrière, se trouvait une salle spacieuse, avec des piliers massifs soutenant un plafond en bois chantourné peint en vert. Un mur était couvert d'étagères pleines de livres, et sur un autre, étaient accrochés des rouleaux de calligraphie chinoise. Les fenêtres en papier diffusaient une lumière douce. Il remarqua le bois délicatement sculpté, les tentures en soie, les vitrines, les tables en bois exotique, tous les objets disposés comme dans un musée.

« Ma collection », dit Pau.

Ni ne quittait pas des yeux le trésor.

« C'est vrai, ministre. Tu as vu des objets d'art de grande valeur quand tu es entré dans ma maison. Ils sont effectivement précieux. Mais ceci est mon véritable trésor. »

Pau fit un signe, et ils pénétrèrent plus avant dans la pièce.

« Ici, par exemple. Un exemple de poterie vernissée. Dynastie Han, 210 av. J.-C. »

Ni étudia la sculpture, façonnée dans un matériau vert-jaune. Un personnage tournait la manivelle de ce qui semblait représenter un moulin.

« Cela montre quelque chose d'assez remarquable, dit Pau. On versait le grain dans un réceptacle ouvert en haut, et le moulin triait ce qui était à l'intérieur, séparant la balle du chaume. Ce genre de machine ne fut connu en Europe que deux mille ans plus tard, quand les marins hollandais l'ont importée de Chine. »

Sur un autre socle, était posé un homme à cheval avec un étrier sur le côté. Pau remarqua son intérêt.

« C'est une pièce de la dynastie Tang. Entre le VIe et le VIIe siècle de notre ère. Regarde le guerrier sur le cheval. Ses pieds sont dans des étriers. La Chine a créé l'étrier il y a des siècles, bien qu'il ne soit arrivé en Europe qu'au Moyen Âge. La conception du chevalier médiéval, armé d'une lance et d'un bouclier, n'aurait pas été possible sans l'étrier chinois. »

Ni regarda les objets d'art autour de lui ; il y en avait au moins une centaine.

« Je les ai collationnés en allant de village en village, dit Pau, de tombeau en tombeau. Beaucoup viennent des sépultures impériales découvertes dans les années 1970. Et tu as raison. Je pouvais choisir dans les musées et les collections privées. »

Pau montra une pendule à eau qui datait, selon lui, de 113 av. J.-C. Un cadran solaire, des canons de fusil, de la porcelaine, des croquis d'astronomie, autant d'inventions prouvant l'ingéniosité chinoise. Un objet curieux attira l'attention de Ni – une petite cuillère en équilibre sur une plaque de bronze lisse sur laquelle il vit des gravures.

« Le compas, dit Pau. Conçu par les Chinois il y a deux mille cinq cents ans. La cuillère est taillée dans une pierre à aimant et s'arrête toujours en direction du sud. Tandis que l'homme occidental se contentait péniblement de survivre, les Chinois apprenaient à naviguer avec ce dispositif.

— Tout ceci appartient à la République populaire, dit Ni.

— Au contraire, je l'ai sauvé de la République populaire. »

50

Ce petit jeu commençait à fatiguer Ni.

« Dis-moi ce que tu entends par là, mon ami.

— Au cours de notre glorieuse révolution culturelle, j'ai vu un jour un cadavre vieux de deux mille ans, découvert en parfait état à Changsha, que des soldats ont laissé pourrir en plein soleil pendant que des paysans lui jetaient des pierres. C'était le sort réservé à des millions de *nos* biens culturels. Imagine la somme d'informations historiques et scientifiques perdue à cause d'une telle bêtise. »

Il devait faire attention à ne pas trop écouter le discours de Pau. Comme il l'avait enseigné à ses subordonnés, un bon enquêteur ne doit jamais se laisser influencer par celui qu'il interroge.

Son hôte montra un boulier en bois et en laiton.

« Celui-ci a mille cinq cents ans, il était utilisé dans une banque ou un bureau pour faire des calculs. L'Occident n'a connu un tel outil que de nombreux siècles plus tard. Le système décimal, le zéro, les nombres négatifs, les fractions, la valeur de pi. Tous ces concepts – comme tout dans cette pièce – ont d'abord été conçus par les Chinois.

— Comment le sais-tu ? demanda Ni.

— Cela fait partie de notre histoire. Malheureusement, nos glorieux empereurs et la révolution populaire de Mao ont récrit le passé pour satisfaire leurs *propres* besoins. Nous autres Chinois, nous ignorons d'où nous venons et ce que nous avons accompli.

— Et toi, tu le sais.

— Regarde là-bas, ministre. »

Ni vit ce qui ressemblait à un plateau d'imprimeur, avec des caractères prêts à être noircis sur du papier.

« Les caractères mobiles ont été inventés en Chine

en 1045 de notre ère, bien longtemps avant que Gutenberg ne reproduise l'exploit en Allemagne. Nous avons aussi développé le papier avant l'Occident. Le sismographe, le parachute, le gouvernail, les mâts et la navigation, tout est venu d'abord de la Chine. »

Pau embrassa la pièce d'un geste des bras.

« Ceci est notre héritage. »

Ni revint à la réalité.

« Ce qui ne t'empêche pas d'être un voleur. »

Pau secoua la tête.

« Ministre, le fait que j'aie volé n'est pas ce qui t'amène ici. J'ai été honnête avec toi. Alors dis-moi pourquoi tu es là ? »

La brusquerie était une autre des caractéristiques de Pau, habitué à contrôler une conversation. Ni, qui commençait à en avoir assez de la plaisanterie, regarda autour de lui, espérant voir l'œuvre d'art. D'après la description qu'on lui en avait faite, elle mesurait trois centimètres de haut et cinq de long, avait une tête de dragon sur un corps de tigre avec les ailes d'un phénix. Cet objet en bronze avait été trouvé dans une tombe du IIIe siècle av. J.-C.

« Où est la lampe dragon ? »

Une expression de curiosité passa sur le visage ridé de Pau.

« Elle m'a demandé la même chose. »

Ce n'était pas tout à fait la réponse à laquelle il s'attendait.

« Elle ?

— Une femme. Une Espagnole, mâtinée de Marocaine, je crois. Une vraie beauté. Mais impatiente, comme toi.

— Qui ?

— Cassiopée Vitt. »

Maintenant il voulait savoir.

« Et que lui as-tu dit ?

— Je lui ai montré la lampe. »

Pau désigna une table vers le fond de la salle.

« Elle était posée là. Une vraie merveille. Je l'ai trouvée dans une tombe de l'époque du premier empereur. Découverte en... 1978, je crois. J'ai emporté la lampe et tous ces objets quand j'ai quitté la Chine en 1987.

— Où est la lampe maintenant ?

— Mlle Vitt voulait l'acheter. Elle m'en a offert un prix considérable, et j'ai été tenté, avant de refuser. »

Il attendait une réponse.

« Elle a sorti un revolver et me l'a volée. Je n'avais pas le choix. Je ne suis qu'un vieil homme qui vit seul. »

Ni ne le croyait pas.

« Un vieil homme *riche*. »

Pau sourit.

« La vie m'a été propice. L'a-t-elle été pour toi, ministre ?

— Quand est-elle venue ici ? demanda-t-il.

— Il y a deux jours. »

Il fallait qu'il retrouve cette femme.

« A-t-elle dit quelque chose à son propos ? »

Pau secoua la tête.

« Elle s'est contentée de braquer son revolver, a pris la lampe et elle est partie. »

Un événement dérangeant et inattendu. Mais pas insurmontable. On devait pouvoir la retrouver.

« Tu as fait tout ce chemin juste pour cette lampe ? demanda Pau. Dis-moi, cela a-t-il un rapport avec ta

53

guerre politique imminente contre le ministre Kwai Tang ? »

La question le désarçonna. Pau avait quitté la Chine depuis longtemps. Ce qui se passait à l'intérieur n'était pas un secret d'État, mais ce n'était pas non plus de notoriété publique – pas encore, en tout cas.

« Qu'en sais-tu ? demanda Ni.

— Je ne suis pas un ignorant, dit Pau, en chuchotant presque. Tu es venu parce que tu savais que Tang voulait cette lampe. »

En dehors de son bureau, personne n'était au courant. L'inquiétude saisit Ni. Ce vieil homme était bien plus renseigné qu'il ne l'aurait jamais cru. Mais une autre chose lui traversa l'esprit.

« La femme a volé la lampe pour Tang ? »

Pau secoua la tête.

« Elle la voulait pour elle-même.

— Et tu l'as laissée la prendre ?

— J'ai pensé que cela valait mieux que de la voir entre les mains de Tang. J'avais anticipé la possibilité de sa venue et, en vérité, je ne savais pas quoi faire. Cette femme a résolu le problème. »

Ni réfléchissait à toute vitesse, essayant de s'adapter à cette nouvelle situation. Pau Wen ne le quittait pas des yeux. Il avait certainement été témoin de beaucoup de choses. Ni était arrivé persuadé qu'une visite surprise à un ex-citoyen chinois âgé serait une partie de plaisir. De toute évidence, ce n'est pas Pau qui avait été surpris.

« Toi et le ministre Tang, vous êtes les principaux candidats à la présidence et au poste de Premier ministre, dit Pau. Le détenteur actuel de ce poste est vieux, et il a fait son temps. Tang ou Ni. Chacun devra choisir son candidat. »

Ni voulait savoir.

« De quel côté es-tu ?

— Du seul qui importe, ministre. Celui de la Chine. »

5

COPENHAGUE

Malone suivit la messagère chinoise ; ses soupçons étaient confirmés. Elle n'avait pas la moindre idée de ce qu'elle devait récupérer, il s'agissait seulement de prendre livraison de ce qu'il lui donnerait. Elle avait même flirté avec lui. Il se demandait combien elle était payée pour cette course dangereuse et s'inquiétait également de ce que savait le ravisseur de Cassiopée. La voix sur son ordinateur avait évoqué sa collaboration avec le gouvernement – et pourtant, on lui avait envoyé un amateur.

Il veilla à ne pas perdre la messagère de vue pendant qu'elle se frayait un chemin à travers la foule. Le chemin qu'elle prenait menait vers une porte secondaire au nord de Tivoli. Il la regarda passer le portail, traverser le boulevard, et regagner le Strøget.

Il resta une rue en arrière pendant qu'elle continuait sa route.

Ils passèrent devant plusieurs librairies d'occasion, dont les propriétaires étaient des concurrents et des amis, ainsi que devant les terrasses de nombreux restaurants, jusqu'à la Højbro Plads. Là, elle tourna à droite au café Norden au coin est de la place, et se dirigea vers le clocher de Nikolaj, une église ancienne transformée en salle d'exposition. Elle emprunta alors une rue latérale qui partait de Nikolaj pour aller au Magasin du Nord, le grand magasin le plus chic de Scandinavie.

Les gens se promenaient dans les rues, dans une ambiance de gaieté générale.

Cinquante mètres plus loin, à l'extrémité du Strøget, voitures et bus allaient et venaient à toute vitesse.

Elle tourna à nouveau.

Elle s'éloigna du grand magasin et de la circulation, se dirigea vers le canal et les ruines carbonisées du musée de la Culture gréco-romaine, qui n'avait pas encore été reconstruit après l'incendie qui l'avait ravagé l'année dernière. Cassiopée Vitt était arrivée à point ce soir-là et lui avait sauvé la vie.

C'était à son tour de lui rendre la pareille.

Ici, il y avait moins de monde.

Beaucoup des bâtiments des XVIIIe et XIXe siècles, aujourd'hui restaurés, avaient abrité autrefois des bordels fréquentés par les marins de Copenhague. À présent, c'étaient surtout des appartements prisés par les artistes et les jeunes cadres.

La femme disparut à un coin de rue.

Il s'avança jusqu'à l'endroit où elle avait tourné,

mais une poubelle lui bloqua le chemin. Derrière, il aperçut une ruelle étroite bordée par des murs de briques en ruines.

La femme s'approcha d'un homme. Il était petit, mince et semblait visiblement inquiet. Elle s'arrêta et lui tendit l'enveloppe. L'homme la déchira, puis cria quelque chose en chinois. Malone n'avait pas besoin d'entendre pour comprendre ce qui s'était dit. C'était clair que l'homme savait ce qu'il attendait, et ce n'était pas un livre.

Il la gifla.

Elle fut projetée en arrière et s'efforça de reprendre son équilibre en même temps que son calme. Elle toucha sa joue.

L'homme passa la main à l'intérieur de sa veste.

Un pistolet apparut.

Malone l'avait déjà devancé, pointant son Beretta sur lui. Il cria :

« Par ici. »

L'homme se retourna. Voyant Malone et son arme, il saisit aussitôt la femme, lui enfonçant le canon de son pistolet dans le cou.

« Jette ton arme dans la poubelle », cria l'homme en anglais.

Malone se demanda s'il allait prendre le risque, mais le regard terrifié de la femme le poussa à obéir. Il envoya le pistolet par-dessus le bord du conteneur. Celui-ci devait être vide, d'après le bruit que fit l'arme en tombant.

« Ne bouge pas », dit l'homme en reculant avec son otage.

Il ne pouvait pas renoncer. C'était le seul moyen qu'il avait de retrouver Cassiopée. L'homme et son otage progressaient lentement vers l'endroit où la ruelle rejoignait une autre rue assez animée.

Il resta à cinquante mètres, se contentant de regarder.

Puis l'homme relâcha la femme et tous les deux partirent en courant.

Ni jaugeait Pau Wen, se rendant compte qu'il était tombé à pieds joints dans le piège que cet homme intelligent lui avait tendu.

« Et que vaut-il de mieux pour la Chine ?

— Connais-tu l'histoire du renard rusé rattrapé par un tigre affamé ? » demanda Pau.

Désireux de faire plaisir à Pau, Ni secoua la tête.

« Le renard protesta en disant : "Tu n'oses pas me manger parce que je vaux mieux que tous les autres animaux, et si tu me manges, tu vas attirer la foudre des dieux. Si tu ne me crois pas, suis-moi et tu verras ce qui arrive." Le tigre suivit le renard dans les bois, et tous les animaux s'enfuirent en les voyant. Le tigre, impressionné, ne se rendant pas compte que c'était lui qui leur faisait peur, laissa partir le renard. »

Pau se tut un moment.

« Qui es-tu, ministre, le renard rusé ou bien le tigre inconscient ?

— L'un est un imbécile et l'autre un manipulateur.

— Malheureusement, il n'y a pas d'autres candidats pour prendre le contrôle de la Chine, dit Pau. Toi et Tang avez œuvré de façon magistrale pour éliminer tous les concurrents.

— Alors, d'après toi, suis-je l'imbécile ou bien le manipulateur ?

— Ce n'est pas à moi de décider.

— Je peux te l'assurer, dit Ni, je ne suis pas un imbécile. La corruption est endémique dans notre république populaire. Mon devoir est de nous débarrasser de cette maladie. »

Ce qui n'était pas une mince tâche, dans un pays où 1 % de la population possédait 40 % des richesses, la plupart provenant de la corruption. Les maires des villes, les fonctionnaires provinciaux, les membres éminents du Parti – il les avait tous arrêtés. Corruption, détournements, décadence morale, recherche de privilèges, contrebande, dépenses injustifiées et vols manifestes étaient monnaie courante.

Pau acquiesça.

« Le système créé par Mao était gangrené par la corruption depuis le début. Comment pouvait-il en être autrement ? Quand un gouvernement n'a de comptes à rendre à personne, la malhonnêteté devient monnaie courante.

— C'est pour ça que tu t'es enfui ?

— Non, ministre. Je suis parti parce que j'avais fini par détester tout ce qui avait été fait. Tellement de personnes massacrées. Tellement d'oppression et de souffrance. La Chine de cette époque aussi bien que celle d'aujourd'hui est un échec. On ne peut pas voir les choses autrement. Nous avons chez nous seize des vingt villes les plus polluées du monde, nous sommes les champions du monde en matière d'émissions de dioxyde de sulfure. Les pluies acides détruisent notre terre. Nous polluons l'eau sans souci des conséquences. Nous détruisons la culture, l'histoire, notre amour-propre, sans le moindre scrupule. Les fonctionnaires locaux sont récompensés seulement pour leurs résultats économiques, et non pour des initiatives publiques. Le système porte en lui-même sa propre destruction. »

Ni pensa qu'il devait se méfier de ces observations qui pouvaient être fallacieuses. Il décida de changer de tactique.

« Pourquoi as-tu laissé cette femme voler la lampe ? »

Pau lui jeta un regard furieux qui le mit mal à l'aise, lui rappelant le regard de son propre père qu'il avait jadis respecté.

« C'est une question dont tu devrais déjà connaître la réponse. »

Malone renversa la poubelle, récupéra son arme puis fonça dans la ruelle.

Il aurait dû s'en douter.

La messagère n'était pas une victime. Simplement une complice dont la mission avait mal tourné. Il arriva au bout de la ruelle et tourna au coin.

Ses deux adversaires étaient à trente mètres de lui et couraient en direction du Holmens Kanal, dont les voies étaient encombrées par des véhicules qui gagnaient à toute allure la place la plus fréquentée de Copenhague.

Il les vit tourner brusquement à gauche et disparaître.

Il rempocha son pistolet et entreprit, avec un

mélange d'agressivité et de politesse, de se frayer un chemin à travers la foule.

Il arriva à un carrefour contrôlé par des feux. Le Théâtre royal danois était de l'autre côté de la rue. Sur sa droite, Nyhavn[1] était rempli de gens heureux de passer un bon moment dans les cafés pittoresques tout le long des quais. Ses deux cibles avançaient sur un trottoir bondé, le long de la voie et d'une piste cyclable, en direction de l'Hôtel d'Angleterre.

Juste avant l'entrée de l'hôtel, une Volvo s'arrêta près du trottoir.

L'homme et la femme traversèrent la piste cyclable et se précipitèrent vers la portière ouverte de la voiture.

Deux claquements secs, comme des ballons qui éclatent, puis l'homme fut rejeté en arrière et tomba sur la chaussée.

Un autre coup sec, et la femme s'écroula à côté de lui.

Un petit ruisseau rouge s'échappait de chacun des deux corps.

La peur est contagieuse, et la panique gagna bientôt la foule. Trois personnes à bicyclette entrèrent en collision en essayant d'éviter les corps.

La voiture s'éloigna à toute vitesse.

Des vitres teintées protégeaient les occupants, ne permettant pas à Malone de les voir quand le véhicule s'éloigna dans un rugissement du moteur, avant de virer à gauche sur l'aile. Il essaya de repérer le numéro de la plaque d'immatriculation, mais la Volvo disparut le long de Kongens Nytorv.

---

1. Nouveau port en danois. *(N.d.T.)*

Il se précipita vers les victimes, s'agenouilla et prit leurs pouls.

Tous deux étaient morts.

Les cyclistes paraissaient avoir été blessés.

Il se releva et cria en danois : « Appelez la police. »

Il se passa la main dans les cheveux et poussa un profond soupir.

La piste menant à Cassiopée venait d'être coupée.

Il s'éloigna de la foule de badauds et s'approcha de la terrasse du restaurant de l'Hôtel d'Angleterre. Des gens visiblement choqués restaient là à regarder. Voir des morts étendus sur le trottoir n'était pas monnaie courante au Danemark.

Des sirènes au loin signalaient l'arrivée des secours.

Il fallait qu'il s'en aille.

« Monsieur Malone », dit une voix près de son oreille gauche.

Il voulut se retourner.

« Non. Regardez devant vous. »

La sensation reconnaissable d'un pistolet dans le creux de son dos l'incita à suivre le conseil de l'homme.

« J'ai besoin que vous fassiez quelques pas avec moi.

— Et si je refuse ? demanda-t-il.

— Vous ne retrouverez pas Cassiopée Vitt. »

6

Province du Shaanxi, Chine

22 heures

Kwai Tang contemplait l'immense espace clos. Le trajet en hélicoptère vers le nord depuis Chongqing à travers les montagnes Qin avait duré presque deux heures. Il était venu de Pékin non seulement pour superviser l'exécution de Jin Zhao, mais aussi pour traiter deux autres affaires d'égale importance, dont la première, ici, à Shaanxi, le berceau de la culture chinoise. Un archéologue du ministère des Sciences lui avait dit un jour que si l'on plantait une pelle n'importe où dans cette région, on exhumerait un vestige témoin des six mille ans d'histoire de la Chine.

Il en avait devant lui l'exemple parfait.

En 1974, des paysans creusant un puits étaient tombés sur un vaste complexe de caveaux souterrains qui, lui avait-on dit, révélerait finalement quelque huit mille soldats en terre cuite, cent trente chariots et six cent soixante-dix chevaux, tous en formation de bataille – une armée silencieuse, tournée vers l'est, chaque personnage ayant été sculpté et érigé il y a plus de deux mille deux cents ans. Ils étaient préposés à la garde d'un ensemble de palais souterrains, conçu spécifiquement pour les morts, tous centrés autour de la tombe impériale de Qin Shi, l'homme qui avait mis fin à cinq siècles de désunion et de conflits internes, et s'était conféré lui-même le titre suprême de Shi Huang.

Premier empereur.

À l'endroit du premier puits, se trouvait maintenant le musée des Guerriers et des Chevaux de la dynastie Qin avec, au centre, une salle d'exposition s'étendant devant lui sur plus de deux cents mètres et surmontée d'une voûte spectaculaire en panneaux en verre. Des solives en terre divisaient l'excavation en onze rangées latérales, toutes pavées de briques anciennes. Les toits en bois, autrefois soutenus par de grosses poutres et des traverses, avaient depuis longtemps disparu. Mais, pour prévenir l'humidité et assurer la conservation des guerriers en dessous, les ouvriers avaient judicieusement isolé l'endroit avec un matériau tissé et une couche d'argile.

L'armée éternelle de Qin Shi avait survécu.

Tang était fasciné par la mer de guerriers.

Chacun portait une tunique grossière, une ceinture, des bandes molletières et des sandales à lanières à bout carré. Huit visages de base avaient été identifiés, mais il n'y en avait pas deux pareils. Certains avaient les lèvres pincées et le regard droit, montrant un caractère assuré et courageux. D'autres affichaient vigueur et confiance. D'autres encore dégageaient un sentiment de réflexion qui suggérait la sagesse du vétéran. Et, chose étonnante, les poses, répétées d'innombrables fois avec un certain nombre d'attitudes définies, donnaient en fait une impression de mouvement.

Tang y était déjà venu, et il s'était promené parmi les archers, les soldats et les chariots tirés par des chevaux, tout en humant la terre fertile du Shaanxi et en imaginant le martèlement rythmé de la troupe en marche.

Ici, il avait une impression de pouvoir.

Qin Shi lui-même avait foulé ce sol béni. Pendant deux cent cinquante ans, et jusqu'en 221 av. J.-C., sept royaumes souverains – Qi, Chi, Yar, Zhao, Han, Wei et Qin – s'étaient combattus pour dominer les autres. Qin Shi avait mis fin à ce conflit, en conquérant ses voisins et en instaurant un empire dont il assumerait lui-même l'autorité. Le pays avait fini par prendre son nom. Une déformation de la façon dont le nom Qin serait prononcé par les étrangers.

Chin.

Chine.

Tang était impressionné par une telle réussite, et bien que Qin Shi ait vécu longtemps auparavant, l'impact de l'homme était encore sensible. Il avait été le premier à organiser le pays en préfectures, chacune composée de plus petites unités appelées comtés. Il avait aboli le système féodal et éliminé les aristocrates seigneurs de la guerre. Les poids, les mesures et les monnaies avaient été standardisés. Un code de lois uniforme avait été promulgué. Il avait fait construire des routes, un mur pour protéger la frontière du nord et des villes. Et, plus crucial encore, les différentes écritures locales, sources de confusion, avaient été remplacées par un seul alphabet écrit.

Mais le premier empereur n'était pas parfait.

Il avait promulgué des lois sévères, instauré des impôts lourds et réquisitionné des gens par milliers tant pour l'armée que pour les constructions. Des millions étaient morts sous son règne. *Mettre en œuvre une entreprise n'est pas facile, mais réussir sur le long terme est encore plus difficile.* Les descendants de Qin Shi n'avaient pas écouté les leçons du premier empereur, laissant les révoltes paysannes dégénérer en une rébellion générale. Trois ans après la mort de son fondateur, l'empire s'écroulait.

Une nouvelle dynastie prit la suite.

Les Han, dont les descendants continuent de dominer encore aujourd'hui.

Tang était un Han, de la province du Hunan, un autre endroit chaud et humide du Sud, berceau de penseurs révolutionnaires, dont Mao Tsé-toung était le plus célèbre. Il avait fréquenté l'Institut de technologie du Hunan, pour aller ensuite à l'École de géologie de Pékin. Après avoir obtenu son diplôme, il avait travaillé comme technicien et instructeur politique du service des Études géomécaniques, puis il avait servi en tant qu'ingénieur en chef et responsable de la section politique du Bureau central de géologie. C'était à ce moment-là qu'il avait été remarqué par le Parti, et il avait été affecté à des postes dans la province du Gansu et la région autonome du Tibet. Il était revenu ensuite à Pékin et avait grimpé les échelons, passant d'assistant à directeur du bureau général du Comité central. Trois ans plus tard, il était promu au Comité central lui-même. À présent, il était le premier vice-ministre du Parti, premier vice-président de la République, à un pas de la pointe du triangle politique.

« Ministre Tang. »

Il se retourna en entendant son nom.

Le conservateur du musée s'approcha. Il devinait à la démarche hésitante de l'homme et à son expression respectueuse que quelque chose n'allait pas.

Tang se tenait sur la passerelle métallique qui

entourait la fosse n° 1, quinze mètres au-dessus des personnages en terre cuite. La salle d'exposition de seize mille mètres carrés était fermée pour la nuit, mais l'éclairage au plafond dans cet espace qui ressemblait à un hangar était resté allumé conformément à ses instructions.

« On m'a dit que tu étais arrivé », dit le conservateur. Des lunettes se balançaient à une chaîne à son cou, comme un pendentif.

« Avant d'aller à la n° 3, je voulais passer quelques instants ici, dit Tang. Je ne me lasse jamais d'admirer ces guerriers. »

Dehors, six autres salles étaient plongées dans le noir, ainsi qu'une salle de spectacle, des librairies et tout un ensemble de magasins qui, le lendemain, vendraient des souvenirs à quelques-uns des deux millions de personnes venues là chaque année pour voir ce que beaucoup appelaient la huitième merveille du monde.

Il détestait cette appellation.

En ce qui le concernait, c'était la seule et unique merveille du monde.

« Il faut que nous parlions, ministre. »

Le conservateur était un intellectuel, issu de la minorité Zhang, ce qui voulait dire qu'il n'accéderait jamais à de plus hautes fonctions. L'ensemble du site de Qin Shi était sous la responsabilité du ministre des Sciences, donc de Tang. Aussi le conservateur savait-il parfaitement à qui il devait rendre des comptes.

« J'ai du mal à maîtriser la situation », dit-il à Tang.

Le ministre attendit la suite.

« La découverte a été faite il y a deux jours. Je t'ai appelé immédiatement. J'ai donné l'ordre à tout le monde de ne pas en parler, mais je crains que cette consigne n'ait pas été respectée. Les archéologues en discutent entre eux. Plusieurs savent que nous avons ouvert une nouvelle salle. »

Il refusait d'en entendre davantage.

« Je sais que tu voulais garder cette découverte secrète. Mais cela s'est avéré difficile. »

Ce n'était pas l'endroit pour en parler, aussi Tang posa une main rassurante sur l'épaule de l'homme et lui dit : « Conduis-moi à la fosse 3. »

Ils quittèrent le bâtiment et traversèrent une place obscure en direction d'une autre grande structure éclairée de l'intérieur.

La fosse 3 avait été découverte à vingt mètres au nord de la fosse 1, et à cent vingt mètres à l'est de la fosse 2. C'était la plus petite des trois excavations, en forme de U et mesurant cinq cents mètres carrés à peine. Soixante-huit personnages en terre cuite seulement, ainsi qu'un unique chariot tiré par quatre chevaux y avaient été trouvés, aucun en formation de bataille.

Puis ils avaient compris.

L'habillement, les gestes, la disposition des guerriers, tout suggérait que la fosse 3 était le quartier général souterrain réservé aux généraux et autres fonctionnaires de haut rang. Les guerriers y avaient été trouvés dos au mur, portant des lances en bronze sans lame, une arme singulière réservée à la garde d'honneur de l'empereur. En plus, sa situation, dans le coin nord-ouest le plus éloigné, lui assurait une bonne protection vis-à-vis des armées des deux autres fosses. De son vivant, Qin Shi avait conduit un million de soldats en armes, mille chariots et dix mille chevaux pour conquérir le monde et le narguer. Une fois mort, il avait eu visiblement l'intention d'en faire autant.

Tang descendit la rampe en terre menant au fond de la fosse 3.

Un éclairage intense provenant des plafonniers illuminait la scène étrange. Une écurie et un chariot occupaient le premier renfoncement. Deux petits couloirs, l'un à gauche et l'autre à droite de l'écurie, menaient à deux autres salles plus profondes.

Il attendait d'être en sous-sol pour évoquer le problème avec le conservateur.

« Je comptais sur toi pour protéger la découverte, dit-il. Si tu n'en es pas capable, peut-être devrions-nous confier cette tâche à quelqu'un d'autre.

— Je te l'assure, ministre, tout est maintenant sous contrôle. Je voulais seulement que tu saches que la nouvelle avait filtré au-dehors, et que d'autres personnes étaient également au courant.

— Redis-moi ce qui a été trouvé.

— Nous avions remarqué un endroit fragile. »

Le conservateur montra quelque chose sur sa droite.

« Là. Nous pensions que c'était l'endroit où la fosse s'achevait, mais nous nous trompions. »

Il vit un grand trou dans le mur, avec un tas de terre à côté.

« Nous n'avons pas eu le temps de débarrasser les débris, dit le conservateur. Après l'inspection initiale, j'ai stoppé les fouilles et je t'ai appelé. »

Un amas de câbles sortait de boîtes métalliques et

d'un transformateur posé à proximité sur le sol. Tang regarda l'ouverture et remarqua l'éclairage intense de l'autre côté.

« C'est une nouvelle salle, ministre, dit le conservateur. Inconnue à ce jour.

— Et l'anomalie ?

— À l'intérieur. Elle t'attend. »

Une ombre se promenait le long des murs intérieurs.

« Il est resté là toute la journée, dit le conservateur. Selon tes instructions. À travailler.

— Sans être dérangé ?

— Comme tu l'as demandé. »

7

ANVERS

Ni observait Pau Wen, vexé d'avoir sous-estimé cet homme rusé.

« Regarde autour de toi, dit Pau. Voilà des preuves de la grandeur de la Chine remontant à six mille ans en arrière. Alors que la civilisation occidentale était encore balbutiante, la Chine coulait de la fonte, combattait avec des arbalètes et dressait des cartes de son territoire. »

La patience de Ni était à bout.

« À quoi sert cette discussion ?

— Te rends-tu compte que la Chine était plus avancée sur le plan de l'agriculture au IVe siècle av. J.-C. que ne le fut l'Europe au XVIIIe siècle ? Nos ancêtres avaient compris la culture en rangs, l'importance du sarclage des mauvaises herbes, le semoir à grains, la charrue en fonte, et l'utilisation du harnais, des siècles avant toute autre civilisation sur la planète. Nous avions une telle avance qu'il est impossible de faire la moindre comparaison. Dis-moi, ministre, que s'est-il passé ? Pourquoi avons-nous perdu cette prédominance ? »

La réponse était évidente – ce que Pau comprenait sans mal –, mais Ni ne se permettrait pas de prononcer des paroles séditieuses, de peur que la pièce ou bien son hôte ne soit sur écoute.

« Un érudit britannique a étudié ce phénomène il y a plusieurs décennies, dit Pau, et en a conclu que plus de la moitié des inventions de base et des découvertes sur lesquelles repose le monde moderne proviennent de la Chine. Mais qui savait cela ? Les Chinois eux-mêmes l'ignorent. Il y a une anecdote célèbre que l'histoire a retenue : au XVIIe siècle, lorsque des missionnaires jésuites montrèrent pour la première fois aux Chinois une horloge mécanique, ils furent ébahis, ne sachant pas que c'étaient leurs propres ancêtres qui l'avaient inventée mille ans auparavant.

— Tout cela sort de notre sujet, déclara Ni », à l'intention d'une éventuelle oreille indiscrète.

Pau montra un bureau en séquoia appuyé contre le mur du fond. Les outils nécessaires à la calligraphie – encre, pierre, pinceaux et papier – étaient rangés soigneusement près d'un ordinateur portable.

Ils s'en approchèrent.

Pau appuya sur une touche du clavier et l'écran s'anima.

L'homme se tenait bien droit. Il semblait avoir une trentaine d'années, avec des traits plus mongols que chinois, des cheveux noirs à peine retenus. Il portait une veste blanche à manches larges avec un col bordé de vert pâle. Trois autres hommes l'entouraient, portant des pantalons noirs et de longs vêtements gris sous des vestes courtes couleur indigo.

L'homme enleva sa robe.

Il était nu, avec un corps pâle et musclé. Deux des préposés commencèrent à envelopper étroitement son abdomen et le haut de ses cuisses avec des bandages blancs. Cela terminé, l'homme se mit debout pendant que le troisième préposé lui lavait le pénis et le scrotum.

L'opération de nettoyage fut répétée trois fois.

L'homme s'assit sur une chaise dans une position à moitié inclinée, les jambes largement écartées, et maintenu solidement en place par les deux préposés. Le troisième alla jusqu'à une table laquée et prit sur un plateau un couteau incurvé avec un manche en os craquelé.

Il s'approcha de l'homme sur la chaise et lui demanda d'une voix claire et autoritaire : « Hou huei pu hou huei ? »

L'homme garda son calme pendant qu'il réfléchissait à la question.

« Vas-tu le regretter ou non ? »

Il secoua la tête pour dire non, sans manifester la moindre peur ou incertitude.

Le préposé acquiesça. Puis, avec deux gestes rapides du couteau, il enleva à l'homme son scrotum et son pénis, coupant à ras du corps, sans rien laisser d'apparent.

Il n'y eut pas le moindre bruit.

Les deux préposés maintenaient les jambes tremblantes de l'homme.

Le sang coulait, mais le troisième préposé s'occupa de la blessure, causant une douleur évidente à l'homme assis. Mais il n'émit toujours aucun son. Son visage était crispé sous l'effet de la souffrance, mais il sembla reprendre son contrôle et se calma.

Quelque chose qui ressemblait à du papier trempé dans l'eau fut appliqué sur la blessure, en plusieurs couches, jusqu'à ce que le sang ne passe plus.

On aida l'homme à se relever, il tremblait visiblement, affichant à la fois sa peur et son excitation.

« On le fit marcher autour de la pièce pendant les deux heures suivantes, avant de le laisser se recoucher, dit Pau.

— Qu'est-ce que... c'était quoi tout ça ? demanda Ni, n'essayant même pas de dissimuler sa stupéfaction au vu de la vidéo.

— Une cérémonie qui s'est répétée des milliers de fois au cours de notre histoire. »

Pau hésita.

« La naissance d'un eunuque. »

Ni savait ce qu'étaient les eunuques et le rôle complexe qu'ils avaient joué en Chine pendant deux mille cinq cents ans. Les empereurs étaient considérés comme dépositaires d'un « droit divin » qui leur était conféré par le ciel, un concept qui sanctifiait officiellement leur droit de régner. Pour préserver ce caractère sacré, la vie personnelle de la famille impériale était protégée, afin que nul ne puisse déceler chez elle la moindre faiblesse humaine. Seuls des eunuques efféminés, dont la vie dépendait de l'empereur, étaient considérés comme suffisamment humbles pour en témoigner. Le système eut un tel succès qu'il s'enracina, mais des relations aussi fréquentes et intimes procuraient aux eunuques maintes opportunités. Étant sans enfants, ils ne risquaient pas de convoiter un pouvoir politique pour le transmettre à leurs fils, pas plus qu'ils ne devaient avoir besoin de richesses.

Mais ce ne fut pas exactement le cas.

Avec le temps, les empereurs devinrent des jouets pour ces parias, bientôt plus puissants que n'importe quel ministre du gouvernement. Beaucoup d'empereurs ne prenaient même pas la peine de recevoir les administrateurs gouvernementaux. Au lieu de cela, les décisions étaient transmises par les eunuques, personne ne sachant vraiment qui recevait ou délivrait les décrets. Seuls les dirigeants les plus assidus et consciencieux réussirent à se libérer de leur influence, mais ceux-là ne furent pas nombreux. Enfin, au début du XXe siècle, quand le dernier empereur fut contraint de quitter le palais impérial, le système fut aboli.

« Les eunuques n'existent plus, déclara Ni.

— Comment peux-tu croire cela ? »

L'idée d'être sur écoute s'estompa.

« Qui es-tu ? demanda Ni.

— Je suis quelqu'un qui apprécie notre ascendance. Un homme qui a été témoin de la destruction en masse de tout ce que nous avions considéré comme sacré pendant des millénaires. Je suis un Chinois. »

Ni savait que Pau était né dans la province du Liaoning au Nord, et avait fait ses études en France, du temps où de jeunes Chinois avaient été autorisés à fréquenter les universités étrangères. Érudit, auteur de six traités d'histoire, il avait réussi à survivre à toutes les purges de Mao, ce qui, aux yeux de Ni, n'avait pas dû être une partie de plaisir. À la fin, Pau avait obtenu la permission de quitter le pays – fait rarissime –, emportant avec lui sa fortune personnelle. Et pourtant...

« Ce que tu dis là équivaut à une trahison, constata Ni.

— Je dis la vérité, ministre. Et je crois que tu le penses aussi. »

Ni haussa les épaules.

« Tu te trompes.

— Alors pourquoi es-tu encore là ? Pourquoi continuer à m'écouter ?

— Pourquoi m'as-tu montré cette vidéo ?

— Face à la mort, celui qui est prêt à mourir survivra, alors que celui qui est déterminé à vivre mourra. Cette pensée a été exprimée d'une autre façon. *Shang wu chou ti*. »

Il avait déjà entendu cette phrase.

Tire l'échelle après l'ascension.

« L'interprétation la plus fréquente nous enseigne à attirer l'ennemi dans un piège, puis à lui couper sa retraite, dit Pau. Différents adversaires sont attirés de diverses manières. Les cupides répondent à l'appât du gain. Les arrogants à un signe de faiblesse. Les inflexibles à une ruse. À quelle catégorie appartiens-tu, ministre ?

— Qui est supposé m'attirer ?

— Kwai Tang.

— Il me semble que c'est plutôt toi qui essaies de m'attirer. Tu n'as pas répondu à ma question. Pourquoi m'as-tu montré cette vidéo ?

— Pour te prouver à quel point tu es ignorant de ce qui se passe autour de toi. Ta commission, persuadée de son bon droit, passe son temps à enquêter sur des fonctionnaires corrompus et des membres malhonnêtes du Parti. Tu pourchasses des fantômes, pendant qu'une véritable menace pèse au-dessus de ta tête. Même à l'intérieur de ton monde sacro-saint, qui se targue d'être la conscience du Parti, tu es encerclé. Les eunuques existent encore, ministre.

— Comment le sais-tu ?

— Parce que j'en fais partie. »

8

Cassiopée Vitt fut contrainte de réintégrer la pièce où elle était restée emprisonnée les deux derniers jours. Son chemisier était trempé, ses poumons la brûlaient à force d'avoir peiné à respirer.

La porte se referma bruyamment.

C'est seulement à ce moment-là qu'elle fut autorisée à enlever le bandeau de son visage.

Sa cellule mesurait environ quatre mètres sur deux et devait se trouver sous un escalier, étant donné la pente prononcée du plafond. La pièce n'avait pas de fenêtres, l'unique lumière provenant d'une ampoule à faible puissance qui restait allumée en permanence. Pas de meubles, juste un matelas peu épais posé sur un plancher. Elle s'était efforcée d'engranger un maximum de renseignements pendant les quelques moments passés dehors. Elle était apparemment dans une maison, à quelques pas seulement de la chambre de torture, avec des toilettes où elle s'était rendue deux fois.

Mais où était-ce ?

Deux jours auparavant, elle était à Anvers.

Elle se pencha en avant, les mains sur les genoux. Ses jambes étaient lasses, son cœur battait à tout rompre, et elle avait des frissons.

Elle avait été attachée deux fois à la planche, la serviette appliquée sur le visage. Elle se croyait capable de résister à tout, mais la sensation de noyade, pendant que ses bras et ses pieds étaient immobilisés, sa tête plus bas que ses jambes, s'était révélée insupportable. Elle avait lu quelque part que la violence mentale ne nécessitait pas de coups de poing pour s'exercer.

Elle en était persuadée maintenant.

Elle n'était pas certaine de pouvoir résister à une autre séance.

Vers la fin de la première, elle avait impliqué Malone, ce qui lui avait paru être une manœuvre habile. Au cours des quelques heures qui s'étaient écoulées entre son départ de la demeure de Pau Wen et le moment où elle avait été capturée, elle aurait pu facilement se débarrasser de l'œuvre d'art.

Et apparemment, ils l'avaient crue.

Cotton était sa seule planche de salut.

Mais elle ne pouvait pas donner à ces gens ce qu'ils voulaient. Allaient-ils la tuer ? C'était peu probable, en tout cas, pas avant d'avoir établi un contact à Copenhague.

Et ensuite ?

Elle se refusait d'y penser.

Elle était fière de ne pas avoir supplié, gémi, ou s'être compromise.

Mais elle avait compromis Cotton.

Là encore, il lui avait répété maintes fois que si jamais elle avait besoin de quelque chose, elle ne devait pas hésiter. La situation lui semblait appropriée.

Au cours des deux derniers jours, elle avait pratiqué toutes sortes d'exercices mentaux, récité des dates historiques, s'efforçant de ne penser à rien d'autre. Elle avait multiplié des chiffres jusque dans les dizaines de mille.

Mais le fait de penser à Malone lui avait permis également de ne pas désespérer.

Il était grand et beau, avec des cheveux blonds cuivrés et des yeux verts pétillants. Elle l'avait d'abord cru froid, insensible, mais au cours de l'année passée, elle s'était rendu compte que ce n'était pas le cas. Ils en avaient traversé de belles, ensemble.

Elle avait confiance en lui.

Sa respiration redevint régulière. Son pouls ralentit.

Ses nerfs se calmèrent.

Elle se leva et frotta ses poignets douloureux.

Elle aurait bientôt quarante ans. Elle s'était encore fourrée dans de beaux draps. Mais, en général, elle s'en sortait toujours bien. En fait, son projet de reconstruction d'un château français du XIVᵉ siècle à l'aide d'outils et de matériaux de l'époque était en bonne voie. Son chef de chantier lui avait dit, quelques semaines auparavant, qu'ils en étaient à 10 % de la construction. Elle aurait voulu se consacrer davantage à ce projet, mais un appel venant de Chine avait tout remis en cause.

« Ils l'ont enlevé, Cassiopée. Il a disparu. »

Lev Sokolov n'était pas du genre à s'affoler. C'était quelqu'un d'intelligent, avec un grand sens du concret. Né dans l'ancienne Union soviétique, il y avait été élevé et avait réussi à fuir vers la Chine, ce qui était plutôt une chose curieuse.

« Mon fils avait joué toute la journée dans l'échoppe de légumes de sa grand-mère, avait dit Sokolov en russe, la voix cassée. Un des voisins de sa grand-mère est passé et lui a proposé de le ramener chez lui puisque c'était sur son chemin, et elle a accepté. C'était il y a huit semaines.

— Et le voisin ?

— Nous sommes tout de suite allés chez lui. Il nous a dit qu'après lui avoir donné de l'argent pour acheter des bonbons il l'avait laissé devant notre immeuble. C'est un sale menteur. Il l'a vendu, Cassiopée. Je le sais. Il n'y a pas d'autre explication.

— Et la police ?

— Le gouvernement ne veut pas qu'on évoque les enlèvements d'enfants. Pour eux, c'est un phénomène isolé et parfaitement contrôlé. Ce n'est pas vrai. Près de deux cents enfants disparaissent ici tous les jours.

— Ce n'est pas possible.

— C'est la vérité. Et maintenant mon fils en fait partie. »

Elle n'avait pas su quoi dire.

« Nos possibilités d'action sont limitées, dit Sokolov, d'un ton désespéré. Les médias sont trop proches du gouvernement pour faire quoi que ce soit. La police refuse de nous parler. Même les groupes de soutien des parents qui existent pour des gens comme nous doivent se réunir en secret. Nous avons placardé des affiches dans toute la province, mais la police menace de nous arrêter si nous continuons. Personne ne veut qu'on fasse la moindre allusion à un problème qui, officiellement, n'existe pas. »

Il s'arrêta.

« Ma femme est effondrée. Elle n'arrive même plus à parler. Je n'ai personne vers qui me tourner. J'ai besoin de votre aide. »

C'était un appel au secours qu'elle ne pouvait pas ignorer.

Cinq ans auparavant, Lev Sokolov lui avait sauvé la vie, et elle avait une dette envers lui.

Elle avait donc obtenu un visa de touriste valable trente jours, acheté un billet pour Pékin et s'était envolée vers la Chine.

Elle s'allongea sur le ventre et fixa le mur décrépi. Elle en connaissait la moindre fente, la plus petite crevasse. Une araignée avait élu domicile dans un coin. Hier, elle l'avait regardée attraper une mouche.

Elle compatissait avec l'insecte.

Elle ne pouvait pas savoir quand la prochaine séance aurait lieu. Tout dépendait de Cotton.

Elle en avait assez d'être en cage, mais un petit garçon de quatre ans comptait sur elle. Lev Sokolov comptait sur elle.

Et elle avait tout raté.

Elle entendit des pas devant la porte, quelqu'un arrivait. Curieux. On était venu la voir cinq fois seulement. Deux fois pour la torturer, une troisième pour lui apporter du riz et du chou bouilli et deux encore pour la conduire aux toilettes dans le couloir, les yeux bandés.

S'étaient-ils aperçus que la solution Cotton ne menait à rien ?

Elle tendit les bras, les paumes à plat sur le sol en bois qui vibrait à chaque pas.

Le moment est venu de faire quelque chose, et tant pis si je me trompe.

Elle connaissait la routine. La serrure allait tourner, la porte s'ouvrirait en faisant grincer les gonds, et un bandeau serait jeté à l'intérieur. Ce n'était qu'une fois l'élastique bien fixé sur sa tête que quelqu'un entrerait. Elle supposait que son ravisseur serait armé et certainement pas seul, comme cela avait toujours été le cas. Les deux fois, c'était un homme qui l'avait interrogée, le même que celui qui avait parlé avec Malone par le biais de l'ordinateur, d'une voix hachée et sans accent.

Une clé entra dans la serrure.

Elle ferma les yeux pendant que la porte s'ouvrait lentement. On ne lui avait pas jeté de bandeau. Elle entrouvrit alors les paupières et vit apparaître une chaussure. Puis une deuxième. Peut-être était-ce l'heure du repas ? La dernière fois qu'on lui avait laissé quelque chose, elle dormait, à force de fatigue. Peut-être ses geôliers la croyaient-ils trop épuisée par son calvaire pour présenter le moindre danger ?

Elle était effectivement exténuée, les muscles endoloris, pleine de courbatures.

Mais, quand une occasion se présentait, il fallait la saisir.

L'homme entra dans la pièce.

Appuyant ses mains sur le sol, elle pivota en se levant et lui fit un crochet aux jambes.

Un plateau avec du pain et du fromage se fracassa par terre.

Elle se releva d'un bond et envoya la semelle de sa botte dans le visage de l'homme. Quelque chose craqua, probablement son nez. Une nouvelle fois, elle lui envoya son talon en pleine face. L'arrière de sa tête cogna contre le plancher, et il ne bougea plus.

Un autre coup de pied dans les côtes la soulagea.

Mais elle avait fait du bruit. Et toute menace n'était pas écartée. Elle fouilla l'homme et trouva un pistolet dans un holster à son épaule. Elle détacha l'arme et inspecta le magasin.

Il était chargé.

Le moment était venu de partir.

9

Copenhague

Malone dévisagea son kidnappeur. Ils avaient quitté la rue dès l'arrivée de la police, tournant au coin pour se replonger dans le Strøget.

« Vous avez un nom ? demanda-t-il.

— Appelez-moi Ivan. »

Son anglais mâtiné d'accent russe justifiait pleinement son nom, exactement comme son type physique – petite taille, torse bombé, avec des cheveux noirs grisonnants, et un costume informe. Un visage grêlé et rubicond, dominé par un imposant nez slave, avec un soupçon de barbe que la transpiration faisait scintiller. Le pistolet avait été remisé, et ils se trouvaient maintenant sur une petite place, à l'ombre de la Tour ronde, un monument du XVIIe siècle offrant une vue panoramique de son sommet à trente mètres de haut. Le bruit sourd de la circulation ne parvenait pas jusqu'à cette partie du Strøget, animée seulement par le claquement des talons sur les pavés et le rire des enfants. Ils se trouvaient à l'abri d'une promenade couverte en face de la tour, le dos appuyé à un mur en briques.

« C'est vous qui avez tué ces deux personnes ? demanda Malone.

— Ils pensaient que nous étions venus pour les enlever.

— Vous voulez bien me dire ce que vous savez sur Cassiopée Vitt ?

— Une sacrée bonne femme. Si j'étais plus jeune, avec quarante kilos en moins... »

Ivan s'arrêta.

« Mais vous vous fichez bien de ça. Vitt est mêlée à quelque chose qui la dépasse. J'espère que vous, un ex-agent américain, pourrez mieux estimer le problème.

— C'est la seule raison de ma présence ici. »

Son message tacite semblait avoir été reçu.

Arrive au fait.

« Vous pourriez facilement me maîtriser, dit Ivan, en hochant la tête. Je suis un gros Russe, en mauvaise forme. Complètement stupide aussi. Comme nous tous, n'est-ce pas ? »

Malone comprit le sarcasme.

« Je pourrais effectivement vous maîtriser. Mais l'homme derrière l'arbre, en face, avec la veste bleue, et l'autre, près de l'entrée de la Tour ronde ? Je ne crois pas que je parviendrais à leur échapper. Ils ne sont pas gros et ils ont l'air en forme. »

Ivan émit un petit rire.

« On m'avait dit que vous étiez malin. Deux années d'inactivité n'ont rien changé.

— J'ai l'impression d'être plus occupé à la retraite que lorsque je travaillais pour le gouvernement.

— C'est une mauvaise chose ?

— Racontez-moi vite votre affaire, sinon je prends le risque de me frotter à vos amis.

— Ce n'est pas la peine de jouer les héros. Vitt aide un homme qui s'appelle Lev Sokolov. Un Russe, qui vit en Chine. Il y a cinq ans, Sokolov épouse une Chinoise et quitte le pays à l'insu du gouvernement russe.

Il s'enfuit en douce, et une fois en Chine, on ne peut plus grand-chose contre lui.

— J'ai déjà entendu ça quelque part, dit Malone.

— Nous pensions qu'il était mort. C'était faux.

— Alors qu'est-ce qui a changé ?

— Sokolov a un fils de quatre ans qui a été récemment kidnappé. Il appelle Vitt, qui vient pour retrouver l'enfant.

— Et ça vous gêne ? Que fait la police ? »

Ivan secoua la tête.

« Des milliers d'enfants disparaissent chaque année en Chine. C'est pour avoir un fils. En Chine, c'est une nécessité. Le fils porte le nom de famille. C'est lui qui aide les parents quand ils sont vieux. Les filles, ça ne compte pas. C'est le fils qui est important. Pour moi, ça n'a aucun sens. »

Malone écoutait toujours.

« La politique de l'enfant unique est un cauchemar en Chine, dit Ivan. Les parents doivent obtenir un permis de naissance. Sinon, l'amende dépasse le salaire annuel moyen d'un Chinois. Comment peut-on être sûr d'avoir un fils du premier coup ? »

Le Russe claqua des doigts.

« En en achetant un. »

Malone avait lu des articles sur ce problème. Lorsqu'une femme était enceinte d'une fille, elle se faisait avorter ou alors elle abandonnait le nourrisson. Après des décennies régies par la politique de l'enfant unique, le pays connaissait une pénurie de femmes.

« Le problème pour Sokolov, dit Ivan, c'est qu'il se bat contre un réseau criminel. »

Il agita ses petits bras.

« Pire que la Russie.

— Difficile à imaginer.

— Il est illégal d'abandonner, de voler ou de vendre un enfant en Chine, mais il est légal d'en acheter un. Un jeune garçon coûte neuf cents dollars. Beaucoup d'argent pour un ouvrier qui n'en gagne que mille sept cents par an. Sokolov n'a aucune chance.

— Donc Cassiopée est allée l'aider. Et alors ? En quoi cela vous regarde-t-il ?

— Il y a quatre jours, elle s'est rendue à Anvers, dit Ivan.

— Pour y trouver le gosse ?

— Non. Pour retrouver l'enfant, elle doit d'abord trouver quelque chose d'autre. »

À présent, il comprenait.

« Évidemment, ce quelque chose vous intéresse. »

Ivan haussa les épaules.

Malone revoyait en pensée la vidéo de la torture.

« Qui détient Cassiopée ?

— Des méchants. »

Ce terme ne lui plaisait pas.

« Vous avez déjà eu à faire à des eunuques ? »

Ni ne savait pas s'il devait se sentir étonné ou dégoûté par les révélations de Pau Wen.

« Tu es un eunuque ?

— J'ai subi le même rituel que celui que tu viens de voir, il y a presque quarante ans.

— Pourquoi se soumettre à une telle chose ?

— C'était ce que je voulais faire de ma vie. »

Ni était venu en Belgique en pensant que Pau Wen

pouvait lui fournir les réponses qu'il cherchait. Mais bien d'autres questions dérangeantes avaient été soulevées.

Pau fit un geste pour l'inviter à quitter la salle d'exposition et regagner la cour. L'air de la mi-journée s'était réchauffé et le soleil brillait dans un ciel limpide. D'autres abeilles semblaient avoir rejoint les premières dans l'attaque des bourgeons printaniers. Les deux hommes s'arrêtèrent à côté d'un bac en verre, d'un mètre de large environ, qui contenait des poissons rouges aux couleurs éclatantes.

« Ministre, dit Pau, à mon époque, la Chine vivait un complet bouleversement. Avant et après la mort de Mao, le gouvernement n'avait aucune vision, et tous les programmes échouaient les uns après les autres. Personne n'osait s'opposer à quoi que ce soit. Plutôt que de continuer ainsi, un tout petit nombre a pris des décisions irréfléchies qui ont affecté des millions de gens. Lorsque Deng Xiaoping a fini par ouvrir le pays au monde, cela a été un geste particulièrement audacieux. Je pensais que nous allions peut-être avoir une chance de réussir. Mais le changement ne se produisit pas. La vision de cet étudiant solitaire bravant un char place Tian'anmen est gravée dans la conscience du monde. C'est une des images marquantes du XXe siècle. Que tu connais bien. »

En effet.

Ni était présent ce jour-là – le 4 juin 1989 – quand le gouvernement avait atteint les limites de sa tolérance.

« Et qu'est-ce que Deng a fait après ? demanda Pau. Il a fait comme si ce n'était jamais arrivé, et il a continué ses folies. »

Il se devait de le dire.

« C'est un discours curieux de la part d'un homme qui a contribué à mettre en œuvre cette politique.

— Je n'ai rien mis en œuvre du tout, dit Pau, laissant pour la première fois deviner sa colère. J'ai passé mon temps dans les provinces.

— À voler.

— À conserver. »

Ni était encore troublé par la vidéo.

« Pourquoi cet homme a-t-il été émasculé ?

— Il est entré dans une confrérie. Cette initiation a eu lieu il y a trois mois. Il est guéri maintenant et travaille avec ses frères. On ne lui a pas permis de boire quoi que ce soit pendant trois jours après l'opération. Tu as vu comment l'officiant avait bouché son urètre avant d'envelopper la blessure avec du papier mouillé. Le quatrième jour, après qu'on lui a retiré le bouchon et que l'urine s'est écoulée normalement, l'opération a été jugée réussie. Sinon, l'initié serait mort d'une façon atroce. »

Il ne pouvait pas croire que quelqu'un veuille se soumettre volontairement à une telle atrocité. Mais il savait que Pau avait raison. Au cours de l'histoire de la Chine, des centaines de milliers d'hommes en avaient fait autant. À la chute de la dynastie Ming au milieu du XVIIe siècle, plus de cent mille eunuques furent chassés de la capitale. Le déclin des règnes Han, Tang et Ming fut attribué aux eunuques. Le Parti communiste chinois les avait longtemps désignés comme l'exemple d'une cupidité sans bornes.

« Il est intéressant de noter que, parmi les centaines de milliers d'hommes qui furent châtrés, il en mourut seulement un tout petit pourcentage. Une autre de nos innovations chinoises. Nous sommes très bons pour fabriquer des eunuques.

— Quelle confrérie ? demanda-t-il, d'un ton irrité.

— On les appelle le Ba. »

Ni n'avait jamais entendu parler de ce groupe. Peut-être aurait-il dû ? Son travail était de protéger le gouvernement et le peuple de toute forme de corruption. Pour parvenir à cet objectif, il jouissait d'une autonomie absolue, dépendant directement du Comité central et du Premier ministre en personne. Même Kwai Tang, en tant que premier vice-Premier ministre, ne pouvait pas interférer, bien qu'il ne se soit pas privé d'essayer. Sur ordre du Comité central, Ni avait créé de toutes pièces une unité d'enquêteurs d'élite et il avait passé les dix dernières années à se bâtir une réputation d'honnêteté.

Mais il n'avait jamais entendu parler du moindre Ba.

« De quoi s'agit-il ? demanda-t-il.

— Avec toutes tes possibilités d'investigation, tu devrais certainement pouvoir en savoir davantage sur eux. Maintenant que tu sais où chercher. »

Il n'aimait pas ce ton condescendant.

« Où ?

— Partout autour de toi. »

Il secoua la tête.

« Tu es non seulement un voleur, mais aussi un menteur.

— Je suis simplement un vieil homme qui en sait davantage que toi... sur bon nombre de sujets. Ce qui me manque, c'est le temps. Toi, par contre, tu en as beaucoup devant toi.

— Tu ignores tout de moi.

— Au contraire. J'en sais beaucoup sur toi. Tu es

passé de chef d'escadron à capitaine de section, puis à commandant de la zone militaire de Pékin, un honneur insigne réservé à ceux en qui le gouvernement a une grande confiance. Tu étais membre de l'estimée Commission militaire centrale lorsque le Premier ministre lui-même t'a choisi pour diriger la Commission centrale pour l'inspection disciplinaire.

— Dois-je me sentir impressionné par le fait que tu connaisses mon parcours officiel ? Il est disponible sur Internet au vu et au su de tout le monde. »

Pau haussa les épaules.

« J'en sais beaucoup plus, ministre. Je m'intéresse à toi depuis longtemps. C'était une décision difficile à prendre, mais je dois dire que le Premier ministre a bien fait de te choisir. »

Pau était au courant de l'opposition qui s'était manifestée au moment de sa nomination. Beaucoup ne voulaient pas d'un militaire à ce poste qui lui permettait d'enquêter sur n'importe qui à son gré. Ils craignaient que cela donne davantage de pouvoir à l'armée.

Mais Ni avait prouvé aux sceptiques qu'ils s'étaient trompés.

« Comment sais-tu qu'il s'agissait d'une décision difficile à prendre ?

— Parce que le Premier ministre et moi-même avons discuté longuement à ton propos. »

10

PROVINCE DU SHAANXI, CHINE

Tang demanda au directeur de rester à l'intérieur du bâtiment de la fosse 3 et de monter la garde au rez-de-chaussée pour s'assurer qu'il ne serait pas dérangé. Non pas qu'il y ait eu grand risque. Il était le deuxième homme le plus puissant de Chine – bien que d'autres, à son grand agacement, aient commencé à mettre Ni Yong au même niveau. Tang s'était opposé à sa nomination, mais le Premier ministre avait écarté toutes les objections, disant que Ni Yong avait du caractère, que c'était un homme capable d'exercer le pouvoir de façon raisonnable, ce qu'il avait toujours fait, comme le montraient tous les rapports sur son compte.

Mais Ni était un confucéen.

Là-dessus, il n'y avait aucun doute.

Tang était un légaliste.

Ces deux étiquettes avaient dicté la politique de la Chine depuis presque trois mille ans. Tous les empereurs avaient été soit confucéens soit légalistes. Mao avait déclaré vouloir éliminer cette dichotomie, arguant que la révolution populaire n'était pas une question d'étiquette, mais en réalité, rien n'avait changé. Le Parti, comme les empereurs avant lui, prêchait une humanité confucéenne tout en exerçant le pouvoir absolu d'un légaliste.

Des étiquettes.

Elles étaient sources de problèmes.

Mais elles pouvaient se révéler parfois utiles.

Il espérait, d'ici quelques minutes, pouvoir décider quel côté de ce spectre lui servirait dans sa bataille imminente avec Ni Yong.

Il franchit la porte de fortune.

La pièce froide et humide qui se trouvait derrière avait été creusée dans la terre et scellée des siècles auparavant avec de l'argile et de la pierre. Des lampes avaient été installées pour éclairer les quelque cinq mètres carrés de l'endroit. Le silence, la décrépitude, ainsi que les couches de suie lui donnaient l'impression d'être un intrus pénétrant sans autorisation dans une tombe restée intacte depuis l'origine.

« C'est remarquable », lui dit l'individu à l'intérieur.

Tang avait besoin d'une évaluation sérieuse, et cet académicien sec au menton fuyant était l'homme de la situation.

Trois tables en pierre, couvertes d'épaisses couches de poussière et de terre, soutenaient ce qui semblait être des feuilles marron friables empilées les unes sur les autres.

Il savait ce que c'était.

Un trésor de feuilles de soie, chacune portant des caractères et des dessins à peine visibles.

Sur d'autres piles, il y avait des bandes de bambou, attachées ensemble, portant chacune des colonnes de lettres. Le papier n'existait pas quand ces pensées avaient été transcrites – et la Chine n'utilisait jamais de papyrus, seulement de la soie et du bois, ce qui était une chance puisque les deux se conservaient durant des siècles.

« Est-ce la bibliothèque perdue de Qin Shi ? » demanda Tang.

L'autre acquiesça de la tête.

« On dirait. Il y a des centaines de manuscrits. Ils couvrent tous les sujets. Philosophie, politique, médecine, astronomie, ingénierie, stratégie militaire, mathématiques, cartographie, musique, et même le tir à l'arc et l'équitation. Ce pourrait bien être la plus grande somme de connaissances originales jamais découverte sur l'époque du premier empereur. »

Il savait ce que cette affirmation signifiait. En 1975, plus de mille bandes de bambou de la dynastie Qin avaient été découvertes. Les historiens les avaient jugées comme étant une découverte majeure, mais des examens ultérieurs avaient mis leur authenticité en doute. On avait fini par déterminer que la plupart dataient d'après Qin Shi, quand des dynasties ultérieures avaient voulu reconstruire la réalité. Pourtant, ce trésor était resté enterré depuis des siècles à un kilomètre de la tombe du premier empereur, comme faisant partie de son imposant mausolée, gardé par son armée éternelle.

« Le plus étonnant est que je peux les lire », dit l'expert.

Tang mesurait l'importance de cette faculté. La chute d'une dynastie régnante avait toujours été considérée comme le retrait du mandat du ciel. Pour éviter toute malédiction, chaque nouvelle dynastie se devait de critiquer la précédente. La purge qui s'ensuivait était telle que même le système d'écriture était modifié, rendant tout déchiffrage de ce qui avait existé avant d'autant plus difficile. Il avait fallu attendre ces dernières décennies pour que des savants, comme l'expert qui l'accompagnait ce soir, aient pu apprendre à déchiffrer ces documents.

« Ils sont là ? demanda Tang.

— Permets-moi de te montrer ce que j'ai trouvé. »

L'expert prit en main une des soies fragiles.

De petits nuages de poussière montaient dans l'air comme des fantômes en colère.

Qin Shi lui-même s'était assuré qu'aucun des écrits de son temps ne survivrait à son règne, puisqu'il avait ordonné que tous les manuscrits soient brûlés, sauf ceux qui traitaient de la médecine, de l'agriculture et de la divination. Le but était de « rendre le peuple ignorant » et d'éviter « l'utilisation du passé pour discréditer le présent ». Seul l'empereur avait le droit de posséder une bibliothèque, et le savoir resterait un monopole impérial. Les érudits qui s'opposaient à ce décret étaient exécutés. Et surtout, le moindre écrit de Confucius devait être immédiatement détruit, puisque ces enseignements contredisaient radicalement la philosophie du premier empereur.

« Écoute, dit l'expert : *Il y a longtemps, Confucius est mort et ses paroles se sont perdues. Ses soixante-dix disciples ont péri et la grande vérité a été pervertie. Donc, les* Annales *furent divisées en cinq versions, les* Poèmes *en quatre, et les* Mutations *furent transmis suivant diverses traditions. Diplomates et penseurs se mirent à discuter de ce qui était vrai ou faux, et les paroles du maître devinrent un chaos confus. Cela troubla l'empereur, et il fit brûler les écrits afin de rendre idiot le peuple ordinaire. Il garda cependant les pensées originales du maître, entreposées dans le palais, et elles l'accompagnèrent jusqu'à sa mort.* »

Ce qui voulait dire que l'ensemble des six grands manuscrits confucéens devaient se trouver ici.

Le *Livre des Mutations*, un manuel sur la divination. Le *Canon de l'Histoire*, qui traite des discours et des actes des légendaires rois sages de l'Antiquité. Le *Canon des Poèmes*, contenant plus de trois cents vers truffés de significations cachées. Les *Annales des Printemps et des Automnes*, une histoire complète de la région d'origine de Confucius. Le *Livre des Rites*, qui expliquait le comportement adéquat à adopter par chacun, depuis le paysan jusqu'au dirigeant. Et finalement le *Livre de la Musique*, dont le contenu demeurait inconnu faute de copie existante.

Tang savait que les Hans, qui succédèrent au premier empereur pendant quatre cent vingt-cinq ans sans interruption, avaient essayé de réparer les dommages causés par Qin Shi en réunissant de nombreux textes de Confucius. Mais personne ne savait si ces éditions plus tardives respectaient vraiment les originaux. La découverte d'un jeu complet de textes, intacts, serait un événement considérable.

« Combien de manuscrits y a-t-il ici ? demanda Tang doucement.

— J'ai compté plus de deux cents textes différents. »

L'expert s'arrêta un instant.

« Mais aucun n'est de Confucius. »

La peur le gagnait.

Confucius était le nom romain que des jésuites du XVIIe siècle avaient donné à un sage connu par ses disciples au Ve siècle av. J.-C. sous le nom de Kongfuzi. Ses pensées avaient survécu sous forme de proverbes, et son credo semblait être que l'homme cherche à vivre en faisant du bien, en se comportant en tout temps avec humanité et courtoisie, en travaillant avec assiduité, en respectant famille et gouvernement. Il insistait sur « le comportement des rois anciens » et encourageait les dirigeants actuels à puiser leur force et leur sagesse dans le passé. Il prônait une société très réglementée, mais le moyen pour parvenir à cet ordre n'était pas la force, mais plutôt la compassion et le respect.

Qin Shi n'était pas confucéen. Au contraire, il était un adepte du légalisme.

Cette contre-philosophie prétendait que la force et la terreur étaient les seules bases légitimes du pouvoir. Une monarchie absolue, une bureaucratie centralisée, la domination de l'État sur la société, la loi comme outil pénal, la surveillance, les informateurs, la persécution des dissidents et la coercition politique étaient ses outils fondamentaux.

Les deux philosophies préconisaient un État uni, un souverain puissant et une population totalement soumise. Mais, tandis que les légalistes frappaient, les confucéens enseignaient le respect – l'obéissance consentie du peuple. Lorsque le premier Empire légaliste tomba au IIIe siècle av. J.-C., il fut remplacé par le confucianisme qui subsista, sous une forme ou une autre, jusqu'au XXe siècle, quand les communistes imposèrent un retour du légalisme.

La pensée confucéenne était pourtant redevenue populaire. Le peuple se reconnaissait dans ses préceptes pacifiques, surtout après soixante années d'oppression radicale. Encore plus perturbant était la montée de la démocratie, une philosophie beaucoup plus troublante que le confucianisme.

« Il y a en tout cas une bonne nouvelle, dit l'expert. J'ai trouvé une confirmation pour l'autre chose. »

Tang suivit l'homme vers une deuxième table en pierre.

« Ces rouleaux de bambou constituent en quelque sorte des rapports annuels sur le premier Empire. »

Tang savait que les anciens Chinois consignaient presque tout dans le moindre détail, surtout les phénomènes naturels. Dans sa spécialité, la géologie, ils avaient classifié les roches en éléments métalliques, non métalliques et argiles. Ils avaient noté la dureté, la couleur, l'éclat et la forme. Ils avaient même isolé des substances qui s'étaient formées dans les profondeurs du sol et déterminé comment on pouvait les extraire.

« Il y a des comptes rendus d'exploration par forage, dit l'expert. Très précis. »

Tang avait déjà repéré d'autres soies. Des cartes.

« Est-ce que notre site est indiqué ? »

L'homme acquiesça.

« Seulement la zone générale. Sans points de référence géographiques, il est impossible de le connaître avec certitude. »

Bien que les anciens aient développé le compas et la cartographie, il leur manquait la latitude et la longitude, un des rares concepts révolutionnaires que les Chinois n'avaient pas élaboré les premiers.

« Prends ces cartes et mets-les à l'abri, ainsi que tout ce qui a un lien direct avec notre recherche. »

L'expert acquiesça encore.

« Le reste n'a pas d'importance. Maintenant, passons à l'autre problème. Montre-moi. »

L'homme chercha dans la poche de sa veste et lui tendit un objet en argent qui brillait à la lumière.

Une montre.

D'apparence industrielle, avec un cadran et des chiffres lumineux. Un remontoir dépassait d'un côté, et le mot SHANGHAI indiquait son lieu de fabrication.

« Elle doit avoir des dizaines d'années, dit Tang.

— Elle a été trouvée à l'intérieur quand ils ont percé. Les archéologues du musée ont d'ailleurs été davantage intéressés par cet objet que par les manuscrits. »

Il comprenait maintenant pourquoi le directeur s'était montré tellement réservé.

« Quelqu'un est déjà entré ici ? »

L'expert fit oui de la tête.

« De toute évidence. La montre n'existait pas du temps de Qin Shi. Retourne-la. »

Une série de caractères chinois était gravée au dos. Il se rapprocha de la lumière et déchiffra ce qui était écrit.

SERS LE PEUPLE
1968

Il avait déjà vu une montre portant la même inscription. Elles avaient été données à certains membres du Parti à l'occasion du soixante-quinzième anniversaire de Mao Tsé-toung. Rien de prétentieux ni de cher, juste un simple souvenir d'une occasion solennelle.

Le 26 décembre 1968.

Rares étaient les dirigeants de la première génération à être encore vivants. Bien qu'ils aient joui d'un statut à part dans le panthéon communiste, nombre d'entre eux avaient été victimes des purges de Mao. D'autres étaient morts de vieillesse. Un seul, pourtant, était toujours en activité dans le gouvernement. Le Premier ministre, à qui il arrivait de montrer le cadeau de l'ancien président.

Il fallait que Tang en soit certain.

« Il n'y a aucun texte de Confucius ici ? Tu en es sûr ? »

L'expert secoua la tête.

« Cette pièce a été vidée. Ils auraient dû être là, mais ils ont disparu. »

Décidément, ses plans semblaient devoir être contrariés. Jin Zhao. Lev Sokolov. Ni Yong.

Et maintenant ceci.

Il fixait l'objet qu'il tenait.

Il savait exactement à qui cette montre avait jadis appartenu.

11

Cassiopée s'éloigna de l'homme qui gisait inerte sur le sol et s'approcha de la porte. Enfin, elle pouvait prendre l'offensive et elle abattrait quiconque menacerait sa liberté.

Elle jeta prudemment un coup d'œil dans le couloir étroit. Deux mètres plus loin, la porte des toilettes était entrouverte. Une seconde porte, encore un mètre plus loin, mais de l'autre côté, était fermée. Le couloir débouchait dans ce qui semblait être un hall d'entrée bien éclairé.

Elle sortit.

Les murs étaient d'un rose sale, et le plâtre du plafond aurait eu besoin d'un coup de peinture. C'était sans aucun doute une maison. Une location. Sûrement à l'écart, avec une pièce obscure, bien pratique, située sous un escalier.

Elle n'avait pas quitté son jean et son chemisier depuis deux jours. Sa veste lui avait été enlevée dès le début. Curieusement, elle avait encore son portefeuille et son passeport. Tout sentait la transpiration, et elle avait besoin d'une douche chaude, bien que, après ce qu'elle venait de vivre, l'idée de l'eau coulant sur son visage la rebutât.

Elle avança avec précaution sur la pointe des pieds, l'arme à la main, le doigt sur la gâchette.

Arrivée au bout du couloir, elle se dirigea vers la porte d'entrée, mais hésita en entendant quelqu'un s'exprimer tout bas.

Elle s'arrêta pour écouter.

La voix s'éleva, puis le silence retomba. On parla à nouveau. Comme si c'était une conversation téléphonique. Elle continua à écouter : il n'y avait qu'une seule personne. Après tout, elle était également redevable à ce salaud-là. Elle avait déjà passé sa colère sur l'homme gisant dans sa cellule, alors pourquoi ne pas en finir ?

Elle repéra l'endroit au bout d'un autre couloir avec une porte entrouverte. Avant de s'y aventurer, elle s'approcha d'une fenêtre pour regarder dehors : on ne voyait que des arbres et des pâturages. Ils étaient quelque part en rase campagne. Elle avait été transportée ici dans le coffre d'une voiture, les yeux bandés. Elle avait estimé la durée du trajet à un peu moins d'une heure, ce qui, compte tenu de la situation d'Anvers, pouvait signifier qu'elle se trouvait aussi bien en Belgique, en Hollande ou en France.

Une Toyota de couleur sombre était garée devant. Elle se demanda si les clés pouvaient être restées dessus, ou bien dans la poche d'un de ses ravisseurs.

La voix étouffée continuait de parler au téléphone.

Autant profiter de cet endroit isolé. Il fallait qu'elle sache pour qui ces gens travaillaient. Ils pouvaient la conduire vers le fils de Sokolov. Le retrouver était son seul souci. Heureusement, elle avait tout prévu et agi en conséquence, c'est-à-dire en impliquant Cotton.

Autrement, elle serait morte, et le garçon disparu à jamais.

Elle s'arrêta devant la porte, sans perdre de vue la bande lumineuse verticale qui s'échappait de la pièce de l'autre côté.

Cette voix lui rappelait quelque chose.

Elle ignorait combien de personnes se trouvaient dans la pièce à côté, mais elle s'en fichait. Ses nerfs étaient à vif. Sa patience à bout.

Elle était fatiguée, sale, morte de faim et furieuse.

Armée de son pistolet, elle ancra son pied gauche dans le sol et donna un grand coup dans le bois avec son talon droit.

La porte s'enfonça vers l'intérieur et s'écrasa contre le mur.

Elle plongea en avant et constata aussitôt qu'il n'y avait qu'un seul homme, en conversation sur son portable.

Il ne manifesta pas la moindre surprise.

Il se contenta de refermer son téléphone et lui dit : « Il était temps. »

Elle le dévisagea, comme si elle avait vu un fantôme. Et d'une certaine façon, c'en était un.

Malone n'avait jamais entendu le mot *eunuque* dans une conversation.

« C'est comme un mâle châtré ? demanda-t-il.

— Vous en connaissez qui ne le soient pas ? dit Ivan. Ces gens-là sont des méchants. »

Il étendit ses petits bras.

« Ils s'allongent, les jambes bien écartées, et clic-clac ! plus rien. »

Il leva le doigt.

« Et sans le moindre bruit. Pas un son ne sort de leurs lèvres.

— Et pour quelle raison font-ils ça ? demanda Malone.

— L'honneur. Ils supplient pour y parvenir. Vous savez ce qu'ils font des parties enlevées ? Ils les appellent *pao*, trésor, et les conservent dans des bocaux sur l'étagère la plus haute. Le *kao sheng*. Position élevée. Symbole de l'accession à une position élevée. Tout ça est complètement dingue. »

Malone était bien d'accord.

« Mais ils le font tout le temps. À présent, les eunuques sont prêts à prendre le pouvoir en Chine.

— Comment donc ?

— Voilà bien une expression du Sud ? Je sais que vous êtes originaire du sud des États-Unis. C'est de là que vient le nom de Cotton.

— Venons-en au fait. »

Ivan aimait faire croire à son auditoire qu'il était stupide, mais ce Russe baraqué ne l'était pas du tout.

« Le Ba. Une organisation secrète chinoise. Vieille de deux mille ans. La version moderne ne vaut pas mieux que l'originale. Ils ont l'intention de prendre le pouvoir. Ce qui n'est pas bon, ni pour mon pays, ni pour le vôtre. Ce sont des méchants.

— Quel rapport avec Cassiopée ?

— Je ne sais pas exactement. Mais il y a un lien. »

Maintenant Malone savait que l'homme mentait.

« Vous racontez n'importe quoi. »

Ivan gloussa.

« Je vous aime bien, Malone. Mais vous, vous ne m'aimez pas. Je vous sens très négatif à mon égard.

— Ces deux-là dans la rue derrière ne me paraissent pas très positifs.

— Tant pis pour eux. Tuer débarrasse le monde de deux problèmes.

— Une chance pour nous tous que vous vous soyez trouvé ici, au travail.

— Malone, le problème est sérieux. »

Cotton plongea en avant, attrapa Ivan par les revers de sa veste et l'accula contre les briques derrière eux. Ils se retrouvèrent nez à nez.

« Je le reconnais. Mais, nom de nom, où est Cassiopée ? »

Il savait que les renforts étaient probablement sur le point d'entrer en action. Il était prêt à se retourner pour s'occuper des deux types. Évidemment, cela supposait qu'ils ne décident pas de tirer d'abord.

« Cette colère est salutaire pour nous, dit Ivan doucement, l'haleine toujours fétide.

— C'est qui, *nous* ?

— Moi, Cotton. »

Les mots venaient de sa droite. Une nouvelle voix. De femme. Une voix familière.

Il aurait dû s'en douter.

Il relâcha sa prise et se retourna.

Stéphanie Nelle était à trois mètres.

Cassiopée arma le pistolet et le braqua sur Viktor Tomas[1].

« Espèce de pourriture de...

— Ne dites pas des choses que vous risquez de regretter. »

La pièce ressemblait à une sorte de salle de réunion, avec une chaise sur laquelle était assis Viktor, trois autres vides, quelques tables et des lampes. Des fenêtres ouvraient sur le devant de la maison par lesquelles elle aperçut la Toyota.

« Vous m'avez torturée. »

Il haussa les épaules.

« Auriez-vous préféré que ce soit quelqu'un d'autre ? Je me suis arrangé pour que l'expérience soit au moins supportable. »

Elle tira sur l'assise de la chaise rembourrée, en visant entre ses jambes.

« C'est ça que vous appelez supportable ? »

Il ne broncha pas, les yeux écarquillés, sans la moindre expression.

---

1. Voir, du même auteur, *La Conspiration du temple*, le cherche midi, 2009.

« Vous êtes soulagée ? »

La dernière fois qu'elle avait vu cet homme, c'était un an plus tôt. Il était au service d'un dictateur d'Amérique centrale. Apparemment, il avait trouvé un nouvel emploi.

« Pour qui travaillez-vous ? »

Il se leva.

« Le premier vice-Premier ministre chinois, Kwai Tang. »

Elle explosa de nouveau.

« Donnez-moi une seule bonne raison de ne pas vous tuer.

— Que diriez-vous de celle-ci : je sais où est retenu le fils de Lev Sokolov. »

12

Ni était stupéfait.

« Tu as parlé de moi avec le Premier ministre ? »

Pau acquiesça.

« Souvent. Nous parlons aussi de la nation.

— Et pourquoi s'entretient-il avec toi ?

— Il y a très longtemps, nous avons partagé beaucoup de choses, lui et moi. Il n'est pas aussi idiot ni aussi impuissant qu'on le croit trop souvent. »

Ni savait que la plupart des membres du Comité central ne se souciaient plus de l'avis du Premier ministre. À bientôt quatre-vingts ans, il était en mauvaise santé et occupait encore ce poste car personne, jusqu'à maintenant, n'avait rallié suffisamment de suffrages pour prendre les choses en main.

Pau avait raison.

Il y avait une scission à l'intérieur du Parti communiste chinois. Comme ça avait été le cas en 1976, lorsque Mao était mourant, et que sa femme et ses trois acolytes avaient formé la tristement célèbre bande des Quatre. Le premier secrétaire de l'époque et Deng Xiaoping s'étaient alliés pour s'opposer à la bande, reprenant finalement le contrôle politique à l'issue d'une autre bataille idéologique – légalisme contre confucianisme –, conflit qui fut réglé à l'abri des regards, au sein de la hiérarchie du Parti, tout comme le serait le conflit actuel.

« À quoi travaille le Premier ministre ?

— Il s'efforce de déterminer ce qui est le mieux pour la Chine. »

Cela ne voulait rien dire.

« Ministre, tu crois peut-être que tu jouis d'un important soutien politique, et peut-être est-ce le cas. Mais ce soutien s'évanouirait en un clin d'œil si jamais le Ba prenait le pouvoir. Ils ont toujours été légalistes, avec un seul objectif, une domination sans faille. Ils ne manifesteraient aucune tolérance à ton égard.

— Qu'aurais-je à craindre d'un groupe d'eunuques ? »

Pau fit un geste en direction de la porte ouverte, de l'autre côté de la cour, vers la salle d'exposition.

« J'ai accumulé là-bas un grand nombre de manuscrits de notre passé. Des textes fascinants, mais aucune *Magna Carta*. Pas de grands discours ou de manifestes d'indépendance. Notre héritage, ministre, est le despotisme. L'histoire de la Chine est dominée

106

par des seigneurs de guerre, des empereurs et des communistes. Tous légalistes, autant qu'ils sont.

— Comme si je ne le savais pas. Tu as travaillé pour eux en un temps.

— Dis-moi, pourquoi crois-tu que ton avenir sera en rien différent ? Que souhaites-tu pour la Chine ? Si tu deviens Premier ministre, que feras-tu ? »

Ni avait souvent réfléchi à cette question. La nation était au bord du gouffre. Le système étatique actuel était incapable de générer assez de richesse et de technologie pour à la fois concurrencer le reste du monde et s'occuper d'un milliard et demi de personnes. Concentrer toutes les ressources économiques entre les mains de l'État comme le voulait Mao avait été un échec. Mais la politique de Deng encourageant l'investissement étranger sans limites avait ensuite connu le même sort.

Cela avait abouti à l'exploitation.

Gouverner la Chine pouvait se comparer au maniement d'un cerf-volant un jour de calme plat. On pouvait ajuster la queue, modifier la forme, courir plus vite, mais sans la moindre brise pour faire monter l'engin vers le ciel, rien ne risquait de se passer. Pendant des décennies, les dirigeants chinois avaient purement et simplement ignoré l'absence de vent. Ils n'avaient pas cessé de bricoler et de bricoler encore, essayant de forcer le cerf-volant à s'élever, mais ils avaient toujours échoué.

« Je veux tout changer », dit Ni doucement, étonné d'avoir prononcé ces mots.

Mais Pau avait fini par les lui soutirer.

Comment ce vieil homme en savait-il autant sur lui ?

« Ministre, il fut un temps où la supériorité de la Chine, avec son agriculture avancée, sa langue écrite et ses arts éminemment développés, offrait tellement d'attraits que ceux que nous avions conquis ou ceux qui nous avaient conquis cherchaient de leur plein gré à s'assimiler à nous. Ils nous admiraient et voulaient faire partie intégrante de *notre* société. Ce désir était renforcé par la prééminence d'une morale confucéenne pleine d'humanité – qui insistait sur l'harmonie, la hiérarchie et la discipline. D'innombrables textes anciens font référence à des peuples qui, il y a des siècles, ont cessé d'exister en tant que groupes ethniques distincts, tant leur assimilation était totale. Que s'est-il passé ? Pourquoi nous sommes-nous transformés en un pays qu'on veut éviter ?

— Nous nous sommes détruits », dit Ni.

La Chine avait connu des cycles successifs d'unification et de fragmentation – et chaque fois, quelque chose s'était perdu. Quelque chose d'irrémédiable. Une partie de la conscience collective. Une partie de la Chine.

« Tu comprends maintenant pourquoi je suis parti », dit Pau doucement.

En réalité, Ni ne comprenait toujours pas.

« Nos dynasties sont tombées de façon étonnamment prévisible, dit Pau. Souvent, les dirigeants de la première heure sont remarquables, alors que ceux qui leur succèdent sont faibles, dépourvus de toute motivation, ou même de simples marionnettes. Inévitablement, la corruption sert de lien entre le pouvoir et l'argent, sans que la loi intervienne jamais. Une absence de règles claires concernant les successions politiques génère le chaos. Des rébellions finissent par être fomentées à mesure que l'armée s'affaiblit. Alors le gouvernement s'isole, perd du pouvoir. La fin est proche. »

Pau se tut un instant.

« C'est le destin qu'ont connu toutes les dynasties chinoises depuis six mille ans. Au tour des communistes maintenant. »

Ni ne pouvait pas s'opposer à cette conclusion. Il se souvenait d'un voyage qu'il avait fait dans le Sud quelques mois auparavant dans le cadre d'une autre enquête. Un fonctionnaire local, un vieil ami, était venu le chercher en voiture à l'aéroport. En chemin, ils étaient passés devant des panneaux de publicité pour de nouveaux appartements avec piscine, jardin et cuisine moderne.

« Les gens en ont assez des révolutions culturelles et des guerres, lui avait dit son ami. Ils ont soif de biens matériels.

— Et toi ? avait-il demandé.

— Je suis pareil. Je veux une vie confortable. »

Ce commentaire l'avait frappé. Cela en disait long sur l'état actuel de la Chine, où le gouvernement ne faisait que parer au plus pressé. Mao avait prôné la fierté du dénuement. Le problème, c'est que plus personne n'y croyait.

Pau se baissa et traça deux caractères dans le sable du jardin.

Ni savait ce qu'ils voulaient dire.

« Révolution. »

Pau se releva.

« Plus précisément, "retrait du mandat". Toutes les dynasties chinoises ont justifié leur accession au pouvoir avec cette phrase. Quand la dynastie Qing est tombée en 1912, et que le dernier empereur a été forcé de quitter le trône, c'est ainsi que nous avons fait référence à cet événement historique. Mao confisqua le mandat de Tchang Kaï-chek pour bâtir une république post-Qing. Le temps est venu pour un nouveau retrait du mandat. La question est de savoir qui conduira cette opération. »

Il dévisageait l'homme âgé, en proie aux soupçons. L'enquêteur qu'il était avait renoncé à son rôle. Maintenant, il réfléchissait comme un homme politique, comme le dirigeant qu'il voulait être.

« Le communisme a survécu à son rôle historique, dit Pau. Une croissance économique incontrôlée et un nationalisme exacerbé ne peuvent plus le soutenir. Il n'y a plus rien qui relie l'actuel gouvernement chinois au peuple. La défaite des Soviets a clairement démontré cette faille. Maintenant ça recommence. Le chômage en Chine échappe à tout contrôle. Des centaines de millions de gens sont touchés. Le mépris de Pékin, comme ce fut le cas pour Moscou il y a des décennies, est inexcusable. Ministre, tu dois comprendre que le nationalisme sur lequel s'appuie le Parti aujourd'hui pourrait demain faire basculer la Chine dans le fascisme.

— Pourquoi crois-tu que je me bats pour conquérir le pouvoir ? éructa-t-il. Crois-tu que ce soit vraiment ça que je veux ? Crois-tu que ceux qui me soutiennent veulent ça ?

— Mais tu as bien découvert un problème, n'est-ce pas ? »

Comment ce sage, dont il venait de faire la connaissance aujourd'hui, était-il au courant de tout ce qui le préoccupait ?

« La chute de Moscou t'effraie, dit Pau. Comment pourrait-il en être autrement ? Mais nous sommes très différents. Nous savons composer avec nos contradictions. Longtemps nos dirigeants se sont déclarés confucéens, puis ils ont dirigé comme des légalistes, et pourtant jamais personne n'a remis en cause cette dichotomie. Et, contrairement aux Russes, la plupart des Chinois ne manquent pas de l'essentiel, ni de quelques gadgets chez eux. Notre parti n'est pas aveugle. Malgré tous nos défauts, nous ne commettrons pas un suicide politique. Ton dilemme est donc clair. Comment persuader un milliard et demi de personnes de faire fi de la norme et de te suivre dans l'inconnu ? »

Ni était curieux de connaître la réponse à cette question.

« La fierté, ministre. Une chose aussi simple. Peut-être suffirait-il d'y faire appel. »

13

COPENHAGUE

Malone était assis à une table du café Norden, près d'une fenêtre ouverte au premier étage. Dehors, la place Højbro grouillait de monde. Stéphanie Nelle et Ivan avaient trouvé des chaises. Les deux sbires d'Ivan étaient en bas, à une table en terrasse.

« La bisque de tomate est excellente ici », déclara Malone.

Ivan se frotta le ventre.

« Les tomates me donnent des gaz.

— Dans ces conditions, mieux vaut s'en passer », dit Stéphanie.

Malone connaissait Stéphanie depuis longtemps. Il avait fait partie des douze agents à l'origine de la division Magellan qu'elle avait créée au sein du ministère de la Justice. Elle s'était chargée personnellement de recruter douze hommes et femmes, chacun doté d'une expérience particulière. Malone avait fait carrière dans la marine, où il avait accédé au rang de capitaine, susceptible de piloter des avions et de se tirer des situations les plus périlleuses. Son diplôme de droit de l'université de Georgetown et son habilitation au tribunal ne faisaient qu'ajouter à son curriculum. La présence de Stéphanie ici, au Danemark, par une belle journée, n'augurait rien de bien. Son association avec Ivan ne faisait qu'empirer la situation.

Il connaissait son opinion quand il s'agissait de travailler avec les Russes.

Uniquement quand c'est nécessaire.

Il était bien d'accord.

Toutes les tables du café étaient occupées, et des gens montaient et descendaient d'un escalier dans un coin, beaucoup portant des sacs de courses. Il se demandait pourquoi ils devaient se parler dans un lieu public, mais il se doutait que Stéphanie savait ce qu'elle faisait.

« Qu'est-ce qui se passe ? demanda-t-il à son ancien boss.

— Il y a quelques jours, j'ai appris que Cassiopée avait partie liée avec Lev Sokolov. J'ai également appris à quoi le Russe s'intéressait. »

Il n'arrivait toujours pas à digérer les deux meurtres.

« Vous avez tué les deux hommes que je pourchassais pour nous obliger à négocier avec vous, dit-il à Ivan. Vous ne vouliez pas leur laisser le temps de me parler. Exact ?

— Ce sont de mauvaises personnes. De très mauvaises personnes. Ils ont mérité ce qu'ils ont eu.

— Je ne savais pas que ça allait arriver, lui dit Stéphanie. Mais ça ne me surprend pas.

— Vous vous connaissez, vous deux ? lui demanda-t-il.

— Ivan et moi avons déjà travaillé ensemble.

— Moi pas vous demander de l'aide, dit Ivan. Ceci pas concerner l'Amérique. »

Mais il comprit que Stéphanie s'était immiscée dans leurs affaires au nom du vieil adage : *Gardez près de vous vos amis et encore plus près vos ennemis.*

« Cotton, dit-elle. Cassiopée est impliquée dans quelque chose de bien plus important qu'elle ne le soupçonne. La Chine est en pleine lutte interne pour le pouvoir. Kwai Tang, le premier vice-Premier ministre, et Ni Yong, le chef du département anticorruption du Parti communiste chinois, se préparent à s'affronter pour le pouvoir. Nous observons cette lutte depuis un moment, et cela tourne à la guerre. Comme je l'ai dit, j'ai appris il y a quelques jours l'implication de Cassiopée. En fouinant davantage, nous avons appris qu'Ivan était également intéressé...

— Tu as donc sauté dans un avion pour venir au Danemark.

— C'est mon boulot, Cotton.

— Mais ce n'est pas le mien. Plus maintenant.

— Aucun d'entre nous, dit Ivan, n'a intérêt à voir gagner Tang. C'est un nouveau Mao... en pire. »

Malone s'adressa à Ivan.

« Vous m'avez parlé d'un enfant disparu et d'un certain Lev Sokolov.

— Le camarade Sokolov est géologue, dit Ivan. Il est russe mais travaille pour les Chinois. Disons qu'il détient des informations qu'il vaudrait mieux qu'il ne sache pas.

— Raison pour laquelle il valait mieux qu'il soit mort », compléta Malone.

Ivan acquiesça.

« Qu'est-ce qu'il sait ? »

Ivan secoua la tête.

« Il est mieux pour vous ne pas savoir. »

Malone se retourna vers Stéphanie.

« J'espère que toi au moins tu sais. »

Elle ne répondit pas.

Il sentit que sa colère commençait à monter.

« Dans quoi Cassiopée s'est-elle fourrée qui soit tellement important pour que quelqu'un la soumette à l'asphyxie par l'eau ? »

Stéphanie ne répondait toujours pas, bien qu'il fût évident qu'elle connaissait la réponse. Elle se tourna vers Ivan.

« Dites-lui. »

Le Russe parut réfléchir à la demande, et Malone comprit soudain qu'Ivan n'était pas un simple agent de terrain. C'était un décisionnaire.

Comme Stéphanie.

« Vitt, dit Ivan, est à la recherche d'une œuvre d'art. Une lampe que Kwai Tang veut également. Quand Sokolov ne coopère pas, Tang kidnappe son fils. Alors Sokolov fait deux choses auxquelles Tang ne s'attend pas. Il appelle Vitt et disparaît. Personne ne voit Sokolov depuis deux semaines. »

Il claqua des doigts.

« Disparu.

— Donc Kwai Tang a enlevé Cassiopée ? » demanda Malone.

Ivan acquiesça.

« Je dis oui.

— Qu'est-ce qui s'est passé là-bas aujourd'hui, Cotton ? » demanda Stéphanie.

Il lui parla de la note, de l'asphyxie par l'eau, de son improvisation.

« Ça m'a paru la meilleure façon de la jouer. Évidemment, je ne savais pas que j'avais un auditoire.

— Je t'assure que nous poursuivions ces deux-là pour voir où ils nous conduiraient. J'allais t'informer après. Les tuer ne faisait pas partie de mon plan.

— Vous autres Américains mettez votre nez dans mes affaires, dit Ivan. Ensuite vous voulez me dire comment il faut s'y prendre.

— Arrêtez de délirer, dit Malone. Vous avez tué les deux personnes qui auraient pu nous mener dans une direction quelconque, si bien que nous dépendons encore plus de vous. »

Ivan haussa les épaules

« Des accidents arrivent. Prenez ce que vous avez sous la main. »

Malone aurait aimé flanquer son poing dans le visage de ce salopard, mais il se ravisa.

« Pourquoi cette lampe est-elle si importante ? » demanda-t-il.

Ivan haussa à nouveau les épaules.

« Elle provient d'une vieille tombe. Sokolov doit se la procurer pour satisfaire Kwai Tang.

— Où est-elle ? demanda-t-il.

— À Anvers. C'est pour cela que Vitt est allée là-bas il y a quatre jours. Deux jours plus tard, votre amie disparaît. »

Il se demandait ce qui avait bien pu agacer les Russes au point de monter une opération majeure des services de renseignements, en dépêchant un agent de moyen ou de haut niveau, et pour contrarier les Américains, en tuant de sang-froid deux personnes en plein Copenhague. Sans aucun doute, c'*était très important.* Et pourquoi est-ce que Washington s'y intéressait au point d'impliquer la division Magellan ? On faisait généralement appel à Stéphanie quand les services de renseignements habituels n'étaient plus à la hauteur. Cassiopée était certainement tombée sur quelque chose de suffisamment important pour qu'on veuille la torturer. Était-elle encore sous la torture en ce moment ? Les deux morts devant l'Hôtel d'Angleterre n'avaient pas pu faire leur rapport, et celui qui avait envoyé la vidéo devait certainement soupçonner que la mission de récupération avait échoué.

« Je devrais retourner à mon ordinateur, dit Malone. Ils vont peut-être essayer de me recontacter.

— Ça m'étonnerait, dit Stéphanie. En décidant d'improviser, Ivan a sans doute scellé le sort de Cassiopée. »

Malone aurait préféré ne pas entendre ça, mais elle avait raison. Ce qui l'enrageait encore davantage. Il jeta un regard furieux à Ivan.

« Vous ne paraissez pas inquiet.

— J'ai faim. »

Le Russe appela une serveuse et désigna un plat de *røget* dans une vitrine réfrigérée, en lui montrant cinq doigts. La femme acquiesça pour lui dire qu'elle avait compris combien de poissons fumés il fallait apporter.

« Ça va vous donner des gaz, dit Malone.

— Mais ils sont délicieux. Les Danois s'y connaissent en poisson.

— S'agit-il d'une opération majeure entièrement sous la responsabilité de la division ? » demanda Malone à Stéphanie.

Elle fit oui de la tête et ajouta :

« Sur une grande échelle.

— Que veux-tu que je fasse ? »

Il montra Ivan du doigt.

« Le sergent Schultz ici présent ne sait rien, ne voit rien et n'entend rien.

— Qui dit ça ? Je ne dis jamais ça. Je connais beaucoup. Et j'adore la série *Papa Schultz*. »

— Vous n'êtes qu'un idiot de Russe. »

Le colosse sourit.

« Ah, je vois. Vous voulez me mettre en colère. Faire monter la pression, c'est ça ? Grand idiot va perdre son sang-froid et dire plus qu'il devrait. »

Il agita un doigt boudiné.

« Vous regardez trop *Les Experts* à la télévision. Ou bien *NCIS*. J'adore cette série. Mark Harmon est un vrai dur. »

Malone décida de tenter une autre approche.

« Que devait faire Cassiopée une fois la lampe récupérée ?

— Elle donne à Tang, qui rend le garçon.

— Vous ne croyez pas vraiment cela.

— Moi ? Non. Kwai Tang n'est pas honnête. Le garçon est loin. Ça, j'en suis sûr. Vous savez que...

— Cassiopée est au courant, termina Stéphanie.

— Exactement, dit Malone. Elle s'est donc couverte et a caché la lampe. Ils l'ont attrapée. Elle leur a dit que c'était moi qui l'avais, pour gagner du temps.

— Je ne sais pas grand-chose sur elle, dit Ivan. Elle est maligne ? »

Peut-être pas assez, étant donné les circonstances.

« Ivan me dit que des eunuques vont prendre le pouvoir en Chine. Il les appelle les Ba. »

Stéphanie acquiesça.

« C'est une faction radicale. Ils ont de grandes ambitions, dont rien de bon pour nous, ou pour qui que ce soit d'autre. Le département d'État ne les a pas vraiment pris au sérieux, mais il s'est trompé. Autre raison pour laquelle je suis ici, Cotton. »

Il comprenait son dilemme. Russes ou Chinois ? Un mal de tête ou un estomac barbouillé ? Mais il sentait bien qu'il y avait autre chose. Dont elle ne voulait pas parler pour l'instant.

La serveuse apporta les cinq assiettes de poisson.

« Ah, dit Ivan. Merveilleux. Vous êtes sûr de ne pas en vouloir ? »

Stéphanie et lui firent non de la tête.

Ivan engloutit un poisson tout entier.

« Je dirai seulement qu'il s'agit de choses importantes, déclara-t-il. Des choses que les Chinois doivent ignorer.

— Et les Américains ? demanda Malone.

— Vous aussi.

— Et Sokolov a parlé aux Chinois ? »

Ivan mastiquait son poisson.

« J'ignore. C'est pourquoi nous devons savoir à propos de la lampe. »

Malone regarda dehors. Sa boutique était de l'autre côté du square ensoleillé. Des gens entraient et sortaient par la porte alors que d'autres s'agglutinaient autour du jardin animé comme des abeilles autour de leurs ruches. Il aurait dû être en train de vendre des livres. Il aimait ça. Ses quatre employés, recrutés localement, travaillaient bien, veillant à ce que les étagères soient toujours remplies. Il était fier de son affaire. Beaucoup de Danois venaient maintenant régulièrement lui acheter des éditions rares. En trois ans, il avait acquis la réputation de pouvoir trouver aux clients ce qu'ils voulaient. Tout comme pendant les douze années passées en tant qu'agent de Stéphanie Nelle.

Pour l'instant, Cassiopée avait besoin qu'il se montre efficace.

« Je pars pour Anvers », dit-il.

119

Ivan était en train d'avaler un autre poisson.

« Et que faites-vous quand vous êtes là-bas ? Vous savez où chercher ?

— Et vous ? »

Ivan s'arrêta de manger et sourit.

Des morceaux de chair étaient restés coincés entre ses dents jaunes.

« Je sais où est Vitt. »

14

Cassiopée réfléchit à ce que Viktor avait dit à propos du fils de Lev Sokolov qui avait été kidnappé. Puis elle demanda :

« Pour qui travaillez-vous ?

— Quand j'ai quitté la fédération d'Asie centrale, je suis allé vers l'est et j'ai abouti en Chine. Là, j'ai pu trouver de nombreuses opportunités de travail.

— Surtout pour un salopard et un menteur comme vous. »

Il secoua la tête.

« Je ne comprends pas que vous puissiez avoir une telle opinion de moi. En Asie centrale, je n'ai fait que mon boulot. Et je l'ai bien fait. Tous les objectifs de la mission ont été remplis.

— Et moi j'ai failli être tuée. Deux fois.

— Voilà le mot clé. *Failli*. Encore une fois, j'ai fait mon boulot. »

Elle savait qu'il cherchait à éluder la question.

« Pour qui travaillez-vous ?

— Je vous dis la vérité. Kwai Tang.

— Vous baissez. De président suprême de la fédération d'Asie centrale au deuxième dans la hiérarchie en Chine.

— Il paie bien, il m'offre la couverture santé et dentaire, et trois semaines de congés payés. L'année prochaine, il mettra en place une assurance retraite. »

Elle n'appréciait pas particulièrement son humour.

« C'est vous qui avez envoyé ces hommes à ma poursuite il y a deux jours ? »

Viktor acquiesça.

« On ne pouvait pas vous laisser quitter la Belgique avec cette lampe.

— Pourquoi ? Tang la voulait ?

— Il n'a aucune intention de rendre le garçon de Sokolov. Il a donc décidé de récupérer la lampe ici.

— Pourquoi ne pas s'être contenté d'aller trouver Pau Wen lui-même ? Ou de vous envoyer ? Pourquoi moi ?

— Honnêtement, je ne sais pas. »

Elle gardait le pistolet braqué sur lui.

« *Honnêtement* ? Voilà un mot qui ne fait pas partie de votre vocabulaire. »

Elle le fusilla du regard.

« Vous m'avez torturée.

— Je me suis assuré que vous ne le soyez pas vraiment.

— Je ne suis pas de cet avis. »

Son visage s'adoucit.

« Auriez-vous préféré qu'un vrai spécialiste pratique sur vous le supplice de l'eau ? »

Il avait changé depuis un an. Toujours petit et

trapu, sa tignasse négligée d'alors avait subi une coupe en règle dégageant bien les oreilles. Son nez large et ses yeux enfoncés trahissaient toujours ses origines slaves, mais son teint était plus basané qu'il ne l'était en Asie centrale. Il n'avait sûrement pas plus de quarante ans et avait troqué les vêtements larges, qui dissimulaient alors des épaules et des bras musclés, pour une tenue plus à la mode, avec un pantalon étroit et une chemise de créateur.

« Où est le garçon ? demanda-t-elle.

— Sokolov s'est joué des Russes. Maintenant il se joue des Chinois. Et avec ces deux-là, on ne joue pas, surtout avec les Chinois. Ils tuent impunément, puisqu'ils incarnent la loi.

— Nous ne sommes pas en Chine.

— Et Sokolov y est, Tang le recherche. Je suppose que vous l'avez caché, mais ce n'est qu'une question de temps pour qu'on le retrouve. Tang a des espions par dizaines de milliers, chacun voulant faire plaisir au premier vice-Premier ministre, celui qui deviendra peut-être même le prochain Premier ministre de Chine. Vous et moi ne comptons pas dans toute cette affaire. »

Elle s'en doutait.

« Que faites-vous pour lui ?

— Tang m'a engagé l'automne dernier. Il avait besoin d'un agent qui n'était pas chinois, et moi, je me trouvais entre deux boulots. Il m'a assigné cette mission particulière uniquement quand il a entendu mentionner votre nom. Quand je lui ai expliqué nos rapports – avec les quelques réserves d'usage –, Tang m'a envoyé ici. »

Elle baissa son arme, en proie à des émotions contradictoires.

« Avez-vous la moindre idée de ce que vous m'avez fait subir ?

— Je n'avais pas le choix. Tang donne les ordres. Je vous ai donné une chance de vous échapper hier lorsque je vous ai fait apporter à manger, mais vous dormiez. J'ai fini par vous envoyer mon compatriote, en espérant que cette fois vous passeriez à l'acte. »

Il désigna le pistolet.

« Ce que vous avez fait apparemment. Je vous attendais ici. »

Il montra le téléphone sur la table.

« C'était une fausse conversation.

— Et qu'est-ce qui vous a fait croire que je ne me contenterais pas de partir ?

— Parce que vous êtes furieuse. »

Cet homme la connaissait bien.

« Vous avez d'autres hommes de main dans les parages ?

— Juste celui que vous avez laissé dans votre pièce. Vous lui avez fait mal ?

— Il gardera des traces.

— Cassiopée, Tang veut cette lampe. Pourquoi ne pas la lui donner tout simplement et en finir avec ça ?

— Et perdre cet enfant ? Comme vous le savez, cette lampe est ma seule monnaie d'échange. Vous avez affirmé que vous saviez où était le garçon. Dites-le-moi.

— Ce n'est pas si simple. Vous ne pourriez jamais vous en approcher. Laissez-moi vous aider.

— Je travaille seule.

— Est-ce pour cela que vous avez impliqué Malone ?

123

Je savais bien que vous mentiez, mais Tang m'a fait entrer en contact avec lui.

— Qu'est-ce qui s'est passé à Copenhague ?

— Je n'ai aucune nouvelle des deux types qui ont été recrutés pour le job. Mais, avec Malone, les choses ont certainement mal tourné pour eux deux. »

Il fallait qu'elle appelle le Danemark pour tout expliquer. Mais pas d'ici.

« Où sont les clés de cette voiture dehors ?

— Sur le tableau de bord. »

Il se leva.

« Laissez-moi y aller avec vous. Je ne peux pas rester ici. Quoi que je dise, Tang me considérera comme responsable de votre évasion. Mon boulot pour lui est terminé. J'ai quelques bons renseignements sur son opération qui pourraient vous être utiles. »

Elle réfléchit à la proposition. Cela se tenait. Quelle que soit son opinion sur Viktor Tomas, c'était un homme plein de ressources. L'année précédente, il avait habilement manœuvré pour se rapprocher de façon incroyable du président de la fédération d'Asie centrale. À présent, il était proche de Kwai Tang, le seul capable de permettre à Lev Sokolov de retrouver son fils. Il ne faisait aucun doute qu'elle avait fait un joli gâchis. Il fallait qu'elle récupère la lampe, pour ensuite marchander et trouver un terrain d'entente. Mieux valait accepter un peu d'aide de la part d'un homme susceptible d'entrer directement en contact avec Tang et qui savait où se trouvait l'enfant de Sokolov.

« D'accord, dit-elle. Allons-y. »

Elle s'écarta pour laisser passer Viktor.

Il prit le téléphone portable et le mit dans sa poche. Au moment où il passait devant elle en direction de la porte, elle brandit le pistolet au-dessus de sa tête et lui assena un grand coup dans la nuque.

Un grognement s'échappa des lèvres de Viktor pendant qu'il levait la main.

Elle lui donna un autre coup sur la tempe gauche.

Il roula des yeux et s'effondra sur le sol.

« Vous ne pensiez tout de même pas que j'allais vous croire. »

15

PROVINCE DU SHAANXI, CHINE

23 H 40

Tang se promenait parmi les guerriers d'argile qui montaient éternellement la garde. Il était sorti de la fosse 3 pour revenir à la fosse 1. Son expert était parti. Le fait que le dépôt de la fosse 3 ne contienne plus aucun des six textes de Confucius, alors qu'ils auraient dû s'y trouver, était significatif. Comme ça l'était pour la montre en argent, qu'il avait gardée dans la main.

Il s'était toujours douté de ce qui s'était produit trente ans auparavant.

Maintenant il le savait.

À cette époque-là, cette région du comté de Lintong

était une zone agricole. Tout le monde savait que le premier empereur était enterré sous le monticule qui se trouvait là depuis deux mille deux cents ans. Mais personne ne connaissait l'existence de cette armée souterraine, et sa découverte avait suscité une débauche de fouilles. Pendant des années, des ouvriers avaient travaillé jour et nuit pour enlever des couches de terre, de sable et de gravier, photographiant et répertoriant des centaines de milliers de tessons. D'autres ouvriers avaient ensuite rassemblé les personnages, morceau par morceau, et c'était le fruit de leur labeur qui l'entourait maintenant.

L'armée en terre cuite était aujourd'hui considérée comme étant l'expression monumentale des talents collectifs de la Chine, symbolisant un État unifié, une culture inventive et un gouvernement qui travaillait pour et avec le peuple.

Un symbolisme quasi parfait.

Une des rares fois où il avait accepté d'utiliser le passé pour justifier le présent.

Apparemment, au cours de ces fouilles, une grande quantité de documents – la bibliothèque perdue de Qin Shi – avait également été retrouvée.

Mais on ne l'avait dit à personne.

Et il restait une trace de cette omission.

Une montre.

Laissée là exprès ?

Comment le savoir ?

Mais, étant donné la personne qui était la plus susceptible d'avoir fait la découverte, Tang ne pouvait rien écarter.

Pau Wen.

Conseiller spécial du Comité central, exerçant également ces fonctions aussi bien auprès de Mao Tsétoung que de Deng Xiaoping, Pau Wen était un homme instruit, capable de remplir n'importe quel objectif – le succès assuré étant le meilleur garant des privilèges. Ni Mao ni Deng n'étaient les plus efficaces des administrateurs. Les deux gouvernaient en brossant de grands tableaux à larges coups de pinceau et laissaient des hommes comme Pau se charger des détails. Tang savait que Pau avait dirigé de nombreuses fouilles archéologiques à travers le pays et qu'il avait, à un moment donné, supervisé les excavations des guerriers en terre cuite.

La montre qu'il tenait en main appartenait-elle à Pau ?

C'était forcément le cas.

Il se planta face à l'un des guerriers qui se tenait à l'avant-garde de l'armée. Ceux-là auraient été les premiers à fondre sur l'ennemi, suivis par des vagues et des vagues d'hommes encore plus terrifiants.

Une armée sans fin. Indestructible.

Tout comme la Chine.

Mais la nation se trouvait maintenant à la croisée des chemins. Trente années de modernisation sans précédent avaient engendré une génération impatiente, insensible aux prétentions d'un régime communiste, une génération qui se focalisait sur la famille, la culture et l'économie, plutôt que la nationalité. Le médecin à l'hôpital en était un excellent exemple.

La Chine était en mutation.

Mais aucun régime dans toute l'histoire de la Chine n'avait jamais abandonné le pouvoir sans qu'il y ait effusion de sang. Et le parti communiste ne serait pas le premier.

Son plan pour prendre le pouvoir nécessiterait de l'audace, mais il espérait que ce qu'il cherchait à prouver donnerait à l'ensemble une certaine assurance, une once de légitimité, et serait peut-être même source de fierté nationale.

Un mouvement au-dessus attira son attention.

Il les attendait.

Appuyée à la rambarde à cinq mètres au-dessus, une silhouette tout en noir apparut, puis une autre. Deux hommes minces et musclés, le cheveu ras, le visage inexpressif.

« Je suis en bas », dit-il doucement.

Les deux hommes disparurent.

Lorsqu'il avait demandé à son expert de venir le rejoindre dans l'Ouest, il avait également ordonné que deux hommes l'accompagnent. Ils avaient attendu à proximité que son appel leur parvienne, jusqu'à ce qu'il sorte de la fosse 3.

Les hommes apparurent à l'extrémité de la rangée de guerriers et s'approchèrent sans bruit, s'arrêtant à quelques mètres de lui.

« Brûlez tout, ordonna-t-il. Il y a des câbles électriques et un transformateur qu'on pourra incriminer. »

Les deux hommes s'inclinèrent et partirent.

Malone et Stéphanie traversèrent la place Højbro. Le soleil de fin d'après-midi avait disparu derrière les toits découpés de Copenhague. Ivan était parti pour une heure, disant qu'il avait des choses à faire.

Malone s'arrêta près d'une fontaine et s'assit sur la margelle humide.

« Tu t'es fait arracher ton sac ici il y a deux ans.

— Je m'en souviens. Ça a été une sacrée aventure.

— Je veux savoir exactement de quoi il s'agit. »

Elle resta silencieuse.

« Il faut que tu me dises ce qui est en jeu, dit-il. Tout. Et il ne s'agit pas seulement d'un enfant disparu ou du prochain Premier ministre de Chine.

— Ivan croit que nous ne savons pas, mais nous savons.

— Éclaire-moi.

— C'est assez extraordinaire, en fait. Qui tourne autour de quelque chose que Staline a appris des nazis. »

Enfin, les choses progressaient.

« Au cours de la Seconde Guerre mondiale, des raffineries situées en Roumanie et en Hongrie fournissaient la plupart du pétrole à l'Allemagne. En 1944, ces raffineries avaient été détruites par des bombardements, et ce n'est peut-être pas un hasard si la guerre s'est arrêtée peu de temps après. Staline avait vu l'Allemagne manquer complètement de pétrole. Il avait pris la résolution de faire en sorte que la Russie se suffise toujours à elle-même. Il considérait la dépendance pétrolière comme une catastrophe qu'il fallait à tout prix éviter. »

Rien de bien surprenant.

« N'est-ce pas le cas pour tout le monde ?

— Contrairement au reste du monde, y compris

nous, Staline a trouvé le moyen de le faire. Un professeur du nom de Nikolai Kudryavtsev lui a fourni la réponse. »

Il attendit la suite.

« Kudryavtsev a émis le postulat que le pétrole n'avait rien à voir avec les fossiles. »

Malone savait ce que tout le monde pensait. Durant des millions d'années, un magma primitif de plantes et d'animaux, y compris les dinosaures, avait été englouti sous des dépôts de sédiments. Au terme de plusieurs millions d'années, la chaleur et la pression avaient fini par comprimer le mélange et le transformer en pétrole, auquel on avait donné le nom de *combustible fossile*.

« Au lieu d'être biotique, provenant d'une matière autrefois vivante, Kudryavtsev dit que le pétrole était abiotique – simplement une matière primaire que la terre produit et exsude de manière continue. »

Il comprit aussitôt ce que cela impliquait.

« Autrement dit sans fin ?

— C'est la question qui m'amène ici, Cotton. Celle à laquelle nous devons trouver une réponse. »

Elle lui raconta comment les chercheurs soviétiques dans les années 1950 avaient découvert des réserves considérables à des milliers de mètres de profondeur, bien en dessous des niveaux envisagés selon la théorie du combustible fossile.

« Et cela nous est peut-être arrivé aussi, dit-elle, dans le golfe du Mexique. Un gisement a été trouvé en 1972, à plus de mille six cents mètres de profondeur. Ses réserves déclinent à une vitesse étonnamment lente. La même chose a été observée dans plusieurs sites sur le versant nord de l'Alaska. Les géologues sont perplexes.

— Tu dis que les puits se remplissent d'eux-mêmes ? »

Elle secoua la tête.

« Il paraît que cela dépend des failles dans la roche avoisinante. Sur le site du Golfe, le fond de l'océan présente des fractures profondes. Cela permettrait théoriquement au pétrole sous pression de remonter depuis les profondeurs jusqu'à proximité de la surface. Et ce n'est pas tout. »

Comme d'habitude, elle connaissait parfaitement son sujet.

« L'âge géologique du brut sortant des puits en question, ceux qui semblent se réapprovisionner, est différent de celui d'il y a vingt ans.

— Ce qui veut dire ?

— Que le pétrole provient d'une source différente. »

Il comprit ce que cela signifiait également.

Pas de plantes mortes ou de dinosaures.

« Cotton, le pétrole biotique est peu profond. À quelques centaines de mètres seulement. Le pétrole abiotique est beaucoup plus profond. Scientifiquement il n'est pas possible que de la matière organique parvienne à de telles profondeurs, il doit donc y avoir une autre source pour ce pétrole. Staline s'était dit que l'Union soviétique disposerait d'un énorme avantage stratégique si cette nouvelle théorie à propos du pétrole pouvait être prouvée. Il prévoyait déjà au début des années 1950 que le pétrole jouerait un rôle majeur en politique. »

Malone comprenait maintenant toutes les implications, mais s'interrogeait :

« Pourquoi n'ai-je jamais entendu parler de tout ça ?

— Staline n'avait aucune raison d'informer ses ennemis de ce qu'il avait appris, nous particulièrement. Toutes les publications sur ce sujet étaient en russe, et, à cette époque, très peu de gens en dehors de l'Union soviétique le lisaient. L'Occident est resté focalisé sur la théorie du combustible fossile, et toute alternative était vite considérée comme tordue.

— Alors, qu'est-ce qui a changé ?

— Nous ne pensons plus que c'est cinglé. »

Tang quitta le musée de la fosse 1 et sortit dans la nuit tiède. La place qui entourait le complexe historique était calme. Minuit approchait.

Son téléphone portable vibra.

Il sortit l'appareil et regarda l'écran. Pékin. Il répondit.

« Ministre, entendit-il, nous avons de bonnes nouvelles. Lev Sokolov a été retrouvé.

— Où ça ?

— Lanzhou. »

À quelques centaines de kilomètres à l'ouest seulement.

« Il est sous étroite surveillance et ne sait pas que nous sommes là. »

Tang pouvait avancer maintenant. Il écouta les détails, puis ordonna.

« Maintenez la surveillance. Je serai là tôt dans la matinée.

— Ce n'est pas tout, dit son assistant. Le superviseur sur le site du forage a appelé. Son message dit que tu devrais te dépêcher. »

Gansu était à deux cents kilomètres au nord. Le but ultime de ce voyage. Son hélicoptère l'attendait à côté, réservoir plein, prêt à partir.

« Dis-lui que je serai là d'ici deux heures.

— Et une dernière chose encore. »

Ses subordonnés avaient été très occupés.

« Ministre Ni a passé trois heures à l'intérieur de la demeure de Pau Wen.

— As-tu pu savoir si le voyage de Ni avait été officiellement approuvé ?

— Pas pour autant que nous le sachions. Il a réservé son vol lui-même il y a deux jours et il est parti brusquement. »

Ce qui confirmait bien que Ni Yong avait des espions au sein du bureau de Tang. Comment aurait-il pu savoir autrement qu'il fallait aller en Belgique ? Ce n'était pas une surprise, mais l'étendue du réseau de renseignements de Ni l'inquiétait. Très peu de membres de son staff étaient conscients de l'importance de Pau Wen.

« Est-ce que Ni est toujours à l'intérieur du complexe ? demanda-t-il.

— Il y était il y a dix minutes.

— Débarrasse-toi de Ni et de Pau. »

16

Ni se concentra sur le mot que Pau Wen avait utilisé. Fierté.

« Il fut un temps où nous étions la plus grande nation de la planète. Nous jouissions d'une supériorité indéniable. Sous la dynastie Tang, quand un résident étranger prenait une femme chinoise, il lui était interdit de quitter la Chine. Il était impensable d'emmener une femme en dehors des frontières de la civilisation vers un pays de moindre envergure.

— Et alors ? Ça n'a plus la moindre importance aujourd'hui. »

Ni était frustré et cela se voyait.

« Tu es installé ici tranquillement en Belgique pendant que nous nous battons en Chine. Tu parles du passé comme s'il était facile à reproduire. Ma tâche est bien plus difficile que tu ne l'imagines.

— Ministre, ta tâche n'est en rien différente de celles de beaucoup de ceux qui t'ont précédé. De mon temps, il n'était pas possible de se soustraire à Mao. Tous les édifices publics avaient une statue ou un buste de lui. Des portraits encadrés étaient accrochés partout – et son image décorait boîtes d'allumettes, calendriers, taxis, bus, avions. Des camions de pompiers et des locomotives arboraient des photos géantes de lui, flanquées de drapeaux rouges. Pourtant, comme aujourd'hui, tout n'était que mensonge. Le visage sans défaut de Mao, éclatant de santé ? Cette image ne ressemblait en rien à la réalité. Il était vieux et malade, avec des dents noircies. Il était laid, il avait l'air chétif. »

Pau montra l'aquarium avec les poissons qui nageaient à l'intérieur.

« Hier, comme aujourd'hui, la Chine ressemble à un poisson sur un arbre. Totalement perdue. Pas à sa place. Sans aucun espoir de survie. »

Ni avait l'esprit embrouillé. Ses perspectives, une fois de retour chez lui, ne lui semblaient plus réalistes. Il avait prévu d'initier un mouvement pour devenir Premier ministre. Beaucoup étaient prêts à le soutenir. Ils mettraient le processus en route, et d'autres se joindraient à leur cause. Mais une nouvelle menace était née, qui pourrait bien devenir une cause d'échec.

Il regarda autour de la cour, se souvenant de ce que son grand-père disait à propos du *feng shui*, l'art du bien-être à la maison.

L'endroit où l'on choisissait de vivre avait une grande importance. La manière dont on orientait sa maison pouvait être encore plus importante. *Face au sud. Fais le bon choix, et les montagnes seront belles, les eaux pures et le soleil magnifique.*

Son grand-père était un sage.

Au milieu de la confusion, il y a la paix. Dans la paix, les yeux s'ouvrent.

Il s'efforça de prendre en compte cette leçon et de remettre de l'ordre dans ses pensées, s'incitant à garder son sang-froid.

« Kwai Tang est conscient de la confusion qui règne en Chine, dit Pau. Il comprend aussi la valeur de la fierté nationale. Cela est très important, ministre. Même pendant un changement, personne ne doit perdre la face, et surtout pas le Parti.

— Et cette lampe fait partie de ce plan ? »

Pau acquiesça.

135

« Tang a une grande avance sur toi.

— Pourquoi me dis-tu ça ?

— T'expliquer prendrait bien trop de temps, sache simplement que ce que je te dis est sincère. »

Pau posa sa main calleuse sur le bras de Ni.

« Ministre, tu dois réviser ta façon de penser. C'est une bonne chose que tu sois venu ici et que tu aies appris ce à quoi Tang s'intéresse, mais la menace qui pèse sur la Chine est bien plus grande que tu ne le penses.

— Qu'aurais-tu aimé que je fasse ? »

Ni s'en voulait de demander conseil à ce voleur.

« Tu es un homme respecté. Un homme digne de confiance. Sers-toi de cela. »

La flagornerie de Pau ne l'impressionnait pas.

La vérité aurait été préférable.

« Quelques heures après avoir quitté cette maison, Cassiopée Vitt a été enlevée par Tang. Elle a réussi à cacher la lampe avant d'être capturée, et je sais où. J'avais prévu de la récupérer moi-même, mais la tâche devrait te revenir maintenant. »

La supercherie de Pau devenait évidente. Il s'était moqué de Ni depuis le départ. Et Ni n'aimait pas cela. Mais il n'avait pas le choix. Il demanda :

« Pourquoi cette lampe est-elle si importante ?

— Le fait que tu ignores la réponse à cette question prouve le retard que tu as sur Kwai Tang. »

Ni ne pouvait pas discuter ce point.

« Comment est-ce que je peux rattraper ce retard ?

— Récupère la lampe, rentre en Chine, puis trouve un certain Lev Sokolov. Il travaille pour le ministère de la Recherche géologique à Lanzhou, mais actuellement il se cache. Tang a enlevé son fils et se sert du garçon pour obtenir l'aide de Sokolov. On m'a dit que Sokolov était capable d'expliquer la signification de cette lampe.

— L'aide pour quoi ?

— C'est à toi de le découvrir. »

Il avait pourtant l'impression que Pau Wen le savait.

« Mon réseau d'information est vaste, précisa Ni. Surtout en ce qui concerne Tang. Quand j'ai appris qu'il s'intéressait à la lampe, je suis venu ici, personnellement. Pourtant, rien de tout ce que tu m'as dit n'est jamais parvenu jusqu'à moi.

— Ce qui devrait t'inciter à questionner tes collaborateurs. Peut-être y a-t-il un espion parmi eux ? Tu ne tarderas pas à avoir la lampe. Rentre chez toi et trouve Sokolov.

— Et qu'en est-il de ces eunuques qui m'entourent ? Ceux dont je dois me méfier, d'après toi ?

— Ils se montreront.

— Est-ce que Tang doit également les craindre ?

— Évidemment pas.

— Comment savoir qui *ils* sont ? »

Pau sourit.

« Autrefois, notre voix muait en un *falsetto* désagréable. Nous devenions imberbes, mous et gros, sans grande force physique. En vieillissant, les kilos s'en allaient, et nos visages se creusaient de rides profondes. L'absence de testostérone se manifestait également par des émotions intempestives – nous nous mettions vite en colère et nous pleurions facilement. Plus rien de cela n'est vrai aujourd'hui. Les compléments alimentaires modernes préviennent tous les effets secondaires, surtout si l'homme n'est pas castré avant l'âge adulte, ce qui est généralement le cas.

Sache qu'il est pratiquement impossible de s'en rendre compte, à moins d'un contrôle visuel.

— Tang recherche Sokolov ? »

Pau acquiesça.

« Et il ne lésine pas sur les moyens. »

Ni devrait vérifier tout ce qu'il avait appris avant de se convertir.

« Où est cachée la lampe ?

— À l'intérieur du musée Van Egmond, à Anvers. Ce musée héberge une collection privée de peinture et de mobilier des XVIIe et XVIIIe siècles. Cassiopée Vitt a caché la lampe dans un boudoir de style chinois au troisième niveau, où se trouvent également quelques porcelaines Ming sans intérêt. J'ai déjà visité ce musée. Peut-être pensait-elle que la lampe passerait inaperçue, du moins pendant quelques jours. Ou que dans le cas où elle serait remarquée, les employés du musée la mettraient en sécurité. C'était bien vu, compte tenu du peu de possibilités qu'elle avait. »

Le fait que Pau lui indique l'emplacement de la lampe semblait confirmer que le vieil homme disait enfin la vérité.

« Je dois partir.

— Avant que tu partes, dit Pau, j'ai encore une chose à te montrer. »

Il accompagna son hôte dans la maison, et ils empruntèrent un long couloir menant à une porte laquée de noir. De l'autre côté, un escalier en bois montait vers une tour rectangulaire. En haut des marches, une porte ouverte laissait apparaître le soleil de l'après-midi, dont la chaleur pénétrait par les fenêtres sans vitres couvrant les quatre murs.

« Reste ici, dit Pau. Juste à l'intérieur de la porte. Comme ça, on ne nous verra pas de l'extérieur. »

Ni se demanda quel était ce nouveau subterfuge.

« Si tu regardes au coin, tu verras parfaitement l'allée devant la maison. Au-delà, près de l'autoroute, tu vas voir un véhicule garé dans les bois, à cinq cents mètres environ de l'entrée principale. »

Ni s'exécuta, clignant des yeux dans le soleil étincelant, et repéra une voiture à peine visible dans les arbres.

« Des gens négligents, dit Pau derrière lui. Ils travaillent pour Tang. Ils surveillent cette maison. Pas toujours. Ils vont et viennent. Mais ils ont souvent été là ces deux derniers jours.

— C'est ainsi que tu t'es douté que Tang viendrait chercher la lampe ?

— Ça me semblait logique. »

Au loin, dans l'ombre, Ni vit une autre voiture s'arrêter à côté de celle qui était garée. Deux hommes sortirent de chaque véhicule, fusils d'assaut à l'épaule.

La peur saisit Ni.

Les hommes s'avançaient vers les murs gris, en direction de la grille ouverte à l'avant de la maison.

« Voilà qui est plutôt inattendu », dit Pau calmement.

Des hommes armés s'approchaient, et tout ce que cet homme trouvait à dire, c'était que c'était *inattendu*.

Ni était inquiet.

Très inquiet même.

17

Malone digérait les informations stupéfiantes que Stéphanie était en train de lui fournir.

« Dans la mentalité occidentale, dit-elle, le pétrole est un combustible fossile. Tu te souviens, dans les années 1960, quand certaines stations-service avaient un dinosaure comme logo ? Il y avait des publicités à la télévision qui montraient des dinosaures qui mouraient, se décomposaient et se transformaient en pétrole. Demande à dix personnes d'où vient le pétrole et elles te répondront toutes de dinosaures morts. »

Il se souvenait des publicités qu'elle évoquait et il devait bien admettre que lui aussi avait été endoctriné. Le pétrole était un combustible fossile, une ressource limitée.

« Imagine, Cotton, ce que signifierait un pétrole illimité. La terre en produit sans arrêt, comme une ressource *renouvelable*. Les Russes y ont longtemps cru.

— Stéphanie, qu'est-ce que tout ça a à faire avec Cassiopée ? »

La fin de l'après-midi s'était rafraîchie. Ivan allait bientôt revenir, et ils partiraient tous pour Anvers. Il fallait qu'il comprenne le problème avant.

« As-tu jamais entendu parler du bassin Dniepr-Donets dans l'est de l'Ukraine ? »

Il secoua la tête.

« Dans les années 1950, on avait renoncé à forer dans cette zone : "Aucune perspective de production de pétrole", avait conclu l'équipe de recherche. Nous le savons parce qu'un Américain du nom de J. F. Kenney, spécialiste des forages, avait fait partie de l'équipe qui étudiait le site avec les Russes. Aucune source rocheuse de combustible fossile n'y avait été trouvée. »

Elle s'arrêta un instant.

« Aujourd'hui, ce bassin détient plus de quatre cents millions de barils de réserves avérées, provenant des grandes profondeurs du sol. L'homme qui avait démontré cela était Lev Sokolov, un expert russe de la théorie du pétrole abiotique.

— Comment savons-nous que l'équipe de recherche des années 1950 ne s'était pas trompée, et qu'il y avait toujours eu du pétrole à cet endroit ?

— C'est arrivé une autre fois aussi. Dans la péninsule de Kola, dans le nord de la Russie. Un endroit qui n'offrait aucune perspective de production – selon la théorie du combustible fossile. Mais les Russes ont foré jusqu'à onze kilomètres de profondeur et ont trouvé du méthane. Personne n'avait jamais pensé trouver du méthane à une telle profondeur dans le granit. La théorie du combustible fossile n'aurait jamais soutenu cette hypothèse, mais le gaz était là, exactement où Sokolov l'avait prédit.

— Et Washington s'intéresse maintenant à tout ça.

— Furieusement. Cela pourrait modifier l'équilibre du pouvoir dans le monde, ce qui explique l'intérêt de Kwai Tang. Ivan a raison. Tang représente une menace pour nous tous. S'il prend le pouvoir en Chine, la déstabilisation dans la région et le monde entier serait considérable. Surtout s'il a une quantité de pétrole illimitée à sa disposition.

— Le président Daniels veut qu'on stoppe Tang ?

— En fait, Cotton, nous le voulons mort. »

Il comprit l'énormité de ce qu'elle venait de dire. L'Amérique n'assassinait pas *officiellement* des gens.

Mais ça arrivait.

« Et vous espérez le faire faire par les Russes ? »

Elle haussa les épaules.

« Je me suis déjà mêlée de leurs affaires... Ivan n'était pas heureux de me voir. Savoir que Sokolov était vivant ne leur plaisait pas. Inutile de te raconter leur réaction quand ils ont appris que nous étions dans le coup.

— Comment était-il au courant pour moi ?

— Par ces deux messagers, je pense. Quand l'un d'eux a apporté ce mot à ta boutique, ses hommes guettaient. »

Elle avait omis quelque chose.

« Et toi, où étais-tu ?

— Je guettais aussi. Il m'a prévenue du rendez-vous à Tivoli avec toi quand tu étais déjà en route.

— Donc tu savais déjà en partie ce qu'Ivan t'a raconté au café ? »

Elle fit oui de la tête.

« C'est exact. J'avais bien pensé que nous aurions une conversation.

— Que savais-tu à propos de Cassiopée ?

— Je ne savais absolument pas qu'elle se faisait torturer. »

Pour une fois, il la croyait.

« Nous avons fait des calculs, Cotton. Si Tang devient Premier ministre, il va ruiner cinquante années de diplomatie âprement négociée. Il pense que la Chine a été maltraitée par tout le monde, et il veut se venger. Il imposera la domination chinoise par tous les moyens possibles. En ce moment, la Chine se tient tranquille en raison de sa dépendance énergétique vis-à-vis de l'étranger. Nous avons soixante jours de pétrole en réserve, le Japon en a cent et la Chine à peine dix. Un blocus naval pourrait facilement étrangler le pays et le faire se soumettre. 80 % du pétrole importé par la Chine passent par le détroit d'Ormuz ou le détroit de Malacca. Ils se trouvent loin de la Chine, et nous les contrôlons tous les deux.

— Ils se tiennent donc à carreau, sachant ce que nous pourrions faire ?

— Quelque chose comme ça, bien que la menace ne soit jamais explicite. Ce n'est pas correct quand on traite avec les Chinois. Ils n'aiment pas qu'on leur rappelle leurs faiblesses. »

Il était heureux de ne pas être un diplomate.

« Si Tang a à sa disposition une quantité illimitée de pétrole, dit-elle, nous perdrons le peu de moyen d'action que nous avons sur eux. La Chine contrôle maintenant la presque totalité des marchés de devises, et ils sont notre principal créancier. Bien que nous n'aimions pas le reconnaître, nous avons besoin de la Chine. Si leurs puits de pétrole coulent à flot, les Chinois pourront accroître leur économie à volonté, nous obliger à accepter toutes les politiques qu'ils veulent, sans se soucier des autres.

— Ce qui rend la Russie nerveuse.

— Suffisamment pour vouloir éliminer Kwai Tang. »

Cette fois, Malone était convaincu. C'était du sérieux.

« Je ne suis pas idiote. Crois-moi, je me suis couverte. Je ne compte pas entièrement sur Ivan. Néanmoins...

— Tu as besoin d'un peu d'aide.

— Si tu veux.

— Autrement dit, il faut que nous retrouvions Sokolov avant Ivan. Et Cassiopée semble être la meilleure piste. »

Elle acquiesça.

« Misons sur les Russes pour la trouver. Si Ivan peut s'occuper de Tang par la même occasion, ce sera bon pour nous. Sinon, j'aurai besoin de toi pour éloigner Sokolov d'eux. »

Il connaissait le scénario. Même si Tang l'emportait et prenait le contrôle de la Chine, si l'Occident détenait Sokolov, une monnaie d'échange serait remplacée par une autre.

« J'espère seulement que Cassiopée tiendra le coup en attendant notre arrivée. »

Tang regarda par la vitre de l'hélicoptère pendant que l'appareil s'élevait dans la nuit. Du bâtiment de la fosse 3, jaillissaient des éclairs de lumière : les derniers manuscrits cachés de Qin Shi étaient en train de brûler. Quelques instants suffiraient pour faire s'évaporer les éléments de soie et réduire en cendres les bambous fragiles. Quand l'alarme retentirait, il n'y aurait plus rien. La cause de l'incendie ? Un court-circuit. Des fils électriques défectueux. Un transformateur trop vieux. Peu importe. Aucun indice ne permettrait de croire à un incendie criminel. Un autre problème résolu. Encore quelques vestiges du passé effacés.

Ce qui se passait en Belgique était au centre de ses préoccupations maintenant.

Le copilote attira son attention et montra un casque d'écoute à proximité. Tang le mit sur ses oreilles.

« Il y a un appel pour toi, ministre. »

Il attendit, puis une voix familière lui dit :

« Tout s'est bien passé. »

C'était Viktor Tomas, appelant depuis la Belgique. Il était temps.

« Est-ce que Vitt est en route ? demanda Tang.

— Elle s'est échappée, exactement comme je l'avais prédit. Mais elle m'a assommé avant de partir. J'ai mal à la tête.

— Pouvez-vous la suivre ?

— Tant qu'elle garde le pistolet sur elle. Pour l'instant, le signal du mouchard à l'intérieur fonctionne.

— Bonne idée en tout cas. Elle était contente de vous voir ?

— Pas particulièrement.

— Sachez que Pau Wen a de la visite en ce moment. J'ai ordonné une frappe.

— Je croyais que c'était moi le responsable ici.

— Qu'est-ce qui a bien pu vous faire penser ça ?

— Il n'est pas certain que vous réussissiez si vous passez au-dessus de moi. C'est moi qui suis ici, pas vous.

— J'ai ordonné une frappe. Point final. »

Après un moment de silence, Viktor reprit :

« Je me mets sur la trace de Vitt. Je viendrai au rapport quand il y aura du nouveau.

— Une fois que vous aurez la lampe...

— Pas de problème, dit Viktor. Je sais. Vitt ne restera pas vivante. Mais je m'y prendrai à ma façon. D'accord ?

— Comme vous l'avez dit, vous êtes là-bas et moi ici. Agissez à *votre* façon. »

DEUXIÈME PARTIE

18

Cassiopée enclencha violemment la première, relâcha l'embrayage et lança la Toyota à fond sur l'autoroute. Encore deux clics, et elle serait en troisième. Elle ne savait pas vraiment où elle allait, seulement qu'elle s'éloignait de Viktor Tomas.

Croyait-il vraiment qu'elle l'emmènerait ?

Elle jeta un coup d'œil dans le rétroviseur. Pas de voiture à l'horizon. De chaque côté de la route s'étendait un paysage sans arbres, dont le vert uniforme était troublé seulement par les vaches qui broutaient et les flèches des églises au loin. *A priori*, elle devait se trouver quelque part dans la moitié nord de la Belgique, les vallées boisées et les hauts plateaux étant uniquement situés au sud. Près de la frontière allemande, région qu'elle connaissait, il y avait des marécages. Quant à la mer, elle se trouvait à l'extrême nord du pays.

Elle passa en quatrième, se mit en vitesse de croisière et regarda l'heure : 17 h 20. La jauge d'essence indiquait que le réservoir était aux trois quarts plein.

Heureusement.

Viktor avait envoyé le garde dans sa cellule, sachant qu'elle le maîtriserait, puis avait attendu, faisant croire à un appel téléphonique pour qu'elle vienne l'affronter.

Elle pensa à l'Asie centrale et à la dernière fois où Viktor avait été soi-disant de son côté.

« Pas question », dit-elle.

Elle appuya sur le frein.

La Toyota s'arrêta après un tête-à-queue. Viktor avait joué un vilain rôle à ce moment-là, changeant de bord d'heure en heure – avec les Asiatiques dans un premier temps, puis les Américains, pour revenir aux Asiatiques. C'est vrai qu'au bout du compte il avait fini par se rallier à elle et l'avait aidée. Pourtant... Mais aujourd'hui, où en était-il ?

Viktor voulait qu'elle prenne la voiture.

D'accord, elle l'avait prise, mais pas là où il avait pensé qu'elle le ferait. Le musée Van Egmond à Anvers était sûrement fermé pour la journée. Elle devrait attendre qu'il fasse nuit pour récupérer la lampe.

Et elle ne pouvait pas y conduire Viktor.

Elle passa en première et continua sa route. Deux kilomètres plus loin, elle arriva à un croisement. Un panneau indiquait qu'Anvers se trouvait à vingt kilomètres à l'ouest.

Elle repartit à toute vitesse dans cette direction.

Ni descendit l'escalier et suivit un Pau Wen étonnamment leste jusqu'à la cour ; là, son hôte tapa trois fois dans ses mains. Une porte coulissa, et quatre jeunes Chinois apparurent, vêtus d'une combinaison grise avec des baskets noires.

Il reconnut immédiatement un des hommes.

Pour l'avoir vu sur la vidéo.

« Parfaitement, ministre, dit Pau. Il est à mon service. »

Ses compatriotes s'avancèrent d'un pas décidé d'athlètes, s'arrêtant en ligne devant Pau pour recevoir leurs instructions, le regard dur, le visage impassible.

« Quatre individus armés s'approchent du portail de la maison. Vous savez quoi faire. »

Ils acquiescèrent comme un seul homme et quittèrent les lieux en courant.

« Je croyais que tu vivais seul, dit Ni.

— Je n'ai jamais dit ça. »

Ni saisit le bras de Pau.

« Tes mensonges me fatiguent. Je n'aime pas qu'on se moque de moi. »

Pau ne parut pas apprécier cette attaque.

« J'en suis persuadé. Mais, pendant que tu fais étalage de ton importance, des hommes armés s'approchent de cette maison. Il ne t'a pas traversé l'esprit que tu pourrais être leur cible ? »

Il relâcha sa prise.

Non, il ne l'avait pas envisagé.

Pau fit un geste, et ils regagnèrent la maison, jusqu'à une petite antichambre presque vide, à l'exception d'un tapis ovale rouge et de deux cabinets laqués noir. Pau sortit une clé de sa poche et ouvrit un des meubles. À l'intérieur, une série de pistolets était accrochée à des patères en argent.

« Fais ton choix, ministre », dit Pau.

Ni prit un Glock.

« Il est chargé, dit Pau. Il y a d'autres munitions dans le tiroir. »

Il vérifia son arme pour s'en assurer, puis il prit trois chargeurs.

Avoir un pistolet en main le rassura.

Pau le saisit par l'épaule.

« Allons envoyer un message à Kwai Tang pour lui dire que la bataille qui s'annonce n'est pas gagnée d'avance. »

Cassiopée entra dans les faubourgs d'Anvers. Elle connaissait la ville pour l'avoir visitée à de nombreuses reprises. L'Escaut la bordait d'un côté, les trois autres étant protégés par des boulevards dont les noms rappelaient les forces alliées qui avaient combattu pour la liberté des Flandres lors de la Première Guerre mondiale. Son centre historique se déployait en éventail autour d'une cathédrale dominée par une flèche élancée, un hôtel de ville Renaissance et un château mystérieux. Il s'agissait d'une ville active et florissante, encore marquée par l'époque où elle était l'une des cités les plus puissantes du continent européen.

Elle trouva la gare centrale, une folie du début du XXe siècle, véritable débauche de marbre, de verre et de fer forgé. Elle se gara une rue plus loin dans une zone interdite. Si Viktor la suivait grâce à la voiture, la piste s'arrêterait là. Elle espérait que la police locale l'emmènerait rapidement à la fourrière.

Elle glissa le pistolet dans sa ceinture et le cacha sous un pan de son chemisier. Elle n'en pouvait plus, physiquement et moralement. Elle avait besoin de sommeil. Mais elle devait aussi se débarrasser de Kwai Tang, au moins jusqu'à ce qu'elle soit prête à négocier.

Elle traversa la rue, passa sous un bouquet d'arbres

en fleurs et se dirigea vers le zoo. Entre la gare et le musée d'Histoire naturelle de la ville, s'étendait un parc débordant de verdure. Un endroit calme, surtout après la fermeture du zoo. Elle trouva un banc inoccupé qui lui permettait de voir la voiture garée à quelque deux cents mètres, avec, en plus, un tronc d'arbre derrière elle pour s'appuyer.

Elle s'allongea sur le banc, le pistolet sur le ventre, caché sous son chemisier.

Il ne ferait nuit que dans trois heures au moins.

Elle pourrait se reposer en attendant.

Et surveiller.

19

Province du Gansu, Chine

Mercredi 16 mai
2 h 10

Tang descendit de la voiture et étudia le site abondamment éclairé. La plate-forme mobile soutenait un derrick rouge et blanc qui montait jusqu'à quarante mètres. Lorsqu'il avait commandé cet équipement auprès du ministère chargé de l'énergie, il savait que, pour forer à trois mille mètres de profondeur, il aurait besoin d'un ensemble mécanique d'au moins six cents chevaux, équipé d'une circulation interne et d'un système de refroidissement par eau. Discrètement, il avait fait envoyer la plate-forme adéquate à Gansu, où il avait jadis servi dans le gouvernement provincial. Selon la légende, cette région était le lieu de naissance de Fuxi, le patriarche mythique de tous les Chinois, et des fouilles récentes avaient effectivement confirmé que la région était déjà peuplée il y a dix mille ans.

Le vol avait duré quatre-vingt-dix minutes, pendant lesquelles il avait dormi afin de se préparer pour la suite. Les prochaines quarante-huit heures seraient critiques. Chaque étape devait être franchie, et chaque occasion saisie sans la moindre erreur.

Il écouta le ronronnement des turbines diesel, des générateurs électriques et des pompes de circulation. Gansu était un véritable trésor de ressources naturelles, regorgeant de charbon, de fer, de cuivre et de phosphore. Ses ancêtres le savaient déjà. Leurs écrits, dont certains existaient encore, notamment ceux sur lesquels il était tombé dans la nouvelle salle de la fosse 3, faisaient état d'importants gisements de métaux précieux et de minéraux. Il avait commandité cette exploration particulière dans le but de trouver une de ces ressources – le pétrole.

Le terrain où il se trouvait avait été autrefois le lieu d'une des principales sources de pétrole de la Chine. Malheureusement, les puits de Gansu étaient à sec depuis plus de deux cents ans.

Le directeur du site s'approcha, un homme au visage mince, avec un front haut et quelques mèches de cheveux noirs coiffées en arrière. Il travaillait directement pour le ministère des Sciences et avait été envoyé ici par Tang en même temps qu'une équipe de toute confiance. Le gouverneur du Gansu qui avait contesté cette activité non autorisée s'était entendu répondre que le ministère se livrait à des explorations, et que si tout se passait bien, les résultats pourraient s'avérer bénéfiques sur le plan économique.

Ce qui était vrai. Seulement un peu plus pour lui que pour le gouverneur.

« Je suis content que tu te sois trouvé dans les parages, cria le directeur pour couvrir le bruit. Je n'aurais pas pu garder le secret plus longtemps. »

Et il ajouta, en esquissant un sourire : « Nous avons réussi. »

Tang comprenait ce que signifiait cette déclaration.

Ce site avait été spécifiquement sélectionné onze mois auparavant, non par des géologues, mais par des historiens. Une zone avait été dégagée et nivelée, puis une route d'accès tracée à travers la forêt proche. Une carte datant d'il y a deux mille deux cents ans, découverte dans le nord-ouest du Gansu, en était à l'origine. La carte, dessinée sur quatre fines feuilles de pin, décrivait la zone administrative, la géographie et l'économie de cette région du temps de Qin Shi. Quatre-vingt-deux sites étaient désignés par leur nom, ainsi que les rivières, les montagnes et les forêts. Une de ces rivières coulait encore à cinq cents mètres de là. Même les distances des routes impériales étaient clairement indiquées. Sans coordonnées longitudinales ni latitudinales, il avait été difficile de transposer ces indications sur le terrain, mais cela avait été fait.

Par Jin Zhao.

Zhao avait trouvé ce site avant d'être arrêté, avant son hémorragie, avant son procès, sa condamnation et son exécution.

« Nous avons atteint la profondeur voulue il y a trois jours, rapporta le directeur. J'ai attendu d'en être sûr avant de t'appeler. »

Tang vit le sourire sur le visage de l'homme.

« Tu as eu raison. Montre-moi. »

On le conduisit jusqu'à la plate-forme de forage où s'affairaient des ouvriers. Il avait sciemment veillé à maintenir une équipe restreinte.

« Il y a cinq jours, nous avons extrait du sable de pétrole », lui dit le directeur par-dessus le vacarme.

Tang savait ce que cela voulait dire. Lorsque des échantillons de la boue qui remontait contenaient du sable bitumeux, le pétrole n'était pas loin.

« Nous avons descendu des détecteurs dans le trou. On a vérifié les pressions et extrait des échantillons. Tout avait l'air bien. Nous avons donc commencé à condamner l'accès. »

Tang savait ce qui avait été fait ensuite. De petites charges explosives avaient été descendues pour faire sauter des trous dans le bouchon nouvellement installé. Puis on avait inséré des tubes à travers les trous et obturé la moindre fuite. En haut des tubes, des vannes avaient été cimentées. Une énorme éruption de pétrole jaillissant d'un puits était la dernière chose à souhaiter. « Canaliser le brut » avec un écoulement régulier était de loin préférable.

« Nous pompons de l'acide depuis hier, dit le directeur. J'ai arrêté il y a quelques heures en attendant ton arrivée. »

L'acide servait à dissoudre les derniers centimètres de calcaire entre le puits chapeauté et le pétrole. Une fois ce travail terminé, le pétrole sous pression remonterait, contrôlé par les vannes.

« Malheureusement, j'ai arrêté l'acide un peu trop tard. Ceci s'est produit il y a une heure. »

Tang regarda le directeur tourner une vanne. Du brut noir coula dans un baril.

Il remarqua tout de suite la pression.

« C'est fort. »

L'homme acquiesça.

« Il y a beaucoup de pétrole là-dessous. Surtout pour un gisement qui s'est asséché il y a deux cents ans. »

Il s'écarta du trou de forage, restant sous le derrick rouge et blanc. Il fallait qu'il réfléchisse davantage comme un scientifique et moins comme un homme politique, afin d'envisager toutes les implications de cette découverte.

Incroyable.

Jin Zhao avait raison.

20

Belgique

Ni serra le Glock et s'avança vers le devant de la maison. Il pénétra dans le vestibule dont les murs gris étaient en partie masqués par ce qui lui parut être des bambous artificiels. Des marches descendaient vers l'entrée principale où de l'eau coulait d'une fontaine en pierre. La vue du portail en bois était partiellement obturée par un panneau de soie verte. Il n'avait pas revu les quatre sbires de Pau depuis qu'ils avaient disparu de la cour. Pau lui avait dit de surveiller l'entrée principale, avant de disparaître à son tour.

Quatre *ta ta ta* retentirent à l'extérieur.

Des coups de feu.

Il n'avait aucune envie de se joindre à la mêlée, mais les paroles de Pau lui étaient restées en mémoire. *Il ne t'a pas traversé l'esprit que tu pourrais être leur cible ?*

Encore des tirs. Plus proches, cette fois.

Il se focalisa sur les portes.

Des balles venant de l'extérieur frappèrent le bois épais puis le transpercèrent, ricochant bruyamment sur les murs et le sol. Il plongea pour s'abriter derrière un pilier qui soutenait le plafond.

Les portes de devant s'ouvrirent violemment. Deux hommes armés de fusils automatiques déboulèrent à l'intérieur. Il s'accroupit en position de défense, visa et envoya une rafale dans leur direction. Les hommes s'enfuirent. Il se trouvait à deux mètres au-dessus d'eux, mais eux étaient équipés de fusils d'assaut et lui seulement d'un pistolet.

Où était Pau ? Et ses hommes ?

Une rafale de tirs automatiques fit sauter en éclats la poutre qui le protégeait. Il décida qu'une retraite s'imposait, et il se précipita vers les profondeurs de la maison. Il passa devant une haute armoire en bois susceptible de lui servir momentanément d'abri.

Une balle siffla à son oreille.

Le soleil qui entrait par un puits de lumière éclairait l'entrée, mais l'ouverture qui se trouvait au moins dix mètres plus haut était inatteignable. Sur sa droite, au-delà de portes battantes à croisillons dont plusieurs étaient ouvertes, il distingua du mouvement dans la cour. C'était un autre homme avec un fusil automatique, ne portant pas de combinaison grise celui-là.

Il n'avait plus tellement de possibilités. Ces quatre hommes semblaient bien le chercher, lui, et non Pau. Il entrevit la forme accroupie dans la cour et aperçut un reflet métallique au moment où le tireur visait à travers les portes. Il se plaqua au sol, se déplaçant tant bien que mal sur le bois verni pour éviter les balles qui traversaient les croisillons et passaient à moins d'un mètre au-dessus de lui.

Sa tête explosait.

Bien que militaire de carrière, il ne s'était jamais vraiment trouvé pris sous des tirs. Malgré l'entraînement dont il avait bénéficié, la confusion qui régnait en cet endroit lui ôtait toute possibilité de réagir.

C'était de la folie.

Il roula par deux fois en direction d'un gros fauteuil en bois et le retourna pour s'en protéger. Il vit une ombre de l'autre côté de la pièce. L'homme de la cour avançait. Il se mit à genoux et tira trois fois à travers les lamelles de bois. Un corps tomba sur la pierre dans un bruit sourd. Des balles claquèrent aussitôt en guise de riposte.

Les deux hommes qui étaient entrés par la porte de devant arrivaient.

Ni tira deux fois dans leur direction puis se précipita vers les portes à croisillons extérieures et plongea à travers le bois déchiqueté, tout en regardant d'où pouvait encore venir le danger.

La cour était déserte.

L'homme au fusil automatique était couché sur les pavés, abattu non pas par deux balles, mais par une flèche en plein milieu du dos.

Ni perçut un mouvement derrière lui ; sachant à quoi s'attendre, il se cacha derrière un bac à fleurs en pierre. Une nouvelle rafale envoya une pluie de balles à travers la cour ; l'énorme jarre en verre éclata en mille morceaux, déversant un torrent d'eau et de poissons sur le pavage.

Il ne connaissait pas grand-chose de la maison, en dehors de la salle d'exposition dont la porte se trouvait à une dizaine de mètres. S'il pouvait l'atteindre, peut-être parviendrait-il à s'échapper par une fenêtre.

Mais tout espoir de salut s'évanouit quand un homme surgit, un fusil braqué sur lui.

Avec les deux types à l'intérieur de la maison et un mort à quelques mètres, les quatre agresseurs étaient au complet.

« Debout, ordonna l'homme en chinois. Pose le pistolet par terre. »

Les deux autres agresseurs sortirent de la maison.

Ni posa son pistolet et se leva.

Des poissons rouges se tordaient désespérément sur les pierres mouillées. Il comprenait l'horreur qu'ils vivaient. Lui aussi respirait péniblement.

Il étudia les trois individus. Tous des Chinois, secs et musclés. Des hommes de main. Lui-même en employait plusieurs milliers dans leur genre, à travers toute la Chine.

« Avez-vous déjà tué Pau ? demanda-t-il.

— Toi d'abord », dit l'un d'eux, en secouant la tête.

Des sifflements précédèrent l'impact des flèches dans la chair. Deux des hommes s'aperçurent soudain qu'une hampe avec des plumes au bout leur avait transpercé la poitrine. Ils n'eurent pas le temps de dire ouf et s'effondrèrent sur le sol, en lâchant leurs armes.

Trois hommes en combinaison grise surgirent des deux côtés de la cour, chacun tenant un arc bandé armé d'une flèche visant le dernier assaillant.

« Tu pourras peut-être en abattre un ou deux, ou même les trois, dit la voix désincarnée de Pau. Mais tu ne pourras pas nous arrêter tous. »

L'homme réfléchit un instant, décida qu'il ne voulait pas mourir et abaissa son arme.

Pau et le quatrième homme sortirent de la salle d'exposition. Deux des gardes de Pau prirent le contrôle du dernier intrus sous la menace de leurs flèches.

« Tu allais les laisser me tuer ? cria Ni à Pau.

— Tout piège a besoin d'un appât, ministre. »

Furieux, Ni leva son arme, mais Pau l'ignora et fit un geste. Les deux autres hommes posèrent leurs arcs, ramassèrent rapidement les poissons par terre et disparurent dans la maison.

« Je m'occupe de ces poissons rouges depuis leur naissance, dit Pau. J'espère que le choc ne les aura pas tués. »

Ni s'en fichait totalement.

« Te rends-tu compte de ce qui vient de se produire ? Ces hommes sont venus pour me tuer.

— Une éventualité que j'avais évoquée avant qu'ils

arrivent. Tang les a apparemment envoyés pour nous éliminer tous les deux. »

Ni avait le goût âcre de l'adrénaline dans la bouche. Son cœur battait à tout rompre.

« Je dois rentrer.

— Et la lampe ? demanda Pau. Je croyais que tu la voulais ?

— Ce n'est pas aussi important que ce qui m'attend là-bas.

— Ce n'est pas certain. Je crois que les réponses que tu cherches se trouvent ici et je sais précisément comment les obtenir. »

21

PROVINCE DU GANSU, CHINE

3 H 20

Tang était seul. Son hélicoptère était reparti pour faire le plein dans un aéroport à cinquante kilomètres au sud. Dans quatre heures, il aurait besoin d'avoir des réservoirs, prêts à partir. Ce serait alors qu'il traiterait avec Lev Sokolov.

Les cabines mobiles servant à loger l'équipe de forage étaient situées à deux cent cinquante mètres du derrick, et le directeur lui avait offert sa caravane. La chambre était bien rangée, la plaque de cuisson et le réfrigérateur propres, avec quelques assiettes en plastique empilées à côté du micro-ondes. Rien à voir avec le genre de logement auquel il était habitué, mais parfait pour les quelques heures à venir. Il n'était pas fatigué, la petite sieste pendant le vol depuis le musée lui avait suffi. Il appréciait sa solitude, conscient de se trouver en plein cœur d'une région particulièrement florissante du premier Empire de Qin Shi.

C'était incroyable ce qu'ils avaient déjà fait à l'époque.

Ses ancêtres avaient inventé le parapluie, le séismographe, le rouet, la porcelaine, le moteur à vapeur, les cerfs-volants, les cartes à jouer, le moulinet de canne à pêche et même le whisky.

Sans oublier le sel.

Ce qui était le bond en avant le plus étonnant.

Il y a cinq mille ans, les habitants des villages de la côte faisaient bouillir l'eau de mer pour produire le sel. Mais plus ils s'éloignèrent de la côte pour s'installer à l'intérieur des terres, plus le sel, un ingrédient essentiel comme complément alimentaire et conservateur, indispensable à leur survie, devenait rare. Et le transporter à des centaines, voire des milliers de kilomètres, s'avérait pénible. Il fallait trouver une autre source, et la découverte de nappes de saumure – des endroits où l'eau des profondeurs remontait saturée en sel – avait permis de résoudre le problème.

La première de ces découvertes restée dans les annales datait de l'époque du premier empereur, non loin de l'endroit où se trouvait Tang. Au début, les puits étaient peu profonds, creusés manuellement, mais une exploration plus profonde avait conduit à l'invention du forage.

Les premières mèches étaient en fer forgé lourd, les tuyaux et plates-formes en bambou. Un ou plusieurs hommes se tenaient sur une planche en bois, installée comme une bascule, qui soulevait la mèche à environ un mètre du sol. Une fois soulevée puis relâchée, elle pulvérisait la roche. Centimètre par centimètre, ce processus était répété. Plus tard, des historiens imaginèrent que cette idée provenait de la transformation du riz en farine avec un pilon.

La technique devint de plus en plus sophistiquée, ce qui permit par la suite de trouver des solutions à beaucoup de problèmes qui se posent encore aujourd'hui en matière de forage : affaissements, outils perdus, puits déviés, enlèvement de débris. Des puits d'une profondeur de cent mètres étaient courants à l'époque de Qin Shi. Aucune technologie comparable n'existait ailleurs dans le monde, et cela, jusqu'à deux mille ans plus tard. Vers l'an 1100 de notre ère, des puits de quatre cents mètres étaient chose fréquente, et tandis que les foreurs américains atteignaient à peine cinq cents mètres de profondeur au XIXe siècle, leurs homologues chinois foraient à plus de mille mètres.

Et ces premiers innovateurs, qui forèrent des puits à la recherche de saumure, découvrirent aussi autre chose. Un gaz inodore, hautement combustible. Du gaz naturel.

Ils apprirent qu'il pouvait être brûlé pour produire une source propre de chaleur qui dissolvait la saumure et faisait apparaître le sel.

Et ils trouvèrent aussi du pétrole. Un matériau boueux – « gras et collant comme le jus de viande », remarqua un observateur – qui montait en bouillonnant des puits les plus profonds. Au début, cette boue d'un noir verdâtre constituait un mystère, mais ils se rendirent compte assez rapidement qu'elle aussi pouvait être brûlée, produisant une flamme brillante qui durait longtemps. Elle pouvait aussi faire tourner plus rapidement les essieux de leurs chars. Le pétrole devint la substance des empereurs, alimentant les lampes de leurs palais et éclairant leurs tombes – leur procurant même une arme enflammée précieuse pour anéantir l'ennemi.

Tang s'émerveillait à l'évocation de ces exploits.

En inventant les mécanismes du forage, il savait qu'ils avaient aussi découvert les meilleurs endroits pour forer, jetant ainsi les bases de la géologie. Ils devinrent habiles à relever des traces de sel à la surface des rochers et à détecter l'odeur âcre de la saumure cachée. Ils apprirent que le grès jaune produirait de la saumure avec un taux élevé de chlorure de fer tandis que le grès noir menait à des puits chargés de sulfure d'hydrogène. Il va de soi qu'ils ignoraient tout des composants chimiques, mais ils étaient parvenus à les reconnaître parfaitement et à les utiliser.

Son ministère avait étudié en détail les forages chinois utilisés pour la saumure. Il y avait même un musée à Zigong qui racontait l'histoire au peuple. Chose incroyable, au cours des deux derniers millénaires, quelque cent trente mille puits avaient été forés, dont quelques centaines au temps du premier empereur. Et l'un d'entre eux se trouvait à deux cent cinquante mètres de là.

« Comment le sais-tu ? » avait-il demandé à Jin Zhao.

Le géologue, qui était également chimiste, s'était montré particulièrement énervant et avait refusé de collaborer, si bien qu'il avait fini par ordonner son arrestation.

« Ministre, je n'en sais rien. C'est purement de la théorie. »

Il avait déjà entendu cette explication.

« C'est plus que de la théorie. Dis-moi ce que tu sais. »

Son prisonnier avait refusé de parler.

Il avait fait un signe, et le soldat un peu plus loin s'était avancé vers Zhao, l'avait soulevé brutalement de sa chaise et lui avait asséné deux coups de poing dans le ventre. Le vieil homme en avait eu le souffle coupé. Zhao était tombé à genoux, les bras autour de son ventre.

Un petit signe de sa part avait signifié que deux coups suffisaient.

Zhao essayait de reprendre son souffle.

« Ça va être pire, dit-il. Parle-moi. »

Zhao se calma.

« Ne me frappez plus. Je t'en prie. Assez.

— Dis-moi ce que je veux savoir. »

Il avait longuement enquêté sur Jin Zhao et savait qu'il n'était pas membre du Parti, ni associé en rien à quelque activité du Parti. Il lui arrivait même de parler de façon critique du gouvernement. Son nom apparaissait régulièrement sur une liste de personnes à surveiller, et il avait été plusieurs fois prévenu qu'il devait arrêter ses activités dissidentes. Tang l'avait protégé à plus d'une occasion, empêchant son arrestation, mais il ne l'avait fait qu'à condition qu'il accepte de coopérer.

166

Zhao se releva péniblement du sol.

« Je ne te dirai rien. »

Le soldat lui donna un coup de poing dans la mâchoire, puis un autre dans la poitrine. Un troisième coup s'abattit sur le crâne de l'homme.

Zhao s'écroula.

Du sang coulait de sa bouche entrouverte.

Il recracha deux dents.

Un coup de pied dans l'estomac, et Zhao se recroquevilla en position fœtale, bras et jambes serrés contre son corps.

Quelques minutes plus tard, Jin Zhao perdait connaissance, et il ne devait plus jamais se réveiller. Une hémorragie cérébrale avait définitivement mis à l'abri tout ce qu'il savait, mais la fouille de sa maison et de son bureau permit de retrouver suffisamment de documents pour que Tang sache que c'était bien ici, il y a deux mille deux cents ans, que des hommes avaient foré à la recherche de la saumure et qu'ils avaient trouvé du pétrole. Et pendant que Jin Zhao gisait sur le sol, suppliant qu'on l'aide, criant que sa tête explosait de douleur...

« Dis-moi quelque chose, proposa Tang. Juste une toute petite chose et j'appelle le médecin. Tu seras soigné. Tu ne recevras plus de coups. »

Une lueur d'espoir éclaira les yeux du vieil homme.

« Est-ce que Lev Sokolov a trouvé le marqueur ? »

Zhao fit oui de la tête.

D'abord lentement, puis rapidement.

22

Cassiopée se hâtait dans la rue à la recherche d'un endroit où se cacher. Trois hommes la suivaient depuis son départ de l'hôtel. Elle tenait précieusement le sac plastique contenant la lampe dragon au creux de son bras gauche, lampe qu'elle avait d'abord soigneusement enveloppée dans du papier bulle.

De tous les côtés, s'élevaient des immeubles en briques rouges et des maisons peintes en blanc donnant sur des rues pavées désertes. Ella passa rapidement devant une place tranquille, les trois hommes à cinquante mètres derrière. Il n'y avait personne d'autre en vue. Elle ne pouvait pas les laisser lui prendre la lampe. Si elle la perdait, elle perdrait aussi le fils de Sokolov.

« Par ici », entendit-elle.

Cotton Malone était de l'autre côté de la rue.

« J'ai eu ton message, dit Cotton. Je suis là. »

Il lui fit signe de s'approcher.

Elle courut, mais quand elle arriva au coin de la rue, il avait disparu.

Les trois hommes étaient toujours à ses trousses.

« Par ici. »

Elle regarda dans la ruelle étroite. Cotton était à cinquante mètres, lui faisant toujours signe d'avancer.

« Cassiopée, tu fais une erreur. »

Elle se retourna.

Henrik Thorvaldsen apparut.

« Tu ne peux pas l'aider, dit-il.

— J'ai la lampe.

— Ne lui fais pas confiance », dit-il encore, et
l'instant d'après, le Danois avait disparu.

*Elle scruta la rue et les immeubles. Les trois
hommes ne s'étaient pas rapprochés davantage, et
Cotton lui faisait toujours signe de venir.*

Elle courut.

Cassiopée se réveilla.

Elle était couchée sur un banc dans le parc. Le jour
avait décliné, et le ciel était couleur d'encre pâle. Elle
avait dormi un bon moment. Elle regarda derrière elle,
au-delà du tronc d'arbre. La Toyota était toujours
garée au même endroit, et il n'y avait ni police ni
rôdeurs en vue. Elle secoua la tête pour s'éclaircir les
idées. Elle était bien plus fatiguée qu'elle ne le pensait.
Le pistolet était sous son chemisier. Elle avait du mal
à sortir de son rêve.

Ne lui fais pas confiance, avait dit Thorvaldsen.

À Cotton ?

Il était la seule personne présente.

Elle se trouvait à une bonne trentaine de minutes à
pied du musée Van Egmond. La marche lui permettrait de s'assurer que personne ne la suivait. Elle
aurait bien voulu se calmer et arrêter de se poser des
questions, mais c'était impossible. Viktor Tomas
l'avait perturbée.

Était-ce à lui qu'Henrik faisait allusion ?

Apercevant une fontaine, elle s'en approcha et but
avec délices quelques longues gorgées.

169

Elle s'essuya la bouche et se redressa.
Ça suffisait.

Malone descendit de l'hélicoptère de l'OTAN sur le tarmac du petit terrain d'aviation au nord d'Anvers, suivi par Stéphanie, puis par Ivan. C'est elle qui avait organisé ce bref vol depuis Copenhague.

Deux voitures avec chauffeurs attendaient.

« Services secrets, leur dit-elle. En provenance de Bruxelles. »

Ivan avait été peu bavard pendant le vol, se limitant à des banalités sur la télévision et le cinéma. Le Russe paraissait fasciné par les divertissements américains.

« Parfait, dit Malone. Nous voilà arrivés. Où est Cassiopée ? »

Une troisième voiture s'approchait, venant du bout du terminal, en passant devant des rangées de luxueux avions privés.

« Ce sont mes gens, dit Ivan. Il faut que je leur parle. »

La voiture s'arrêta, et le gros Russe s'en approcha en se dandinant. Deux hommes en descendirent.

Malone se rapprocha de Stéphanie et lui demanda :

« Il a des gens ici ?

— Apparemment.

— Avons-nous le *moindre* renseignement de source indépendante sur tout ça ? » interrogea-t-il encore doucement.

Elle secoua la tête.

« Pas le temps. J'aurai quelque chose demain au plus tôt.

— Autrement dit, nous sommes complètement à poil, en train de piloter sans visibilité.

— Ce n'est pas la première fois. »

Exact.

Ivan revint vers eux et leur dit tout en marchant :

« Nous avons problème.

— Ça ne m'étonne pas, marmonna Malone.

— Vitt se déplace.

— En quoi est-ce un problème ? demanda Stéphanie.

— Elle échappe à ses ravisseurs. »

Malone était méfiant.

« Comment le savez-vous ? »

Ivan désigna les deux hommes à côté de la voiture.

« Ils surveillent et voient.

— Pourquoi ne l'ont-ils pas aidée ? »

Mais il connaissait la réponse.

« Vous voulez qu'elle vous mène à la lampe.

— C'est une opération de renseignement, dit Ivan. J'ai boulot à faire.

— Où est-elle ?

— Tout près. En route vers un musée. Le musée Van Egmond. »

Malone commençait à s'énerver.

« Comment savez-vous cela, nom de Dieu ?

— Nous y allons.

— Non », dit Malone.

Le visage d'Ivan se figea.

« Moi, j'y vais, déclara Malone. Seul. »

Ivan esquissa un sourire.

« Je suis mis en garde sur vous. On dit que vous êtes cavalier seul.

171

« — Alors vous savez à quoi vous en tenir, écartez-vous de mon chemin. Je vais retrouver Cassiopée. »

Ivan se tourna vers Stéphanie.

« Vous prenez les commandes maintenant ? Vous pensez que je vais permettre ça ?

— Écoutez, dit Malone, en répondant à la place de Stéphanie. Si j'y vais seul, j'ai bien plus de chances de retrouver ce que vous voulez. Vous vous pointez avec votre équipe de casseurs et vous aurez que dalle. Cassiopée est une pro. Elle va se planquer. »

Il l'espérait en tout cas.

Ivan enfonça un doigt dans la poitrine de Malone.

« Pourquoi est-ce que je vous fais confiance ?

— Je me pose la même question à votre propos. »

Le Russe sortit un paquet de cigarettes de sa poche et en mit une entre ses lèvres. Il trouva des allumettes et en craqua une.

« J'aime pas ça.

— Tant pis pour vous. Vous voulez que le travail soit fait. Je le fais.

— D'accord, dit Ivan en soufflant la fumée. Trouvez-la. Mettez la main sur ce que nous voulons. »

Il montra la voiture.

« Ils connaissent bonne direction.

— Cotton, dit Stéphanie. Je vais m'arranger pour qu'on te laisse un peu tranquille. La police d'Anvers sait ce qui se passe, mais elle ne sait pas où. Je dois leur assurer qu'il n'y aura pas de dégâts matériels, à part peut-être une fenêtre ou une porte cassée. Contente-toi de la retrouver et fiche le camp.

— Ça ne devrait pas poser de problème.

— Je sais que ça ne devrait pas poser de problème, mais tu as une certaine réputation.

— Ce n'est pas un site classé au Patrimoine mondial, n'est-ce pas ? Je ne détruis que ceux-là, non ?

— Tu entres et tu sors, d'accord ? »

Malone se tourna vers Ivan.

« Dès que je suis en contact avec elle, j'appelle Stéphanie. Mais je devrai tenir compte de l'avis de Cassiopée. Elle ne voudra peut-être pas de partenaires. »

Ivan leva un doigt.

« Elle ne voudra peut-être pas partenaires, mais elle aura partenaires. Cette affaire plus importante que garçon de quatre ans.

— C'est justement pourquoi vous restez ici. Il suffirait de dire ça pour qu'elle disparaisse. »

Il n'avait aucune intention de refaire l'erreur qu'il avait faite à Paris avec Thorvaldsen. Cassiopée avait besoin de son aide et elle l'aurait. Inconditionnellement, et sans rien lui cacher.

Ivan pouvait bien aller au diable.

23

Ni, toujours sous le coup de l'assaut, regardait la scène avec dégoût. Le quatrième homme, capturé par Pau Wen, avait été emmené hors de la maison, au-delà des murs gris, jusqu'à une grange à cinquante mètres derrière l'enceinte, au fond des bois. Les quatre acolytes de Pau avaient déshabillé l'homme, attaché son corps avec une grosse corde et l'avaient soulevé en l'air, suspendu à une grue en bois en forme de L.

« J'ai des chevaux et des chèvres, lui dit Pau. Nous utilisons ce palan pour stocker du foin en haut de la grange. »

La grue monta de dix mètres jusqu'à une double porte dans le pignon. Un des hommes de Pau, celui de la vidéo, était debout dans l'embrasure. Les trois autres – tous vêtus d'une robe verte sans manches – attisaient un feu en dessous, utilisant comme combustible des bûches sèches et du foin. À cette distance, la chaleur était déjà intense.

« Il faut que ce soit chaud, dit Pau. Sinon, nos efforts risquent de ne servir à rien. »

La nuit était descendue, noire et désolée. L'homme ligoté était suspendu en haut du palan, avec du sparadrap sur la bouche, mais à la lueur des flammes, on voyait son expression horrifiée.

« À quoi cela rime-t-il ? demanda Ni.

— Nous avons besoin de renseignements. Il a été interrogé poliment, mais a refusé de répondre.

— Tu as l'intention de le faire rôtir ?

— Pas du tout. Ce serait barbare. »

Ni essayait de garder son calme, se disant que Kwai Tang avait commandité sa mort. Complots, purges, arrestations, tortures, procès, incarcérations et même exécutions étaient monnaie courante en Chine.

Mais que dire d'un meurtre politique commis ouvertement ?

Peut-être Tang avait-il jugé que, l'assassinat se produisant en Belgique, il pourrait être facilement justifié. La disparition brutale de Lin Biao, le successeur désigné de Mao en 1971, n'avait jamais été clairement élucidée. Biao avait soi-disant péri dans le crash d'un avion mongol alors qu'il tentait de fuir de Chine après avoir été accusé de comploter pour renverser Mao. Mais seule la version du gouvernement concernant l'accident avait été rendue publique. Personne n'avait jamais su ni où, ni comment, ni quand Lin Biao était mort, seulement qu'il avait disparu.

Et Ni n'arrêtait pas de se répéter que l'homme pendu au palan était venu pour le tuer.

Un des gardes fit signe que le feu était prêt.

Pau tendit le cou et donna un signal.

L'homme dans la grange tourna le palan de manière qu'il soit perpendiculaire au bâtiment. Les pieds nus entravés du prisonnier pendaient maintenant à quelque trois mètres au-dessus des flammes.

« Ne laissez jamais le feu atteindre la chair, dit Pau doucement. Trop intense. Trop rapide. Contre-productif. »

C'était une vraie leçon de torture. Ce vieil homme était apparemment un connaisseur. Mais, d'après tout ce que Ni savait sur Mao, le régime tout entier était passé maître dans l'art en question. Immobile dans sa longue robe de lin blanc, Pau regardait l'homme ligoté se débattre pour se libérer des cordes.

« Vas-tu enfin répondre à mes questions ? » cria Pau.

L'individu ne semblait toujours pas vouloir répondre. Il continuait à se débattre.

« Vois-tu, ministre, dit Pau, la chaleur en elle-même est insoutenable, mais il y a pire. »

Sur un mouvement du poignet de Pau, un des gardes jeta le contenu d'un seau sur les flammes. Un sifflement sonore, suivi par une vague de chaleur, et la poudre gicla vers le haut en se vaporisant, englou-tissant le prisonnier dans un nuage brûlant.

L'homme se tordait maintenant de manière frénétique, visiblement sous le coup d'une douleur atroce.

Ni sentit quelque chose dans l'air de la nuit.

« C'est du piment en poudre, dit Pau. La volute chaude provoque déjà une douleur épouvantable, mais la vapeur chimique latente accroît l'intensité de la chaleur sur la peau. S'il n'avait pas fermé les yeux, il serait resté aveugle pendant plusieurs heures. Les vapeurs irritent les pupilles. »

Pau fit un signe, et on répandit une nouvelle dose de piment en poudre sur le feu.

Ni imaginait ce que le prisonnier devait subir.

« Ne sois pas désolé pour lui, dit Pau. Cet homme est un acolyte de Kwai Tang. Ton ennemi. Je veux seulement qu'il nous dise ce qu'il sait. »

En fait, Ni aussi voulait savoir.

Le feu continuait à faire rage, et les flammes commençaient certainement à roussir les pieds de l'homme.

Le prisonnier commença à hocher la tête, en signe de reddition.

« Ça n'a pas été long. »

Pau fit un geste, et l'homme dans la grange tourna le corps pour l'écarter des flammes. On lui arracha le sparadrap de la bouche. Un hurlement de douleur retentit dans la nuit.

« Personne n'entend, cria Pau. Les premiers voisins sont à des kilomètres. Dis-moi ce que nous voulons savoir, sinon on recommence. »

L'homme prit quelques bouffées d'air et parut se calmer.

« Tang... te veut mort. Ministre Ni aussi.

— Dis-m'en un peu plus, dit Pau.

176

— Il cherche... la... lampe. Pendant... que nous parlons.

— Et Cassiopée Vitt ?

— Elle la cherche... aussi. On l'a... laissée... s'échapper. Des hommes... la suivent.

— Tu vois, ministre, chuchota Pau. Voilà pourquoi la torture a perduré. Ça marche. On apprend beaucoup de choses essentielles. »

Un sentiment d'écœurement gagnait Ni. N'y avait-il aucune règle, aucune limite, à la moralité de Pau ? Où était passée sa conscience ?

Pau fit un nouveau signe, et le prisonnier fut déposé à terre. Un des hommes en robe sortit immédiatement un pistolet et tira une balle dans la tête de l'homme ligoté.

Ni resta silencieux, puis finit par demander :

« Était-ce bien nécessaire ?

— Que voulais-tu que je fasse ? Que je le relâche ? »

Il ne répondit pas.

« Ministre, comment vas-tu diriger la Chine si tu n'as pas le courage de te défendre ? »

Ni n'apprécia pas la réprimande.

« Je crois aux tribunaux, aux lois, à la justice.

— Tu es sur le point de t'engager dans une bataille dont un seul de vous deux ressortira vivant. Aucun tribunal, aucune loi ou aucun juge ne réglera ce conflit.

— Je ne pensais pas qu'il s'agirait d'une bataille à mort.

— La déclaration de Kwai Tang ne te suffit pas ? »

Il n'y avait pas grand doute à avoir, effectivement.

« Tang est impitoyable. Il a envoyé des hommes

177

pour mettre un terme à la bataille avant même qu'elle ait commencé. Quelle va être ta réponse, ministre ? »

Ces dernières heures, dans cet endroit où l'on allait droit au but, Ni s'était senti étrangement vulnérable, remettant en cause tout ce qu'il croyait savoir sur lui-même. Personnellement, il n'avait jamais ordonné la mort de qui que ce soit – bien qu'il ait fait emprisonner beaucoup de gens qui avaient fini par être exécutés. Pour la première fois, l'immensité de sa tâche pesait sur lui. Peut-être Pau avait-il raison. Diriger la Chine demandait de la force. Mais il s'interrogeait. Pourrait-il tuer avec la même indifférence tranquille que Pau Wen ?

Probablement pas.

« Nous devons partir, dit Pau. C'est tout près en voiture. »

Il savait où.

Au musée Van Egmond.

Avant qu'il ne soit trop tard.

24

Province du Gansu, Chine

Tang ouvrit la porte de la caravane et sortit dans la nuit sans lune. Les étoiles étaient cachées par des nuages. Ici, à des centaines de kilomètres de toute agglomération, l'air était remarquablement limpide. Il plia les jambes. Il était en proie à une foule d'émotions, comme autrefois. Il était tout près – tellement près – et il le savait.

Il pensait à son père, à sa mère, des âmes innocentes, qui n'étaient jamais sortis de leur petit village. Ils avaient vécu entourés d'arbres et de potagers en terrasses, sur des pentes de montagne reculées. Son unique frère était mort au Tibet, en se battant contre des rebelles. Personne n'avait jamais expliqué ce qui s'était produit là-bas. Ses parents n'auraient jamais osé demander, et il n'existait pas d'archives.

Mais c'était sans importance.

Lutter contre soi-même. C'est ce que Mao prêchait. Croire dans le Parti, faire confiance à l'État. L'individu ne comptait pas.

Sa famille avait vénéré Mao. Pourtant, son père avait aussi une grande affection pour Confucius, comme son père avant lui.

Ce n'était qu'après avoir quitté son village que Tang, sélectionné pour suivre l'enseignement secondaire puis des études supérieures, s'était rendu compte des contradictions dramatiques qu'on leur imposait. Son professeur de philosophie à l'université lui avait ouvert les yeux.

« *Je vais te raconter l'histoire d'un homme qui vivait dans l'État de Song et labourait consciencieusement son champ. Grâce à ses efforts, il produisait amplement de quoi nourrir sa famille et son village. Au milieu du champ, il y avait une souche d'arbre. Un jour, un lièvre, courant à toute vitesse, heurta la souche, se brisa le cou et mourut. Ce fut une vraie chance car la viande fut grandement appréciée par*

179

tous. Sur ce, l'homme abandonna son champ et resta à surveiller la souche, espérant se procurer un autre lièvre de la même manière. Mais ce ne fut pas le cas, et sa famille et le village souffrirent à cause de sa négligence. Voilà le défaut du confucianisme. Ceux qui essayent de gouverner le présent sur la base des comportements passés commettent les mêmes sottises. »

Il écouta le ronronnement lointain des générateurs du derrick. L'aube approchait. Il repensait à cet enseignant à l'université de Hunan, celui qui lui avait demandé :

« Que feras-tu après ton diplôme ?

— J'ai l'intention d'étudier à Pékin pour obtenir un diplôme supérieur en géologie.

— La terre t'intéresse ?

— Depuis toujours.

— Tu as de la volonté et des capacités. Je l'ai constaté au cours de ces trois dernières années. Serais-tu prêt à envisager quelque chose en plus de tes études, quelque chose qui pourrait répondre à toutes ces questions que tu me poses sans cesse ? »

Les jours suivants, il avait écouté son professeur lui parler de la lointaine dynastie Shang, la toute première sur laquelle on avait des documents, et qui datait de quatre mille ans environ. Un État très avancé, avec un système de collecte d'impôts, un code pénal et une armée de métier, dirigé par un autocrate qui se désignait comme *Moi, l'homme unique.*

« Ce fut très significatif, dit son professeur. C'est la première fois, à notre connaissance, qu'un seul homme a pris le pouvoir sur beaucoup. »

La dynastie Zhou succéda à la dynastie Shang et

poursuivit ce système autocratique, augmentant même l'autorité du dirigeant.

« Il fut dit que toute la terre sous le ciel appartenait au roi et que toutes les personnes qui y vivaient étaient ses sujets. »

Mais gouverner un si grand royaume à partir d'un seul endroit s'avéra difficile, et les rois Zhou créèrent le féodalisme – avec des parents auxquels on accordait une souveraineté limitée sur des parties du domaine, assortie de titres tels que duc, marquis, comte et baron.

« Un système que la civilisation occidentale n'appliquerait que mille ans plus tard. »

La loyauté envers le roi était scellée par le sang plutôt que par serment, mais, avec le temps, les seigneurs locaux établirent bientôt leurs propres fiefs. Et finalement, ces vassaux se révoltèrent et éliminèrent le roi Zhou, en en faisant leur égal.

« Cela conduisit à la période des Printemps et des Automnes, une guerre chaotique menée par tous contre tous. En l'espace de deux siècles et demi, cinq cents guerres furent disputées entre les États féodaux. À la fin, tout le monde pensait que l'État de Cu, qui occupait la zone centrale du Yangzi, en sortirait victorieux. Cette crainte conduisit les États plus petits à se tourner vers l'État de Qi pour assurer leur protection. Avec une armée forte, une économie saine et un régent avisé, Qi était en capacité d'aider les autres. Une ligue de défense mutuelle fut établie, et le duc de Qi fut nommé Hégémon, ou Ba de la ligue, chargé de préserver la paix. Et c'est ce qu'il fit. »

Il avait trouvé ce titre approprié, puisque « Ba » voulait dire « père, protecteur ».

Mais c'était la façon dont la protection avait été exercée qui l'intéressait surtout.

La population tout entière avait été organisée selon des principes militaires. Les marchés avaient été réglementés, un monopole établi pour battre monnaie, la production de sel et de fer placée sous contrôle étatique. Il en était résulté une armée forte et une économie saine, qui offraient non seulement une protection contre les ennemis, mais renforçaient le pouvoir de l'Hégémon.

« Ce furent les premiers légalistes, lui avait dit son professeur. Une école de diplomatie dédiée à exalter le dirigeant et à maximiser l'autorité. Leur philosophie était simple : le souverain est le créateur de la loi, les fonctionnaires, ceux qui font appliquer les lois, et le peuple, ceux qui sont assujettis à la loi. Le souverain sage détient six pouvoirs. Le droit d'accorder la vie, de tuer, d'enrichir, d'appauvrir, de promouvoir et de rétrograder. »

Et le concept fit tache d'huile dans les autres États.

À la fin de la période des Printemps et des Automnes, après trois cents ans de troubles constants, vers 481 av. J.-C., vingt-deux États survivaient encore. Les autres avaient été absorbés par leurs voisins.

« La lutte empira pendant la période suivante des Royaumes combattants, lui avait dit son professeur. Finalement, après encore deux cents ans de conflit, sept États émergèrent, chacun dirigé par un Hégémon. Leurs conseillers étaient tous des frères du Ba, des légalistes qui enseignaient que le plus fort recevrait un tribut des autres, alors que le moins fort paierait un tribut aux autres. Les Ba renforcèrent leur influence sur les rois, préconisant de mettre fin au

système féodal. Des postes précédemment transmis de père en fils furent confiés à des bureaucrates nommés que le régent pouvait renvoyer ou même exécuter selon son gré. Des fiefs hérités étaient fondus dans des unités administratives appelées comtés. En désignant habilement des fonctionnaires, simples prolongements de lui-même, l'Hégémon gardait tout le pouvoir entre ses mains. »

À la fin de la période des Royaumes combattants, les Ba exerçaient un contrôle virtuel sur les monarques. Malgré d'autres prouesses technologiques plus célèbres – la découverte de la poudre à canon, la culture du ver à soie –, Tang croyait que l'invention chinoise du totalitarisme était sans doute celle qui avait eu le plus d'impact sur le monde.

« C'était la révolution venant d'en haut, lui avait expliqué son professeur. La résistance du peuple fut minime. Cinq siècles de guerre incessante l'avaient laissé prostré, et personne ne pouvait s'opposer à l'ordre instauré par les légalistes. Et bien que tout cela se soit produit il y a plus de deux mille cinq cents ans, les Chinois ont toujours à ce jour une peur irrationnelle du chaos et du désordre. »

Dix ans après, le royaume de Qin conquit les sept États restants, transformant un duché arriéré et six voisins belliqueux en un empire, le premier Empire.

« Qin Shi ancra le légalisme dans notre culture, et aujourd'hui encore, il en fait partie, bien que le concept ait changé au fil des siècles. Ce sont ces changements qui font que nous devons, toi et moi, poursuivre nos discussions. »

Ce qu'ils firent, à maintes reprises.

« *Étudie Mao, lui avait conseillé son professeur. Il a été un légaliste moderne. Il comprenait combien l'esprit chinois craint le chaos – ce qui explique, plus que tout, à la fois ses succès et ses échecs.* »

Tang avait étudié.

Sur le plan *national*, Mao voulait que la Chine soit un pays unifié, fort et sécurisé, tout comme l'avait fait Qin Shi. Sur le plan *social*, il voulait que la Chine évolue vers une société égalitaire dans la tradition marxiste. Sur le plan *personnel*, il voulait transcender sa propre mortalité et s'assurer que sa révolution serait irréversible.

Il avait rempli son premier objectif. Mais le deuxième avait été un échec cuisant.

Et le troisième ?

Cette question demeurait sans réponse.

Étonnant à quel point Mao avait ressemblé à Qin Shi. Les deux avaient instauré des régimes nouveaux, réalisant l'unité après de longues périodes de troubles sanglants, écrasant tous les fiefs locaux. Ils imposèrent des normes, des structures sociales, insistant sur l'importance d'avoir une seule langue, une monnaie, de l'orthodoxie et de la loyauté. Des projets de construction grandioses se multiplièrent. Ils détestaient tous deux les marchands et muselèrent les intellectuels. Ils encouragèrent le culte de leur personne et s'inventèrent des titres à la hauteur de leur *ego*. Qin avait choisi *premier empereur*, tandis que Mao préférait *président*. Une fois morts, ils furent somptueusement enterrés et sévèrement critiqués, mais le cadre de leurs régimes perdura.

« *Ce n'était pas par hasard, lui avait dit son*

184

professeur au cours d'une de leurs dernières conversations. Mao avait compris la nature du premier empereur. Tu devrais essayer d'en faire autant. »

Et il l'avait fait.

Aucun dirigeant du XXe siècle n'avait autant suscité la dévotion du peuple que Mao. Il se mit à ressembler à un empereur, et aucun pacte conclu ensuite avec le peuple par Pékin ne fut comparable au « destin du ciel » qu'avaient connu des empereurs comme Mao.

Mais le temps de Mao était révolu.

« Soumets-toi aux solutions politiques proposées il y a des siècles par des érudits morts depuis longtemps. » C'était ce que Confucius préconisait comme chemin vers la compréhension. Cela paraissait impossible.

Un deuxième lièvre ne viendrait pas mourir contre la même souche.

Il s'était rallié sans réserve à la révolution culturelle de Mao. En hommage, il avait cessé d'utiliser la forme traditionnelle de son nom – Tang Kwai, avec le nom de famille d'abord. À la place, il avait préféré la version moderne, Kwai Tang. Il se rappelait le moment où les Gardes rouges avaient déferlé sur le pays, fermant des écoles, emprisonnant des intellectuels, censurant des publications, démembrant monastères et temples. Tout ce qui pouvait rappeler la Chine féodale et capitalistique d'antan avait été détruit – anciennes coutumes, anciennes habitudes, ancienne culture et ancienne façon de penser, tout cela fut éliminé.

Des millions de gens avaient péri, des millions d'autres avaient été touchés.

Pourtant, Mao en était sorti plus aimé que jamais, l'État plus fort que jamais.

Il regarda sa montre, puis inhala quelques bouffées d'air frais.

Il esquissa un sourire.

Que la fête commence.

25

ANVERS

Arrivée près du musée, Cassiopée se dirigea vers l'entrée à l'arrière qu'elle avait repérée deux jours auparavant. Elle était tombée par hasard sur une photo du musée Van Egmond dans une brochure d'hôtel pendant qu'elle cherchait le meilleur endroit où cacher la lampe. Ses salles renfermaient une collection d'objets d'art hollandais, français et flamands. Mais son salon chinois au troisième niveau était ce qui avait surtout retenu son attention.

Elle espérait que la lampe serait passée inaperçue.

Elle croisa quelques couples qui rentraient chez eux et des piétons plongés dans leurs pensées, mais personne ne semblait l'avoir suivie de près. Des publicités aux vitrines des magasins fermés appâtaient le chaland. Mais elle avait décidé de ne pas se laisser distraire. Il fallait qu'elle récupère la lampe, puis qu'elle prenne contact avec Sokolov par l'intermédiaire d'un couple qui, lui aussi, avait eu la douleur de perdre un enfant et avait accepté de relayer tout message codé en provenance de Belgique.

Elle se demandait ce qui était arrivé à Malone. Viktor lui avait dit qu'il n'avait pas eu de nouvelles de Copenhague, mais cela ne voulait rien dire venant de lui. Peut-être irait-elle au Danemark une fois cette mission terminée. Cotton l'aiderait à décider quoi faire ensuite.

Le mieux serait de prendre le train.

Il n'y aurait pas de contrôle de sécurité.

Et elle pourrait dormir.

Malone repéra le musée, coincé dans une rangée de bâtiments où se succédaient maisons anciennes et récentes. Sa façade présentait des éléments inspirés d'un motif italien. Les rues d'Anvers étaient calmes, avec des trottoirs déserts bien éclairés à l'approche de la nuit. Il étudia les encadrements sculptés des fenêtres placées les unes au-dessus des autres, avec des formes variées, carrées, rondes et rectangulaires. Toutes étaient éteintes.

Il s'était garé deux rues plus loin et s'approchait à pas lents. Il n'était pas sûr de la suite. Comment Cassiopée prévoyait-elle d'entrer ? En fracturant une porte ? Certainement pas en passant par ici. L'entrée principale était protégée par une grille en fer forgée fermée à clé, et les fenêtres par des barreaux. Stéphanie, qui s'était assurée de l'aide d'Europol et de la police locale, avait appelé pour dire qu'elle s'était arrangée pour faire débrancher le système d'alarme.

Une collaboration locale voulait généralement dire que des personnes bien plus haut placées que Stéphanie menaient la danse. Ce qui montrait bien que tout ceci dépassait largement la disparition d'un enfant de quatre ans.

Malone s'avança dans l'ombre d'un immeuble, soucieux d'éviter la lumière du lampadaire à proximité. Il jeta un coup d'œil au coin de la rue, espérant voir Cassiopée.

Trois hommes descendaient d'une voiture.

Mais, chose étrange, aucune lumière ne s'alluma quand les portes s'ouvrirent.

Ils avaient dépassé l'entrée du musée, à une bonne cinquantaine de mètres de lui.

Les silhouettes sombres collées les unes aux autres montèrent sur le trottoir, se dirigèrent en silence vers la porte d'entrée du musée et essayèrent d'ouvrir la grille en fer.

« Par-derrière, dit l'un d'eux en anglais. Elle est là, c'est sûr. Prenez le matériel, au cas où. »

Deux hommes retournèrent à la voiture et en sortirent chacun un gros bidon. Ils se dirigèrent ensuite tous les trois vers le coin le plus proche et tournèrent à droite. Il devait y avoir une autre entrée – à l'arrière, dans l'autre rue. Malone traversa et décida de prendre par le côté opposé.

Ni était dans le noir, au-delà du jardin du musée Van Egmond. Pau Wen était à côté de lui. Ils avaient fait le trajet jusqu'à Anvers, s'étaient garés à quelques rues de distance et examinaient l'arrière de l'immeuble. Pau avait amené un de ses hommes qui venait de faire un tour de reconnaissance dans le noir.

Il réapparut et fit son rapport à voix basse.

« Il y a une femme près de l'immeuble, sur le point d'entrer par effraction. Trois hommes approchent venant du bout de la rue. »

Pau réfléchit puis lui dit tout bas : « Surveille les hommes. »

L'ombre s'éloigna.

Ils se trouvaient tout près d'une allée qui passait derrière le musée, entre les immeubles donnant sur la rue d'après. Une petite aire de parking gravillonnée bordait la haie qui séparait le jardin de l'allée. Un portail ouvert avec du lierre autour donnait sur une cour entourée de trois côtés par le musée. Ni essayait de se concentrer, mais d'autres images le hantaient, toutes pires les unes que les autres. Des hommes transpercés par des flèches. Le prisonnier ligoté abattu d'un coup de pistolet dans la tête. Pour l'instant, au moins, il avait repris l'offensive. Pau semblait vouloir l'aider, mais Ni restait extrêmement méfiant.

Trois formes apparurent. Deux d'entre elles portaient des boîtes. Elles disparurent par le portail dans la cour arrière.

« Vitt est revenue pour la lampe, chuchota Pau. Mais Tang est là aussi.

— Comment le sais-tu ?

— C'est la seule explication. Ces hommes travaillent pour lui. »

Une autre forme apparut, venant de l'autre côté. Un homme seul. Grand, avec une carrure imposante, et rien dans les mains. Il entra lui aussi dans le jardin.

Ni aurait souhaité davantage de lumière, mais la lune avait disparu et l'obscurité devant eux était opaque.

« Et ça, qui est-ce ? demanda-t-il à Pau.

— Excellente question. »

Malone avait réfléchi à la situation. Maintenant il savait. Les trois hommes filaient Cassiopée. Deux d'entre eux portaient des cagoules et des vêtements noirs collants sur leur corps mince, avec des chaussures et des gants foncés. Le troisième homme était également vêtu de noir, mais avec une veste et un pantalon. Il était plus petit, un peu plus gros, et semblait être le chef. Dans une main, il tenait un petit appareil qu'il gardait au niveau de la taille et suivait ses indications.

Cassiopée avait été placée sous surveillance électronique.

Il se demanda si elle s'en doutait.

Le chef fit un geste, et les hommes s'éloignèrent en hâte dans le noir en direction des portes en verre donnant sur une terrasse. La façade arrière de l'immeuble était couverte de lierre. À l'époque où c'était encore une résidence privée, la terrasse devait être l'endroit idéal pour recevoir et profiter du jardin. Bizarrement, à la différence de l'entrée sur le devant, ces portes de derrière n'étaient pas condamnées. Peut-être était-ce également dû à l'intervention de Stéphanie. Étonnant ce que pouvait provoquer l'arrivée de quelques Russes.

Le chef passa la main à travers une vitre cassée et

ouvrit le loquet de l'intérieur, apparemment comme l'avait fait Cassiopée.

Les trois hommes disparurent dans la pièce.

Malone s'avança vers les portes. Les massifs de fleurs à peine visibles dans l'obscurité répandaient un parfum suave.

Il sortit son Beretta.

26

PROVINCE DU GANSU, CHINE

Tang composa un mot de passe sur le clavier qui lui permit d'obtenir la connexion vidéo. Il préférait la cyber-communication à des réunions face à face. En utilisant un bon encodage, la sécurité était pratiquement inviolable. Sauf si l'un des participants à la conversation ne respectait pas la confidentialité.

Mais ici, ce n'était pas un souci.

Tous les participants avaient prêté serment, liés par la fraternité, chacun étant un membre loyal et dévoué du Ba.

Il passa la main sur le clavier, et l'écran se partagea en dix panneaux. Dans chacun apparut le visage d'un homme, tous présentant des traits de Chinois Han, et tous dans la cinquantaine comme lui. Ils officiaient dans des domaines différents. L'un d'eux était juge de la Cour suprême du peuple. Certains étaient des responsables respectés de plusieurs ministères. Deux étaient des généraux d'armée. Trois étaient membres du tout-puissant Comité central. Tout comme Tang, ils s'étaient élevés dans la hiérarchie – progressivement, sans se faire remarquer – et servaient en tant que chefs des divisions Ba. Des hommes qui supervisaient d'autres frères dispersés au sein des gouvernements nationaux et locaux, et de l'armée. Leur nombre était limité, un peu plus de deux mille, mais suffisant pour remplir leur objectif.

« Bonjour », dit-il dans le micro de l'ordinateur portable.

La Chine, malgré ses cinq mille kilomètres couvrant cinq fuseaux horaires internationaux, restait à l'heure de Pékin. Il n'avait jamais compris cette logique puisque cela engendrait des différences horripilantes dans les horaires de travail, mais cela expliquait les tenues variées des hommes à l'écran.

« Je voulais vous informer que la santé du Premier ministre se détériore rapidement, dit-il. J'ai appris qu'il lui reste à peine un an à vivre. Bien entendu, cette information doit rester secrète. Mais il est impératif que nous soyons constamment prêts. »

Il vit les têtes s'incliner en signe d'acquiescement.

« Le Comité central est prêt, dit-il. Nous disposons d'une solide majorité pour obtenir le poste de Premier ministre. »

Cent quatre-vingt-dix-huit personnes servaient dans le tout-puissant Comité central. Il en avait recruté plus d'une centaine, des hommes n'appartenant pas au Ba, qui pensaient comme lui que la Chine devait s'engager dans une direction plus proche de celle de Mao que de Deng Xiaoping.

« Et qu'en est-il de Ni Yong ? demanda un des hommes. Il a de plus en plus de soutiens.

— On s'en occupe. Des funérailles d'État en son honneur rallieront le peuple à notre cause.

— Est-ce bien nécessaire ?

— La façon la plus simple de régler le problème est d'éliminer le candidat. Cela a été discuté et approuvé.

— Sous conditions, ajouta rapidement un autre. Comme ultime recours. La mort de Ni pourrait avoir des répercussions, en fonction des circonstances de sa disparition. Nous ne voulons pas d'un martyr.

— Cela n'arrivera pas. Sa mort sera considérée comme la conséquence de l'une de ses nombreuses enquêtes. Une enquête qui aura mal tourné. Cela se produira en dehors du pays. »

Il vit que plusieurs acquiesçaient, mais certains n'étaient pas d'accord.

« Ni jouit d'un soutien important dans l'armée, dit l'un des généraux. Sa mort ne passera pas inaperçue.

— Et elle ne le devrait pas non plus. Mais, dans l'ensemble, il sera vite oublié au fur et à mesure des événements. La mort du Premier ministre surviendra de façon inattendue. Ce qui engendrera inévitablement une période d'incertitude générale, et le peuple ne le supportera pas longtemps. Les gens voudront retrouver la sécurité à tout prix, et nous ferons en sorte de la leur procurer.

— De combien de temps disposerons-nous ?

— Il faudra agir aussi rapidement que le permet la Constitution. J'ai fait en sorte que les provinces en appellent à un vote immédiat. Bien entendu, jusque-là, j'assurerai l'intérim, en tant que premier vice-Premier ministre. Nous devrions pouvoir obtenir le pouvoir en quelques semaines. »

C'est alors que le véritable travail commencerait, avec d'abord un net recul de la démocratisation qui devrait rester l'apanage du Parti. Il n'y aurait plus besoin de la Commission d'enquête pour la discipline. La corruption serait alors traitée en interne. De même, toute dissension serait réprimée par des punitions appropriées. Beaucoup d'observateurs à travers le monde avaient prédit soit l'occidentalisation de la Chine, soit la fin du parti communiste, et si on persistait dans la trajectoire actuelle, ces deux événements ne manqueraient pas de se produire. Son but était de modifier de cent quatre-vingts degrés cette trajectoire.

Qin Shi, les empereurs après lui, ainsi que Mao l'avaient tous fait.

Ce serait maintenant son tour.

Tous les Chinois ont une sainte horreur du chaos et du désordre.

« Nous offrirons à la nation exactement ce dont elle a soif, dit-il. La stabilité et l'ordre. Une fois tout cela rétabli, le peuple nous laissera les coudées franches.

— Nous ne sommes pas nombreux, dit un autre homme. Maintenir cet ordre pourrait s'avérer difficile.

— Raison pour laquelle nous devons occuper le poste de Premier ministre. Ce poste nous donne un pouvoir sans limites. De là, nous pourrons facilement restructurer la nation. »

Il faisait attention en parlant aux frères de toujours utiliser la première personne du pluriel, le nous. Leur effort était collectif en théorie, et il se rendait bien compte qu'il ne pouvait pas réaliser son but sans l'aide de tous.

« Nous devons être prêts à agir à tout instant, dit-il aux autres. Pour ma part, je travaille à élaborer une tactique qui pourrait améliorer considérablement notre situation, et même nous donner une position dominante dans la politique mondiale. L'Occident ne dictera pas son mode de vie à la Chine, en lui faisant la morale sur ce qui est bien ou non, et en décidant de son avenir.

— Tu sembles bien sûr de toi.

— Leurs missionnaires et leurs éducateurs ont essayé de nous moderniser et de nous christianiser. Les Japonais voulaient nous conquérir. Les Américains ont tenté d'installer la démocratie. Les Soviets ont essayé d'exercer un contrôle sur nous. Tous ont échoué. Pire encore, nous avons fait nos propres expériences et avons échoué également. Nous sommes une grande civilisation. »

Il marqua une pause. « Nous redeviendrons ce que nous étions. »

Il voyait que les hommes à l'autre bout de la connexion étaient d'accord avec lui.

« Et qu'en est-il du maître ? demanda finalement l'un d'eux. Nous n'avons aucune nouvelle de lui.

— Soyez rassurés, affirma-t-il. Il est avec nous. »

27

ANVERS

Cassiopée traversa l'une des nombreuses autres salles du musée dont elle avait gardé le plan en mémoire depuis sa première visite. Les pièces du rez-de-chaussée donnaient sur un hall central d'où partait un vaste escalier en marbre. Elle passa devant une horloge anglaise et deux vitrines de style chinois qui renfermaient des bibelots précieux. Une salle consacrée aux porcelaines ouvrait sur sa droite, avec des tables XVIIIᵉ couvertes d'ivoires, d'émaux et de quelques pièces Adelgade Glassvaerker du XIXᵉ siècle. Après avoir traversé un grand hall divisé par quatre colonnes ioniques, elle tomba sur un escalier de service probablement réservé autrefois au personnel de la maison. Elle l'emprunta.

Elle n'avait pas eu le moindre problème pour entrer. Elle savait que beaucoup de ces bâtiments anciens n'étaient pas équipés d'alarme et qu'on leur préférait des détecteurs de mouvement à l'intérieur. Mais, au cours de sa première visite, elle n'en avait pas remarqué. Peut-être estimait-on que le musée ne renfermait aucune pièce qui vaille la peine d'être volée, ou peut-être était-ce simplement une question de budget.

Elle monta sur la pointe des pieds, sur le qui-vive, pistolet au côté. Elle s'arrêta sur le premier palier et regarda en bas, attentive au moindre bruit. Elle n'entendit rien.

Cela ne servait à rien d'avoir peur.

Va chercher la lampe et fiche le camp.

Malone n'avait pas la moindre idée de l'endroit où il allait, mais les trois hommes devant lui n'avaient pas le même problème. Ils traversaient les salles d'un pas résolu, guidés par le boîtier que le chef tenait toujours. Il restait en arrière et se dissimulait derrière le mobilier ancien, ses semelles de caoutchouc foulant en silence le sol de marbre. La galerie où il se trouvait devait être claire et aérée dans la journée, grâce aux fenêtres en saillie qui donnaient sur le jardin à l'arrière.

Il regarda à l'intérieur de la caverne obscure et distingua des plafonds en bois sculpté avec de l'émail. Sur sa gauche, donnait une pièce lambrissée avec des murs qui semblaient être recouverts de cuir. Il sentait les roses, le lilas et l'aubépine dont l'odeur montait par les portes de la terrasse. Il s'accroupit derrière une chaise en tapisserie à dossier haut, en attendant que les trois hommes pénètrent davantage à l'intérieur.

Sur sa gauche, un mouvement attira son attention.

Trois autres hommes entrèrent par la porte de la terrasse.

Il resta accroupi, profitant de l'obscurité.

Deux des nouveaux arrivants paraissaient se tenir très droit. L'un d'eux avançait avec une certaine lenteur, et grâce au peu de lumière venant de l'extérieur, Malone aperçut son visage. C'était un homme d'un certain âge.

Un des individus avait un arc à la main, ainsi qu'un carquois avec des flèches à l'épaule.

On ne voit pas ça tous les jours.

Tous trois progressèrent sans bruit, puis ils s'arrêtèrent, et, sur ordre de l'homme plus âgé, celui portant l'arc disparut rapidement dans la maison. Les deux autres hésitèrent puis avancèrent.

Malone sortit rapidement par une deuxième porte, s'éloignant d'eux, pour se diriger vers le devant du bâtiment et l'entrée principale.

Derrière un petit bureau, qui semblait servir de table d'admission, se trouvait un magasin de cadeaux. Il entra, attentif à ce qui se passait derrière lui, mais il n'entendit rien.

Il remarqua une brochure décrivant l'hôtel particulier en plusieurs langues, dont l'anglais. Il la prit et s'approcha d'une fenêtre. À la fin, sur le rabat de la couverture, figurait un plan des quatre étages. Il nota les trois escaliers et les nombreuses pièces. Au troisième niveau, il y avait un espace libellé BOUDOIR CHINOIS. Aucune autre salle ne portait ce nom.

Cassiopée aurait-elle pu cacher la lampe dans cette salle ?

Il repéra sa position et décida d'emprunter un des escaliers de service.

Arrivée en haut de l'escalier, Cassiopée se dirigea rapidement vers le boudoir chinois. Les murs étaient couverts de miroirs dans des cadres dorés, avec au sol un parquet en bois exotique. Des porcelaines orientales étaient posées sur des commodes sculptées. C'était un meuble laqué rouge d'un raffinement extrême qui lui avait permis de résoudre son problème. Elle avait jugé que ce genre de mobilier n'était sûrement pas inspecté de façon régulière. D'après ses renseignements, ce musée était une institution mineure, sans grande importance, un simple témoignage de l'art de vivre et du goût d'un riche propriétaire. Pendant quelques jours, cet endroit pouvait constituer une cachette idéale.

Elle se précipita dans le boudoir, s'avança vers le meuble et ouvrit les portes. La lampe était exactement à l'endroit où elle l'avait posée. N'ayant rien pour la porter, elle se dit qu'elle trouverait un sac plus tard et que le mieux était finalement de prendre un train directement pour Copenhague. Une fois là-bas, elle pourrait décider de la suite.

Elle sortit la lampe.

Une tête de dragon sur un corps de tigre, avec des ailes. Elle avait remarqué chez Pau Wen que la lampe contenait une espèce de liquide et que son goulot était bouché avec de la cire.

Un bruit retentit derrière elle.

Elle fit volte-face.

Tout paraissait figé dans le noir.

À trois mètres, deux silhouettes apparurent dans l'embrasure de la porte menant dans le hall. Une troisième se matérialisa et bloqua l'autre sortie à sa droite.

Des pistolets se profilèrent, braqués sur elle.

« Posez la lampe », dit l'un des deux hommes en anglais.

Elle se demanda si elle n'essaierait pas de sortir en tirant, puis décida que c'était idiot.

Elle ne pourrait pas se débarrasser des trois hommes.

« Le pistolet aussi », dit la voix.

28

En arrivant en haut des marches, Malone entendit une voix – un homme qui parlait de lampe et de pistolet. Apparemment, un ou plusieurs des six individus à l'intérieur avaient trouvé Cassiopée. Il se souvenait d'après le plan du musée que le boudoir chinois se trouvait sur sa gauche, après une galerie de portraits et une collection de miniatures, une porte plus loin au bout du couloir.

Il traversa la galerie à tâtons dans le noir, soucieux de ne rien renverser. Arrivé à une porte de sortie, il jeta un coup d'œil et vit deux hommes dans le hall, face à une autre pièce.

Tous deux étaient armés.

Le couloir étroit était orné de tableaux chargés dans des cadres imposants. Il remarqua que le sol était en parquet, ce qui signifiait qu'il risquait de faire du bruit en marchant, après le marbre qu'il venait de traverser. De toute façon, il devait agir et n'avait pas de temps à perdre en subtilités. Une approche directe s'imposait.

« Désolé », dit-il.

Les deux hommes se retournèrent d'un bond.

L'un d'eux leva son pistolet et tira.

Ni était en bas avec Pau Wen. Il n'aimait guère cette situation. Fonctionnaire de haut rang dans le gouvernement chinois – homme au-dessus de tout soupçon, soucieux de sa réputation – voilà qu'il se retrouvait dans un musée belge qui venait d'être cambriolé.

Il entendit une voix venant de l'escalier principal.

Puis une autre.

Et un coup de feu.

Pau dit quelque chose au troisième homme – qui venait de revenir – puis, d'un léger mouvement du poignet, le renvoya.

Son acolyte grimpa rapidement l'escalier.

« Ça pourrait se compliquer, dit Pau. Je pensais ne trouver personne ici. Apparemment, je me suis trompé. Nous devons partir. »

D'autres coups de feu retentirent.

« Il y a une bataille rangée là-haut », dit Ni.

Pau le prit par le bras, et ils se dirigèrent vers la porte de la terrasse.

« Raison de plus pour s'en aller. Nous pouvons regagner notre position précédente, nous éloigner du jardin et observer. Mon associé fera ce qu'il pourra pour récupérer la lampe. »

Cassiopée entendit « Désolé », et elle vit les deux hommes réagir. Elle décida de profiter de ce moment de distraction pour s'occuper de l'individu à sa droite. Elle avait posé la lampe par terre, mais au lieu d'abandonner son arme comme on le lui avait ordonné, elle se retourna et tira sur le troisième homme.

Mais il n'y avait personne dans l'embrasure de la porte.

Elle ramassa la lampe juste au moment où les deux inconnus sous la voûte ouvraient le feu. Elle avait cru un instant reconnaître la voix de Cotton. Mais c'était trop beau pour être vrai.

D'autres coups retentirent, mais plus dans sa direction.

Puisque les deux types étaient occupés, le plus grand danger venait du troisième. Elle se précipita vers la porte, jeta un coup d'œil dans la salle suivante et ne remarqua aucun mouvement. La salle était pleine de formes sombres – rien que du mobilier et des tapisseries. Il y avait une autre sortie à une dizaine de mètres, avec une foule d'endroits où ses poursuivants auraient pu se cacher.

Décidément, elle n'avait que des problèmes.

Mais comment faire autrement ?

Malone était pris dans une fusillade. Il aurait pu se servir de son Beretta mais avec un seul chargeur de rechange, il préférait ne pas riposter.

Heureusement, il avait anticipé l'attaque et s'était réfugié dans la salle adjacente, au moment même où il avait détourné leur attention de Cassiopée. Au moins, maintenant, ils se concentraient sur lui.

Du verre se brisait sous les balles. Le bois éclatait. À sa gauche, un vase tomba en mille morceaux sur le sol au milieu d'autres débris de porcelaine.

Stéphanie allait lui faire payer ça, mais ce n'était

pas sa faute. Personne ne l'avait prévenu que ce serait un remake de *Règlements de comptes à O.K. Corral*.

Il se dit « Ça suffit » et tira trois coups en réponse. Au moins, maintenant, ils savaient qu'il était armé. Il les entendit bouger et comprit qu'ils changeaient de position. Il fit feu encore deux fois, décrocha rapidement de l'endroit où il s'était caché et se précipita dans le couloir vers l'endroit où les deux hommes se trouvaient précédemment.

Mais ils étaient partis, se retirant probablement en direction de l'escalier principal.

Il était temps de se trouver un allié.

« Cassiopée ! cria-t-il. C'est Cotton. »

Cassiopée entendit Malone l'appeler, mais elle ne pouvait pas répondre. Le troisième homme était tout près. Elle devinait sa présence à quelques mètres, dans le dédale de meubles devant elle. Profitant des coups de feu, elle s'était progressivement rapprochée de la porte voûtée qui menait vers la sortie.

Mais son ennemi en faisait probablement autant.

Elle s'accroupit derrière une chaise à dossier haut pour se protéger et se glissa doucement vers la porte avec la lampe dans une main et le pistolet dans l'autre. En passant par là, elle pensait pouvoir prendre les deux hommes dans un tir croisé. Cotton d'un côté du couloir, et elle de l'autre.

Malone traversa le couloir à toute vitesse jusqu'à la salle suivante. *A priori*, les deux hommes devaient se trouver devant lui ; en tout cas, les tirs avaient cessé.

Ce qui posait un problème.

Quelque chose éclata, comme du métal que l'on plie.

Une odeur lui monta aux narines.

Il se souvint des deux bidons que les premiers hommes avaient transportés à l'intérieur. Il s'était demandé ce qu'ils contenaient. Qu'avait dit le chef ?

Au cas où.

Dans la faible lumière venant de l'extérieur, il remarqua une coulée luisante sur le parquet devant lui.

Il perçut une odeur douceâtre.

De l'essence.

Il comprit ce qui allait se passer et réussit à reculer juste au moment où un souffle d'air arrivait dans sa direction, suivi par la lumière aveuglante et la chaleur intense du feu qui faisait éruption.

29

Ni et Pau Wen quittèrent en hâte le jardin du musée, traversèrent l'allée derrière et le parking gravillonné pour trouver refuge dans l'ombre des bâtiments avoisinants. Les coups de feu avaient cessé, et Ni s'attendait à entendre des sirènes. Quelqu'un avait certainement appelé la police.

« Ne vaudrait-il pas mieux partir ? demanda Ni à Pau.

— Nous devons attendre pour voir ce qui se passe. »

Il regarda en direction du musée et aperçut un éclair brillant aux fenêtres du troisième étage.

« Il y a un incendie », dit-il.

Des faisceaux de lumière éclatèrent dans l'obscurité tandis que le troisième étage s'embrasait.

« Ce problème risque d'avoir des répercussions », dit Pau, les yeux rivés sur le sinistre.

Ni ne l'entendait pas de cette oreille.

« À savoir ?

— Souhaitons que mon frère réussisse. Et vite. »

Totalement crispée, Cassiopée chancela sous la chaleur brutale de l'explosion. L'éclat des flammes lui brûlait les yeux, et elle avait des taches noires dans son champ de vision. Elle dut faire un effort considérable pour déterminer ce qu'elle avait devant et derrière elle.

Le couloir était en feu.

Malone était quelque part au bout, après la pièce chinoise. Faire preuve de subtilité était maintenant inutile.

« Cotton ! » cria-t-elle.

Aucune réponse. Son silence était aussi insupportable que la chaleur.

À sa gauche, se trouvait l'escalier principal précédé par un palier étroit. Le parquet du couloir, un bois de chêne vieux de plusieurs siècles, brûlait intensément et le plâtre des murs était sur le point de s'effondrer.

Il fallait qu'elle s'en aille.

Mais pas sans Cotton.

Elle savait qu'il y avait un autre chemin pour descendre, l'escalier par lequel elle était montée, mais les flammes lui bloquaient cette issue. Tenant toujours la lampe et le pistolet, elle voulut voir si Cotton avait pu avancer à travers les salles en enfilade de l'autre côté du couloir.

Il n'y avait aucune trace des trois hommes.

Elle se retourna et comprit la cause du sinistre : deux bidons étaient renversés par terre, tous les deux en flammes.

Au bout du couloir, une balustrade en marbre donnait sur l'escalier principal qui descendait à angle droit vers le deuxième étage. Le couloir s'arrêtait juste en haut de l'escalier, et elle se trouva face à un mur de pierre. Prudemment, elle jeta un coup d'œil vers le bas et ne distingua aucun mouvement à la lueur des flammes. Quelque chose craqua derrière elle, puis tomba bruyamment. Le plafond du couloir s'était effondré. La vieille demeure rendait l'âme. Les trois hommes s'étaient peut-être enfuis ? Ce n'était pas la peine de s'attarder ici, sauf qu'ils voudraient probablement la lampe. Mais ils pouvaient très bien l'attendre dehors.

L'escalier se trouvait à cinq mètres.

Elle s'y précipita.

Elle était arrivée au bout de la balustrade et allait s'engouffrer dans l'escalier quand quelque chose la cogna à l'arrière des genoux. Des bras lui entourèrent les jambes. Elle tomba en avant contre le mur de marbre.

Un homme l'avait taclée.

Elle donna des coups de pied, en se tordant dans tous les sens, et lui cogna la tête avec sa crosse de pistolet. Il était sec et musclé, mais elle réussit pourtant à l'éloigner et à se dégager du mur.

La lampe et le pistolet lui échappèrent alors des mains.

Un coup de pied envoya l'arme valser vers la balustrade et elle disparut entre les barreaux verticaux.

Cassiopée se releva d'un bond.

Son agresseur était vêtu de noir, le visage dissimulé derrière une cagoule en laine. Il devait faire une quinzaine de kilos de plus qu'elle. Elle se jeta sur lui, lui enfonçant l'épaule dans la poitrine, et le plaqua contre le mur.

Malone avait entendu Cassiopée l'appeler, mais il avait préféré ne pas répondre. Il avait repéré trois individus qui se précipitaient dans l'obscurité en direction de l'escalier principal. Il avait réussi à se rapprocher en passant de salle en salle et en se faufilant avec précaution entre les formes noires. La fumée commençait à devenir dense et il avait du mal à respirer et à voir.

Il entendit un bruit de bagarre et vit quelque chose glisser sur le sol en feu et tomber dans les flammes. Il se précipita vers la porte et repéra l'objet. Petit. Trente centimètres de long et une quinzaine de haut.

Une tête de dragon sur le corps d'un tigre ailé.

Était-ce la lampe ?

Il se baissa pour le ramasser, mais le bronze était brûlant. Du bout de sa chaussure, il l'éloigna du parquet en feu et le ramena dans la pièce où il se trouvait et dont trois murs venaient de s'embraser.

Il fallait qu'il parte.

Il jeta un coup d'œil dans le couloir, vers le haut de l'escalier, et vit Cassiopée avec un homme en noir.

En train de se battre.

Ni regardait brûler le musée Van Egmond.

Les deux derniers étages s'étaient embrasés maintenant, et les flammes traversaient le toit dans un vacarme assourdissant, des langues de feu s'élevant dans la nuit. Les fenêtres éclataient sous l'effet de la chaleur et des morceaux de verre pleuvaient sur le jardin.

« Les Chinois étaient de bien meilleurs fabricants de verre, dit Pau. Une qualité bien supérieure à tout ce qui a été produit en Europe. »

Ni se demanda à quoi rimait cette leçon d'histoire, compte tenu de la situation.

« Sais-tu que dans la fosse des guerriers en terre cuite, nous avons découvert que leurs armes – les épées et couteaux qui sortaient de la terre, parfaitement acérés, brillants et nullement ternis – étaient fabriquées dans des matériaux insensibles à la rouille. Nous avons finalement découvert que c'était un alliage de cuivre et d'étain combiné avec onze autres métaux

tels que le cobalt, le nickel, le chrome et le magné-
sium. Tu te rends compte ? Il y a plus de deux mille
ans, nos ancêtres savaient comment protéger le métal.

— Et grâce à cette technologie, nous nous sommes
nous-mêmes massacrés », dit Ni.

Pau ne quittait pas le feu des yeux.

« Tu n'es pas partisan de la violence, n'est-ce pas ?

— Elle ne sert à rien à long terme.

— Un État efficace compte sept punitions pour
trois récompenses. Un État faible, cinq punitions pour
cinq récompenses. C'est prouvé.

— Si la vie d'une personne n'a aucune valeur, alors
la société qui définit cette vie n'a aucune valeur.
Comment pourrait-on penser autrement ?

— Les empires sont répressifs par nature.

— Ça t'est égal de savoir que des gens sont en train
de mourir dans cet incendie ? Ton serviteur, par exemple.

— Son devoir est de se protéger.

— Et tu n'as aucune responsabilité envers lui ?

— Bien sûr que si. Je porte la responsabilité de
son échec. »

Ni ne pouvait pas et ne voulait pas se permettre de
mépriser à tel point la vie d'autres personnes. Envoyer
des hommes à la mort ne devrait jamais être pris à la
légère. Bien que ne connaissant pas l'homme à l'intérieur, il s'inquiétait pour lui.

Tous les dirigeants devraient être ainsi.

Pas vrai ?

« Tu es un homme étrange, dit-il à Pau Wen.

— En effet. Mais n'est-ce pas une chance pour toi
de m'avoir rencontré ? »

30

Cassiopée s'extirpa de dessous son assaillant et se mit à genoux. La chaleur du feu à quelques mètres était devenue insupportable, et les flammes progressaient vers le palier. Heureusement, les murs et le sol étaient en marbre. La fumée de plus en plus dense rendait la respiration quasi impossible. Il fallait qu'elle retrouve la lampe, mais l'homme en noir s'était relevé lestement et s'apprêtait à se jeter sur elle. Son cœur battait la chamade. Ses muscles avaient perdu de leur tonus. Deux journées de torture sans nourriture avaient laissé leurs traces.

L'homme se précipita sur elle.

Elle l'esquiva, saisit son bras et le lui tordit afin de le faire tomber. Mais il réussit à renverser la situation en la bourrant de redoutables coups de pied. Il parvint à la pousser jusqu'à la balustrade. Le vide en dessous était impressionnant, avec l'étage inférieur à une bonne dizaine de mètres.

Il la retourna et lui plaqua le dos contre la rambarde. Il la gifla. Puis il essaya de la soulever pour la faire basculer par-dessus la rampe. Elle avait le goût âcre du sang dans la bouche. Une bouffée d'adrénaline l'envahit. Elle releva brutalement sa jambe droite et lui planta le talon de sa botte dans l'entrejambe.

Il se plia en avant, les deux mains sur l'objet de sa douleur.

Elle lui donna un coup de genou dans le visage, le faisant tituber en arrière.

Puis elle s'avança, le poing serré.

Malone enveloppa la lampe dans le pan de sa chemise et sentit la chaleur qu'elle avait accumulée avec le feu. Elle paraissait intacte, son unique ouverture se trouvant dans la tête du dragon. Dans la lumière vacillante, il distingua sur le bronze les restes de la cire qui avaient scellé son embouchure. Il sentit une odeur familière et rapprocha la lampe de son nez.

Du pétrole.

Il secoua le récipient. Il semblait à moitié plein.

Il remarqua les caractères chinois gravés dessus : peut-être était-ce ce qui rendait l'objet si important. Il avait déjà vu ça, des messages du passé, encore valables aujourd'hui. En tout cas, il fallait qu'il sorte de cet enfer pendant qu'il était encore temps.

Il se retourna.

Un des hommes se tenait à proximité, bloquant l'unique sortie. Il tenait un pistolet à hauteur de ceinture, braqué droit devant lui.

« Il doit faire chaud sous cette cagoule en laine, dit Malone.

— Donnez-moi la lampe. »

Malone fit un geste avec l'objet.

« Ça ? Je viens de le trouver dans le feu. Ce n'est rien.

— Donnez-moi la lampe. »

Il décela un accent asiatique. L'incendie, alimenté par les meubles, se répandait partout autour d'eux, pas trop violemment, mais sûrement. De nouvelles langues de feu gagnaient le parquet entre les deux hommes.

Il s'approcha.

Le pistolet se releva.

« La lampe. Jetez-la-moi.

— Je ne pense pas que ce serait...

— Jetez-la. »

Malone regarda la tête de dragon et les restes de cire qui coulaient de la bouche. Il sentait toujours le pétrole. Après tout, puisque cet homme voulait la lampe, il l'aurait !

Il lança l'objet en l'air, mais en le lâchant, il fit tourner la lampe, s'arrangeant pour que son assaillant soit obligé de s'avancer pour la rattraper.

Il vit la tête de dragon s'incliner et les premières traces de liquide s'échapper de sa bouche. Au contact de la chaleur venant d'en dessous, un sifflement se produisit, suivi d'un éclair, et le feu se propagea avec voracité.

Le pétrole continua à se répandre pendant que l'homme armé s'avançait et saisissait la lampe entre les ailes, à l'envers, la tête tournée vers le bas.

De nouvelles flammes gagnèrent le sol pendant que le pétrole se vaporisait.

Le feu ne demandait qu'à monter.

Quand il atteignit la lampe, une boule de chaleur et de lumière explosa entre les mains de l'homme.

Un hurlement transperça l'air torride quand ses vêtements prirent feu. Il laissa tomber la lampe et son pistolet, agitant les bras en tous sens pendant que ses habits se désintégraient.

Malone récupéra son Beretta par terre et tira deux coups dans la poitrine de l'homme.

Le corps en feu tomba au sol.

Il se rapprocha et lui tira un dernier coup dans la tête.

« Tu n'aurais même pas fait ça pour moi », murmura-t-il.

Cassiopée frappa son adversaire au visage de toutes ses forces. Il était déjà sonné après le coup de pied qu'elle lui avait porté à l'entrejambe, assommé par la douleur, le souffle coupé. Il se mit à tousser, cherchant un peu d'air à travers la fumée.

Un dernier coup de poing et il s'effondra pour de bon.

Le feu embrasait le couloir sur sa gauche, du sol au plafond, et la fumée gagnait à toute vitesse. Elle se mit à tousser aussi, les poumons pleins de carbone.

Deux coups de feu retentirent au bout du couloir.

« Cotton ! » cria-t-elle.

Encore un tir.

« Cotton. Réponds-moi, nom de Dieu.

— Je suis là, cria-t-il.

— Peux-tu rejoindre l'escalier ?

— Non. Je vais sortir par une fenêtre. »

Elle aurait dû le rejoindre pour l'aider. Il était venu pour elle.

« Tu peux sortir ? cria-t-il au-dessus du vacarme des flammes.

— Ça va ici. »

Elle ne quittait pas des yeux le couloir du troisième étage, totalement englouti par le feu à présent. Ses articulations lui faisaient un mal de chien, et elle avait de la peine à respirer. La chaleur était accablante. Elle n'avait pas le choix. Il fallait qu'elle parte. Pourtant...

« Il me faut la lampe, cria-t-elle.

— Je l'ai.

— Alors, j'y vais, cria-t-elle.

— Rendez-vous dehors. »

Elle fit demi-tour et se dirigea vers l'escalier, mais quelque chose en dessous attira son attention. Sur le palier, un homme, le visage émacié, la fixait de ses yeux noirs. Il tenait un arc bandé avec une flèche, prêt à tirer.

Elle n'avait plus de pistolet. Et aucun endroit où se réfugier.

L'homme la visait toujours, et ses intentions ne faisaient aucun doute.

Il était venu pour la tuer.

31

Ni entendit une autre fenêtre du troisième étage se briser, puis quelque chose être éjecté dans la nuit. Il vit une chaise tomber dans le jardin, puis des ombres en mouvement dans l'encadrement de la fenêtre. Quelque chose d'autre passa par l'ouverture. Un objet plus petit tomba lourdement et atterrit dans une des allées gravillonnées.

« C'est peut-être ce que nous cherchons », dit Pau.

Un homme descendait en s'accrochant à la végétation qui couvrait la façade arrière du musée. Il n'avait ni la taille ni la carrure du sbire de Pau.

« C'est celui qui est entré après les trois », dit Pau.

Ni acquiesça.

Des sirènes approchaient. La zone n'allait pas tarder à être envahie par les secours.

« Nous devons vérifier si c'est la lampe avant qu'il n'arrive en bas, dit Pau.

— J'y vais, déclara Ni.

— Dépêche-toi. »

Ni quitta précipitamment leur cachette et regagna le jardin dans le noir. Il gardait un œil sur l'homme, remarquant l'adresse avec laquelle il s'aidait des plantes grimpantes pour descendre. Au lieu d'emprunter les allées gravillonnées tracées avec précision entre les massifs odorants, Ni préféra passer en biais, sur la bordure, en profitant de la terre meuble et de la rangée de grands cyprès pour s'approcher discrètement.

Il aperçut la chaise en mille morceaux, puis chercha l'endroit où il avait vu tomber l'objet. Ses yeux se posèrent sur quelque chose au milieu d'une allée.

Il regarda vers le haut et vit l'homme occupé à descendre lentement entre les plantes, sélectionnant soigneusement ses prises. Ni en profita pour se glisser vers l'objet.

Il le souleva et le trouva chaud.

C'était une tête de dragon sur un corps de tigre avec les ailes d'un phénix.

La lampe.

Malone s'agrippait aux tiges et descendait progressivement vers le bas. Il avait réussi à récupérer la lampe dans l'incendie et l'avait jetée dans le jardin. Il avait remarqué précédemment que le gravillon de l'allée en dessous était fin, comme des roulements à bille, si bien que l'atterrissage avait dû s'effectuer en douceur.

Il ne regrettait pas que l'homme à l'intérieur soit mort. Il était certain qu'il l'aurait tué dès qu'il aurait récupéré la lampe.

Toute son attention était focalisée sur les plantes ; heureusement, elles n'étaient pas récentes et s'accrochaient solidement au mur. Le deuxième niveau n'avait pas encore pris feu, et la fumée provenant des deux étages supérieurs montait dans le ciel. Il faisait nettement plus frais ici, et l'air était plus respirable.

Il regarda en bas pour voir ce qui lui restait à descendre et vit une ombre se faufiler près de la chaise en morceaux. Puis elle se dépêcha de ramasser la lampe.

« Ce n'est pas à vous ! » cria-t-il.

L'individu hésita un instant, leva les yeux et partit comme une flèche en direction de la sortie opposée du jardin.

Distrait par le voleur, Malone s'était déconcentré. Il tendit machinalement la main pour trouver une prise et la plante céda dans un craquement.

Son corps bascula.

Il tomba.

Ni s'enfuyait du jardin, mais il se retourna en entendant quelque chose craquer. Il regarda l'homme tomber de dix mètres de haut. Comment savoir s'il allait se blesser au cours de sa chute, ou se relever aussitôt pour le poursuivre ?

En tout cas, il n'avait pas l'intention de rester pour le savoir.

Il franchit le portail à toute vitesse, traversa l'allée et rejoignit Pau Wen.

« Nous devons partir », dit Pau.

Ni n'était plus en mesure de discuter. Ils avaient pris assez de risques. Il ne pouvait pas se permettre d'être découvert ici.

« Je sais, dit Pau, tu t'inquiètes pour les gens à l'intérieur du musée. Mais nous allons rentrer à la maison pour attendre mon frère. Nous connaîtrons alors la situation. »

Cassiopée comprit qu'il n'y avait pas d'issue. L'archer pourrait facilement l'atteindre par-dessus la balustrade, le temps qu'elle parvienne à un couloir en flammes, sans aucun espoir de s'échapper. De toute façon, elle ne pouvait rien tenter avec l'homme à proximité, car la flèche serait beaucoup plus rapide qu'elle.

Fin de partie.

Elle espérait que Cotton aurait réussi à s'échapper. Il lui avait manqué, et c'était seulement maintenant, à l'heure de la mort, qu'elle s'en rendait vraiment compte. Pourquoi ne s'était-elle jamais déclarée ? Elle n'avait jamais rien dit. Pourquoi ce tango qu'ils semblaient tous les deux apprécier sans jamais vouloir s'engager, alors qu'ils avaient toujours pu compter l'un sur l'autre en cas de besoin ?

Elle regrettait de ne pas pouvoir aider Lev Sokolov. Elle se demanda ce qui arriverait à son fils. Il ne le reverrait probablement plus jamais. Elle avait essayé. Fait son maximum.

Mais ça n'avait pas suffi.

Étrange, ce à quoi on pense au moment de mourir. Peut-être tous les regrets remontaient-ils instinctivement à la surface. Henrik Thorvaldsen avait-il ressenti la même chose à Paris ? Si c'était le cas, peut-être Cotton avait-il raison de dire que leur ami était mort en pensant qu'il avait été trahi. Terrible. D'autant plus que ce n'était pas vrai. Elle comprenait maintenant l'angoisse de Cotton, ses regrets de ne pas avoir maîtrisé la situation, et elle aurait bien aimé elle aussi avoir encore une occasion.

« *Tou qie zhu ren de zei bi si wu yi* », dit l'archer.

Elle ne comprenait pas le chinois.

« Finissons-en ! » cria-t-elle, en attendant le claquement de la corde de l'arc, puis la flèche lui transperçant la chair.

Est-ce que ça lui ferait mal ?

Pas longtemps.

Deux coups de feu la firent sursauter.

L'archer trébucha, et elle se rendit compte que l'homme avait été abattu. Elle plongea sur la droite au moment même où il lâchait son arc. Mais, comme il s'était effondré juste au moment où la flèche partait, la pointe métallique atterrit sur le marbre.

Elle se releva et regarda de l'autre côté de la balustrade.

Un homme montait, et il s'arrêta sur le palier où gisait le corps de l'archer qui était secoué de spasmes violents.

Un autre coup de feu retentit, et il cessa de bouger.

Viktor Tomas se tourna vers elle.

Elle n'aima pas son regard. Il était certainement furieux qu'elle l'ait attaqué précédemment dans la maison. Pourtant, il était là, tenant son pistolet à deux mains, celui qui lui avait échappé, et il braquait maintenant l'arme droit sur elle.

Elle était confrontée au même dilemme que précédemment avec l'archer.

Nulle part où s'enfuir.

Il tira.

32

Malone sortit des buissons en roulant sur lui-même. Il bénissait le jardinier qui avait taillé ces haies épaisses pour leur donner la forme d'un mur parfait, sur une hauteur de deux mètres. Leurs grosses branches avaient amorti sa chute, même si l'une, plus agressive, lui avait laissé un bleu sur la hanche.

Il se releva.

À quarante-huit ans, il se trouvait un peu trop vieux pour ce genre d'exercice. Mais Cassiopée lui revint à l'esprit. Il fallait qu'il la trouve. En descendant, il se souvenait d'avoir remarqué que les deux premiers niveaux n'étaient pas encore en feu, mais peut-être n'était-ce plus le cas maintenant. Des sirènes approchaient, laissant supposer que le délai de grâce demandé par Stéphanie était écoulé. Et la lampe était partie avec son voleur.

En somme, la soirée était un échec total.

Il se tourna vers la terrasse et les portes par lesquelles ils étaient tous entrés.

Trois pompiers en surgirent.

Ils parurent surpris par sa présence, et l'un d'eux cria quelque chose en flamand, une langue qui lui était étrangère. Mais aucune traduction n'était nécessaire. Deux policiers firent leur apparition et sortirent leurs pistolets.

Il savait ce qu'ils voulaient.

Il leva les mains en l'air.

Cassiopée attendait la balle, mais elle ressentit seulement un courant d'air quand le projectile lui frôla l'oreille droite.

Elle entendit le bruit du métal entrant dans la chair et se retourna.

L'homme qu'elle avait tabassé s'était relevé et s'avançait vers elle avec un couteau. Le tir de Viktor l'avait atteint en pleine poitrine. Le corps tomba sur le marbre, tremblant comme sous l'effet de la fièvre, puis s'arrêta de bouger.

« Je vous avais bien dit que je n'étais pas votre ennemi », dit Viktor.

Elle reprit son souffle, puis se hâta de descendre jusqu'au palier.

« Si vous travaillez pour Tang, pour qui travaillent ces hommes ? »

Viktor désigna le haut de l'escalier.

« Lui était avec moi. Mais celui-là, je n'en ai pas la moindre idée, dit-il en haussant les épaules.

— Vous avez tué un homme à vous ?

— C'est un homme de Tang, en fait. Mais vous auriez peut-être préféré qu'il vous poignarde ? »

Elle le montra du doigt.

« Il a dit quelque chose avant que vous ne le descendiez. En chinois. Je n'ai rien compris.

— Moi, si. »

Elle était tout ouïe.

« Il a dit : "Mort au voleur qui vole le maître." »

Malone décida de tenter le tout pour le tout.

« Il y a une femme à l'intérieur. Au troisième niveau. Elle a besoin d'aide. »

Il n'était pas certain que son anglais ait été compris, car les deux policiers paraissaient uniquement vouloir l'emmener au poste. Le reste était le cadet de leurs soucis.

Ils lui mirent les bras dans le dos et lui attachèrent les poignets avec une corde en nylon. Trop serrée pour son goût, mais il n'avait pas son mot à dire.

Cassiopée suivit Viktor dans l'escalier principal. Ils s'éloignèrent de l'incendie et du plafond carbonisé qui les menaçait. Les gouttes de sueur mêlées à de la suie lui brûlaient les yeux. Elle retrouva peu à peu sa respiration, la fumée semblant rester confinée aux deux étages supérieurs. Elle entendit des sirènes et aperçut les lumières clignotantes des secours par les fenêtres. Il fallait qu'ils s'en aillent. On lui poserait beaucoup trop de questions auxquelles elle ne pourrait pas répondre.

« J'espère que vous avez prévu comment sortir, dit-elle.

— Il y a une sortie par le sous-sol. J'ai vérifié.

— Comment m'avez-vous trouvée ? »

On entendit du bois éclater en dessous et quelque chose s'écrasa. On s'agitait plus bas. Des voix s'élevèrent. Probablement des pompiers, faisant irruption par l'entrée principale.

Ils s'arrêtèrent sur le palier du premier niveau.

« Laissez-les passer », dit Viktor tout bas.

Elle acquiesça.

Ils quittèrent l'escalier et se réfugièrent dans une pièce du premier étage. L'incendie n'avait pas encore gagné cette partie de l'immeuble. Elle espérait que les secours se concentreraient sur les étages supérieurs.

Une grande table de billard couverte de feutre vert avec des boules en ivoire constituait une cachette idéale.

« Vous n'avez pas répondu à ma question, chuchota-t-elle. Comment m'avez-vous retrouvée ? »

Il fit un geste avec le pistolet qu'il avait toujours à la main.

« Si vous ne m'aviez pas cogné sur la tête, je vous

aurais dit qu'il y avait un émetteur à l'intérieur. Une idée de Tang. Au nom des services de renseignements chinois. Nous aurions abandonné le pistolet. Ainsi, nous vous avons suivie jusqu'ici. »

Et elle savait déjà qui avait envoyé l'archer. Pau Wen. *Mort au voleur qui vole le maître.* Ce vieil homme lui avait laissé une autre impression, mais elle n'avait pas eu le temps de s'en préoccuper.

Des pas résonnèrent. Des pompiers se précipitaient en haut de l'escalier, munis de haches et de tuyaux d'incendie.

« Trop risqué, dit Viktor tout bas. Trouvons un autre moyen pour descendre.

— Il y a un escalier par là, derrière, dit-elle en tendant la main vers la gauche. Je suis montée par là.

— Je vous suis. Dès qu'ils auront trouvé les corps, l'endroit va être envahi par la police. »

Ils se faufilèrent à travers une série de pièces obscures jusqu'à l'escalier et descendirent au sous-sol en silence, veillant à ne pas heurter les contremarches avec leurs semelles. Un couloir sombre menait au centre du manoir, sur lequel donnaient plusieurs portes fermées avec des loquets. Probablement des réserves. Un gémissement aigu venant des tuyaux au-dessus de leurs têtes indiquait une augmentation de la pression et de la température. Ils entrèrent dans une pièce bourrée de produits de jardinage qui avait une porte de sortie.

« Ça doit mener au rez-de-chaussée, dit Viktor.

— Plutôt sur le côté de l'immeuble, remarqua-t-elle. Nous serions à l'abri là-bas. »

La porte s'ouvrait de l'intérieur. Viktor tira doucement le battant métallique et jeta un coup d'œil au-dehors. Les lumières des secours redonnaient vie à la nuit. Mais l'endroit où les quelques marches en pierre débouchaient au rez-de-chaussée était parfaitement calme.

« Après vous », dit Viktor.

Elle sortit furtivement, heureuse de retrouver l'air frais. Ils s'accroupirent pour monter en s'abritant derrière l'escalier.

Arrivés en haut, ils se précipitèrent vers la droite, en direction de la rue qui passait devant le musée. Il fallait qu'ils sortent discrètement de la ruelle étroite qui séparait le musée de l'immeuble voisin.

À deux mètres du bout, le chemin fut soudain bloqué.

Une femme se tenait sur le passage.

Stéphanie Nelle.

Une voiture de police stationnée près du jardin dans l'allée derrière amena Malone jusque devant le musée. Son bleu à la hanche droite lui causait une douleur lancinante et le faisait boiter.

On le fit sortir brutalement de la voiture. Il vit trois camions de pompiers qui occupaient la rue déserte lors de son arrivée. Des tuyaux crachaient de l'eau depuis des échelles déployées à partir de deux camions. Contenir le feu dans un seul bâtiment pourrait se révéler difficile, compte tenu de la proximité des autres immeubles de chaque côté. Par chance, le temps était calme.

Un des officiers en uniforme le conduisit à travers

le dédale de camions jusqu'à l'endroit où les voitures étaient garées, à une trentaine de mètres du brasier.

Il vit Stéphanie.

Elle ne paraissait pas très heureuse.

« Ils ont trouvé trois corps à l'intérieur, dit-elle lorsqu'on l'amena jusqu'à elle. Tous tués par balle.

— Et Cassiopée ? »

Stéphanie fit un signe vers sa droite. Cassiopée sortit de derrière une des camionnettes de police, le visage noir de fumée, en nage, les yeux rouges, mais apparemment indemne.

« Je l'ai trouvée en train de quitter discrètement l'immeuble. »

Quelqu'un s'avançait derrière elle. Dans un premier temps, Malone fut tellement content de voir Cassiopée qu'il ne le remarqua même pas. Mais, une fois ses craintes apaisées et son calme retrouvé, il dévisagea l'homme.

Viktor Tomas.

« Qu'est-ce qu'il fout ici ? demanda Malone.

— Ça fait longtemps qu'on ne s'est pas vus, Malone, dit Viktor. J'aime beaucoup ces menottes. Elles te vont parfaitement. »

Viktor le montra du doigt. « Je n'ai pas oublié que j'ai toujours une dette envers toi. »

Malone savait ce que ça voulait dire. Cela remontait à la dernière fois qu'ils s'étaient trouvés ensemble. En Asie.

« Et nous revoilà, dit Viktor. À nouveau réunis. »

Malone se tourna vers Stéphanie.

« Enlève-moi ces menottes.

— Tu vas te tenir correctement ? »

Cassiopée se rapprocha de lui et lui dit : « Merci d'être venu. »

Il vit qu'elle n'avait rien.

« Je n'avais pas le choix.

— J'en doute. Mais merci quand même. »

Il fit un signe de la tête en direction de Viktor.

« Vous travaillez ensemble tous les deux ?

— Il m'a sauvé la vie là-dedans. Deux fois. »

Malone regarda Viktor et demanda :

« Dans quelle affaire êtes-vous impliqué cette fois ?

— À moi de répondre, Malone », dit Ivan qui venait de sortir de derrière une voiture en se dandinant.

Le Russe montra Viktor du doigt.

« Il travaille pour moi. »

33

Il s'allongea sur le banc couvert de coussins et s'installa de son mieux. Les jambes écartées, les parties génitales en évidence. Des siècles auparavant, il y avait un endroit, un ch'ang tzu, *situé à l'extérieur du palais, où des spécialistes effectuaient cette opération pour la modique somme de six taels. Ils enseignaient également à des apprentis la technique, transformant ainsi une profession en tradition. Le spécialiste qui était maintenant devant lui était aussi habile que ces artisans, mais il ne travaillait que pour les frères.*

On procéda au nettoyage final.

L'eau chaude imbibée de poivre piquait.

Il était resté parfaitement immobile pendant que les deux assistants enveloppaient étroitement son abdomen et ses cuisses avec des bandages blancs. Il pouvait à peine respirer, mais il comprenait leur but.

Cela serait-il douloureux ?

Il s'obligea à ne plus y penser.

La douleur importait peu. Seul son serment avait de l'importance. Le lien. Les frères. Ils étaient tout pour lui. Son professeur l'avait présenté au Ba, et maintenant, après plusieurs années d'étude, il en ferait partie. Que diraient sa mère et son père ? Ils seraient mortifiés. Mais c'étaient des nullités sans la moindre vision. Des outils juste bons à servir, comme une pelle ou un râteau, puis jetés quand ils étaient cassés ou n'avaient plus aucune utilité. Il ne voulait pas être comme eux.

Il voulait commander.

Le spécialiste fit un signe de la tête et il modifia sa position sur la chaise, écartant davantage les jambes. Deux frères les lui mirent en place. Parler, admettre la douleur à venir serait donner un signe de faiblesse, et aucun frère n'avait le droit d'être faible.

Seuls les forts étaient admis.

Il vit le couteau, petit, la lame incurvée.

« Hou huei pu hou huei ? » *lui demanda-t-on.*

Il secoua lentement la tête. Il ne le regretterait jamais.

Les choses se passèrent rapidement. Deux passages du couteau, et son scrotum et son pénis coupés furent exhibés.

Il attendait la douleur. Il sentait le sang qui coulait de sa blessure, sa peau brûlait, ses jambes tremblaient. Mais aucune douleur.

Il regarda pendant que les organes étaient disposés sur un plateau en argent, la chair entourée de sang, comme la présentation d'un mets dans un restaurant.

Puis la douleur se fit sentir. Aiguë. Violente. Atroce.

Son cerveau explosait de souffrance. Son corps tremblait.

Les deux hommes maintenaient leur emprise. Il gardait la bouche fermée. Ses yeux étaient pleins de larmes, mais il se mordait la langue pour conserver son sang-froid.

Le silence était la seule réponse acceptable.

Un jour, il dirigerait les frères, et il voulait que tous puissent dire qu'il avait subi son initiation avec courage.

Tang repensait à cette journée, trente-six ans auparavant. Il n'avait pas bougé pendant qu'on recouvrait la plaie de plusieurs couches de papier mouillé, jusqu'à ce que le saignement s'arrête. Il avait résisté au choc nerveux consécutif, s'efforçant de ne pas perdre le contact avec la réalité. Les trois jours suivants avaient été encore une épreuve, avec cette soif atroce et l'impossibilité d'uriner. Il se souvint avoir prié pour que le liquide coule le quatrième jour.

Et ce fut le cas.

Il était sur le point de quitter le site de forage, et les souvenirs l'avaient assailli dans la caravane silencieuse. Il ne pensait presque plus jamais à cette journée-là, mais ce soir, c'était particulier.

Son téléphone satellite sonna.

Il prit l'appareil et regarda ce qui était affiché. C'était un numéro international, avec un code belge. Il connaissait bien ce numéro.

C'était la demeure de Pau Wen.

« J'ai fait exactement ce que tu m'as dit de faire, dit Tang. J'ai donné l'ordre d'attaquer Ni Yong pendant qu'il était chez toi.

— Et j'ai déjoué cette attaque, comme prévu. Ministre Ni était très reconnaissant, et il croit maintenant que je suis son allié.

— Où est Ni ?

— Il ne va pas tarder à rentrer en Chine. Avec la lampe.

— La lampe devait me revenir.

— Peu importe maintenant, dit Pau. Il n'y a plus de pétrole. Il a brûlé.

— Tu m'avais assuré que la lampe serait protégée. »

Sa voix était montée d'un ton.

« Tu m'avais dit qu'elle me serait remise intacte, après que Ni aurait quitté la Belgique.

— Et toi, tu ne devais pas t'en prendre à Cassiopée Vitt, dit Pau. Elle devait t'apporter la lampe.

— On ne pouvait pas lui faire confiance.

— Alors tu l'as fait enlever en espérant récupérer ton trophée de force ?

— J'ai fait ce que j'ai cru devoir faire.

— Et tu devais t'en prendre seulement à Ni Yong, dit Pau calmement. Pas me tuer. »

Tang se redressa.

« Nous avons tué trois des hommes que tu as envoyés, dit Pau. Et capturé le quatrième. Je l'ai interrogé. Il s'est montré très peu coopératif, mais il a fini par m'avouer qu'ils devaient tuer ministre Ni et moi. Personne ne devait sortir vivant de ma résidence. Il m'a dit que tes ordres étaient très clairs. Évidemment, ce n'était pas un frère. Il était seulement payé pour un travail qu'il n'a pas réussi à faire. »

Le moment était venu.

« Nous n'avons plus besoin de toi, dit-il à Pau.

— Si je comprends bien, je suppose que tu as pris la fraternité en charge ? Le Ba est sous ta responsabilité ?

— Tout comme il l'a été pendant la dernière décennie. Je suis le seul maître qu'ils connaissent.

— Mais moi, je suis l'Hégémon. Leur chef dûment élu.

— ... qui nous a abandonnés, nous et le pays, depuis des années. Nous n'avons plus besoin de ton intervention.

— Et tu as donc ordonné ma mort ?

— Pourquoi ne l'aurais-je pas fait ? C'était la seule solution.

— C'est moi qui ai imaginé ce scénario. Dès le début. Tu étais encore un tout jeune initié, frais émoulu dans le Ba.

— Est-ce à ce moment-là que tu as trouvé les textes confucéens sur le site des guerriers en terre cuite ?

— Comment es-tu au courant ?

— L'endroit a été redécouvert il y a quelques jours. On a trouvé ta montre à l'intérieur.

— Alors c'est bien là que je l'ai perdue, dit Pau. Je m'en doutais. Mais, comme j'avais l'intention d'y retourner et d'explorer davantage cette salle... Malheureusement, je n'en ai jamais eu l'occasion.

— Pourquoi n'as-tu retiré que les textes confucéens ?

— Pour les préserver. Si les chercheurs et les archéologues de Mao les avaient trouvés, ils n'auraient jamais été conservés. Mao détestait Confucius.

— La bibliothèque n'existe plus. Elle a brûlé.

— Tu ne vaux pas mieux qu'eux. »

Tang n'apprécia pas son ton insolent.

« Je ne suis plus un jeune initié. Je suis le premier vice-Premier ministre de la république populaire de Chine. Prêt à devenir le prochain Premier ministre et président.

— Tout cela grâce à moi. »

Tang laissa échapper un petit rire.

« Pas vraiment. Tu es parti depuis longtemps. Nous avons mis en œuvre ton plan sans avoir besoin de ton assistance. Reste donc dans ton cocon, bien en sécurité en Belgique. La Chine n'a plus besoin de toi.

— Ton ennemi, lui, rentre infiniment plus avisé, dit Pau. Ministre Ni est maintenant au courant du Ba. Il se pourrait bien qu'il t'empêche de réussir.

— Ni ne joue pas dans ma catégorie.

— Moi, si.

— Il n'existe aucun moyen légal te permettant de revenir en Chine. On ne te délivrera aucun visa. C'est moi qui en ai le contrôle. Les quelques frères que tu as à ta disposition se verront également refuser l'entrée du pays.

— Tout le monde ne te soutient pas », assura Pau.

Tang savait que c'était probablement le cas, mais il comptait sur le succès pour rallier à sa cause tous ceux qui hésitaient encore.

« J'ai suffisamment d'appuis. *Tu vivras peu de temps*, Pau. »

Il n'y avait plus rien à ajouter. Il mit fin à la conversation.

Une leçon apprise il y a longtemps pendant sa formation pour devenir frère lui revint à l'esprit. *Ne dévoile jamais tes intentions.*

Il sourit.

Ce n'était pas une obligation.

34

Ni se promenait dans la salle d'exposition de Pau Wen en attendant que son hôte revienne. De retour dans la résidence, Pau s'était excusé. En revenant d'Anvers, Ni avait appelé son premier adjoint à Pékin, en lui demandant de lui fournir immédiatement un rapport sur les activités de Kwai Tang. Contrairement à ce que pouvait penser Pau Wen, Ni surveillait Tang depuis quelque temps, grâce à des taupes agissant au sein même des bureaux du vice-Premier ministre. Toutefois, personne n'avait jamais fait allusion à des eunuques ou au Ba.

Il savait déjà que Tang avait quitté la capitale hier, officiellement pour une réunion à Chongqing avec des fonctionnaires locaux, mais la véritable raison de son voyage était de superviser l'exécution d'un certain Jin Zhao, dont la condamnation avait été récemment confirmée par la Cour suprême du peuple. Il avait donné à son premier adjoint la mission d'enquêter sur le procès de Zhao, en même temps que de comprendre pourquoi Tang s'intéressait à la mort de cet homme.

La vibration de son téléphone portable le surprit. Son équipe avait agi rapidement, comme d'habitude. Il répondit, espérant que Pau serait retenu pendant

232

encore au moins quelques minutes, cette conversation devant rester privée.

« Jin Zhao était un géochimiste qui travaillait pour le ministère du Développement géologique, l'informa son adjoint. Il aurait soi-disant transmis des informations confidentielles sur l'exploration de pétrole aux Russes.

— Quel genre d'informations ?

— Le dossier ne le dit pas. Secret d'État.

— Et l'agent russe ?

— Aucune mention.

— L'information a-t-elle réellement été transmise ?

— Non. Une tentative avortée, ou tout au moins c'est ce que disent les minutes du procès. Toutefois, le nom que vous nous avez communiqué, Lev Sokolov, a également été mentionné au procès. »

Il avait suivi le conseil de Pau et demandé à son bureau un dossier sur Lev Sokolov, ainsi que des renseignements sur l'endroit où il se trouvait à l'heure actuelle.

« C'est un expatrié russe qui travaillait avec Jin Zhao dans un centre de recherche pétrochimique à Lanzhou, un labo placé sous l'autorité directe du ministère du Développement géologique. »

Autrement dit, sous le contrôle de Kwai Tang.

« Zhao et Sokolov étaient-ils collègues de travail ?

— Ils travaillaient sur un projet expérimental relatif à l'exploration avancée du pétrole. D'après le budget du centre, en tout cas. Sinon, nous n'avons pas d'autres détails.

— Trouvez-en », dit-il.

Il savait parfaitement qu'il y avait des moyens

d'obtenir ce genre d'informations, surtout dans son département.

Il écouta le récit de la nuit mouvementée de Tang, allant de Chongqing au site des guerriers en terre cuite. Curieusement, une partie d'une des fosses avait été détruite par un incendie, causé, d'après les premières constatations, par un court-circuit. Tang était parti lorsque le sinistre s'était produit, avait pris un avion vers un site d'exploration au nord du Gansu. Rien d'étonnant à cela, puisque Tang supervisait tout le programme d'exploration du pétrole dans le pays.

« Il est dans le Gansu en ce moment, lui dit son adjoint. Nous n'avons ni yeux ni oreilles à cet endroit, mais ce n'est pas nécessaire. Nous connaissons sa prochaine destination. Lev Sokolov a disparu depuis deux semaines. Les émissaires de Tang l'ont trouvé hier à Lanzhou. Le ministre s'y rend en avion.

— Nous avons des hommes à Lanzhou ?

— Cinq. Ils sont prêts. »

Il se souvenait de ce que Pau Wen lui avait dit. *Trouve Sokolov. On m'a dit que Sokolov était capable d'expliquer la signification de cette lampe.*

— Je veux que Sokolov soit enlevé avant l'arrivée de Tang.

— Ce sera fait.

— Je suis sur le chemin du retour. »

Il avait déjà une réservation sur un vol en partance de Bruxelles qu'il avait confirmée en revenant de la ville.

« Je n'arriverai que dans quinze heures. Envoie-moi tout ce que vous apprenez sur Sokolov et sur Zhao par e-mail. Je pourrai me connecter en route. Je veux connaître la nature de leur relation, et pourquoi Tang se préoccupe tellement d'eux deux. »

Par les portes ouvertes, il vit Pau Wen traverser la cour dans sa direction.

« Je dois partir. »

Il mit fin à la conversation et cacha son téléphone.

Pau Wen entra dans la salle et demanda :

« Tu en as profité pour admirer mes merveilles ?

— Je suis davantage intéressé par la lampe. »

Pau avait remis l'objet à un de ses hommes en arrivant.

« Je suis désolé qu'elle ait été endommagée par le feu et que le liquide à l'intérieur se soit déversé.

— Je veux la ramener en Chine.

— Bien sûr, ministre. Tu peux la prendre. Je ne te demande qu'une chose, c'est de ne pas la donner à Kwai Tang. J'ai également une nouvelle inquiétante à t'annoncer. »

Il attendit.

« Il y a quelques heures, Tang a eu une réunion virtuelle avec les membres du Ba. Une réunion assez remarquable, m'a-t-on dit. Ils préparent leur ultime assaut. »

Décidément, Ni en avait assez d'accepter pour argent comptant tout ce que disait cet homme.

« Où est Tang ? »

Pau le regarda avec curiosité.

« Tu veux me mettre à l'épreuve, ministre ? Pour voir si je parle en toute connaissance de cause ? »

Le vieil homme s'arrêta un instant.

« Très bien. Je comprends ton scepticisme, bien que, après ce qui s'est passé au musée, j'eusse espéré que nous aurions progressé. Mais tu as raison d'être méfiant. Cela te maintiendra en vie beaucoup plus longtemps.

— Tu n'as pas répondu à ma question.

— Il se trouve sur un site d'exploration pétrolifère, dans le nord du Gansu. »

Exactement ce que son adjoint lui avait dit.

« J'ai passé l'examen ?

— De quel assaut parles-tu ? »

Pau sourit, satisfait de savoir qu'il avait eu raison.

« Les Ba sont revenus à la vie, après des décennies de mise en sommeil qu'ils se sont imposées.

— Je rentre. »

Pau acquiesça.

« La lampe est emballée et prête.

— Et tu n'as toujours aucune idée de sa signification ? »

Pau secoua la tête.

« Seulement que ministre Tang et Cassiopée Vitt la voulaient tous les deux. Il y a quelque chose d'écrit dessus. Peut-être est-ce significatif. Tu as sûrement des experts qui pourront déchiffrer ces inscriptions. »

Il en avait, mais ce vieil homme mentait, et il le savait. Peu importe. En Chine, une guerre l'attendait, et ici, il perdait son temps. Il fallait qu'il sache.

« Que s'est-il passé au musée ?

— Trois corps ont été retrouvés. Je pense que l'un d'eux était celui de mon frère. Mlle Vitt et deux autres hommes ont été emmenés par les autorités.

— Que va-t-il se passer maintenant ?

— Pour toi, ministre ? Rien. Pour moi, cela veut dire que Cassiopée Vitt va revenir ici.

— Comment le sais-tu ?

— L'expérience. »

Ni en avait assez de la morgue de cet homme, sachant quel esprit froid et calculateur se cachait derrière ce visage morne et ces paroles sagaces. Pour un expatrié, Pau avait de toute évidence repris du service dans la politique chinoise. Mais il était en Belgique, loin du front. Hors jeu. Une chose pourtant piquait la curiosité de Ni.

« Que vas-tu faire quand Vitt reviendra ?

— Peut-être vaut-il mieux que tu ne le saches pas, ministre. »

Il était d'accord.

Cela valait peut-être mieux.

35

Malone se frotta les poignets pour les désengourdir. La police l'avait trop serré. Peut-être étaient-ils furieux pour le musée, le croyant responsable ? Ils avaient tort. Le coupable était à quelques mètres, à côté de son nouveau bienfaiteur.

« Vous m'aviez dit travailler pour Kwai Tang et les Chinois, dit Cassiopée à Viktor.

— C'est vrai. Je suis là à cause des Russes. »

Malone secoua la tête.

« Comme en Asie centrale. En train de travailler pour nous, pour eux, puis pour nous, puis encore pour eux. J'ai du mal à comprendre comment tu fais pour ne pas t'emmêler les pinceaux.

« — Je suis bourré de talents, dit Viktor avec un sourire. J'ai même travaillé pour elle. »

Et il montra Stéphanie du doigt.

Cette dernière haussa les épaules.

« Je l'ai utilisé en free-lance pour quelques missions. On peut dire ce qu'on veut, il fait du bon boulot.

— La dernière fois, il a failli nous faire tuer, fit remarquer Malone. J'y suis allé sans me méfier, pensant qu'il était de notre côté.

— Je l'étais, ajouta Viktor.

— Lui bon agent, dit Ivan. Lui être proche de Kwai Tang, juste où nous le voulons. »

Ce qui expliquait comment Ivan était si bien renseigné sur Cassiopée.

Mais Malone ne put s'empêcher de demander :

« Pourquoi avais-tu besoin de nous ?

— Tang vous a impliqué, dit Viktor. Je lui avais dit de vous ficher la paix. »

Ivan secoua la tête.

« Je ne pas demander à Stéphanie de se mêler de mes affaires. Son idée, pas la mienne. Moi j'engage Viktor pour boulot. Il travaille bien.

— L'important, c'est le fils de Sokolov, dit Cassiopée. C'est pour ça que je suis ici. Et il faut que j'y aille. »

Stéphanie saisit Cassiopée par le bras.

« Pas question. Regardez autour de vous. Un musée en flammes, trois hommes morts. Et au fait, lequel d'entre vous les a tués ? »

Malone leva la main.

« J'en ai tué un. Mais par gentillesse.

— Ce qui veut dire que tu l'as tué après y avoir mis le feu ? » demanda Stéphanie.

Il haussa les épaules.

« Tu peux me trouver cinglé, mais je suis comme ça.

— Viktor a tué les deux autres », ajouta Cassiopée.

Malone nota une certaine reconnaissance dans sa voix, ce dont il se serait bien passé.

« Et la lampe ? demanda Ivan à Cassiopée. Vous l'avez trouvée ?

— Je l'avais, mais elle a disparu », dit Malone.

Il leur raconta ce qui était arrivé dans le jardin. Ivan paraissait agacé – apparemment les choses ne tournaient pas comme prévu.

« Il faut la lampe, déclara le Russe. Nous devons savoir qui est l'homme dans jardin.

— Ce n'est pas difficile, dit Cassiopée. L'archer, le voleur dans le jardin, c'étaient des hommes de Pau Wen. Il a récupéré la lampe. Encore une fois.

— Comment le savez-vous ? » demanda Stéphanie.

Cassiopée répéta ce que l'archer avait dit.

Ivan se tourna vers Malone.

« Quand elle tombe, est-ce que la lampe reste intacte ?

— Elle est en bronze. Elle n'avait rien. Mais j'ai utilisé le pétrole à l'intérieur contre l'homme que j'ai tué. »

Ivan fronça les sourcils.

« Pétrole parti ? »

Malone acquiesça :

« Brûlé.

— Alors nous avons tous des ennuis. Kwai Tang pas vouloir la lampe. Il veut pétrole à l'intérieur. »

Tang regardait l'aube se lever à l'est. Aux premiers rayons du soleil, le ciel passa du violet au saumon et enfin au bleu. Son hélicoptère s'élevait dans l'air du petit matin à destination de Lanzhou, à quatre cents kilomètres à l'ouest, mais toujours dans la province du Gansu.

Il se sentait revigoré.

Sa conversation avec Pau Wen s'était bien passée. Encore une autre étape franchie. À présent, le moment était venu de traiter avec Lev Sokolov.

Ce que savait cet homme pouvait être déterminant pour leur avenir à tous.

« C'est votre faute, dit Malone à Ivan. Si vous nous aviez dit la vérité, ça ne serait pas arrivé.

— Pourquoi ce pétrole-là a-t-il tellement d'importance ? » demanda Stéphanie.

Malone remarqua au ton de sa voix l'intérêt qu'elle portait au sujet.

Ivan secoua la tête.

« C'est important pour Tang. Pour Sokolov. Pour nous.

— Pourquoi ? »

Un grand sourire se dessina sur le visage grassouillet du Russe.

« Pétrole date depuis longtemps. Échantillon pris directement dans la terre. Resté dans tombeau pendant plus de deux mille ans. Puis il reste dans lampe jusqu'à ce soir.

— Comment le savez-vous ? demanda Malone.

— Nous savons seulement ce que Kwai Tang a dit. Selon lui, la lampe avait été trouvée lors de fouilles menées par Pau Wen dans les années 1970, et était restée en sa possession depuis. La bouche du dragon était scellée avec de la cire d'abeille. »

Malone acquiesça.

« Jusqu'à l'incendie. Que tes hommes ont déclenché.

— Contre mon gré, dit Viktor.

— Ce n'est pas ce que tu leur as dit en arrivant. Tu leur as dit de prendre l'essence *au cas où*.

— Ça ne t'est jamais arrivé de jouer un rôle ? demanda Viktor. Tang nous avait ordonné de récupérer la lampe et d'effacer toute trace de notre passage. Si nous avions pu entrer et sortir en douceur, nous n'aurions pas eu à mettre le feu. Évidemment, je ne m'attendais pas à cette merveilleuse réunion. »

Malone vit la déception sur le visage de Cassiopée.

« Le fils de Sokolov est fichu, lui dit-elle. Pas de pétrole. Pas de lampe.

— Tout ça est absurde, dit-il.

— Il faut que nous allions rendre visite à Pau. »

Il acquiesça.

« Je suis d'accord. Mais nous devons aussi nous reposer. On dirait que tu vas t'écrouler. Et moi aussi je suis fatigué.

— Ce petit garçon compte sur moi. »

Elle paraissait à nouveau déterminée.

« Je vais prendre contact avec Pau », dit Ivan.

Malone secoua la tête.

« Très mauvaise idée. Vous n'allez rien apprendre.

Cassiopée y est allée. Elle lui doit quelque chose. Nous avons une bonne raison pour nous montrer.

— Je n'aime pas ce plan. Regardez ce qui arrive la dernière fois que je vous écoute.

— Il se croit probablement très malin en ce moment, dit Cassiopée. Un de ces badauds au bout de la rue travaille sûrement pour Pau. Il sait donc que je suis vivante. »

Il comprit le sous-entendu.

Et ce n'est pas le cas d'un de ses hommes.

« Je veux tout savoir sur Pau Wen, dit Malone à Stéphanie. Avant que nous partions. Tu crois pouvoir nous fournir rapidement un topo ? »

Elle acquiesça.

Il regarda Ivan.

« Nous trouverons les renseignements nécessaires. »

Le Russe imposant hocha la tête.

« D'accord. Essayez.

— Je dois partir », dit Viktor.

Malone fit un geste des bras.

« En sortant, ne te fais pas mal avec la porte. »

Cassiopée se mit devant Viktor.

« Pas avant que vous ne m'ayez dit où est l'enfant de Sokolov. Vous m'avez affirmé que vous le saviez.

— Je vous ai menti pour que vous m'emmeniez avec vous.

— Où est l'enfant ? » demanda-t-elle d'un ton suppliant.

Viktor semblait inébranlable.

« Je ne le sais vraiment pas. »

Il se tourna vers Ivan.

« Tang voudra avoir de mes nouvelles. Évidemment,

ses hommes sont morts, et je n'ai pas la lampe. Il ne va pas être content.

— Reprends contact avec lui, dit Ivan. Fais ce que tu sais faire de mieux. »

Malone ne put s'empêcher d'ajouter :

« Mentir.

— Je sais comment traiter avec Tang, dit Viktor. Mais il y a quelque chose que vous tous devriez savoir. »

Malone était attentif.

« Tang a lancé une attaque sur Pau Wen. Il se peut qu'il ne soit même plus vivant.

— Et c'est seulement maintenant que tu nous le dis ? demanda Malone.

— Tu sais, Malone, au bout de quelques minutes en ta compagnie, j'en ai déjà assez.

— Ne te gêne pas pour tirer sur moi.

— Vous réglerez ça plus tard, dit Stéphanie. Pour l'instant, ce qui m'intéresse, c'est ce Pau Wen. Cotton, pars avec Cassiopée voir où il en est. Je vais trouver ce dont vous avez besoin, et Ivan et moi attendrons d'avoir de vos nouvelles. Viktor, partez faire ce que vous avez à faire.

— Qui meurt et a fait de vous le chef ? demanda Ivan.

— Nous n'avons pas le temps de discuter. »

Ivan n'insista pas.

Malone regarda Viktor s'éloigner entre les voitures.

« Tu aurais pu y aller un peu plus doucement avec lui, dit Cassiopée. Il est dans une mauvaise position. »

Malone s'en fichait.

« Il ne m'a pas sauvé la vie à moi. Et en plus, à deux reprises. »

36

Lanzhou, Chine

7 h 20

Tang détestait Lanzhou presque autant qu'il aimait Chongqing. La ville épousait la rive du fleuve Jaune, tassée dans une vallée étroite et cernée par des montagnes abruptes. Des centaines de briqueteries et de fours d'où sortait de la fumée étaient disséminés dans ses faubourgs, et tout avait pris une couleur d'argile identique au paysage. Autrefois, cette ville avait été une porte de la Chine, le dernier endroit pour changer de monture et s'approvisionner avant de s'aventurer à l'ouest dans le désert aride. Aujourd'hui, c'était la capitale de la province du Gansu, avec gratte-ciel, centres commerciaux et un nœud ferroviaire propice au commerce. Pas d'arbres, mais une pléthore de cheminées, de minarets et de lignes électriques, le tout donnant une impression générale de tristesse.

Il sortit de la voiture qui l'avait amené de l'aéroport. Il avait été informé que Lev Sokolov était maintenant en garde à vue, ses hommes ayant pénétré dans la maison où il s'était caché.

Il s'approcha de l'immeuble, en passant devant une fontaine pleine de cochonneries et de souris mortes. La brume matinale se dissipait sous l'effet du soleil levant, laissant apparaître un ciel couleur de cendres. L'odeur de ciment frais se mélangeait à celle des gaz d'échappement des voitures et des bus. Un labyrinthe de ruelles et d'allées partait dans toutes les directions, coupant en deux des pâtés de maisons délabrées. Il plongea dans un enchevêtrement dément de charrettes, de colporteurs, de bicyclettes et de fermiers vendant leurs produits. Les visages étaient pour la plupart arabes ou tibétains, avec des vêtements de toutes les teintes de gris, les seules couleurs claires venant des devantures de quelques magasins. Il s'était changé, remplaçant son costume sur mesure par un pantalon, une chemise par-dessus, des baskets et un chapeau.

Il s'arrêta devant l'immeuble à façade de granit avec un escalier en bois menant vers les étages supérieurs. On lui avait dit que le bâtiment était occupé par des cadres moyens employés à la raffinerie pétrochimique à proximité. Il emprunta l'escalier sombre qui sentait le moisi ; les paliers étaient encombrés de cartons, de paniers et de bicyclettes. Au deuxième, il trouva la porte en bois vermoulu surveillée par un homme.

« Il y avait des individus qui nous surveillaient », lui dit le garde.

Il s'arrêta devant la porte et attendit.

« Ils travaillent pour ministre Ni.

— Combien ?

— Cinq. Nous nous en sommes occupés.

— Discrètement ? »

L'homme acquiesça.

Il exprima sa satisfaction avec un sourire et un léger signe de la tête. Les fuites au sein de ses bureaux étaient pires qu'il ne l'avait cru. Ni Yong avait envoyé des hommes jusqu'ici. Il faudrait remédier à ça.

Mais il avait une autre priorité.

Il entra.

L'unique pièce comportait quelques chaises et une table basse. La minuscule cuisine le long d'un mur était jonchée d'ustensiles dégoûtants, d'emballages d'aliments, d'assiettes sales et de nourriture avariée. Lev Sokolov était assis sur un canapé en skaï, pieds et mains attachés, la bouche couverte par une bande adhésive noire, la chemise trempée de sueur. Le Russe écarquilla les yeux en voyant Tang.

Il fit un signe de la tête et le montra du doigt.

« Tu devrais avoir peur. Tu m'as causé beaucoup d'ennuis. »

Il parlait en chinois, sachant que Sokolov comprenait tout.

Tang ôta son chapeau. Deux autres hommes se tenaient à chaque bout du canapé. Il leur fit signe d'attendre dehors, et ils sortirent.

Il regarda autour de lui les murs peints en beige, avec des ampoules de faible intensité incapables de dissiper la tristesse ambiante. De la moisissure verte s'étalait dans un coin du plafond.

« Pas terrible comme cachette. Malheureusement pour toi, nous avions supposé que tu n'avais jamais quitté Lanzhou et nous avons concentré nos efforts ici. »

Sokolov le regardait d'un air apeuré.

Une cacophonie de broyeurs, de perceuses et de marteaux-piqueurs mêlée aux bruits de voix montait par une minuscule fenêtre de la taille d'une feuille de papier.

Sokolov était grand. Il avait les épaules larges, une taille mince et des hanches étroites. Un nez petit, droit, avec une légère bosse, dépassait de l'adhésif qui lui fermait la bouche. Une masse de cheveux noirs longs et pas coiffés lui descendait jusqu'aux oreilles. Une barbe naissante ombrait ses joues et son cou. Tang savait que cet étranger était brillant. Peut-être un des plus grands théoriciens du monde en matière de pétrole géologique. À eux deux, Jin Zhao et lui, ils pouvaient parfaitement avoir démontré une théorie susceptible de changer à jamais le cours de la planète.

« Je te tiens, dit Tang. Et je tiens ton fils. Je t'ai proposé un moyen pour le récupérer, mais tu as préféré autre chose. Sache que Cassiopée Vitt a échoué. Avec un peu de chance, elle est morte à l'heure qu'il est. Elle n'a pas pu récupérer la lampe. En fait, il n'y a plus de pétrole dedans. »

Sokolov parut terrorisé.

« Effectivement, dit Tang. Quelle utilité as-tu maintenant ? Et ton fils ? Que va-t-il lui arriver ? Ne vaudrait-il pas mieux qu'il aille retrouver sa mère ? Il aurait au moins un parent. »

Sokolov secouait la tête d'un air incrédule.

« Eh oui, camarade Sokolov, tu vas mourir. Comme Zhao. »

Sokolov arrêta de bouger la tête et lui jeta un regard interrogateur.

« Son appel a été rejeté. Nous l'avons exécuté hier. »

Sokolov le regardait, horrifié, tremblant de tout son corps.

Tang savait qu'il avait besoin que Sokolov reste en vie, mais il voulait aussi que cet homme fasse l'expérience de la terreur. Des mois auparavant, il avait demandé qu'on lui fournisse son profil complet. Il y avait notamment appris la dévotion que portait le Russe à son fils. Ce qui n'était pas si fréquent. Tang

247

connaissait beaucoup d'hommes qui se souciaient peu de leurs enfants. L'argent, les promotions et même les maîtresses comptaient plus pour eux. Ce n'était pas le cas de Sokolov. Ce qui, dans un sens, était admirable. Même si cela ne changeait rien à ses sentiments.

Quelque chose d'autre dans le profil lui revint à l'esprit.

Un détail qui n'avait pris toute son importance que la veille.

Il se dirigea vers la porte, l'ouvrit et fit signe à l'un de ses hommes de s'approcher.

« Dans ma voiture, il y a quelques bricoles, dit-il à voix basse. Va les chercher. Ensuite, et il marqua un temps d'arrêt, trouve-moi des rats. »

Malone conduisait pendant que Cassiopée était assise sans parler sur le siège du passager. Sa hanche lui faisait encore mal, mais son orgueil en avait pris un coup plus grave. Il aurait dû garder son calme avec Viktor. Mais il n'avait ni le temps ni la patience de se laisser distraire, et cet homme accaparait toujours l'attention. Peut-être était-il davantage agacé par la façon dont Cassiopée avait pris la défense de Viktor.

« J'étais sincère, dit-elle. J'apprécie beaucoup que tu sois venu.

— Comment faire autrement ?

— Tu aurais pu rester à vendre des livres. »

Il sourit.

« Je n'ai pas tellement le temps finalement. Des

liens vidéo montrant des amis qui se font torturer m'en empêchent.

— Il fallait que je le fasse, Cotton. »

Il voulait comprendre.

« Il y a cinq ans, j'ai été impliquée dans une affaire en Bulgarie qui a mal tourné. J'ai rencontré Sokolov là-bas. Il travaillait pour les Russes. Quand je me suis retrouvée dans le pétrin, Sokolov m'en a sortie. Il a pris de gros risques.

— Pourquoi ?

— Il détestait Moscou et adorait sa nouvelle femme. Une Chinoise. Qui était enceinte à l'époque. »

Maintenant il comprenait. C'était cet enfant qui était en danger.

« Que faisais-tu dans les Balkans ? Ce n'est pas un endroit de promenade idéal.

— Je cherchais l'or de Thrace. Un service pour Henrik qui a très mal tourné. »

Ça arrivait parfois avec Henrik Thorvaldsen.

« Tu l'as trouvé ? »

Elle fit oui de la tête.

« Bien sûr. Mais je m'en suis tirée de justesse. Sans l'or. Cotton, Sokolov n'était pas obligé de faire ce qu'il a fait, mais je n'en serais jamais sortie autrement. Après, il m'a retrouvée sur Internet. Nous communiquions de temps en temps. C'est un homme intéressant.

— Alors tu as une dette envers lui. »

Elle acquiesça.

« Et j'ai tout gâché.

— Je crois que j'y suis aussi pour quelque chose. »

Elle montra le croisement qui approchait dans les phares et lui dit de prendre vers l'est.

« Tu n'étais pas au courant pour le pétrole dans la lampe, dit-elle. Tu avançais à l'aveuglette. »

Elle s'arrêta un instant.

« La femme de Sokolov est anéantie. Ce garçon était tout pour elle. Je l'ai vue la semaine dernière. Je ne crois pas qu'elle survive, sachant que son fils est parti pour toujours.

— Rien n'est joué », dit-il.

Elle tourna la tête pour le regarder. Elle avait l'air fatiguée, déçue, en colère.

Mais tellement belle.

« Comment va ta hanche ? » demanda-t-elle.

Il aurait préféré qu'elle s'inquiète d'autre chose, mais il savait qu'elle n'était pas plus expansive que lui en matière de sentiments.

« Je survivrai. »

Elle posa la main sur son bras. Cela lui rappela une autre fois où ils s'étaient touchés, juste après l'enterrement d'Henrik, en revenant de l'inhumation, entre des arbres dépouillés par l'hiver sur un sol légèrement couvert de neige, main dans la main, en silence. Ce n'était pas la peine de parler. Le contact suffisait.

Comme maintenant.

Un téléphone sonna. Celui de Malone. Il était posé sur l'accoudoir entre eux.

Elle retira sa main et répondit.

« C'est Stéphanie. Elle a les renseignements sur Pau Wen.

— Mets le haut-parleur. »

250

Cassiopée enregistrait les informations que Stéphanie leur donnait sur Pau Wen. Elle repensa tout à coup au moment où elle avait cru qu'elle allait mourir, quelques heures auparavant. Elle avait regretté certaines choses, s'était lamentée sur le fait que Cotton allait lui manquer. Elle avait bien remarqué son agacement lorsqu'elle avait défendu Viktor. Pourtant, ce n'était pas vraiment une défense puisqu'elle était persuadée que Viktor en savait beaucoup plus sur le fils de Sokolov qu'il ne voulait l'admettre.

De toute évidence, Viktor jouait un autre jeu bien plus dangereux. Les Russes contre les Chinois, les Américains contre les deux.

Pas facile.

Stéphanie continuait à débiter ses informations.

Cotton écoutait. Sa mémoire eidétique enregistrait le moindre détail. Quelle bénédiction c'était, mais aussi quelle malédiction. Il y avait tellement de choses dont il aurait préféré ne pas se souvenir.

Une chose, en tout cas, dont elle se souvenait clairement.

Face à la mort, face à l'archer avec sa flèche la visant directement, puis face à Viktor, son pistolet braqué sur elle, elle avait souhaité de toutes ses forces avoir une nouvelle chance avec Cotton.

Et la saisir.

37

BELGIQUE

Malone dévisageait l'homme. Il était minuit passé, la nuit noire, et l'entrée portait les traces évidentes d'une fusillade, mais le vieil homme qui avait ouvert les portes – jambes courtes, poitrine maigre, yeux rouges, regard voilé mais vif – ne paraissait pas du tout impressionné.

Il esquissa un léger sourire. Malone reconnut le visage pour l'avoir vu au musée, en compagnie de deux autres, dont l'un portait un arc et des flèches.

Cassiopée avait raison. Pau Wen avait certainement la lampe.

Elle ne laissa pas à Pau le temps de réagir. Elle sortit son pistolet, celui-là même qui avait permis à Viktor de la suivre, et enfonça le canon dans le cou de l'homme. Elle repoussa Pau en arrière et le plaqua contre un mur en pierre, enfonçant quelques tiges de bambou artificiel entre sa robe en soie et le mur.

« Vous avez envoyé votre archer pour me tuer », dit-elle.

Deux jeunes Chinois apparurent en haut des quelques marches qui menaient vers l'intérieur de la maison. Malone sortit son Beretta, le braqua dans leur direction, en secouant la tête pour leur conseiller de ne pas interférer. Les deux hommes s'arrêtèrent net, comme s'ils savaient que Cassiopée n'appuierait pas sur la gâchette.

Heureusement qu'ils le pensaient. Lui n'en était pas si sûr.

« Vous êtes entrée dans ma maison, dit Pau. Vous avez volé ma lampe sous la menace d'un pistolet. N'avais-je pas le droit de récupérer ce qui m'appartenait ? »

Elle arma son pistolet. Les deux hommes au-dessus d'eux réagirent à cette nouvelle menace, mais Malone leur fit signe avec son arme de ne pas bouger.

« Vous n'avez pas envoyé cet homme pour me tuer à cause de la lampe, dit-elle. Vous *vouliez* que je prenne cet objet.

— C'est ministre Tang qui a changé les choses, pas moi.

— Peut-être devrions-nous le laisser parler, dit Malone. Et il serait plus enclin à le faire si tu éloignais ce pistolet de son cou.

— Et aujourd'hui, des hommes sont venus pour me tuer moi aussi, dit Pau. Envoyés par Tang. Vous avez vu dans quel état sont les portes. Malheureusement pour eux, ils sont morts dans leur tentative.

— La police n'est pas intervenue ? » demanda Malone.

Pau sourit.

Cassiopée baissa son arme.

Pau lissa sa tunique sans manches et renvoya ses deux sbires d'un signe de la main.

« Vous saviez que nous allions venir », dit Malone.

Il l'avait lu dans le regard du vieil homme.

« Pas vous. Mais elle, oui. Je savais qu'elle serait là avant le lever du soleil. »

Ni attendait d'embarquer pour son vol Bruxelles-Pékin. Il avait utilisé son passeport diplomatique pour pouvoir enregistrer la lampe et la récupérer dans le terminal à son arrivée en Chine. Il avait déjà téléphoné à son bureau, et une voiture l'attendrait à l'aéroport pour l'y conduire directement. Il espérait alors en savoir plus sur le Ba et la relation qu'entretenait Kwai Tang avec le groupe. Apparemment, rien ne s'était passé comme prévu ces dernières heures, mais il était beaucoup mieux informé maintenant, ce qui était un avantage. Pau Wen s'était avéré utile, peut-être même trop, mais Ni était plus préoccupé par Tang à présent.

L'annonce pour l'embarquement immédiat des passagers de première classe retentit.

Il avait préféré ce luxe pour deux raisons – parce qu'il avait besoin de repos et que la compagnie d'aviation permettait à ses passagers de première de se connecter en vol à Internet. Il devait rester en contact.

Il se leva.

Son téléphone vibra dans sa poche. Il décrocha.

« Nous n'avons pas Sokolov, lui dit son adjoint. Nos hommes ont disparu. Aucun signe depuis deux heures.

— Tang est à Lanzhou ?

— Il est avec Sokolov en ce moment. »

Il réfléchit rapidement. Ils avaient gâché l'élément surprise.

« Veux-tu que nous envoyions d'autres hommes ? » demanda l'autre.

La route à suivre semblait toute tracée. Battre en retraite, réévaluer la situation, puis décider.

« Non. Restez discret. Ne bougez pas.

— Et Sokolov ? Cela pourrait lui être fatal.

— Espérons simplement que ce ne soit pas le cas. »

Cassiopée suivit Malone et Pau Wen dans une des salles de réception. Elle remarqua à nouveau les boiseries, les panneaux et les treillis, ainsi que les tentures anciennes en soie, les caractères porte-bonheur et les lanternes. Malone lui aussi s'imprégnait des lieux, probablement impressionné, comme elle l'avait été lors de sa première visite, par la richesse et le bon goût de l'endroit. Elle apprécia la lumière douce des bougies qui conférait à l'ensemble une atmosphère de calme apaisante.

Une carte avait attiré l'attention de Malone, et elle la remarqua également. Quelque deux mètres de long sur un mètre de haut, peinte sur soie – une matière fine, raide et à la texture apparente. Une série de symboles chinois courait tout autour en guise de cadre. Elle admira les couleurs – pourpre, bleu saphir, jaune et vert, chaque teinte semblant avoir été fanée par un vernis marron jaune.

« Impressionnant, dit Malone.

— C'est une reproduction de quelque chose que je connais, déclara Pau. Une représentation ancienne de la Chine. »

Il la montra du doigt.

« Les plateaux désertiques du Gansu et du Qinghai à l'ouest. Au sud, vers Guangdong et Guangxi. La mer à l'est et, au nord, la Longue Muraille de dix mille li. »

L'expression fit sourire Malone.

« Les Chinois ne l'appellent pas la Grande Muraille », dit Pau.

La carte était très détaillée, montrant des lacs et des rivières, et ce qui paraissait être des routes reliant les villes, toutes définies par des pictogrammes.

Pau montra quelques endroits.

« Ça, c'est Ling-Ling en bas, la ville la plus au sud. Chiu-yuan, à côté de la Longue Muraille, protégeait le nord. Ch'i-fu et Wu gardaient la mer Jaune. Les rivières que vous voyez sont le Wei, le fleuve Jaune et le Yangtsé.

— C'est précis ? demanda Malone.

— Les Chinois étaient d'excellents cartographes. En fait, ils ont mis au point la technique. Et donc, oui, c'est très précis. »

Malone désigna la zone à l'extrême sud-ouest qui semblait représenter des montagnes. Trois symboles indiquaient l'endroit.

« C'est un avant-poste isolé. »

Pau acquiesça.

« La Salle de l'Harmonie suprême. Un ancien site qui existe encore aujourd'hui. Un parmi les milliers de temples en Chine. »

Leur hôte les incita à venir s'asseoir dans deux canapés en rotin. Pau prit place en face d'eux dans un fauteuil cantonais. Malone, ayant en mémoire les informations fournies par Stéphanie, se montrait avare de détails et ne fit aucune mention des Russes.

« Nous pensons savoir que la lampe elle-même n'est pas importante, dit-il pourtant. Kwai Tang s'intéresse uniquement au pétrole qu'elle contient. Vous ne savez pas pourquoi par hasard ? »

Pau resta imperturbable, le regard dur et inexpressif.

Lors de sa première visite, Cassiopée ne s'était pas rendu compte du côté manipulateur de cet homme, pensant que c'était elle qui menait le jeu. À présent, elle n'était plus dupe.

« Je sais seulement que Tang avait besoin d'un échantillon de pétrole ancien pour une raison quelconque.

— Vous mentez », déclara-t-elle.

Pau fronça les sourcils.

« Et quand bien même ? Qu'avez-vous à offrir en échange des renseignements que vous cherchez ?

— Que voulez-vous ? » demanda Malone.

Puis il montra la pièce.

« Apparemment, vous n'avez pas besoin d'argent.

— C'est exact. Je suis un homme aisé. Mais j'ai quand même une requête à formuler. Permettez-moi de poser une question à Mlle Vitt. Avez-vous l'intention de retourner en Chine ?

— Vous êtes au courant pour Sokolov, pour l'enfant, pour Tang. Vous êtes au courant de tout, n'est-ce pas ?

— Et la réponse à ma question ?

— Je n'en avais pas l'intention. Mais maintenant, oui.

— Je suppose que vous y entrerez à l'insu du gouvernement chinois ?

— Cela vaudrait probablement mieux, dit Malone.

— Je veux vous accompagner.

— Pourquoi prendrions-nous ce risque ? demanda-t-elle.

— Je sais où trouver un autre échantillon de pétrole vieux de deux mille deux cents ans. »

Tang tenait un seau métallique qu'on lui avait apporté de la voiture. On le lui avait remis sur le site de forage juste avant de partir, en même temps que plusieurs autres choses. Son homme était revenu avec deux rats, dont un de bonne taille, capturés dans la ruelle derrière l'immeuble. Il savait que ça ne serait pas difficile à trouver. Des immeubles comme celui-ci en étaient infestés.

Il entendait les nuisibles courir à l'intérieur du carton qui leur servait de cage. Ils ne mettraient pas longtemps à faire des trous. Son enquête sur Sokolov avait révélé une terrible phobie des rats, ce qui rendait le choix de son refuge d'autant plus étrange. Mais, vu les circonstances, il n'avait probablement pas eu d'autre possibilité. Se fondre dans le million et demi d'habitants de Lanzhou lui avait certainement paru une bonne solution.

Sokolov avait été attaché à une chaise avec un puissant adhésif. Ses liens étaient intacts, ses pieds et ses mains toujours liés. Tang ordonna qu'on lui enlève sa chemise et qu'il reste torse nu. Une corde de deux mètres environ qu'il avait apportée gisait par terre, derrière la chaise. Sokolov n'avait pas encore vu les rats, bien qu'il ait sûrement entendu leur vacarme.

Tang fit un signe et la chaise fut inclinée en arrière. Sokolov était maintenant face au plafond, le dos au sol, les pieds en l'air. Un homme ouvrit le carton et Tang ramassa les rats dans le seau. Malgré tous leurs efforts pour grimper jusqu'au bord, leurs griffes ne pouvaient pas s'accrocher sur les parois lisses.

Il s'approcha de Sokolov.

« Il est grand temps que tu comprennes à quel point je suis sérieux. »

38

BELGIQUE

Malone en avait appris suffisamment au cours de sa conversation téléphonique avec Stéphanie pour comprendre que Pau Wen avait manœuvré Cassiopée quelques jours auparavant et qu'il essayait de recommencer.

« Pourquoi voulez-vous aller en Chine ? demanda-t-il à Pau. On m'a dit que vous aviez fui le pays il y a plusieurs décennies.

— Et vous, qu'avez-vous à y faire ?

— Je suis votre agent de voyages. Celui qui peut réserver votre billet, au gré de mon humeur. »

Pau sourit.

« Il va y avoir une révolution. Peut-être même sanglante. En Chine, les changements de pouvoir se sont toujours accompagnés de morts et de destructions. Kwai Tang a l'intention de prendre le contrôle du gouvernement, peu importe comment.

— Pourquoi a-t-il besoin d'un échantillon de pétrole remontant à la nuit des temps ? demanda Cassiopée.

— Connaissez-vous le premier empereur de Chine, Qin Shi ? » demanda Pau.

Malone avait quelques notions à son sujet. Il avait vécu cent ans après Alexandre le Grand, deux cents ans avant le Christ et avait réuni sept royaumes en guerre pour former un empire, qui plus tard porterait son nom et s'appellerait Chine. Le premier à faire cela. Il fut aussi à l'origine d'une succession de dynasties qui régnèrent jusqu'au XXe siècle. Autocratique, cruel, mais aussi visionnaire.

« Puis-je vous lire quelque chose ? » demanda Pau.

Tous deux acquiescèrent. En fait, Malone était curieux de savoir ce que cet homme avait à dire et il était content de s'apercevoir que Cassiopée était de son avis.

Pau tapa deux fois dans ses mains, et un des jeunes hommes qui avaient observé l'incident à l'entrée apparut avec un plateau sur lequel était déposée une pile de feuilles de soie fragiles. Il plaça le plateau sur les genoux de Pau et se retira.

« Voici un exemplaire du *Mémoires historiques* ou *Shiji*, comme on l'appelle aujourd'hui. Il a été écrit pour couvrir toute l'histoire de l'humanité d'un point de vue chinois, jusqu'à la mort de l'auteur en 90 av.

J.-C. C'est le premier travail d'archives connu en Chine.

— Et il se trouve que vous avez un original ? demanda Malone. Juste pour nous montrer.

— Comme je vous l'ai dit, je savais qu'elle reviendrait. »

Pau sourit. Cet homme était malin.

« L'auteur du *Shiji* était un grand historien de la dynastie Han, Sima Qian. On suppose qu'il avait consulté toutes les archives impériales et avait beaucoup voyagé, se documentant auprès des particuliers, des bibliothèques, et recueillant des souvenirs personnels. Malheureusement, Qian perdit les faveurs de l'empereur. Il fut châtré et emprisonné, mais lorsqu'on le relâcha, il retrouva son poste de secrétaire du palais et termina son œuvre.

— C'était un eunuque ? » demanda Malone.

Pau acquiesça.

« Et très influent. Ce manuscrit jouit encore à ce jour d'un immense prestige et d'une admiration universelle. Il reste la meilleure source existante sur l'histoire du premier empereur. Deux de ses cent trente chapitres concernent exclusivement Qin Shi.

— Écrits plus de cent ans après sa mort, dit Malone.

— Vous connaissez votre histoire. »

Malone se tapota la tête.

« J'ai la mémoire des détails.

— Vous avez raison. Il a été écrit longtemps après la mort du premier empereur. Mais c'est tout ce que nous avons. »

Pau montra la première feuille, qui était marron et

261

tachée comme si on avait renversé du thé dessus. On distinguait des caractères pâlis, alignés en colonnes.

« Puis-je vous lire quelque chose ? » demanda Pau.

Et le premier empereur fut enterré au mont Li.

Dès son accession au trône, Qin Shi avait commencé l'excavation et la construction au mont Li, et quand il eut réuni entre ses mains la totalité de l'empire, il envoya plus de sept cent mille ouvriers sur le site.

Ils creusèrent sous trois sources souterraines et firent couler du bronze en fusion pour façonner le cercueil extérieur et fabriquer des copies des palais, des pavillons et des bureaux gouvernementaux avec lesquels la tombe fut remplie.

Et il y avait des outils merveilleux et des joyaux précieux et des objets rares apportés de loin. Des artisans reçurent l'ordre de concevoir des pièges à partir d'arbalètes pour que tout pilleur de tombes connaisse une mort subite.

Au moyen de vif-argent, ils reproduisirent les centaines de rivières du pays, le fleuve Jaune et le Yangtsé, et la vaste mer, ainsi que des machines pour maintenir les eaux en mouvement. Les constellations des cieux furent reproduites au-dessus ainsi que les régions sur la terre en dessous.

Des torches furent fabriquées à partir d'huile pour brûler longtemps. Des concubines n'ayant pas eu de fils se virent ordonner de suivre l'empereur dans la mort, et des artisans et des ouvriers, pas un seul ne fut autorisé à ressortir vivant.

On planta de la végétation pour que le site ressemble à une montagne.

« De tout temps, aucun dirigeant n'a jamais créé un

mémorial de cette importance, dit Pau. Il y avait des jardins, des enclos, des grilles, des tours dans les angles et d'immenses palais. Jusqu'à une armée en terre cuite, avec des milliers de soldats qui montaient la garde, en formation de bataille, prêts à défendre le premier empereur. La circonférence totale du complexe mesure plus de douze kilomètres.

— Et pourquoi nous raconter tout ça ? s'impatienta Cassiopée. J'ai relevé votre allusion à des torches à base d'huile qui brûlaient longtemps.

— Ce monticule existe encore, à un kilomètre seulement du musée des Guerriers en terre cuite. Aujourd'hui, il ne mesure plus que cinquante mètres de haut. L'érosion en a fait disparaître la moitié, mais la tombe de Qin Shi est toujours à l'intérieur.

— Que le gouvernement chinois ne permet pas de fouiller, compléta Malone. J'ai lu les comptes rendus dans les journaux. Le site est plein de mercure. De vif-argent, comme vous l'avez appelé. On s'en est servi pour reproduire les rivières et les océans sur le sol de la tombe. Des analyses effectuées il y a plusieurs années ont confirmé de fortes teneurs en mercure dans le sol.

— C'est exact, il y a bien du mercure à cet endroit. Et c'est moi, il y a des décennies, qui ai rédigé le rapport qui a conduit à la décision de ne pas fouiller. »

Pau se leva et traversa la pièce jusqu'à un autre tableau sur soie représentant un homme corpulent revêtu d'une longue robe.

« Voici la seule représentation de Qin Shi qui nous est parvenue. Malheureusement, elle a été faite des siècles après sa mort, et son exactitude peut être mise en doute. Ce qui a survécu en revanche est la

263

description qu'en a faite un de ses plus proches conseillers. *Il a le nez proéminent d'un frelon et de grands yeux qui voient tout. Son torse ressemble à celui d'un rapace, et sa voix à celle d'un chacal. Il est impitoyable, avec un cœur de tigre ou de loup.*

— En quoi cela peut-il nous aider ? » demanda Malone.

Une expression de satisfaction se répandit sur le visage âgé de Pau Wen.

« Je suis allé à l'intérieur de la tombe de Qin Shi. »

39

LANZHOU, CHINE

Tang montra à Lev Sokolov ce qui grouillait à l'intérieur du seau. Le Russe roula des yeux, complètement affolé.

« Ils sont particulièrement vifs », dit Tang.

Sokolov était couché sur le sol, attaché à la chaise, les jambes repliées au-dessus du visage, le regard au plafond, comme un astronaute dans sa capsule. Il se mit à agiter la tête d'avant en arrière, suppliant qu'on arrête tout. Son front était couvert de transpiration.

« C'est la dernière fois que tu me mens, dit Tang. Sans compter que je t'avais protégé. Les officiels ici dans le Gansu voulaient t'arrêter. Je les en ai empêchés.

Ils voulaient te bannir de la province. J'ai dit non. Ils t'ont traité de dissident et je t'ai défendu. Tu n'as pas arrêté de nous poser des problèmes. Pire encore, tu as été pour moi une source de gêne personnelle. Et ça, je ne peux pas l'accepter. »

Ses trois hommes se tenaient à côté de la chaise, deux du côté des jambes, et un vers la tête. Tang fit un geste, et ils saisirent Sokolov de manière à ce que son corps reste dans la même position. Tang s'approcha rapidement et retourna le seau métallique, en l'appuyant fort pour le maintenir en place et laisser les rats prisonniers en dessous courir sur le torse nu de Sokolov. Le Russe agitait la tête de gauche à droite, les yeux fermés sous le coup de la douleur, solidement tenu par les hommes de Tang.

Ce dernier pesa sur le seau pour qu'il ne bouge pas et il prit la corde par terre pour le fixer sur le corps de Sokolov.

Puis il attendit quelques instants que les choses se calment, mais Sokolov continuait à se débattre.

« Je te conseille de ne pas trop bouger, dit Tang. Cela les énervera moins. »

Le Russe sembla retrouver un semblant de contrôle et s'arrêta de s'agiter violemment, mais les trois hommes le tenaient toujours fermement.

Tang s'approcha de la table et saisit un des deux derniers accessoires rapportés de la plate-forme pétrolière. Une petite torche à acétylène à allumage instantané, pouvant être tenue dans la main. Le genre d'outil utilisé pour des réparations rapides sur les derricks. Il ouvrit la valve en laiton. Du gaz en jaillit dans un sifflement. Il posa la torche debout sur la table, prit le dernier élément, un percuteur, et alluma le gaz.

Il ajusta la flamme pour qu'elle devienne bleue et donne le maximum de chaleur.

Il s'accroupit et laissa chauffer le fond du seau avant de passer la flamme sur les côtés.

« À mesure que le métal devient brûlant, les rats s'en éloignent instinctivement. Ils voudront quitter leur prison à tout prix. Mais il n'y a pas d'issue. Tout résiste à leurs griffes, sauf ta chair. »

Il entendait les rats sauter contre les parois du seau en poussant des cris perçants.

Sokolov se mit à hurler sous la bande adhésive, mais on n'entendait presque rien. Le corps du Russe était crispé par la tension et couvert de sueur. Tang continua à chauffer le seau, veillant à ne pas trop augmenter l'intensité de la flamme, juste assez pour encourager les rats à s'attaquer à la chair.

Le visage de Sokolov n'était plus qu'un masque de douleur. Ses yeux débordaient de larmes qui coulaient sur ses joues.

« Les rats vont se creuser un chemin à coups de griffes jusqu'à ton estomac, dit-il. Ils vont déchirer ta chair pour fuir la chaleur. »

Il continuait à caresser le métal avec la flamme.

« On ne peut pas leur en vouloir. N'importe quelle créature en ferait autant. »

Sokolov hurla de nouveau – un long murmure plaintif étouffé par l'adhésif. Tang imagina ce qui était en train de se produire. Les rats devaient gratter furieusement en s'aidant de leurs dents pour ramollir la chair qui pourrait leur permettre de s'échapper.

Le truc, comme Tang l'avait appris, était de savoir à quel moment s'arrêter. Trop longtemps, et la victime risquait des blessures graves, voire fatales, compte tenu de l'infection transmise par les rats. Trop brièvement, et la leçon ne serait pas suffisante, d'autant que répéter le processus posait des problèmes, sauf si la survie du sujet n'avait aucune importance.

En l'occurrence, elle en avait.

Il retira la torche.

« Évidemment, dit-il, avec un regard aussi doux que la voix, on peut faire autrement, à condition que tu sois disposé à écouter. »

40

BELGIQUE

Malone comprit la signification de ce que Pau Wen venait de dire.

« Comment est-ce possible ?

— Lorsque l'armée en terre cuite a été découverte en 1974, j'ai été envoyé par le président Mao pour enquêter et en déterminer l'étendue. J'ai immédiatement réalisé que ce qui venait d'être trouvé pouvait avoir une importance majeure. Personne ne soupçonnait l'existence de l'armée souterraine. »

Il montra les tentures de soie en face de lui.

« Le *Shiji* n'en dit rien. Aucun document ne mentionne son existence. Elle semble avoir été conçue, mise en œuvre, enterrée, puis oubliée. »

Malone se rappelait avoir lu quelque chose sur cette découverte. Pau avait raison – elle s'était révélée d'une importance capitale pour la Chine. Des millions de personnes affluaient chaque année sur le site. Aucun chef d'État en visite ne partait sans l'avoir vue. Même le pape s'y était rendu au cours d'un voyage sans précédent en Chine, l'année dernière.

« Pendant que j'étais sur le site, dit Pau, par un jour de chance, je suis tombé sur quelque chose d'encore plus remarquable. »

Les fouilles se poursuivaient sans discontinuer, jour et nuit, depuis trois mois. Déjà plusieurs centaines de guerriers en terre cuite avaient été trouvés, la plupart en morceaux, empilés les uns sur les autres comme des arbres tombés dans la forêt. Par chance, les morceaux n'étaient pas disséminés. Aussi Pau ordonna qu'un atelier de restauration soit construit et que les sculptures soient réassemblées. Ses archéologues et ses ingénieurs l'avaient assuré que c'était faisable. Ils étaient même certains que l'armée tout entière pourrait être ressuscitée, et remise sur pied, guerrier par guerrier. On lui avait dit qu'il y en avait peut-être des milliers. Avec des chariots et des chevaux.

Quel site ce serait lorsque tout aurait été restauré ! Et il avait donné son accord.

Mais le tumulus à côté l'intéressait davantage. Il se trouvait à un kilomètre, au sud de la rivière Wei, près des pentes de la montagne du Cheval noir. Une grande pyramide de terre avec une base large, ombrée de sapins, qui surplombait la plaine herbeuse, semblant faire partie du paysage.

Ce qui avait toujours été l'idée de départ.

Les hommes de l'époque de Qin Shi croyaient que

les morts continuaient à vivre, sauf que c'était dans un autre monde, et ils devaient être traités comme des vivants. Le premier empereur avait donc conçu à son intention personnelle une immense nécropole impériale, un véritable empire souterrain, pour continuer à régner dans l'au-delà. Une fois l'ensemble mis en place, tout avait été recouvert de terre, pour former une butte qui s'élevait auparavant à plus d'une centaine de mètres.

Avait-elle jamais été violée ?

Des références littéraires datant de centaines d'années après l'époque de Qin indiquaient que la tombe avait été profanée par deux fois. D'abord par des rebelles à la recherche d'armes, trois ans après la mort du premier empereur, puis sept cents ans plus tard pour la piller. Des cendres éparpillées, des traces d'incendie et les guerriers en morceaux suggéraient que la première violation pouvait effectivement s'être produite. On n'avait retrouvé jusqu'à présent qu'un petit nombre des armes que les guerriers avaient jadis portées. Mais le monticule lui-même n'avait pas fait l'objet de cette première violation, et personne ne savait avec certitude si la deuxième intrusion s'était jamais produite. Il avait lu le Shiji et savait qu'il pouvait très bien y avoir à l'intérieur des rivières et des océans de mercure faisant partie intégrante de la représentation minutieuse de l'empire de Qin, et que cela pouvait poser un problème. Bien que considéré comme un remède dans les temps anciens, le mercure était tout sauf ça, et avait certainement contribué à la mort du premier empereur. L'imbécile ingérait chaque jour un élixir de mercure, pensant que cela lui assurerait l'immortalité. Toutefois, en regardant le monticule qui était là depuis deux mille ans, Pau se disait que Qin avait peut-être raison, après tout.

C'était en ça qu'il était immortel.

Mao lui-même s'était intéressé à ce qui se passait ici. La révolution culturelle était terminée depuis sept ans. Les bandes agitant leurs petits livres rouges contenant les pensées de Mao avaient disparu depuis longtemps, Dieu merci. Écoles et universités avaient été rouvertes. L'armée ne connaissait plus de troubles. Le commerce avait repris. La Chine renaissait au monde. Des guerriers de l'époque du premier empereur – une immense armée souterraine, silencieuse, et jusque-là inconnue – pourraient servir le projet magistral de Mao pour la reconstruction de la nation. Le gouvernement avait donc pris contrôle du site, en avait fait interdire l'accès par l'armée, et les travailleurs étaient fouillés à l'arrivée et au départ. Quelques actes de pillage avaient eu lieu, portant surtout sur des pointes de flèches en laiton qui étaient vendues comme de la ferraille. Plusieurs pilleurs avaient été arrêtés, et il fallait en faire des exemples, car rien ne devait mettre en péril le potentiel de l'endroit. Le président lui-même lui avait dit de faire tout ce qui était nécessaire pour préserver la découverte.

Mao lui faisait confiance, et il n'avait pas le droit de le décevoir.

Il ordonna donc de poursuivre les fouilles exploratoires.

Le Shiji expliquait clairement que le complexe funéraire présentait d'innombrables aspects. Déjà les fouilles avaient porté leurs fruits, dégageant certaines zones d'intérêt. Dans l'une d'elles, des chevaux et un

chariot avaient été découverts. Pas des représenta-
tions, mais des os de chevaux et un véritable chariot.
Que recelait donc encore le sol autour de lui ? Il
pouvait seulement l'imaginer. Il faudrait des années
pour tout découvrir.

« Ministre. »

Derrière lui, se tenait un des superviseurs à qui il
avait confié les travailleurs locaux, des hommes sur
qui il pouvait compter pour maintenir l'ordre.

« Nous avons trouvé quelque chose. »

Il suivit le petit groupe à travers le principal site de
fouilles – qu'ils avaient appelé fosse 1 – jusqu'à une
zone à vingt-cinq mètres au nord-ouest.

Une échelle sortait d'un grand trou noir creusé
dans la terre rougeâtre.

« J'ai trouvé la bibliothèque impériale de Qin Shi sous cette terre, dit Pau. Plusieurs centaines de manuscrits. Tous d'une valeur inestimable.

— Je n'ai jamais entendu parler d'une telle découverte, dit Malone.

— C'est parce que j'ai fait refermer cette salle. Mao ne s'intéressait pas aux manuscrits. Le passé ne comptait pas pour lui, sauf s'il pouvait contribuer à faire avancer sa révolution. Mao était un légaliste, pas un confucéen – si vous comprenez la différence.

— La bienveillance contre l'oppression », dit Cassiopée.

Pau acquiesça.

« C'est un débat dans lequel la Chine est engagée depuis longtemps.

— Et vous, de quel côté êtes-vous ? demanda Malone.

271

— J'ai servi sous nombre de légalistes.

— Ça ne répond pas à la question.

— Je suis favorable à ce qu'il y a de mieux pour la Chine. Cela a toujours été ma préoccupation. »

Faute d'avoir obtenu sa réponse, Malone tenta une autre approche :

« Pourquoi avez-vous fait refermer la bibliothèque ?

— Pour empêcher Mao de détruire ce qu'il y avait à l'intérieur.

— Vous êtes très fort pour ne pas répondre aux questions. »

Pau sourit.

« J'avais l'intention d'y retourner pour continuer à explorer la sépulture, mais les circonstances avaient changé, et je n'ai pas pu le faire. Mais l'important est ce que j'ai trouvé d'autre dans cette salle. »

Malone attendit.

« Un chemin menant à la tombe de Qin Shi. »

Tang attendait que Lev Sokolov ait réfléchi à ce qu'il venait de dire. Le Russe était resté attaché à la chaise, mais le seau avait été enlevé. Les rongeurs lui avaient griffé la peau atrocement, et du sang coulait de ses vilaines blessures.

« Tu feras ce que je te dis de faire ? » demanda-t-il à Sokolov.

La bouche toujours obturée par l'adhésif, le scientifique ne pouvait qu'incliner la tête en signe d'acquiescement.

Il montra le torse du Russe.

« Tu vas avoir besoin d'antibiotiques, et vite, compte tenu du nombre de maladies auxquelles tu as été exposé. Je te conseille de ne pas me décevoir. »

Sokolov acquiesça avec énergie.

Le téléphone satellite de Tang vibra dans sa poche. Il devait s'agir d'un cas de force majeur pour qu'on l'interrompe, aussi il regarda l'écran.

Viktor Tomas.

Il se précipita dans le couloir et répondit.

« J'ai des choses à vous dire », expliqua Viktor.

Il l'écouta raconter ce qui se passait en Belgique, puis il déclara :

« Vous aviez raison à propos de Cotton Malone. J'aurais dû vous écouter.

— Il est incontrôlable.

— Vous ne l'aimez pas beaucoup, n'est-ce pas ?

— Il nous crée des problèmes.

— Est-ce que Malone et Vitt sont avec Pau en ce moment ?

— Oui. »

Ça n'était pas prévu dans le plan.

« Je dois savoir ce qui découle de cette rencontre. Pouvez-vous obtenir ce renseignement ?

— J'attends justement cette information d'un moment à l'autre. »

Malone voyait que Cassiopée perdait patience. Il se rendait bien compte que c'était le fils de Sokolov qui la préoccupait, et que, pour l'instant, ils n'avaient rien à proposer à Kwai Tang, aussi il se risqua à demander à Pau :

« Qu'avez-vous vu à l'intérieur de la tombe de l'empereur ?

— Je peux vous dire que les rapports concernant les pillages étaient faux. C'était un site vierge. Intact.

— Et personne n'en a été informé ? demanda-t-il. Pas même votre bon copain Mao ?

— L'époque était différente, monsieur Malone. Ces choses-là n'étaient pas importantes alors. La révolution culturelle de Mao a entraîné la perte d'innombrables pans d'histoire de la Chine. Les bandes ont brisé les mains de pianistes, brûlé des livres et des tableaux, forcé des chirurgiens à nettoyer des toilettes, des enseignants à porter des bonnets d'âne. Mao voulait générer un grand désordre pour pouvoir imposer davantage d'ordre. À cette époque, nous détruisions volontairement notre héritage. La découverte de l'armée de terre a contribué à changer cette mentalité stupide, mais cela a demandé plusieurs années. Au moment de ma découverte, j'ai choisi de garder pour moi ce que j'avais vu.

— Mais plus maintenant, ajouta Cassiopée.

— Je dois retourner en Chine...

— En toute discrétion », dit Malone.

Pau acquiesça.

« Vous savez comment faire. Je suis demandeur. Mais vous avez vous aussi vos besoins. À l'intérieur de la tombe de Qin, il y a des centaines de lampes, remplies de pétrole. J'en ai même allumé une. »

Leur hôte les ramena vers la carte sur soie de l'autre côté de la pièce et désigna du doigt le centre.

« Voici Xianyang, la capitale de Qin. La tombe du

premier empereur a été construite près d'ici. Si vous m'emmenez jusqu'à Xian, je vous fournirai l'échantillon de pétrole que vous recherchez. »

Malone étudia la carte plus attentivement. Il regrettait de ne pas pouvoir lire ce qui était écrit aussi bien sur la surface que sur la bordure tout autour.

« Ce sont des désignations anciennes ? »

Pau acquiesça.

« Si nous vous y amenons, pourrez-vous entrer à nouveau dans la tombe de Qin ? demanda Cassiopée.

— La bibliothèque que j'avais trouvée a été redécouverte il y a quelques jours, à côté de la fosse 3 du musée de terre cuite.

— Alors ils connaissent le chemin pour entrer dans la tombe, dit Malone.

— D'après mes renseignements, ceux qui ont mis au jour cette chambre se sont concentrés sur les manuscrits. Ils n'ont pas trouvé l'entrée et ils ne la trouveront pas. Je l'ai bien cachée.

— Comment savez-vous tout ça ? demanda Malone.

— Kwai Tang me l'a dit tout récemment. Nous nous sommes parlé par téléphone. Il a mentionné les manuscrits, mais n'a rien dit du passage d'entrée. »

L'information excita la curiosité de Malone.

« Et pourquoi parlez-vous avec Kwai Tang ?

— Nous étions alliés autrefois, mais ce n'est plus le cas. Je dois rentrer en Chine immédiatement. En échange, je vous montrerai l'entrée de la tombe et vous fournirai une lampe remplie de pétrole de l'époque de Qin Shi.

— Où est la lampe dragon ? demanda Cassiopée.

— Ministre Ni Yong l'a rapportée en Chine. Il est

venu ici, juste après vous, pour la chercher. Étant donné qu'elle n'a aucune importance, je la lui ai donnée.

— Il n'est pas au courant pour le pétrole ? »

Pau secoua la tête.

« Je ne lui ai rien dit.

— Et vous ne voulez toujours pas nous expliquer pourquoi ce pétrole a tellement d'importance pour Kwai Tang ? demanda Cassiopée.

— Je vous le dirai, dès que je serai en Chine.

— J'ai une question à vous poser, dit Malone, votre place dans l'avion dépend de votre réponse. »

Il se tut un instant.

« Pourquoi Kwai Tang et vous-même étiez-vous alliés autrefois ?

— Nous appartenons tous les deux au Ba. Nous sommes des eunuques. Mais j'ai l'impression que vous l'aviez déjà deviné. »

Effectivement.

Malone prit son téléphone portable et dit : « Je dois passer un appel. »

Pau montra les fenêtres donnant sur la cour illuminée.

Malone sortit et appela Stéphanie. Elle écouta son rapport et sa requête, parla quelques instants avec Ivan qui était près d'elle, puis dit :

« On peut arranger ça. Venez avec lui.

— Nous faisons preuve de beaucoup de confiance en l'occurrence.

— Je sais, dit-elle. Encore une chose, Cotton. Le Robin des Bois du musée, celui qui a essayé de transpercer Cassiopée. Quand ils ont examiné le corps, ils ont découvert quelque chose d'intéressant, et d'autant plus maintenant. »

Mais il savait déjà quoi.

« C'était aussi un eunuque. »

Resté dans le couloir, Tang réfléchissait en silence aux dernières informations.

Les Américains étaient impliqués ?

Inattendu était le moins qu'on puisse dire. Mais pas catastrophique. Il allait rentrer à l'intérieur pour terminer sa séance avec Lev Sokolov quand le téléphone se manifesta une nouvelle fois.

Il répondit.

« Mon agent russe vient de m'en informer, dit Viktor. Malone, Vitt et Pau reviennent en Chine.

— Tu sais comment ?

— Les Russes vont les aider. Ils travaillent avec les Américains. »

C'était ennuyeux d'un côté, mais rassurant de l'autre. Il écouta Viktor lui expliquer le plan de voyage, puis dit :

« Cela devrait nous fournir l'occasion de les éliminer tous d'un coup.

— C'est ce que je pense aussi.

— Quand reviens-tu ?

— Dans quelques heures. J'ai déjà réservé mon vol.

— Quand tu seras là, j'aurai besoin que tu prennes personnellement les choses en main. »

Il pensa aux taupes dans son service.

« Passe uniquement par moi. Il n'y a pas beaucoup de gens ici à qui je peux faire confiance en la matière.

— Je finaliserai tout en route, dit Viktor.

— Je me rends compte que tu risques d'éprouver une certaine satisfaction avec la mort de Malone, mais j'ai l'impression que ce n'est pas la même chose en ce qui concerne Vitt. Tout à l'heure, tu as précisé qu'elle ne passerait pas la nuit. De toute évidence, ce n'est pas le cas.

— À cause de l'intervention de Pau.

— Tu veux dire, à cause de *mon* intervention.

— Je n'ai pas dit ça.

— Ce n'était pas la peine. J'ai lancé l'attaque sur Ni qui a échoué. Pau a évidemment riposté, ce qui a entraîné d'autres problèmes imprévus.

— C'est toi qui diriges, dit Viktor.

— J'ai pourtant l'impression que tu es plutôt content que je sois intervenu, du moins en ce qui la concerne.

— Je fais ce que tu me dis de faire.

— Je veux savoir. »

Il marqua une pause. « Vois-tu le moindre inconvénient à ce qu'elle meure avec les autres ? »

La ligne resta silencieuse un moment.

Il attendait.

« Aucun, dit Viktor. Je m'en occuperai. »

TROISIÈME PARTIE

41

BAIE D'HALONG, VIETNAM

JEUDI 17 MAI
7 HEURES

Malone contemplait le paysage magnifique.

Il connaissait la légende. Jadis, un grand dragon s'était précipité en direction de la côte en balançant vigoureusement sa queue, et il avait creusé des vallées et des crevasses sur son passage. Lorsque la bête avait plongé dans la mer, l'eau avait comblé les zones basses et laissé une succession d'énormes monolithes, comme une fournée de sculptures inachevées, montant vers le ciel. *Halong* signifiait « où le dragon descendit vers la mer ». Admirant la baie depuis le quai, Malone trouvait la légende parfaitement crédible. Les eaux tranquilles s'étendaient sur plus de quinze cents kilomètres carrés, se déversant en fin de course dans le golfe du Tonkin. Trois mille îles parsemaient la surface turquoise, des blocs de calcaire gris inhabités pour la plupart, mais couverts de buissons verdoyants et d'arbres, dont les couleurs printanières tranchaient avec la surface terne, donnant à l'endroit un côté surnaturel.

Malone, Pau Wen, Cassiopée, Stéphanie et Ivan avaient rallié Hanoi depuis la Belgique à bord d'un EC-37 de l'aviation militaire américaine. Le Gulfstream aménagé avait mis un peu plus de dix heures pour faire le voyage, grâce à une autorisation spéciale de survol de l'espace aérien russe, obtenue par l'entremise d'Ivan. Ils avaient ensuite emprunté un hélicoptère pour effectuer le bref trajet vers l'est, jusqu'à la côte et la province du Quang Ninh. La Russie entretenait apparemment de bonnes relations avec les Vietnamiens, vu la facilité avec laquelle on leur avait accordé l'entrée sur le territoire sans la moindre réserve. Quand Malone l'avait questionné sur cette idylle, Ivan s'était contenté de sourire.

« Tu étais déjà venu ici ? » lui demanda Cassiopée.

Ils se trouvaient près d'un groupe de maisons réunies en village flottant. Des bateaux de tourisme aux ponts superposés étaient à l'ancre, tout comme de nombreuses jonques, dont les voiles en forme d'éventail étaient remisées faute de vent. Un petit bateau apparut avec un pêcheur debout, maniant deux rames en X. Malone regarda l'homme trouver son équilibre et lancer un filet dans l'eau, ses plombs faisant se déployer les mailles comme une fleur.

« Une fois, dit-il, il y a des années. Au cours d'une mission, j'y suis passé alors que je me rendais en Chine.

— Comme aujourd'hui », dit Ivan.

Le Russe étudiait le ciel, cherchant quelque chose.

« La frontière est à moins de deux cents kilomètres au nord, mais nous n'allons pas dans cette direction.

— J'ai l'impression que vous avez déjà fait ça, dit Stéphanie.

— Parfois. »

Pau Wen était resté silencieux pendant le long vol, dormant pendant la majeure partie du trajet, comme ils l'avaient tous fait, essayant de s'ajuster aux six heures de décalage. Pau contemplait la mer calme avec le sentiment d'être déjà venu ici lui aussi. Une légère brume se dégageait de la surface de la mer, nimbant le soleil levant. Des nuages couleur d'huître ponctuaient le ciel bleu.

« Tran Hung Dao, le grand général du Vietnam, affronta l'armée de Kubilai Khan ici, dit Pau d'une voix douce. En 1288. Il plaça des pieux de bambou dans les rivières de façon à ce que, quand les bateaux chinois arriveraient à marée basse, comme ils devaient le faire, leur coque soit transpercée. Ensuite, ses troupes ont fondu sur les envahisseurs et les ont massacrés. »

Malone connaissait la suite.

« Mais les Chinois sont revenus, ont vaincu et ont exercé leur domination ici pendant près de mille ans.

— Ce qui explique pourquoi le Vietnam et la Chine ne sont pas en bons termes, dit Ivan. Ça ne date pas d'hier. »

Pendant le vol, Malone avait lu ce que Stéphanie avait réuni en hâte sur Pau Wen. Ses antécédents étaient ceux d'un universitaire, spécialisé en histoire, anthropologie et archéologie, mais c'était également un politicien chevronné. Sinon, comment aurait-il pu devenir le confident aussi bien de Mao que de Deng Xiaoping, deux personnalités radicalement différentes, et s'accommoder des deux gouvernements ?

« Mon oncle était pêcheur, dit Pau. Il avait une jonque. Quand j'étais enfant, je sortais avec lui sur l'eau. »

283

Il y avait au moins une cinquantaine de ces embarcations dans la baie.

« La voile de coton est trempée dans un liquide provenant d'une plante ressemblant à l'igname, dit Pau. C'est ce qui lui donne sa couleur brun-rouge. Elle prévient aussi la pourriture et le mildiou. On m'avait demandé, alors que j'étais tout petit, de m'occuper des voiles. »

Pau se laissait aller à sa nostalgie.

« J'adorais l'eau. Je me revois en train d'assembler les panneaux en coton rugueux, une couture à la fois.

— Quel but poursuivez-vous ? demanda Malone.

— Vous êtes toujours aussi direct ?

— Vous arrive-t-il de répondre aux questions ? »

Pau sourit.

« Seulement quand j'en ai envie. »

Cassiopée prit trois sacs sur le quai. Un peu plus tôt, elle s'était portée volontaire pour trouver à boire et à manger, et Ivan lui avait fourni plusieurs centaines de dongs vietnamiens.

« Sodas et pain, dit-elle. Je ne pouvais pas faire mieux si tôt dans la journée. D'ici une heure, il y aura un café ouvert juste au bout du quai. »

Un petit village était niché près du rivage – un groupe de maisons basses de couleur pastel, aux toits déserts et silencieux, avec quelques petites volutes de fumée sortant de plusieurs cheminées.

Malone prit un Pepsi et demanda à Ivan :

« Voyons si *vous* pouvez au moins répondre à une question. Qu'allons-nous faire au juste ?

— De temps en temps, nous nous faufilons en Chine. Ils ont radar côtier, mais rochers et montagnes fournissent des abris.

— Nous allons emprunter une jonque ? »

Ivan secoua la tête.

« Pas aujourd'hui. »

À sa demande, Malone avait également reçu de Stéphanie trois autres rapports. Un sur Kwai Tang, le premier vice-Premier ministre et le vice-premier secrétaire du Parti. D'origine modeste, Tang avait reçu une formation de géologue, tout en progressant régulièrement dans la hiérarchie du parti communiste, jusqu'à arriver à une marche du sommet. Avec le système alambiqué régissant la politique chinoise, le parti communiste et le gouvernement national étaient étroitement imbriqués. Chaque poste gouvernemental clé était occupé par un officiel du Parti. Ce qui expliquait pourquoi le président était également secrétaire général du Parti. Personne n'avait jamais été élu à quelque poste que ce soit sans l'accord du Parti, autrement dit, Kwai Tang était un homme extrêmement puissant. Et malgré cela, il tenait tellement à s'approprier une lampe à pétrole provenant d'une tombe ancienne qu'il avait enlevé un garçon de quatre ans !

Ni Yong paraissait être l'antithèse de Tang. Pour commencer, il y avait son patronyme qui selon la tradition plaçait le nom de famille en premier. Il avait grandi dans la province du Sichuan, dans un village où presque tout le monde s'appelait Ni. Il avait servi pendant deux décennies dans l'armée, accédant à un rang élevé. Il s'était également trouvé place Tian'anmen en juin 1989 quand les tanks avaient surgi. L'Occident le considérait comme un modéré, peut-être même un libéral, mais ils avaient déjà été échaudés par des bureaucrates chinois qui disaient une chose et en faisaient une autre. La gestion par Ni de la Commission centrale disciplinaire était généralement considérée comme exemplaire, un changement de style rafraîchissant dans le contexte habituel de Pékin. L'espoir était que Ni puisse incarner une nouvelle race de dirigeants orientaux.

Le dernier rapport concernait Viktor Tomas.

En dehors de leurs contacts directs, Malone ne savait pas grand-chose sur lui. Leur première rencontre, l'année précédente en Asie centrale, avait été brève. Viktor avait travaillé autrefois avec les forces de sécurité croates et, ne voulant pas être jugé pour crimes de guerre, il avait changé de bord et aidé les renseignements américains en free-lance. L'année précédente, quand on avait appris que Viktor avait réussi à se rapprocher de la présidence de la fédération d'Asie centrale, on avait fait pression sur lui pour qu'il accepte de coopérer. Dans l'avion, pendant que les autres dormaient, Malone avait demandé à Stéphanie :

« C'est un Bosniaque ? »

Elle avait secoué la tête.

« Son père était américain. Il a été élevé en partie en Bosnie et en partie en Californie. »

Ce qui expliquait l'absence de tout accent européen et sa maîtrise de l'argot.

« Il est utile, Cotton.

— C'est un free-lance. Autrement dit, une pute. Où est-il en ce moment ?

— De retour en Chine avec Tang.

— Alors quoi ? Il est avec les Russes ? Avec les Chinois ? En quoi consiste sa mission ? »

Elle ne répondit pas.

« Nous dépendons totalement de lui, dit-il. Et je n'aime pas ça. »

Stéphanie n'avait toujours pas fait de commentaire – ce qui en disait long.

Mais il était sérieux en parlant ainsi des free-lances. Ils n'avaient aucune loyauté et étaient généralement terriblement imprudents. Il l'avait vu non seulement avec Viktor, mais avec d'autres qu'il avait connus dans la division. Ces types-là s'intéressaient peu à leur mission. Une seule chose comptait pour eux : survivre et se faire payer.

Malone observait Ivan en train d'étudier la baie d'Halong. Le soleil et la température s'étaient rapidement élevés, en même temps que la brume matinale.

« C'est un site inscrit au Patrimoine mondial de l'Unesco », dit Stéphanie.

Il vit son regard malicieux.

« Quels dégâts pourrais-je bien faire à cette baie ?

— Je suis sûre que tu finirais bien par trouver quelque chose.

— Voilà, dit Ivan. Enfin. »

Malone vit ce qui avait attiré l'attention du Russe. Un avion, descendant du ciel, juste au-dessus de l'eau, et se dirigeant vers eux.

42

PÉKIN, CHINE

8 h 40

Ni entra dans la tombe de Mao Tsé-toung.

L'édifice en granit était situé sur le côté sud de la place Tian'anmen, un immeuble trapu, garni de colonnes, érigé un peu plus d'un an après la mort du président. Sept cent mille ouvriers étaient supposés avoir participé à sa construction, symbole de l'amour que les Chinois portaient à leur Grand Timonier. Mais tout cela n'était que de la propagande. Ces « ouvriers » avaient été transportés en bus chaque jour jusqu'à la capitale – c'était des gens ordinaires, qu'on avait forcés à porter une brique jusqu'au site. Le lendemain, un autre bus bondé venait pour enlever ces briques.

De la pure bêtise, mais rien d'inhabituel pour la Chine.

Depuis un an, le mausolée était fermé pour rénovation. Dans la précipitation pour construire un mémorial, on ne s'était pas vraiment soucié de son emplacement. Le *feng shui* n'avait pas été respecté. En conséquence, au fil des ans, beaucoup de problèmes structurels s'étaient produits, que son grand-père aurait pu facilement éviter.

Au cours du vol depuis la Belgique, il avait envoyé un e-mail pour demander une audience immédiate au Premier ministre. Le staff avait répondu pour dire qu'il serait reçu dès son retour dans le pays. Son compte rendu en haut lieu dans le cadre d'une enquête en cours n'avait rien d'inhabituel, puisque la Commission centrale pour l'inspection de la discipline dépendait uniquement du Premier ministre. Le rendez-vous à la tombe de Mao était pourtant pour le moins insolite. L'explication qu'on lui avait fournie était que le Premier ministre s'y trouvait pour effectuer une dernière inspection avant la réouverture du site dans quelques jours.

Dans le hall d'entrée du mausolée, un énorme fauteuil de marbre enchâssait la statue de Mao assis. Derrière, une fresque murale montrait l'importance géopolitique du règne posthume du président. Des hommes de la sécurité entouraient une zone dont le sol brillait parfaitement. Il connaissait la musique. Deux officiers en uniforme s'approchèrent, et il leva les bras, prêt à être fouillé.

« Inutile », dit une voix éraillée par l'âge.

Le Premier ministre entra dans le hall ; c'était un homme petit, replet, avec des sourcils touffus qui remontaient vers les tempes. Il portait son costume sombre habituel, avec une cravate assortie, et marchait en s'appuyant sur une canne laquée rouge.

« Ministre Ni a ma confiance. »

Le Premier ministre fit un geste avec sa canne.

« Laissez-le passer. »

Les hommes de la sécurité reculèrent, sans lui confisquer le pistolet qu'il portait attaché à l'épaule et qu'on lui avait remis à sa descente d'avion. Étant donné les circonstances, il pensait que cela valait mieux.

« Avançons », dit le Premier ministre.

Ils pénétrèrent à l'intérieur.

On voyait partout des traces de rénovation. Cela sentait la peinture fraîche et partout la pierre brillait.

« Qu'y a-t-il de si urgent ? demanda le Premier ministre.

— Parle-moi de Pau Wen. »

Le vieil homme s'arrêta.

Malgré une respiration difficile, une voix faible et hésitante, des mains décharnées, le vieil homme n'avait rien perdu de sa rapidité d'esprit.

« Il est dangereux.

— En quoi ? demanda Ni.

— C'est un eunuque.

— Et qu'est-ce que ça signifie ? »

Le Premier ministre sourit.

« Tu n'es pas honnête avec moi. Tu sais très bien ce que ça veut dire. »

Il n'y avait pas beaucoup de lumière à l'intérieur, et l'air conditionné avait abaissé la température au point qu'on se serait cru en plein hiver.

Il avait avancé son pion. Maintenant il attendait une réponse.

« On ne peut pas faire confiance à un eunuque, dit le Premier ministre. Ils sont fondamentalement malhonnêtes. Ils ont détruit dynastie après dynastie avec leur traîtrise.

— Je n'ai pas besoin d'une leçon d'histoire.

— Peut-être que si. Quand le premier empereur est mort, son eunuque en chef a conspiré pour que le fils aîné, l'héritier désigné, se suicide. Il a ensuite aidé le deuxième fils à devenir le deuxième empereur, pensant que lui-même exercerait le pouvoir en tirant les ficelles en coulisse. Mais ce règne a duré quatre ans seulement. Tout ce que Qin Shi avait créé à force de volonté, ce pour quoi des millions de gens étaient morts, disparut en trois ans après sa disparition. Et tout ça à cause d'un eunuque. Ce paria est resté dans l'histoire comme étant "un homme capable de faire prendre un cerf pour un cheval". »

Cela lui était complètement égal.

« Je dois savoir tout sur Pau Wen et vos contacts avec lui. »

L'homme âgé plissa les yeux, mais il s'abstint de tout reproche.

« Pau Wen lui aussi est capable de faire prendre un cerf pour un cheval. »

Cette remarque était imparable.

Ils poursuivirent leur marche, accompagnés par le cliquetis régulier de la canne laquée sur le sol en marbre et le frottement des semelles de cuir.

« Il y a des décennies, dit le vieil homme, Pau Wen et moi étions amis. Nous avons beaucoup fait ensemble. Nous avons tous les deux déchanté de Mao. »

Le Premier ministre s'arrêta, le visage crispé, comme s'il essayait de rassembler une longue série de pensées disparates, dont certaines n'étaient peut-être pas très agréables.

« La révolution culturelle a été une période terrible. Les jeunes étaient encouragés à attaquer les vieux, les étrangers, les bourgeois. Nous pensions que tout ça était juste et nécessaire. Mais c'était de la folie, et tout ça n'a servi à rien. En fin de compte, le puissant dragon n'était pas de taille à lutter contre le serpent local. »

Ni approuva de la tête le dicton ancien.

« La Chine a changé, dit le Premier ministre. Les gens ont changé. Malheureusement, le gouvernement n'a pas changé. »

Il ne put s'empêcher de lui poser la question.

« Pourquoi me dire ça ?

— Parce que je crains que tu ne remportes pas la bataille que tu t'apprêtes à mener contre Kwai Tang. »

43

BAIE D'HALONG

Malone hocha la tête en voyant le bimoteur amphibie aux ailes hautes, un Twin Bee construit comme un tank avec des rivets, des étançons costauds et des parois métalliques épaisses peintes en rouge et blanc. Sa quille reposait sur l'eau calme comme celle d'un bateau.

« Votre passage pour la Chine, dit Ivan.

— Vous plaisantez, dit Cassiopée. Ils nous effaceront du ciel d'un coup. »

Le Russe secoua la tête.

« Ça n'est jamais arrivé. »

Ivan déplia une carte, l'étala sur la rambarde en bois du quai et posa un doigt grassouillet aux ongles sales sur la baie d'Halong. Puis il traça une ligne nord-ouest à travers le Vietnam du Nord, par-dessus la frontière avec la Chine et jusqu'à la ville de Kunming, dans la province du Yunnan, à sept cent cinquante kilomètres de distance.

« Vous n'aurez pas de problème entre ici et la frontière, dit Ivan.

— Apparemment, vous êtes cul et chemise avec les Vietnamiens. »

Ivan haussa les épaules.

« Ils n'ont pas le choix. »

Malone sourit.

« Il y a des lacs partout au sud de Kunming. Le lac Dian est le meilleur. Quarante kilomètres de long. Des tas d'endroits où se poser sans être remarqué.

— Et que faisons-nous une fois là-bas ? demanda Malone.

— Nous pouvons prendre le train vers le nord jusqu'à Xian, dit Pau. Quelques heures de trajet. De là, nous pouvons aller en bus jusqu'au site des guerriers en terre. »

Malone n'était pas vraiment convaincu.

« Ce n'est pas une simple virée à travers l'Europe. Il s'agit d'effectuer un vol de huit cents kilomètres sans autorisation préalable au-dessus d'un pays bouclé disposant d'une force aérienne considérable. Quelqu'un pourrait facilement se méprendre sur nos intentions.

— Je vous fournirai un pilote habitué aux contrôles, dit Ivan.

— Je suis parfaitement capable de piloter cet engin, répliqua Malone. Je veux simplement atterrir sain et sauf. »

Ivan écarta ses préoccupations d'un geste.

« La province du Yunnan est amicale. »

Pau acquiesça.

« Elle a toujours été rebelle. Situation lointaine, terrain rude, population disparate. Un tiers de toutes les minorités chinoises vivent là.

— Nous avons des amis qui nous aident, dit Ivan. La voie sera dégagée. Prenez cette carte sur laquelle j'écris. Je suppose que vous naviguez ? »

Cassiopée lui arracha la carte.

« Je m'en charge.

— Réservoir plein ? demanda Malone à Ivan à propos de l'avion.

— Suffisamment pour aller jusque-là. Mais comprenez-moi bien, c'est un voyage sans retour. »

Ni estima que la remarque négative le concernant n'avait pas besoin de réponse. Il avait mieux à faire. Il revint donc à sa question initiale.

« Parle-moi de Pau Wen.

— Je ne réponds pas à un interrogatoire. Je ne fais pas l'objet d'une de tes enquêtes.

— Peut-être le faudrait-il.

— À cause de Pau Wen ? Tu accordes beaucoup trop de crédit à cet homme.

— En Belgique, Kwai Tang a envoyé des hommes pour me tuer. Pau Wen les en a empêchés. Il m'a également dit des choses sur Tang et sur toi, a mentionné des conversations entre toi et lui. Il a dit que vous aviez même parlé de moi. Je veux savoir ce que vous avez dit. »

Ils se trouvaient à l'entrée de la crypte. Le corps de

Mao reposait au centre, enchâssé dans un sarcophage de cristal.

« Je l'ai fait remonter d'en bas, dit le Premier ministre. Je voulais le voir reposer dans toute sa gloire. »

Ni savait que, comme tant d'autres à Pékin, Mao allait au travail tous les jours ! Le matin, le corps était remonté d'une chambre creusée très profondément en sous-sol et protégée contre les tremblements de terre, hermétiquement enfermé à l'intérieur d'un cocon transparent, dans un bain d'azote pur. Des lampes halogènes nimbaient le corps d'une lumière dorée.

« Tu crois que Pau, Tang et moi, nous conspirons ensemble ? demanda finalement le Premier ministre.

— Je ne sais pas quoi penser. Je te pose simplement une question. Raconte-moi tes conversations avec Pau Wen.

— Je me souviens de la mort de Mao, dit le Premier ministre, en montrant le corps. Le 9 septembre 1976, juste après minuit. La nation a porté le deuil dix jours. Des haut-parleurs et des stations de radio diffusaient de la musique funèbre. Des journaux l'ont proclamé "le plus grand marxiste de l'ère contemporaine" et dit qu'"il illuminerait à jamais la marche en avant du peuple chinois". Ce jour-là, pendant trois minutes, le pays tout entier est resté debout dans un silence total. »

Le vieil homme se tut, les yeux toujours rivés sur le cercueil. « Et dans quel but, ministre ? Dis-moi, dans quel but ? »

Il s'aperçut que l'autre ne faisait pas attention à lui.

« Je n'y étais pas. Toi, si. Que pensiez-vous gagner en le canonisant ? »

Le Premier ministre se tourna vers lui.

« Sais-tu ce qui s'est produit après sa mort ? »

Ni secoua la tête.

« Tout le monde le savait, Mao avait écrit qu'il voulait être incinéré. Il avait dit qu'après leur mort les gens ne devraient pas être autorisés à occuper le moindre espace. Ils devraient être incinérés. Il avait proclamé publiquement qu'il montrerait l'exemple et serait réduit en cendres, pour faire de l'engrais. Mais nous savions tous que c'était de la propagande. Il voulait être vénéré. Le problème s'est posé quand on s'est aperçu que personne ne savait plus comment embaumer. Ce n'est pas dans notre tradition. Les médecins ont repéré un texte russe dans la Bibliothèque nationale et ont suivi le processus indiqué, mais ils ont injecté tellement de formaldéhyde que le visage a gonflé comme un ballon avec des oreilles à angle droit. Imagine le spectacle. La peau de Mao est devenue toute visqueuse sous l'effet des produits chimiques qui suintaient par les pores. J'étais là. J'ai tout vu. »

Ni ne connaissait pas cette histoire.

« Il était impossible d'en retirer le surplus, si bien qu'ils ont utilisé des serviettes et des boules de coton, espérant pouvoir résorber le liquide dans le corps en le massant. L'un d'eux a appuyé trop fort et un morceau de la joue droite est parti. À la fin, ils ont dû fendre la veste et le pantalon pour introduire le corps dans les vêtements. »

Il se demandait pourquoi il lui racontait ça.

« Mais ils n'étaient pas complètement idiots, ministre. Avant d'injecter le formaldéhyde, ils avaient fait une reproduction en cire de son corps. »

Le vieil homme désigna le sarcophage de la main gauche.

« Et c'est ce qu'on voit maintenant.

— Ce n'est pas Mao ? »

Il secoua la tête.

« Mao n'est plus là, et depuis longtemps. C'est une illusion, rien d'autre. »

Malone suivit Cassiopée et Pau Wen jusqu'au bout de la jetée. Stéphanie marchait à côté de lui.

« Tu te rends bien compte que c'est complètement fou, dit-il à voix basse.

— Ivan dit qu'ils s'y introduisent tout le temps. Généralement à partir de la rive nord. La seule différence cette fois est que la moitié du vol se déroulera au-dessus du Vietnam.

— Et c'est supposé me redonner le moral ? »

Elle sourit.

« Tout ira bien, j'en suis sûre. »

Il désigna Pau.

« L'emmener avec nous est aussi complètement fou.

— C'est lui votre guide.

— Quel que soit le but qu'il poursuive, ça ne nous concerne pas. Je doute qu'il soit d'une grande aide.

— Puisque tu le sais, tiens-toi prêt. »

Il secoua la tête.

« Je devrais être en train de vendre des livres.

— Comment va ta hanche ?

— Elle me fait mal.

— Il faut que j'établisse le contact avant de partir »,
annonça Cassiopée du bout de la jetée.

Elle leur avait dit qu'un voisin de Lev Sokolov avait
accepté de servir d'intermédiaire. Elle avait juste
besoin de l'ordinateur portable que Stéphanie lui avait
donné et d'une connexion par satellite, dont Ivan
s'était chargé.

Cassiopée posa l'ordinateur en équilibre sur la rambarde en bois du quai. Malone le maintint en place
tout en la regardant taper une adresse e-mail, puis
un message.

*Je viens de lire les pensées de Mao, mais je ne
trouve rien concernant l'unité. Pourriez-vous
m'aider ?*

« Malin », dit-il.

Il savait que les Chinois censuraient l'Internet,
restreignant l'accès aux moteurs de recherche, aux
blogs, aux chats et à tous les sites de discussion. Ils
utilisaient également des filtres qui passaient au crible
tous les contenus numériques entrant ou sortant du
pays, à la recherche du moindre indice. Ils étaient en
train de créer leur propre Intranet, exclusivement
réservé à la Chine, qui serait beaucoup plus facile à
réguler. Il avait lu quelque chose sur les coûts astro-
nomiques de cette entreprise et les défis technologiques qu'elle présentait.

« J'ai trouvé un exemplaire du *Petit Livre rouge* et
j'en ai tiré un code, dit-elle. Les paroles de Mao ne
risquent pas de soulever la méfiance. Les voisins ont
dit qu'ils guetteraient les messages en permanence. »

Les pensées du président Mao – connu en Occident

sous le nom de *Petit Livre rouge* – était l'ouvrage le plus imprimé de toute l'histoire. Près de sept milliards d'exemplaires. À l'époque, tous les Chinois devaient en avoir un sur eux, et ces éditions étaient maintenant des objets de collection. Malone en avait acheté un quelques mois auparavant pour un de ses clients, à la vente aux enchères mensuelle de Roskilde.

L'ordinateur portable signala un message entrant.

Il est du devoir des cadres et du Parti de servir le peuple. Sans les intérêts du peuple constamment au cœur, leur travail est inutile.

Elle leva les yeux vers lui.

« C'est la mauvaise réponse, dit-elle. Ça annonce des ennuis.

— Ils ne peuvent pas expliquer ce qui se passe ? » demanda Stéphanie.

Cassiopée secoua la tête.

« Pas sans risquer de se compromettre.

— Elle a raison, dit Pau Wen. Moi aussi, je me sers d'un système de codes similaire pour communiquer avec des amis en Chine. Le gouvernement surveille le cyberespace de près. »

Malone rendit le portable.

« Il faut que nous partions. Mais je dois d'abord faire quelque chose. »

Ivan était à l'écart, plongé depuis quelques minutes dans une conversation téléphonique. Malone alla jusqu'au bout du quai et, après que le Russe eut raccroché, il lui demanda :

« Vous avez quelque chose à nous dire ?

— Vous ne m'aimez pas beaucoup, n'est-ce pas ?

— Je n'en sais rien. Essayez de vous tenir autrement, de changer de vêtements. Faites un régime et comportez-vous autrement, alors peut-être notre relation s'améliorera-t-elle.

— J'ai boulot à faire.

— Moi aussi. Mais vous rendez les choses difficiles.

— Je vous donne avion et moyen d'entrer.

— Viktor. Où est-il ? Il me manque.

— Il fait boulot aussi.

— Il faut que je sache quelque chose ; dites-moi la vérité pour une fois. »

Ivan le regarda également bien en face.

« Viktor est-il là pour tuer Kwai Tang ?

— Si l'occasion se présente, ce sera bonne chose.

— Et Sokolov ? Est-il là pour le tuer lui aussi ?

— Pas du tout. Celui-là nous voulons qu'il revienne.

— Il en sait trop ? Peut-être des choses que vous ignorez. »

Ivan se contenta de lui lancer un regard furibond.

« C'est bien ce que je pensais, dit Malone. Sokolov a dû être très occupé pendant qu'il était en Chine. Dites-moi, s'il n'est pas possible pour Viktor de récupérer Sokolov, ou si par hasard nous mettons la main sur lui d'abord, quels ordres a-t-il reçus ? »

Ivan ne répondit pas.

« Exactement ce que je pensais aussi. Je vais nous faire à tous une faveur et garder ça pour moi. »

Ivan montra l'extrémité du quai.

« Elle ne va pas laisser ça arriver à Sokolov.

— Elle n'aura peut-être rien à dire. C'était bien mieux quand nous pensions Sokolov mort. À présent, le choix revient à Viktor.

— Nous nous arrangerons pour qu'il fasse le bon choix. »

Il retourna vers les autres tandis que Cassiopée grimpait dans la cabine de l'avion, suivie par Pau.

« Un vrai boute-en-train, chuchota-t-il à Stéphanie.

— Surveille-le, Cotton. »

Il désigna Ivan.

« Et tu le surveilles, lui. »

Il grimpa à bord. Deux sièges en cuir étaient installés côte à côte. Cassiopée occupait l'un d'eux, avec un banc central derrière eux où Pau était assis. Le tableau de bord ne se prolongeait pas du côté du passager, ce qui permettait à Cassiopée de profiter d'une large vue par les vitres avant. Il attacha ses sangles et étudia les écrans de contrôle, remarquant que la vitesse maximale atteignait quelque deux cents kilomètres à l'heure. Un réservoir d'essence dans la quille, sous la porte de la cabine, contenait trois cent vingt litres. Un autre réservoir auxiliaire dans la queue transportait soixante litres. Il fit le calcul. Soit une autonomie d'environ mille cinq cents kilomètres. Bien suffisant pour un voyage aller, comme Ivan l'avait dit, en espérant qu'il n'y ait pas eu de sous-entendu.

« Je suppose que tu sais ce que tu fais, demanda-t-elle.

— C'est l'occasion d'apprendre. »

Elle lui jeta un regard perplexe.

« Quoi ? demanda-t-il.

— Tu *sais* vraiment piloter ça, exact ? » insista-t-elle, un vague soupçon dans la voix.

Il régla les gaz, les hélices et le mélange d'essence. Il regarda les prises de la quille et remarqua qu'elles étaient intactes. Un petit coup sur le bouton, et les deux moteurs démarrèrent au quart de tour. Il joua avec le mélange d'essence jusqu'à ce que les hélices adoptent une allure régulière. Il tourna les manivelles correspondant à l'élévateur et aux volets du gouvernail.

« Pas de problème », dit-il.

Cassiopée ne semblait pas partager son enthousiasme.

L'avion commença à dériver, aussi il attrapa le manche et dirigea l'appareil vers la baie. Il tourna en direction du sud pour profiter de la brise légère qu'il avait remarquée sur la rive.

Il mit les gaz à fond.

Le Twin Bee s'élança en frôlant la surface, les contrôles entrèrent en action, et Malone se cramponna au manche à balai.

Ce serait son premier décollage à partir de l'eau. Il en avait toujours rêvé.

En cent cinquante mètres à peine, les ailes prirent les courants et l'avion décolla, lentement, sûrement, comme dans un ascenseur. Une fois sortis de la baie, ils atteignirent rapidement le large. Il vira sur la gauche et ajusta sa course en direction du nord-ouest, en retournant au-dessus de la côte. Les contrôles manquaient de nervosité, mais ils répondaient. Il devait se souvenir que ce n'était pas un P-3 Orion, ou même un Cessna ou un Beechcraft. Ce réservoir était prévu pour un saut de puce, à peine.

« Jette un coup d'œil à cette carte », demanda-t-il à Cassiopée.

Elle l'étudia.

« Nous allons naviguer à vue jusque là-bas, expliqua-t-il.

— À condition que cette carte soit exacte.

— Ne vous en faites pas, dit Pau dans son oreille droite. Je connais bien cette région du Vietnam et de la Chine. Je peux nous guider. »

Ni observait le visage du Premier ministre, curieux de savoir si cet homme était un ami ou un ennemi. Il n'en avait pas la moindre idée.

« Ce que tu vois est la reproduction en cire faite avant que le président ait été embaumé. Le corps s'est décomposé il y a longtemps et a été réduit en cendres, selon les vœux de Mao.

— Dans ce cas, pourquoi garder tout ça ouvert ?

— Excellente question. Je me la suis posée de nombreuses fois. La réponse la plus simple est que le peuple le demande.

— Je ne crois pas que ça soit encore le cas, ne put s'empêcher de répondre Ni.

— Tu as probablement raison. C'est ce qui est triste à propos de notre héritage. Nous n'avons aucun héritage. Seulement une succession de dynasties, chacune arrivant au pouvoir avec un nouveau programme, encensée par le peuple, puis tombant dans la même corruption que la précédente. Pourquoi notre avenir serait-il différent ?

— Tu t'exprimes comme Pau.

— Je t'ai dit que nous avions été proches autrefois, lui et moi. Mais, à un moment, nous nous sommes séparés. Il a pris un chemin. Moi un autre. »

Un sentiment déplaisant envahit alors Ni. Généralement, il dominait la situation, maîtrisant les questions et les réponses. Pas cette fois. D'autres avaient plusieurs longueurs d'avance sur lui. Mieux valait dans ce cas demander ce qu'il voulait vraiment savoir.

« Pourquoi devrais-je laisser Kwai Tang gagner ?

— Parce que tu n'as pas conscience des menaces autour de toi.

— C'est ce que Pau a dit aussi.

— Je veux savoir quelque chose. Si je sens que tu mens, ou que tu dis ce que je veux entendre, ce sera la dernière fois que nous nous parlerons. »

Ni n'appréciait pas particulièrement de se voir traiter comme un écolier, mais il devait reconnaître que cet homme n'avait pas volé son accession jusqu'au sommet de la hiérarchie politique. Il décida donc de répondre honnêtement à la question.

« Que feras-tu de la Chine si on t'offre mon poste ? »

Depuis que Pau Wen lui avait posé la même question la veille, il avait réfléchi à la réponse.

« D'abord, je séparerai le parti communiste du gouvernement. Cette imbrication est la source de toute notre corruption. Ensuite, le système régissant le personnel doit être réformé, la confiance accordée au mérite, et non par protection. Le rôle du Congrès national du peuple et des autres congrès de moindre importance dans les provinces doit être renforcé. Le peuple doit pouvoir se faire entendre. Et pour finir, le pouvoir de la loi doit être instauré, ce qui signifie que la justice doit devenir indépendante et fonctionner convenablement. Nous avons promulgué cinq Constitutions depuis 1940, et nous n'en avons tenu aucun compte.

— Tu as raison, dit le Premier ministre. L'autorité du Parti a été minée par des politiques erratiques, la corruption et l'absence de toute vision. Pour le moment, et c'est ma plus grande crainte, seule l'armée a la capacité de gouverner si nous échouons. Je sais que tu appartiens à l'armée, mais la nation ne survivrait pas longtemps si on devait la traiter comme une marionnette.

— Il n'y a pas de doute à avoir là-dessus. Trois millions de soldats d'active contrôlés par sept commandants de région, dont je faisais autrefois partie, ne pourraient pas gouverner. Nous devons repérer et promouvoir la compétence technique, les talents managériaux et une capacité entrepreneuriale au sein de notre peuple. Le rythme incroyablement lent de nos prises de décision engendre d'innombrables dommages.

— Tu veux la démocratie ? demanda le Premier ministre dans un murmure.

— C'est inévitable. Sous une forme ou sous une autre. Pas comme en Occident, mais on ne peut pas faire l'économie de certains de ses éléments. Une nouvelle classe moyenne a émergé. Ce sont des gens intelligents. Ils écoutent ce que dit le gouvernement, mais aussi ce qu'ils se disent entre eux. Ils sont restés dociles jusqu'à maintenant, mais c'est en train de changer. Le *Guanxi*[1] doit être aboli. C'est la racine de tous nos problèmes de corruption. »

Le principe selon lequel « ce n'était pas ce que vous connaissez, mais qui vous connaissez » incitait à la malhonnêteté. Le *Guanxi* reposait sur les relations,

---

1. Ce terme renvoie au système de relations interpersonnelles entre deux ou plusieurs individus qui a cours en Chine. *(N.d.T.)*

forçant les entrepreneurs à se lier avec les officiels du gouvernement et du Parti susceptibles d'approuver leurs requêtes et de leur accorder des faveurs. Le système, ancré si profondément qu'il faisait partie intégrante du mode de gouvernement, permettait à l'argent et au pouvoir de se fondre intimement sans souci de la morale.

Le Premier ministre acquiesça. « Ce système doit être aboli. Je n'ai aucun moyen pour le faire. Mais la jeunesse prend de plus en plus de pouvoir, et elle veut tenir compte de l'individu. La philosophie de Mao a fait son temps. »

Puis il marqua un temps d'arrêt.

« Dieu merci.

— À l'époque de la messagerie instantanée, de l'Internet, et des téléphones mobiles, le moindre petit incident de corruption pourrait entraîner une émeute, dit Ni. J'ai cru plusieurs fois que ça allait arriver. Le peuple tolère de moins en moins la corruption.

— Le temps où l'on se soumettait aveuglément est terminé. Je me souviens une fois quand j'étais jeune. Nous voulions tous manifester notre amour pour Mao, si bien que nous sommes allés au fleuve. On nous avait raconté comment Mao traversait le Yangtsé à la nage, si bien que nous voulions en faire autant. Des milliers d'entre nous ont sauté à l'eau. Au point qu'il n'y avait pas assez de place pour nager. On ne pouvait pas bouger les bras. Le fleuve ressemblait à une soupe, avec nos têtes en guise de boulettes. »

Le vieil homme s'arrêta. « Des centaines de gens se sont noyés ce jour-là. Dont ma femme. »

Ni ne savait plus quoi dire. Il avait remarqué depuis longtemps que beaucoup de gens de la précédente génération refusaient de parler ouvertement des trois décennies qui s'étaient écoulées entre la révolution de 1949 et la mort de Mao. On aurait dit qu'ils étaient trop accablés par ce qui était arrivé pour évoquer la douleur qu'ils avaient éprouvée, le ressentiment qu'ils en gardaient : si bien qu'ils en parlaient de façon anecdotique, comme ils auraient parlé du temps. Ou alors ils le faisaient en chuchotant, comme si personne ne les écoutait.

Lui aussi avait sa part de souvenirs amers. Pau Wen lui avait rappelé la place Tien'anmen – le 4 juin 1989 – sachant apparemment que Ni y était.

Il repensait souvent à cette journée, quand sa vie avait basculé.

« Où est mon fils ? » avait demandé la femme.

Ni n'en savait rien. Il gardait une partie de l'immense place, sa division ayant été chargée de sécuriser le périmètre de Tien'anmen.

Le nettoyage avait commencé hier, et la plupart des protestataires étaient maintenant partis, mais une odeur de destruction et de mort flottait toujours dans l'air. Tous les jours, depuis avril, des gens s'étaient rassemblés là jusqu'à ce que, à la fin, plus d'un million de personnes occupent la chaussée. Des étudiants avaient été à l'initiative de la révolte, mais des travailleurs sans emploi avaient fini par former le gros de la foule, dénonçant l'inflation à deux chiffres et la corruption générale. Il avait déjà passé une semaine là, envoyé par son commandant pour surveiller les agitateurs, mais au bout d'un moment, il ne s'était plus contenté d'écouter.

« Il faut t'en aller, lui avait-il dit.

— Mon fils était là. Je dois le retrouver. »

Elle était entre deux âges, une bonne vingtaine d'années plus vieille que lui. Ses yeux étaient empreints d'une tristesse toute maternelle. Sa propre mère aurait tout risqué pour lui. Ses deux parents avaient bravé la politique de l'enfant unique en ayant quatre enfants, ce qui avait constitué un énorme fardeau pour leur famille. Il était le troisième, et plutôt un sujet de déception, avec sa haine de l'école, ses mauvaises notes et ses bêtises à répétition. Après avoir échoué à l'examen d'entrée du lycée national, son avenir était tout tracé.

L'armée.

Là, il avait trouvé un foyer et un but, défendre Mao, et servir la mère patrie.

Il avait cru que sa vie avait enfin trouvé un sens.

Jusqu'à ces deux derniers jours.

Il avait regardé le gros de la foule se laisser disperser sans résistance par les 27e et 28e divisions de l'armée, venues des provinces extérieures, car Pékin avait craint que des divisions locales fassent preuve de compassion. Les soldats, sans armes pour la plupart, s'étaient avancés à pied et avaient dispersé les gens avec des gaz lacrymogènes, et la plupart des manifestants avaient battu en retraite dans le calme.

Un noyau de cinq mille personnes était resté.

Ils avaient attaqué les soldats avec des pierres et des briques, en s'abritant derrière des barricades formées par des autobus incendiés. Des tanks furent appelés à la rescousse, et les protestataires s'en prirent à eux également, mettant le feu à l'un des véhicules, tuant deux occupants.

C'est alors que tout avait dérapé.

La veille au soir, l'armée était revenue avec des

fusils, des baïonnettes et d'autres tanks. La fusillade avait fait rage pendant plusieurs heures. Des soldats comme des manifestants étaient morts. Il se trouvait là, à proximité, chargé de protéger les abords pendant que d'autres éléments des 27e et 28e divisions prenaient leur revanche.

Tous les ordres de ne pas tirer qui prévalaient précédemment avaient été révoqués.

Des pousse-pousse et des cyclistes s'étaient précipités à travers la mêlée pour secourir les blessés et essayer de les transporter dans les hôpitaux. Des gens avaient été battus, poignardés et tués par balle. Des tanks écrasaient des corps aussi bien que des véhicules.

Il ne savait même pas combien de gens il avait vu mourir.

Les mères et les pères avaient commencé à arriver il y a quelques heures, se frayant un chemin jusqu'à la place désertée à présent. On les avait tous prévenus de ne pas y aller, on leur avait dit de partir, et la plupart avaient obéi. Mais quelques-uns avaient refusé, comme la mère qu'il avait maintenant en face de lui.

« Tu dois quitter cet endroit », lui avait-il répété d'une voix douce.

Elle avait examiné son uniforme.

« Capitaine, mon fils aurait à peu près ton âge. Il est resté ici depuis le début. Quand j'ai entendu ce qui se passait, il fallait que je vienne. Je suis certaine que tu me comprends. Laisse-moi le chercher.

— La place est déserte, avait-il dit. Il n'est pas là.

— Il y a des corps », avait-elle protesté d'une voix brisée par l'émotion.

Il y en avait effectivement. Empilés comme du bois, à l'abri des regards, juste à une centaine de mètres. Ses hommes avaient été appelés là pour que personne ne puisse s'en approcher. Ils seraient enlevés la nuit tombée et emportés pour être enterrés dans une fosse commune afin que personne ne puisse compter les morts.

« Il faut que tu partes », avait-il ordonné une nouvelle fois.

Elle avait brandi le bras, l'avait repoussé et avait franchi la limite de la zone interdite. Elle lui rappelait tellement sa propre mère, qui lui avait appris à nager, à faire du patin à roulettes, à conduire un camion. Une bonne âme dont le seul souci était de voir ses quatre enfants avancer en âge.

Avant qu'il puisse stopper la femme, un autre soldat, un capitaine comme lui, avait levé son fusil et tiré.

La balle s'était enfoncée avec un son mat dans le dos de la mère.

Son corps avait vacillé en avant, puis elle était tombée face contre terre sur les pavés.

Sous le coup de la colère, Ni avait visé le soldat avec son fusil.

« Tu lui avais ordonné de ne pas avancer. Je t'avais entendu. Elle n'en a pas tenu compte. J'ai suivi les ordres. »

Le capitaine défiait le fusil, sans la moindre peur dans les yeux.

« Nous ne tuons pas des femmes sans armes, avait déclaré lentement Ni.

— Nous faisons notre devoir. »

Ce capitaine avait raison.

L'Armée de libération du peuple avait fait ce qu'elle avait à faire, y compris tuer des hommes et des femmes désarmés. À ce jour, personne ne savait combien de gens étaient morts place Tien'anmen, pas plus qu'au cours des journées et des semaines suivantes. Plusieurs centaines ? Des milliers ? Des dizaines de milliers ?

Tout ce dont il était certain, c'était qu'au moins une femme avait perdu la vie.

Une mère.

« Nous avons été stupides, dit le Premier ministre. Nous avons fait tellement de bêtises pour Mao. »

44

Lanzhou, Chine

Tang était content que l'endroit ait été sécurisé. Il avait renvoyé chez lui tout le petit personnel à qui il avait interdit l'accès au laboratoire pétrochimique que ses hommes devaient prendre en charge. Heureusement, une douzaine seulement de personnes travaillaient dans le bâtiment, surtout des employés de bureau et des assistants, et un seul des deux chercheurs du labo était encore en vie.

Lev Sokolov.

L'expatrié russe avait été ramené de la ville hier,

après qu'un médecin eut soigné ses blessures. Les rats avaient laissé leurs marques, à la fois physiquement et moralement. Tuer Sokolov n'était pas totalement exclu, mais pas avant que Tang ait appris ce qu'il avait besoin de savoir. Jin Zhao avait été incapable de révéler quoi que ce soit, sinon que Lev Sokolov avait trouvé la preuve.

Mais de quoi s'agissait-il ?

Sokolov gardait le bras sur son ventre, protégeant les pansements dont Tang connaissait l'existence. Tang montra la table en inox et le container scellé posé dessus.

« C'est un échantillon du pétrole extrait hier d'un puits dans le Gansu occidental. J'ai fait forer à un endroit où les anciens creusaient déjà du temps du premier empereur. »

Il lut la satisfaction sur le visage de Sokolov. « Comme Jin Zhao l'avait demandé. Je suppose que tu le savais. À présent dis-moi ce que toi, tu as trouvé. Zhao a dit que vous aviez localisé un marqueur. »

Sokolov acquiesça. « Un moyen d'en être certain. »

Parfait.

« Le monde se livre à une extraction massive de pétrole depuis un peu plus de deux cents ans, dit Sokolov, d'une voix basse et monotone. Du pétrole biotique, du pétrole fossile, qui repose non loin de la surface. Il est facile à extraire et nous avons tout pris.

— Comment le sais-tu ?

— Parce que j'ai analysé un échantillon de tous les puits de la planète. Il existe un conservatoire en Europe où ils sont entreposés. Aucun de ces échantillons ne contient de pétrole fossile.

— Tu n'as toujours pas dit comment tu savais que c'était vrai.

— Le pétrole abiotique ressemble, sent et agit de la même façon que le pétrole biotique. La seule différence est qu'il faut forer profondément pour l'extraire. Mais je ne suis pas certain que ça ait encore la moindre importance. Où est mon garçon ? Je veux que tu me le rendes.

— On te le rendra. Dès que j'aurai obtenu ce que je veux.

— Tu mens. »

Tang haussa les épaules.

« Je suis le seul qui puisse te conduire à ton fils. Pour l'instant, il fait partie des milliers de jeunes garçons qui disparaissent chaque année. Officiellement, le problème ne se pose même pas. Tu comprends ? Ton fils n'existe même pas. »

Le Russe était au comble du désespoir.

« Le pétrole biotique est épuisé, continua doucement Sokolov. Il était abondant autrefois. Formé de matières organiques en décomposition, à une faible profondeur dans le sol, et facile à extraire. Mais, à mesure que nous avons extrait des pétroles fossiles, la terre a comblé certaines de ces réserves avec du pétrole produit plus profondément dans la croûte. Tous les puits ne se remplissent pas. Certains sont biotiques, sans aucun moyen pour que le pétrole abiotique, plus profond, puisse infiltrer les couches supérieures. Si bien qu'elles s'assèchent. D'autres reposent au-dessus de fissures par lesquelles le pétrole peut remonter. »

Des questions venaient à l'esprit de Tang. Du pétrole avait été trouvé pour la première fois dans le Gansu il y a deux mille deux cents ans. Il y a deux cents ans, ce même gisement s'était asséché. Il avait étudié la géographie souterraine et savait que les fissures étaient profondes à cet endroit – constituant des canaux en terre par lesquels le pétrole sous pression pouvait facilement monter. Jin Zhao avait formulé la théorie selon laquelle le pétrole abiotique pouvait parfaitement avoir suinté d'en dessous et remis le gisement de Gansu en état de produire.

« Comment savons-nous que le site de Gansu ne contenait pas simplement davantage de pétrole que ce que nous pensions ? »

Sokolov paraissait souffrir. Il respirait péniblement et avait tendance à regarder le sol plutôt que Tang.

« Ta seule chance de revoir ton fils est de coopérer avec moi », déclara ce dernier.

Le Russe secoua la tête.

« Je ne te dirai rien de plus. »

Tang chercha dans sa poche, trouva son téléphone et composa un numéro. Quand on répondit à l'appel, il demanda :

« Le garçon est là ?

— Je peux aller le chercher.

— Vas-y. »

Il regarda Sokolov bien en face.

« Il est là, dit la voix dans son oreille.

— Passe-lui le téléphone. »

Il tendit l'appareil à Sokolov qui le refusa.

« Ton fils veut te parler », dit-il.

Le Russe perdit son air méfiant, et il tendit lentement la main pour prendre le téléphone.

Tang secoua la tête puis appuya sur la touche haut-parleur.

314

Une voix excitée – jeune, haut perchée – se mit à parler, demandant si son père était là. Sokolov la reconnut visiblement et ouvrit la bouche pour parler, mais Tang coupa le micro en appuyant sur une autre touche et dit : « Non. »

Il rapprocha l'appareil de sa propre oreille et remit le micro.

« Reste en ligne, ordonna-t-il à l'homme à l'autre bout. Si le camarade Sokolov ne me dit pas exactement ce que je veux savoir dans la minute qui suit, je veux que tu tues le garçon.

— Tu ne peux pas faire ça, hurla Sokolov. Pourquoi ?

— J'ai essayé la persuasion, puis la torture, et je pensais que nous avions progressé. Mais tu te méfies toujours. Donc je vais tuer ton fils et trouver ailleurs ce que j'ai besoin de savoir.

— Il n'y a pas d'ailleurs. Je suis le seul à connaître le processus.

— Tu as dû le consigner quelque part. »

Sokolov secoua la tête.

« Je l'ai uniquement dans ma tête.

— J'en ai assez de ton manque de coopération. D'autres affaires me réclament. Décide-toi. »

Un ventilateur en acier tournait lentement au plafond, dissipant à peine la moiteur du labo. Le géochimiste inclina la tête d'un air défait.

« Garde le garçon à proximité, dit Tang dans le téléphone. Il se peut que je rappelle d'ici quelques instants. »

Il raccrocha et attendit que Sokolov parle.

« Si cet échantillon sur la table contient le marqueur,

dit le scientifique, alors c'est la preuve que le pétrole provient d'une source abiotique.

— Quel marqueur ?

— Des diamantoïdes. »

Tang ne connaissait pas ce terme.

« Plus petits que la longueur d'onde de la lumière visible. De minuscules poussières de diamant qui apparaissent dans le pétrole formé profondément dans l'écorce terrestre, où la température et la pression sont élevées. Un million d'entre eux tiendraient à peine sur une tête d'épingle, mais je les ai trouvés, et je leur ai donné un nom. Des adamantanes. Du grec *adamas* qui signifie "diamant". »

Ignorant la nuance de fierté qu'il avait perçue dans cette déclaration, Tang demanda :

« Comment les as-tu trouvés ?

— Le fait de chauffer du pétrole à quatre cent cinquante degrés Celsius disperse les composants chimiques. Restent les diamantoïdes, comme le montrent les rayons X. »

Visiblement, il n'en revenait toujours pas.

« Ils ont la forme de tiges, de disques et même d'écrous, et on ne les trouve pas dans le pétrole biotique. Le diamant se forme seulement dans la couche la plus profonde. C'est la preuve définitive du pétrole abiotique.

— Et comment sais-tu que c'est vraiment la terre qui produit le pétrole ?

— Précisément ici, dans ce labo. J'ai chauffé du marbre, de l'oxyde de fer et de l'eau jusqu'à mille cinq cents degrés Celsius à une pression cinquante mille fois plus élevée que la pression atmosphérique, reproduisant ainsi les conditions existantes à cent cinquante kilomètres sous terre. Chaque fois, j'ai obtenu en même temps du méthane et de l'octane. »

Tang comprit ce que signifiait ce résultat. Le méthane était le principal composant du gaz naturel, et l'octane la molécule d'hydrocarbure dans le pétrole. Si ces deux éléments pouvaient être produits en laboratoire, ils pouvaient être produits naturellement, en même temps que le pétrole lui-même.

« Les Russes savent tout ça, n'est-ce pas ? demanda-t-il.

— J'ai personnellement trouvé plus de quatre-vingts gisements dans la mer Caspienne en appliquant cette théorie. Certains en doutent encore, mais oui, les Russes sont convaincus que le pétrole est abiotique.

— Mais ils n'en ont pas la preuve. »

Sokolov secoua la tête.

« Je suis parti avant d'avoir découvert les diamantoïdes. Zhao et moi l'avons fait ici.

— Donc les Russes travaillent à partir d'une théorie non fondée ?

— C'est pourquoi ils en parlent rarement publiquement. »

Et pourquoi ils portaient un tel intérêt à cette affaire, pensa Tang. Ils voulaient évidemment que Sokolov revienne. Et peut-être même qu'il soit définitivement réduit au silence. Dieu merci, Viktor Tomas l'avait tenu informé de ce que faisaient les Russes. Mais il ne fit aucune allusion à cette manœuvre et préféra faire semblant de s'étonner :

« Et c'est aussi pourquoi ils entretiennent le mythe de la rareté ?

— Ils regardent avec amusement le reste du monde surpayer le pétrole, sachant qu'il est intarissable.

— Mais ils sont en même temps prudents, faute d'avoir la preuve de leur théorie.

— Ce qui est compréhensible. Il leur faudrait ce que tu as. Un échantillon certifié venant d'un endroit où les anciens foraient pour avoir du pétrole. Seuls les Chinois pourraient détenir un tel échantillon, continua-t-il d'un air dégoûté. C'était le seul endroit au monde où l'homme forait pour extraire du pétrole il y a deux siècles. »

La fierté reprenait le dessus.

Sokolov désigna la table.

« S'il y a des diamantoïdes dans cet échantillon, c'est que le pétrole est abiotique. Tout ce dont tu as besoin, c'est d'un autre échantillon, ancien celui-là, et provenant du même gisement pour les comparer. Pour vérifier la théorie, cet échantillon doit se révéler biotique sans aucun diamantoïde. »

Il apprécia la simplicité de l'équation. D'abord du pétrole biotique, puisé au moyen d'un forage, et remplacé par du pétrole abiotique. Et Gansu était peut-être le seul endroit au monde où une telle comparaison pouvait être effectuée. Toutes les archives historiques existantes montraient clairement que les premiers explorateurs, il y a plus de deux mille ans, foraient exclusivement dans le voisinage du puits à Gansu. Tout pétrole datant de cette époque devait provenir de là.

Tout ce qu'il lui fallait, c'était un échantillon certifié de ce pétrole.

« Tu m'as dit que la lampe avait disparu, dit Sokolov. Avec le pétrole à l'intérieur. D'où viendra alors l'échantillon pour la comparaison ?

— Ne t'inquiète pas, camarade. J'ai mis cet échantillon à l'abri et tu vas bientôt l'avoir. »

45

PÉKIN

Ni s'aperçut que le Premier ministre s'exprimait à demi-mot, comme s'il voulait pousser son interlocuteur à bout. Auparavant, ils avaient toujours été séparés par un bureau ; ses enquêtes étaient à peine prises en considération et ne faisaient l'objet de presque aucun commentaire. Mais cette conversation était différente.

« Je me souviens, dit le vieil homme, quand toutes les vitres des autobus étaient couvertes de slogans et de portraits de Mao. Les vitrines des magasins également. Les radios ne diffusaient que de la musique révolutionnaire, les pensées de Mao, ou des informations nationales. Les cinémas montraient exclusivement Mao félicitant les Gardes rouges. Et qu'il s'agisse d'opéra ou de ballet, on ne donnait que des œuvres révolutionnaires. Nous emportions tous notre livre de citations au cas où on nous demanderait d'en lire un passage. »

La voix du Premier ministre était calme, rauque,

comme si les souvenirs lui étaient affreusement douloureux.

« *Servir le peuple.* C'était la consigne de Mao. En réalité, c'était lui que nous servions. Ce bâtiment est la preuve que nous n'avons pas cessé de le servir. »

Ni commençait à comprendre pourquoi ils se trouvaient là.

« L'hégémonie est notre faiblesse, dit le Premier ministre. Au fond, nous éprouvons de la réticence à travailler avec n'importe quelle puissance étrangère, même quand il n'y a pas la moindre menace en jeu. L'hégémonie est l'expression naturelle de notre totalitarisme, exactement comme les relations pacifiques le sont à la démocratie. Nous avons toujours cru que nous étions le centre géographique et géopolitique du monde. Depuis des siècles, et surtout depuis 1949, l'unique but de notre politique étrangère a été de dominer nos voisins, avant de dominer le reste du monde.

— Cela dépasse complètement nos possibilités.

— Toi et moi le savons, mais le reste du monde le sait-il ? Je me souviens quand Kissinger est venu en 1971, dans le cadre d'une mission secrète visant à préparer une reprise des relations entre les États-Unis et la Chine. Le mot *hégémonie* déconcertait les traducteurs américains. Ils n'arrivaient pas à en trouver exactement la signification. Le concept leur échappait complètement. »

Le Premier ministre désigna la crypte.

« Mao a dit alors : "La Chine s'est relevée." Il disait au monde que personne venant de l'extérieur ne nous contrôlerait plus jamais. J'ai bien peur que personne

320

ne l'ait écouté. On nous a toujours ignorés, continua-t-il. On nous a considérés comme des arriérés, en marge du monde moderne. Et même pire, répressifs et dictatoriaux. Ce qui est notre faute. Nous n'avons jamais fait grand-chose pour changer cette perception. Nous semblons nous complaire dans cette image négative. »

Ni était surpris.

« Pourquoi es-tu aussi cynique ?

— Je dis simplement la vérité – que tu connais bien aussi, je suppose. La démocratie est la grande rivale de l'hégémonie. Diluer le pouvoir entre des élus, au lieu de le concentrer dans les mains du dirigeant, donner du pouvoir au peuple plutôt que le soumettre – ces concepts dépassent notre entendement. Mais cela ne peut plus durer longtemps. Je me souviens des années 1950, quand Mao était au sommet de sa gloire. Sur certaines cartes, nos frontières étaient largement repoussées vers le nord, le sud et l'ouest, englobant des pays dont nous n'avions alors pas le contrôle. On les distribuait aux fonctionnaires dans le seul but de les inciter à croire à nos rêves de grandeur. Et ça a marché. Nous avons fini par intervenir en Corée, nous avons envahi le Tibet, bombardé Quemoy, attaqué l'Inde et aidé le Vietnam, avec toujours l'intention de dominer ces pays. »

Le Premier ministre s'arrêta un instant.

« Seul le Tibet demeure aujourd'hui sous notre contrôle, et notre situation là-bas est fragile, elle repose uniquement sur la force. »

Ni se souvint de ce que Pau avait dit.

« Tu veux dire que nous n'aurions pas dû alors faire preuve d'orgueil national, pas plus que maintenant ?

— Apparemment, l'orgueil est tout ce qui nous reste. Nous sommes la culture la plus ancienne sur cette planète, et regarde-nous. Malgré tous nos efforts, nous n'avons pas grand-chose à montrer, sinon une multitude de problèmes insurmontables. J'ai bien peur que le fait d'accueillir les Jeux olympiques n'ait produit le même effet que ces cartes en leur temps. Cela déchaîne les ambitions au sein du gouvernement et incite à faire des choses stupides. »

Pour la première fois, sa voix tremblait de colère, et ses yeux lançaient des éclairs.

« Nous gardons en mémoire des affronts que nous avons subis il y a des décennies, et même des siècles. Et sous le moindre prétexte, nous prenons notre revanche. C'est ridicule, et cela nous perdra.

— Nous ne pensons pas tous ainsi », déclara Ni.

Le Premier ministre acquiesça.

« Je sais. Les hommes âgés seulement. Mais il en reste encore beaucoup, et les plus jeunes sont prêts à exploiter nos peurs. »

Ni savait parfaitement qui visait ce commentaire.

« Mao repose ici, dit le Premier ministre, pour que nous lui rendions hommage. C'est la reproduction en cire d'un dirigeant qui a échoué. Une illusion. Et pourtant un milliard et demi de Chinois continuent à l'adorer.

— Pas moi. »

Il se sentait fier d'avoir fait cette déclaration.

« Tant mieux. »

Il ne dit rien.

« Des hommes comme Kwai Tang sont un danger pour nous tous, dit le Premier ministre. Ils vont militer pour la récupération par la force de Taïwan, puis de la totalité de la région de la mer de Chine méridionale. Ils revendiqueront le Vietnam, le Laos, la Thaïlande, le Cambodge, la Birmanie, et même la Corée. Nous retrouverions ainsi notre grandeur d'autrefois. »

Pour la première fois, Ni commençait à réaliser l'importance de la bataille à venir.

« Et ils nous détruiront en même temps, dit-il. Le monde ne restera pas les bras croisés pendant tout ça.

— J'ai veillé à maintenir les choses en ordre, dit le Premier ministre. Je savais que je ne pouvais rien changer, seulement conserver l'ordre existant jusqu'à l'arrivée de mon successeur. Cet homme serait mieux placé pour procéder au changement. Es-tu prêt, ministre, à être cette personne ? »

Si on lui avait posé cette question trois jours plus tôt, il aurait répondu qu'il l'était. À présent, il n'en était plus aussi sûr, et son regard avait dû le trahir.

Le vieil homme hocha la tête et dit : « C'est normal d'avoir peur. La peur vous permet de rester humble, et l'humilité vous rend sage. C'est ce qui manque à Kwai Tang. C'est *son* point faible. »

Le silence retomba quelques instants entre eux. Une petite voix incitait Ni à faire attention à ce qu'il disait. Au même moment, une autre pensée de Mao lui vint à l'esprit.

La campagne des Cent Fleurs.

Une période au cours des années 1950 où l'on avait encouragé la critique du gouvernement, tout comme de nouvelles solutions et de nouvelles idées, et des millions de lettres étaient arrivées. Plus tard, des affiches

323

avaient été placardées dans les universités, des rassemblements organisés, des articles publiés. Tous militaient pour un changement en faveur de la démocratie.

Mais c'était en réalité un piège politique, une façon habile d'inciter les dissidents à se manifester. Plus d'un demi-million furent jetés en prison, torturés ou tués.

« Tu as entendu parler des eunuques ? » demanda le Premier ministre à brûle-pourpoint.

Ni acquiesça.

« Pau Wen et moi, nous avons suivi une formation pour rejoindre le Ba. Nous avons fait les deux années de méditation et d'instruction requises, afin de nous préparer à l'initiation. Tous les deux, nous nous sommes déshabillés, on nous a bandé l'abdomen, on nous a baigné le corps avec de l'eau chaude poivrée. J'ai tenu Pau pendant qu'on le castrait, j'ai senti le tremblement dans ses jambes, vu le supplice sur son visage, et je l'ai vu accepter la mutilation avec honneur. »

Il chuchotait à présent.

« Mais, quand mon tour est venu, et que le *Tao* a demandé si je regretterais ce qui allait se produire, j'ai dit que oui. »

Ni le fixait d'un air incrédule.

« J'avais peur. Au moment crucial, quelque chose m'a dit que le couteau n'était pas fait pour moi.

— Et cette voix avait raison. »

Les traits de l'homme âgé accusaient la fatigue.

« Peut-être. Mais il faut savoir que les hommes capables d'affronter le couteau sans broncher témoignent d'une force inimaginable. »

Il n'était pas près d'oublier ça.

« La ligne officielle du Parti, que ce soit à cette époque-là ou maintenant, est que Mao avait raison à 70 %, et tort à 30 %. Mais nous n'avons jamais su quelle partie de sa doctrine était juste, et laquelle était fausse. »

Un petit rire courut sur les lèvres minces du Premier ministre. « Nous sommes vraiment des idiots. »

Le vieil homme montra le corps de Mao.

« Il repose, paraît-il, sur une pierre noire de Tai Shan en souvenir de ce que Sima Qian a écrit dans le *Shiji. La vie d'un homme peut être plus pesante que le mont Tai ou plus légère qu'une plume d'oie.* À toi de décider, ministre, ce que sera la tienne. »

Malone maintenait l'avion à mille cinq cents mètres d'altitude environ. Jamais il n'aurait cru qu'il se retrouverait un jour en train de voler tranquillement dans l'espace aérien vietnamien. Le paysage qui défilait en dessous était constitué de montagnes déchiquetées et de collines escarpées, avec de nombreuses rizières en terrasses, dominant des vallées d'un vert luxuriant nimbées de brouillard.

« Nous approchons de la frontière », lui dit Cassiopée.

Elle avait étudié la carte qu'Ivan leur avait fournie.

« Les fonctionnaires locaux de la province du Yunnan entretiennent de bonnes relations avec leurs voisins, dit Pau. Ils partagent une frontière non seulement avec le Vietnam, mais aussi le Laos et la Birmanie. Pékin est loin, et ce sont les autorités locales qui ont toujours eu le dernier mot.

— J'espère que c'est encore vrai, dit Malone. Nous n'avons pas grand-chose comme armement.

— Pendant les purges de Mao, beaucoup se sont réfugiés dans le Yunnan. Son éloignement en faisait un asile parfait. Le terrain au nord d'ici, en Chine, est identique à ce que nous avons en dessous de nous. »

Ivan leur avait dit de suivre la ligne de chemin de fer Kunming-Hekou, une ligne construite par les Français au début du XXe siècle, à travers le Vietnam et jusqu'en Chine, au-delà des villes surpeuplées de Gejiu et de Kaiyuan.

« Vous travaillez souvent avec les Russes ? lui demanda Pau.

— Pas habituellement.

— Quels intérêts ont-ils ici ?

— Comme si nous allions vous le dire, dit Cassiopée, en se retournant vers Pau. Je vous propose un marché : vous nous dites pourquoi vous voulez rentrer chez vous et nous vous dirons ce que les Russes font ici.

— Je rentre pour prévenir une révolution.

— Plutôt pour en commencer une, dit-elle.

— Êtes-vous toujours aussi agressive ?

— Êtes-vous toujours aussi fourbe ?

— Apparemment, vous ignorez tout du *Guanxi*.

— Éclairez-moi.

— À travers notre histoire, les Chinois ont toujours compté sur les amis et la famille pour les aider à traverser les moments difficiles. Les gens susceptibles par leur position de pouvoir les aider. On appelle ça *zôu hòu mén*, "passer par la porte de derrière". Bien sûr, celui qui sollicite et obtient une faveur est obligé de la rendre. Cela permet de garder l'équilibre du *Guanxi*.

— Et qu'est-ce qui vous empêche de nous mener tout droit à la catastrophe ? demanda-t-elle.

— Je ne suis pas votre ennemi. Kwai Tang a cet honneur.

— Je vois la frontière », intervint Malone.

Cassiopée regarda à nouveau dehors.

La ligne de chemins de fer serpentait vers le nord, traversant une autoroute dont Ivan avait dit qu'elle reliait maintenant la Chine et le Vietnam. L'axe routier se dirigeait vers l'ouest, la ligne ferroviaire vers le nord. Un pont traversait le fleuve Rouge, complètement embouteillé par des voitures arrêtées à un contrôle.

Malone descendit juste au-dessus de trois cents mètres.

« Nous y voilà. »

46

Ni entra en trombe dans les bureaux de la Commission centrale pour l'inspection disciplinaire, située intentionnellement à l'écart du Zhongnanhai, le complexe clos de murs au cœur de Pékin constitué de palais, de pavillons et de lacs, qui servait de quartier général à la fois au Parti et au gouvernement. Son entrevue avec le Premier ministre l'avait laissé perplexe. Rien ne se tenait. Tout paraissait embrouillé. Il était déchiré par le doute, en proie à une succession d'émotions nouvelles, et hanté par la question du Premier ministre.

Quel critère régirait sa vie ?

La force ou la faiblesse ?

Il avait appelé de la voiture et ordonné à toute son équipe de se rassembler dans la salle de conférences. Il avait besoin d'alliés, pas de traîtres, et le moment était venu de savoir dans quel camp ils étaient.

Quatorze personnes attendaient. Neuf hommes, cinq femmes. Il leva la main pour apaiser la vague d'excitation et pria aussitôt les femmes de sortir. Puis il dit aux hommes : « Baissez votre pantalon. »

Ils le regardaient tous d'un air incrédule.

Il sortit son pistolet et le braqua sur eux.

« Je ne me répéterai pas. »

Cassiopée contemplait par la fenêtre le paysage montagneux. Le soleil réchauffait l'air raréfié. Ils volaient à l'intérieur de l'espace aérien chinois depuis plus d'une heure sans avoir rencontré le moindre problème. En fin de compte, elle se réjouissait de savoir Malone aux commandes. Même si Viktor Tomas lui avait sauvé deux fois la vie, elle faisait davantage confiance à Cotton.

Implicitement en tout cas.

Il était venu en Belgique quand elle avait eu besoin de lui, et ce n'était pas anodin.

Elle ne s'était pas laissé approcher par beaucoup d'hommes. Dissimuler ses émotions lui avait toujours servi. Elle avait lu quelque part que les femmes ayant eu un père fort étaient attirées par des hommes forts, et Malone lui rappelait évidemment son père. Celui-ci avait été un formidable homme d'affaires, un milliardaire ayant bâti lui-même sa fortune, avec des relations en Europe comme en Afrique. Il ressemblait beaucoup à Henrik Thorvaldsen, dont elle avait compris, seulement après sa mort, à quel point elle l'admirait. La mort paraissait rappeler à elle tous ceux qu'elle aimait. Et l'éventualité de sa propre fin, que les événements survenus dans le musée lui avaient fait envisager, la hantait toujours. Tant de sentiments confus. Une période charnière. Bientôt, elle aurait quarante ans. Elle n'avait pas de mari, pas d'enfant, personne avec qui partager. Elle vivait seule dans un vieux manoir français et consacrait sa vie aux autres.

Et ses besoins à elle ?

Peut-être était-il temps de changer radicalement les choses.

Elle se réjouissait toujours de retrouver Cotton et regrettait de le quitter. Cherchait-elle un substitut à son père, le seul homme auquel elle n'avait jamais osé tenir tête ? Non. C'était une explication trop simpliste. Sa mère aurait dit que les hommes ressemblaient à des champs – ils exigeaient un entretien soigneux et une attention quotidienne, dans l'espoir qu'un jour ils puissent se révéler productifs. Une vision assez cynique.

Qui ne correspondait pas à sa vraie nature.

Elle était à bord d'un avion, au-dessus de la Chine du Sud, sans savoir vraiment ce qui l'attendait. Cela

329

en valait-il la peine ? Oui, si elle retrouvait le fils de Lev Sokolov.

Et si ce n'était pas le cas ?

Elle ne voulait même pas envisager un échec.

Mieux valait se consoler en pensant à Cotton. Pour une fois, elle avait peut-être trouvé quelque chose rien que pour elle.

Quelque chose qu'elle désirait.

Enfin.

Ni se réjouissait qu'aucun de ses proches collaborateurs ne soit un traître. Il s'était souvenu de ce que Pau Wen lui avait dit au sujet des traitements modernes destinés à pallier les effets secondaires de la castration, si bien qu'il n'avait pas hésité à adopter une stratégie de recherche radicale. Il avait également ordonné à son premier adjoint de se livrer sans délai à une inspection physique de tous les hommes travaillant dans le bâtiment. Pendant ce temps, il s'était plongé dans l'étude de toutes les informations que son équipe avait réunies depuis la veille.

Il n'y avait pas la moindre référence à une organisation appelée le Ba dans les dossiers concernant la sécurité. Ces archives recoupaient à la fois des interrogatoires de prisonniers, des dépositions de témoins, des rapports concernant des incidents, des informations diverses, autrement dit tout ce qui n'exigeait pas un tampon SECRET D'ÉTAT. Les archives générales contenaient des millions de documents, dont beaucoup avaient été numérisés, ce qui permettait une recherche accélérée. En ce qui concernait la partie historique, ses collaborateurs avaient mis à jour une grande partie de ce que Pau Wen lui avait raconté sur la naissance du Ba à partir d'un ancien mouvement légaliste apparemment disparu vers le XVIIe siècle.

Mais rien n'indiquait que l'organisation existait toujours. Il avait également diligenté une enquête approfondie sur Pau Wen, mais aucune archive officielle ne révélait la moindre relation entre Pau, le Premier ministre et Kwai Tang.

Et pourtant il y en avait bien une, comme ils l'avaient eux-mêmes admis.

Un coup frappé à la porte de son bureau l'arracha à ses pensées.

Son premier adjoint entra.

« Tout le monde a été examiné. Aucun eunuque, ministre.

— Tu dois penser que je suis fou, n'est-ce pas ?

— Je ne me permettrais pas de te juger. »

Il appréciait cet homme honorable et au-dessus de tout soupçon, raison pour laquelle il l'avait choisi comme premier adjoint.

« Je n'ai pas pu te le dire avant, dit l'adjoint, pendant que les autres étaient là. Mais nous avons trouvé quelque chose hier soir. »

Ni était tout ouïe.

« Ministre Tang a reçu un appel de l'étranger sur son téléphone satellite. J'avais donné l'ordre il y a plusieurs semaines que ses lignes soient mises sur écoute. Il utilise plusieurs téléphones dont les numéros changent chaque semaine. Ça a été un tour de force de parvenir à garder une longueur d'avance. Nous n'enregistrons pas toutes les conversations, mais nous en avons assez. »

Son adjoint lui tendit une clé USB.

« Voilà un enregistrement. »

Ni inséra la clé dans son ordinateur et écouta, reconnaissant aussitôt les voix de Tang et de Pau. La tension entre eux était palpable, le conflit évident. Il sentit la rivalité entre les deux hommes. La trahison de Tang, puis sa déclaration à l'intention de Pau. *Il n'existe aucun moyen légal te permettant de revenir en Chine. On ne te délivrera aucun visa. C'est moi qui en ai le contrôle absolu. Les quelques frères que tu as à ta disposition se verront également refuser l'entrée du pays.*

« Est-ce la preuve que nous cherchions ? » demanda son adjoint.

Il secoua la tête.

« Cela ne suffit pas. »

Mais au moins il savait maintenant que toute cette affaire était bien réelle.

47

Malone aperçut la surface verte d'un lac d'altitude. L'eau, jonchée de détritus, ondulait et scintillait sous la lumière du soleil.

Le lac Dian.

Des montagnes boisées bordaient la côte occidentale, avec, sur la rive orientale, une majorité de plaines arables de couleur ocre. Les cheminées d'un hameau de pêcheurs quelques kilomètres plus loin crachaient de la fumée.

Il descendit l'avion jusqu'à cent cinquante mètres.

Cassiopée détacha son harnais et s'avança pour regarder au sol par le pare-brise. Malone avait vu sur la carte que les montagnes qui se dressaient à l'ouest étaient le mont Xi Shan. Creusés dans la paroi des falaises, des sentiers et des escaliers reliaient une succession de temples, dont les pagodes imposantes aux tuiles incurvées et aux avant-toits peints lui rappelaient Tivoli et sa terre natale.

« Les contours ondulants des collines rappellent une femme couchée avec des tresses de cheveux descendant jusqu'à l'eau, dit Pau Wen. C'est pourquoi on appelle cette région le mont de la Belle Endormie. »

La dénomination lui sembla particulièrement juste.

« Les temples datent des dynasties Yuan, Ming et Qing. Là, sur ce qui est aujourd'hui le tracé du télésiège, un moine taoïste avait creusé au XVIIIe siècle un long couloir le long de la paroi de la montagne. La légende veut que son burin se soit cassé près de la fin et qu'il se soit jeté dans le lac de désespoir. Cinquante ans après, ses fidèles atteignirent le but, qu'on appelle maintenant la porte du Dragon.

— On dirait une attraction touristique, dit Cassiopée.

— En fait, la légende est assez proche de la vérité. »

Ivan avait dit que le lac faisait quarante kilomètres du nord au sud, ce qui n'étonnait pas Malone car l'eau s'étendait à perte de vue.

« Voyons ce qu'il y a en bas avant de nous poser. »

Il poussa le manche en avant et réduisit la vitesse.

La traversée de la province du Yunnan en direction

du nord avait été calme, sans le moindre trafic aérien. Il avait fini par s'habituer à ce voyage tranquille ; mais, tout à coup, les ailes du Twin Bee tressautèrent.

Les moteurs toussèrent, puis redémarrèrent rapidement.

Des projectiles transpercèrent la carlingue et la traversèrent de part en part.

L'air s'engouffrait par les trous.

L'aile droite commença à se fendre sous les impacts et les ailerons ne répondirent plus. L'avion se cabra vers la gauche tandis que le côté tribord ne répondait plus aux commandes.

« Que se passe-t-il ? » demanda Cassiopée.

En guise de réponse, un jet passa en vrombissant au-dessus, laissant une trace flamboyante dans le ciel de la fin de matinée.

« Un coup de canon », répondit Malone.

L'aile triangulaire du chasseur disparut au loin, mais une trace de vapeur signalait qu'il virait de bord et allait se diriger de nouveau vers eux.

« C'est un chasseur de l'Armée populaire de libération, dit-il. Et il n'est pas là par hasard. Les Chinois savaient que nous allions arriver. »

Il manœuvra le gouvernail et profita de la vitesse pour reprendre un peu de contrôle. Il avait été gêné pendant tout le vol par le manque de synchronisation des deux moteurs. Le bruit était généralement le meilleur atout du pilote en cas de problème, mais les moteurs du Twin Bee hurlaient chacun à sa manière, comparables à un soprano et un baryton en train de se disputer.

« Qu'est-ce que je peux faire ? demanda Cassiopée.

— Dis-moi où se trouve ce jet.

— Il arrive droit sur nous par-derrière », constata Pau d'une voix calme.

Ils fendaient péniblement un air dense, à quelques centaines de pieds seulement au-dessus du lac. Il augmenta l'altitude et s'éleva jusqu'à trois cents mètres. Le Twin Bee ne pouvait pas rivaliser avec un avion moderne, équipé de canons et de missiles guidés.

Ils avaient, malgré tout, une arme en leur possession.

« C'est loin ?

— Difficile à dire, dit-elle. Plusieurs kilomètres. »

Il avait fréquenté assez de pilotes de chasse pour connaître leur façon de penser, quelle que soit leur nationalité. D'ailleurs, il aurait bien voulu en être un. C'était une proie facile, un faucon face à un pigeon. Le pilote attendrait d'être assez près pour ouvrir le feu.

Il vérifia sa vitesse.

Un peu moins de cent dix kilomètres.

Il se souvint de ce que son instructeur lui avait enseigné. *Personne n'est jamais entré en collision avec le ciel. L'altitude joue en ta faveur.*

« Il sera là dans quelques secondes », dit Cassiopée.

Il espérait que le Twin Bee pourrait supporter le traitement qu'il allait lui infliger. Les écrans de contrôle du tableau de bord étaient endommagés, mais le côté bâbord et le gouvernail de queue semblaient indemnes. Et, surtout, les moteurs fonctionnaient. Il attendit encore deux secondes, puis mit les gaz à fond et tira le manche en arrière. L'avion amphibie se cabra dans un grondement, puis se mit à grimper. Des balles traçantes passèrent comme des fusées tandis qu'ils prenaient de l'altitude.

Six cents mètres.

Sept cents mètres.

Neuf cents mètres.

Le chasseur passa sous eux en trombe, laissant une traînée de fumée noire. Les chasseurs étaient plus à l'aise en très haute altitude plutôt que près du sol où le carburant et les ordinateurs devaient être exploités au maximum.

L'avion atteignit mille mètres.

« J'ai mal au cœur, dit Cassiopée.

— Il fallait que je le surprenne.

— Effectivement, tu n'as pas raté ton coup. »

Il savait que Cassiopée n'appréciait guère les petits avions et il se souvenait d'un trajet mouvementé à bord d'un hélicoptère en Asie centrale, avec Viktor aux commandes.

Il se concentra sur la vue que lui offrait le pare-brise. L'exterminateur se profilait à l'horizon. Il savait que son adversaire pourrait facilement les abattre avec des missiles air-air. Une autre leçon apprise dans la marine lui revint à l'esprit.

Profite des erreurs des autres.

« Allons-y ! » dit-il.

Il diminua la vitesse et remonta la gouverne. L'air extérieur était capricieux, ce qui ne faisait qu'aggraver la situation. Il abaissa l'aile gauche et vira à faible allure. Après son virage serré, il tourna le nez de l'appareil et se stabilisa à deux cent quarante mètres au-dessus du lac.

« Tu vois le jet ? » demanda-t-il.

Cassiopée regarda dans toutes les directions.

« Non. Mais ça ne veut rien dire. Il peut parfaitement nous avoir toujours dans sa ligne de mire. »

Ça, il le savait. Il s'efforça de maintenir le niveau de

336

l'aile alors que les surfaces de contrôle de bâbord ne répondaient plus à la commande.

« Apparemment, nous sommes tombés dans un piège, dit Pau Wen.

— Brillante observation. »

Il jeta un regard entendu à Cassiopée qui comprit au quart de tour. *Viktor*. Comment l'auraient-ils su autrement ? La Chine était vaste, et comment pouvaient-ils être juste là, à les attendre au-dessus du lac Dian, exactement à l'endroit où Ivan les avait envoyés ?

Le sommet des arbres grossissait à mesure qu'il s'approchait du lac. Par chance, les débris les plus proches flottaient à un kilomètre et demi environ.

Un coup de vent les poussa vers la droite.

Il maintint le nez de l'avion relevé.

Il ne s'était jamais posé sur l'eau et prévoyait déjà que la perception de la profondeur allait être différente. Il faudrait qu'il estime la distance correctement et s'assure que la vitesse soit idéale quand l'avion toucherait la surface. Le pire serait de ricocher sur le lac. Il craignait également de caler. Heureusement, à en juger d'après le sommet des arbres, le vent ne soufflait pas en travers. Il décida de faire les choses en douceur et éteignit les moteurs juste au moment où le dernier arbre passait en dessous. Devant eux, il n'y avait plus qu'une étendue d'eau.

Comme on le lui avait dit, *la force de gravité l'emporte toujours*.

« Je suis contente qu'il y ait de la place », dit-elle.

Il l'était aussi. Il y avait toute la place nécessaire pour s'arrêter. Il abaissa le manche et remonta le nez pour que la queue touche l'eau en premier. Une pensée lui traversa l'esprit. Les flotteurs sous chaque aile devaient rester à la surface de l'eau, faute de quoi ils risquaient rapidement d'agir comme des ancres de bateau.

Le Twin Bee rebondit deux fois puis se transforma en hydroglisseur. Le gouvernail chassa et l'avion s'arrêta à deux cents mètres environ de la rive.

Malone poussa la porte.

Cassiopée en fit autant de son côté.

Le Twin Bee rebondissait sur l'eau agitée ; son fuselage était criblé d'impacts de balles. Malone étudia le ciel. Le chasseur n'était nulle part en vue. Au sud, il se produisit un éclair. Un instant plus tard, une trace de vapeur serpentait dans le ciel matinal.

Il comprit aussitôt ce qui se passait.

Un missile air-terre, avec son radar automatique dirigé droit sur eux.

« Dans le lac ! Tout de suite ! Plongez le plus loin possible ! » hurla-t-il.

Il attendit un instant pour s'assurer que Cassiopée et Pau s'étaient bien jetés dans l'eau couleur de vase, puis il sauta dedans à son tour. Insensible au froid, il gagna le fond à la brasse.

Tant pis pour la pollution. Cette eau n'était certainement pas particulièrement propre.

Quelques secondes plus tard le missile emportait le Twin Bee, tandis qu'une explosion déchirait la surface de l'eau. Malone se redressa et donna un coup de pied pour remonter. Arrivé à la surface, il ouvrit les yeux : il ne restait plus rien de l'avion amphibie, sinon des débris en flammes.

Une seconde plus tard, Cassiopée et Pau surgissaient à leur tour.

« Ça va ? » cria-t-il.

Tous les deux acquiescèrent.

« Regagnons la rive. »

Il contourna tant bien que mal les débris fumants pour se diriger vers eux. Il inclina la tête vers le sud. Un point noir commençait à grossir.

L'exterminateur était de retour.

« Mettez-vous sur le ventre. Faites le mort, dit-il, et ne bougez pas jusqu'à ce qu'il soit passé. »

Il en fit autant en espérant que sa ruse fonctionne. Il s'était demandé pourquoi le chasseur ne s'était pas contenté de les abattre. Cela aurait été facile, surtout au début, quand ils n'avaient pas encore remarqué sa présence. Mais ils avaient probablement eu l'intention de laisser le lac effacer les preuves.

Il étendit les bras et se laissa flotter, en espérant que le pilote ne chercherait pas à revenir leur donner le coup de grâce en leur envoyant une dernière rafale.

48

LANZHOU

Tang quitta le laboratoire satisfait que le problème de Lev Sokolov ait été résolu. Il avait ordonné aux hommes à qui il en avait confié la garde de réprimer toute tentative d'évasion par la force. À présent, il en savait assez pour pouvoir commencer – avec ou sans Sokolov. Le Russe offrait la possibilité de confirmer plus facilement la découverte, mais il y avait d'autres moyens.

Et les implications de cette découverte étaient considérables.

La Chine avait un besoin crucial de plus de trois cents millions de tonnes de brut par an. Sa production industrielle – autrement dit son économie tout entière – était basée sur le pétrole. 60 % provenaient actuellement d'Afrique, d'Amérique latine et de Russie, de façon à ne pas trop dépendre du Moyen-Orient, et à ne pas être pris dans la sphère d'influence de l'Amérique. Pourquoi l'Amérique avait-elle occupé l'Irak, sinon pour monopoliser les réserves de pétrole du Moyen-Orient ? Il ne pouvait trouver aucune autre raison, et ses experts en politique étrangère étaient bien de cet avis. Ces mêmes experts avaient régulièrement prévenu que les États-Unis pouvaient facilement se servir du pétrole du Moyen-Orient comme d'une arme. Une seule petite rupture d'alimentation pouvait précipiter la Chine dans une chute vertigineuse, une chute que le gouvernement serait incapable d'enrayer. Il était fatigué de traiter avec des États voyous riches en pétrole. Quelques semaines auparavant seulement, des milliards de yuans avaient été prêtés à un autre pays d'Afrique qui ne les rembourserait jamais – juste pour s'assurer que la Chine figure bien en tête de leur liste d'exportation de pétrole. La politique étrangère du régime actuel – mélange insensé d'apaisement, de contradictions, de ruptures et de méfiance – avait depuis longtemps favorisé la cession de missiles balistiques, de matières nucléaires et de technologies de pointe, uniquement pour s'assurer que le pétrole continue à affluer.

C'était une source d'humiliation pour la Chine et cela révélait une faiblesse.

Mais tout cela pouvait changer si les milliers de puits répartis dans toute la Chine se mettaient à produire une énergie inépuisable. Il ne pouvait pas dire comment, mais il pouvait exploiter l'information en garantissant l'approvisionnement en pétrole et en éliminant les tankers de brut étranger qui affluaient chaque jour dans les ports chinois. Les résultats engendreraient le succès, et le succès engendrerait la fierté. Convenablement utilisés, ses effets ne manqueraient pas de renforcer n'importe quel régime politique.

Suivant la théorie du pétrole fossile, il savait que la Chine possédait seulement 2,1 % des réserves mondiales. Les États-Unis 2,7 %, la Russie 7 %, le Moyen-Orient, 65 %. *On ne peut rien faire contre la domination arabe*, avait récemment prévenu un de ses vice-ministres. Il n'était pas d'accord. Tout dépendait de ce qu'on savait.

Son téléphone sonna.

Alors qu'il se dirigeait vers la voiture qui l'attendait, il s'arrêta pour répondre.

« La cible est sur le lac », dit Viktor Tomas.

Le projet avait été d'attaquer l'avion de Pau Wen le plus discrètement possible. Les communications radio, surveillées par d'innombrables agences gouvernementales, y compris des fonctionnaires de la province du Yunnan, fourniraient la preuve qu'un appareil non identifié avait été intercepté par un chasseur de l'armée. Les consignes prévoyaient que l'intrus soit amené au sol.

« Des survivants ? demanda-t-il.

— Trois. Dans l'eau. Le chasseur effectue son dernier passage. Il va faire usage de ses canons pour s'assurer qu'ils ne regagnent pas la rive à la nage.

— Tu sais quoi faire. »

Malone était couché sur le ventre, avec de l'eau dans les oreilles qui l'empêchait d'entendre quoi que ce soit. Il espérait que la vision de trois corps flottants sur l'eau satisferait la curiosité du pilote. Il tourna légèrement la tête et constata que le chasseur était encore au sud, mais la trace de ses réacteurs de plus en plus marquée.

Puis un nouveau bruit couvrit tout. En provenance de l'est.

Le bruit régulier de pales tournoyant dans l'air.

Il se retourna et secoua l'eau de son visage.

Un hélicoptère franchissait en grondant la cime des arbres. Plus imposant qu'un hélicoptère d'attaque rapide, plutôt un engin de transport armé. L'appareil prit position au-dessus du lac, face au sud. Cassiopée et Pau avaient dû eux aussi entendre quelque chose de nouveau, car ils se retournèrent en faisant du surplace pour voir.

« Malone, dit une voix dans les haut-parleurs extérieurs, je contacte le jet et je demande au pilote de se retirer. »

Viktor.

Se maintenant à la surface de l'eau, Malone regarda l'exterminateur continuer son approche.

« Il ne semble pas vouloir obéir », dit Viktor.

Quelques secondes s'écoulèrent encore, puis des flammes jaillirent de l'aile postérieure de l'hélicoptère tandis que des missiles air-air quittaient leur support en direction du chasseur. Moins de dix secondes plus tard, le jet se désintégrait ; ses débris en flammes émergèrent d'un épais nuage de fumée noire et s'abattirent en pluie sur la rive au loin.

« Il faut que nous sortions de cette eau ! » cria Malone.

Ils se mirent à nager en direction du rivage.

« Vous voulez monter à bord ? » demanda Viktor.

L'hélicoptère faisait du surplace au-dessus d'eux.

Deux câbles avec des harnais en descendirent.

« Pau et toi, allez-y, dit Malone. Je vais nager.

— Un peu stupide, non ? dit Cassiopée, pendant que Pau et elle s'attachaient.

— Pas pour moi. »

Il les regarda se laisser hisser hors du lac et transporter vers la rive, deux cents mètres plus loin.

La pollution du lac l'inquiétait sans doute, mais le pire pour lui était de devoir encore quelque chose à Viktor Tomas.

Ni ne quittait pas la lampe au dragon des yeux. Il l'avait fait apporter de l'aéroport pendant qu'il retrouvait le Premier ministre devant la sépulture de Mao et il avait demandé qu'on la dépose sur son bureau.

Kwai Tang s'était donné un mal fou pour la récupérer. Pourquoi ? Il remarqua des dessins gravés sur le côté et se demanda ce qu'ils signifiaient. Il devrait interroger des experts à ce sujet. Le signal sonore provenant du téléphone sur son bureau l'énervait. Il avait dit à ses hommes qu'il ne voulait pas être dérangé.

Il appuya violemment sur le bouton qui clignotait.

« Le bureau du Premier ministre est en ligne. »

Sa colère s'évanouit.

« Passez-moi la communication. »

Quelques secondes plus tard, il entendait le même chuchotement rauque que devant la tombe de Mao : « Il y a quelques minutes, un de nos chasseurs J-10 a contraint un engin amphibie non identifié à se poser sur le lac Dian. Ensuite, le chasseur a été abattu par un de nos hélicoptères, piloté par un étranger autorisé à voler par ministre Tang. »

Ni écoutait, stupéfait.

« Cet hélicoptère transportait trois personnes qui s'étaient échappées en se jetant dans le lac. »

Le Premier ministre s'arrêta un instant. « Pau Wen se trouvait parmi eux. »

Ni se leva de sa chaise.

« Il semble que Pau soit de retour, ministre. Il a tenté pendant de nombreuses années de me manœuvrer pour que je l'autorise à rentrer. Ce qu'il t'a dit est vrai. Lui et moi nous nous sommes entretenus de nombreuses fois depuis que j'exerce cette fonction. Nous avons, bien sûr, également parlé de toi. Ces conversations étaient sans grande importance. Celles de deux hommes âgés en train de se lamenter sur les occasions perdues. Pau voulait revenir en Chine depuis longtemps, mais il était préférable qu'il

344

reste loin. Malheureusement, il semble avoir trouvé un moyen pour revenir sans mon accord. »

Ni sentit un frisson l'envahir.

« Que se passe-t-il ? murmura-t-il.

— C'est une excellente question, dont tu dois trouver la réponse. Je ne sais vraiment pas. Mais j'aimerais comprendre pourquoi nous avons non seulement perdu un homme, mais aussi un appareil à cinq millions de yuans. »

Lui aussi aurait aimé le savoir.

« Je sais depuis longtemps que ceux qui préfèrent la défensive se terrent toujours profondément, dit le Premier ministre. Ceux qui excellent à l'offensive passent à l'attaque depuis les plus hauts sommets du paradis. Pau Wen n'agit jamais en position défensive. Il reste constamment à l'offensive. »

Ni était en décalage horaire et complètement ramolli par la fatigue. Il se serait bien passé de toutes ces allusions.

« Qu'est-ce que je suis supposé faire ?

— Je sais ce que cherche Kwai Tang et je sais également pourquoi Pau Wen est revenu.

— Dans ce cas, pourquoi ne pas impliquer la sécurité intérieure et l'armée ? Ils pourront maîtriser la situation.

— Non, ministre. La dernière chose dont la Chine a besoin, c'est d'une guerre civile ouverte pour la prise du pouvoir. Le chaos serait ingérable. Le monde profiterait de cette agitation. Cela doit rester une affaire privée. Entre toi et Tang. Je n'y mêlerai personne d'autre et ne vous permettrai pas de le faire.

— Apparemment Tang a impliqué l'armée.

— J'ai pris des mesures pour que cela ne se reproduise pas.

— Alors que dois-je faire ?

— Tu peux commencer par écouter. Je dois te raconter ce qui est arrivé, en 1977, juste après la mort de Mao. »

Cassiopée détacha le harnais et se laissa tomber au sol. Elle était trempée, mais heureusement l'air matinal était traversé de courants chauds. Pau Wen atterrit à côté d'elle. Elle était impressionnée par la souplesse du vieil homme.

« Ça va ? demanda-t-elle.

— Parfaitement bien. »

Il défroissa sa chemise et son pantalon mouillés.

Ils se trouvaient à la lisière d'un vaste champ situé à un kilomètre au moins à l'est du lac. L'hélicoptère s'éloigna de quelques centaines de mètres et se posa dans un nuage de poussière. Cassiopée courut vers la rive et arriva juste au moment où Malone sortait de l'eau.

« Mieux vaut ne pas savoir combien de parasites et de bactéries je transporte », dit-il tout ruisselant.

Elle sourit.

« N'exagère pas.

— Facile à dire pour toi. Tu ne risques pas de te retrouver dans quelques jours avec six doigts de pieds et trois bras. »

Pau Wen la rejoignit.

« En fait, cette partie du lac est relativement propre. Au nord, c'est une autre affaire.

— Où est passé ton petit copain ? » demanda Malone.

Elle aurait préféré qu'il prenne un autre ton, mais en même temps, elle comprenait son énervement. Viktor connaissait leur destination car Ivan la connaissait, autrement dit, l'un ou l'autre, ou bien les deux à la fois, les avaient vendus.

Mais cela ne tenait pas debout.

Les Russes avaient la ferme intention de retrouver Sokolov. Pourquoi stopper cette mission avant qu'elle ait commencé ?

Elle entendit la terre sèche craquer derrière elle et se retourna. Viktor, en combinaison de pilote verte, se dirigeait vers eux.

Malone lui passa devant comme un éclair et alla flanquer son poing dans le visage de Viktor.

49

Malone était prêt pour la bagarre quand Viktor se releva d'un bond. Il esquiva la première attaque et assena un autre coup de poing dans le ventre de Viktor qu'il trouva dur comme de l'acier.

« Tu nous as vendus, dit-il. Une fois de plus. »

Viktor baissa les poings.

« Malone, comment peux-tu être aussi bête ? Kwai

Tang se fiche complètement de vous. C'est *lui* qu'il veut voir mort. »

Viktor désigna Pau.

« Je n'ai fait qu'intervenir pour sauver votre peau – ce qui, permettez-moi de le dire, pourrait me coûter la mienne.

— Et tu penses que nous allons croire ça ? demanda Malone.

— Tang te veut mort, dit Viktor à Pau. Pour les sauver, j'ai dû te sauver aussi. »

Pau se tourna vers Malone.

« Il faut gagner le Nord. Tang a le bras long dans ce pays.

— Je peux vous emmener où vous voulez, dit Viktor.

— Et pourquoi vous faire confiance ? demanda Cassiopée.

— Je viens de rayer un pilote de la carte du ciel. Ça ne suffit pas pour vous prouver de quel bord je suis ? »

Malone remarqua le changement de ton. Plus doux. Plus calme. Rassurant. Une voix qui s'adressait à elle seule. Mais il voulait comprendre.

« Kwai Tang va nous laisser libres de nous promener partout en Chine à bord d'un hélicoptère de l'Armée de libération du peuple ? Nous pouvons agir comme bon nous semble ?

— Si nous nous dépêchons, nous pouvons être partis avant qu'il réagisse. Ma mission consistait à m'assurer que le chasseur balaie le lac avec ses canons pour que personne ne puisse regagner le rivage à la nage. Je l'ai modifiée. Ça va leur prendre un peu de temps pour se ressaisir. Une chose que j'ai apprise, c'est que les Chinois ne sont pas comme vous et moi, ils ne sont pas du genre à improviser. Cette action n'avait pas été approuvée officiellement, aussi, quelque part, un commandant local doit être en train de se demander quoi faire. »

Malone passa la main dans ses cheveux mouillés, tout en réfléchissant aux différentes hypothèses.

Elles n'étaient pas nombreuses.

Il regarda le lac et remarqua qu'aucun détritus ne se rapprochait des débris dans l'eau, ou de la rive où ils se tenaient.

Il se retourna et allait poser une autre question à Viktor quand il reçut un coup de poing dans la mâchoire. Assommé, il se retrouva par terre, avec l'impression de voir clignoter la lumière aveuglante de la mi-journée.

« Ne recommence pas à me frapper », dit Viktor, au-dessus de lui.

Il pensa un instant riposter, mais préféra s'en abstenir. Il ne savait toujours pas sur quel pied danser avec ce type, mais, cette fois, Viktor venait de leur sauver la vie, et, apparemment il aimait bien Cassiopée. Deux choses qui l'ennuyaient plutôt.

« Vous avez fini tous les deux ? demanda Cassiopée.

— Moi oui, dit Malone, debout, les yeux rivés sur Viktor.

— Je ne suis pas ton ennemi », dit Viktor.

Il se frottait la mâchoire.

« Nos choix étant très limités, nous allons devoir te faire confiance. Emmène-nous vers le nord.

— Où ?

— Xian, dit Pau. Au tombeau de Qin Shi. »

Ni devait faire un effort pour comprendre ce que disait la voix douce du Premier ministre au téléphone.

« La période juste avant et après la mort de Mao a été chaotique. La politique n'arrêtait pas de changer, allant du maoïsme à quelque chose de radicalement différent. Quelle allait être cette nouvelle direction, personne ne le savait. Mao lui-même essayait de rapprocher les points de vue opposés, mais il était trop vieux et trop fatigué pour pouvoir maîtriser la situation. »

Bien que tout jeune à l'époque, Ni n'avait pas oublié le début des années 1970, quand la bande des Quatre, des maoïstes purs et durs emmenés par la femme de Mao, militait pour la lutte des classes, l'anti-intellectualisme, l'égalitarisme et la xénophobie. Leurs opposants prônaient au contraire croissance économique, stabilité, éducation et pragmatisme.

« Le balancier n'a pas cessé d'aller d'avant en arrière pendant les deux années précédant la mort de Mao. Le pays a connu des luttes internes, des batailles personnelles, des purges publiques, et même quelques morts. À la fin, Den Xiaoping a revendiqué le pouvoir. Mais la lutte pour y parvenir a été longue et amère. Les cicatrices étaient profondes. Pau Wen et moi avons assisté à toutes les batailles.

— De quel côté ?

— Peu importe. Mais les erreurs commises alors nous hantent toujours. C'est pourquoi la bataille pour le pouvoir entre toi et Tang ne peut pas se dérouler publiquement. Je ne permettrai pas que la même erreur se reproduise. »

Le Premier ministre parlait comme un adepte de Confucius.

« Den Xiaoping a été pire que Mao sur bien des points, dit le Premier ministre. Pour lui, toute réforme était valable à condition qu'elle ne remette en question ni le Parti, ni le gouvernement, ni le marxisme. Améliorer le niveau de vie par tous les moyens – c'était sa philosophie, et regarde ce qui s'est passé. Il nous a laissés détruire notre pays. »

Il était bien obligé d'être d'accord. Les cicatrices laissées par le développement à tout-va étaient encore apparentes partout. Nulle part la nation n'avait été épargnée.

« On dirait que le sort s'acharne sur nous, dit le Premier ministre. Autrefois, nous étions un pays isolé, puis les Portugais sont arrivés. Deux cents ans plus tard, nous étions gangrenés par notre propre corruption. Des troupes occidentales et des canonnières contrôlaient nos ports et nous étions réduits à l'état de colonie des puissances occidentales. Ce climat de défaite favorisa l'ascension de Mao puisque c'était quelqu'un qui disait au peuple exactement ce qu'il avait envie d'entendre. Mais le communisme s'est révélé bien pire. Mao nous avait isolés à nouveau. Deng a essayé de changer ça, mais il est allé trop vite, trop loin. Nous n'étions pas prêts. C'est alors que Pau Wen a décidé d'agir. Voyant là une occasion, il a réparti tous les frères du Ba dans le gouvernement ou l'armée, avec une seule et unique mission : prendre de l'importance et du pouvoir. Personne ne savait qui parviendrait au sommet le premier, jusqu'à ce que Kwai Tang se présente.

— Et d'autres, ne provenant pas du Ba, vont le suivre.

— Beaucoup d'autres. Il a des arguments persuasifs, comme l'étaient ceux de Mao et de Deng. Beaucoup au Comité central et à l'Assemblée nationale soutiendront volontiers Tang dans son légalisme. »

Ses propres conseillers avaient également envisagé cette éventualité.

« L'histoire est une jeune fille, et on peut l'habiller comme on veut, dit le Premier ministre. Dix ans après la mort de Mao, notre gouvernement avait été complètement transformé, réorganisé, des milliers de nouveaux fonctionnaires engagés, le passé effacé. Pau Wen a tiré des leçons de ce chaos. Au cours des trois dernières décennies, et avec une habileté remarquable, il a déterminé pour les frères du Ba, dont Kwai Tang, un chemin à suivre. Je sais qu'il a quitté le pays pour pouvoir plus facilement mettre ce plan à exécution. »

Ni se souvint de la conversation téléphonique qui avait été enregistrée et la mentionna au Premier ministre, puis il dit :

« De toute évidence, Tang et Pau ont pris des chemins séparés.

— Attention, ministre, on ne peut pas faire confiance aux eunuques. »

À bout de nerfs, Ni attendit vainement que le Premier ministre en dise davantage. À la fin, le vieil homme reprit :

« Ministre, on vient de m'annoncer qu'un hélicoptère a quitté le lac Dian avec quatre personnes à bord. Trois d'entre elles, dont Pau Wen, sont sorties du lac à la nage.

— Fais-le intercepter.

— À quoi cela nous servirait-il ? »

Il connaissait la réponse. À rien.

« Heureusement, dit le Premier ministre, je crois savoir où va cet hélicoptère. »

Il était tout ouïe.

« Xian. Tu devrais y aller tout de suite. Mais, d'abord, il faut que tu saches quelque chose. Quelque chose que Pau Wen ne sait même pas. »

Tang attendait à l'aérodrome en dehors de Lanzhou. Le terminal, un cube de ciment gris, avec des rideaux rouges ornant de grandes fenêtres, avait le charme d'un bâtiment désaffecté. Il ne pouvait pas partir avant de savoir exactement ce qui s'était produit sur le lac Dian. Si tout se déroulait comme prévu, Viktor Tomas aurait les trois passagers à bord de son hélicoptère. Dans ce cas, Viktor ne ferait pas son rapport oralement. Un code avait été prévu à la place, permettant d'envoyer un message qui n'éveillerait aucun soupçon.

Il avait fait une grande confiance à cet étranger, et, jusque-là, Viktor n'avait fait aucun faux pas. Il avait écouté la veille le récit d'anciens exploits impliquant Cotton Malone et Cassiopée Vitt, conscient que ces renseignements pouvaient leur servir. Il était tombé d'accord avec Viktor quand il prétendait que, pour se réconcilier avec Malone et Vitt afin de connaître exactement le but des Russes et des Américains, quelque chose de significatif devait se produire.

C'était d'ailleurs pourquoi il avait approuvé qu'on abatte le chasseur.

À présent, il pourrait connaître exactement les intentions de ses ennemis.

Quand il aurait endossé le rôle de Premier ministre, qu'il serait aux commandes du Parti et de la nation avec le soutien total du Comité central et de l'armée, il ne serait plus jamais en proie au doute.

En attendant, il était vulnérable.

Aussi tout ce qui pouvait réduire les risques qu'il courait était bienvenu.

Son téléphone l'avertit d'un nouveau texto venant de ses collaborateurs. Il examina l'écran.

TEMPS PERMETTANT L'ACCÈS AU COMTÉ DE LINTONG.

En écoutant la transmission des données de l'hélicoptère, il était possible de savoir quelles informations numériques étaient envoyées et reçues par l'informatique du bord. Si Viktor n'envoyait pas de message radio, mais demandait les conditions météorologiques d'un certain endroit, cela indiquerait leur destination.

Lintong était situé dans la province du Shaanxi, juste à l'est de Xian.

Où se trouvaient la tombe de Qing Shi et l'armée en terre cuite.

Il répondit au texto de son équipe par un ordre bref.

Assurez-vous que leur route est libre. Inutile intervenir.

50

13 HEURES

Malone occupait l'habitacle passager de l'hélicoptère avec Cassiopée et Pau Wen, tandis que Viktor était seul aux commandes. Ses vêtements avaient du mal à sécher après sa baignade dans le lac Dian. Ils se dirigeaient vers le nord-est, effectuant un vol de mille kilomètres au cœur de la Chine, vers la province du Shaanxi et Xian. Se méfiant toujours de Viktor, Malone fit signe à Cassiopée et à Pau d'ôter leur casque.

Il se rapprocha d'eux.

« Je veux pouvoir tenir une conversation sans qu'il écoute, dit-il d'une voix assez basse pour qu'elle soit couverte par le bruit des rotors.

— Il y a du progrès, Cotton, dit Cassiopée d'un ton irrité.

— Je sais que ton but est de retrouver le fils de Sokolov. Mais crois-tu vraiment que tout ça se passe à l'insu de tout le monde ?

— Évidemment pas, dit Pau. Mais nous allons où nous avons besoin d'aller. Une fois là-bas, nous pourrons renverser la situation.

— Et se battre avec Viktor ne risque pas de faciliter les choses, dit Cassiopée.

— Tu l'aimes bien, n'est-ce pas ?

— J'aime bien le fils de Lev Sokolov. Je veux

retrouver ce garçon. Et pour ça, il me faut un échantillon de pétrole ancien à donner à Tang. Pour l'obtenir, nous devons aller à Xian.

— Tu ne penses pas vraiment que cet accord soit encore valide ? Apparemment, Sokolov a de gros problèmes. »

Devant son état de frustration évident, il aurait préféré ne pas insister, mais il fallait que cela soit dit.

« Il se peut très bien que Tang ait déjà mis la main sur Sokolov, déclara Malone, et qu'il n'ait plus du tout besoin de toi.

— Dans ce cas, pourquoi sommes-nous encore en vie ? » demanda-t-elle.

Il montra Pau du doigt.

« Visiblement, c'est à lui que Tang s'intéresse à présent. Viktor ne s'en est pas caché. »

Il y avait aussi ce qu'Ivan n'avait pas dit. À propos de Sokolov. Les Russes voulaient le récupérer, faute de quoi, sa mort était aussi parfaitement envisageable.

Il se tourna vers Pau.

« Qu'allons-nous faire en arrivant ?

— Nous pénétrerons dans la tombe de Qin Shi, comme je l'ai déjà fait. Mais il nous faudra des torches. »

Malone trouva un renfoncement avec deux trousses de secours et les sortit.

« La tombe n'était pas achevée à la mort de Qin, dit Pau. Son fils, le deuxième empereur, la termina et y ensevelit son père. Il s'arrangea ensuite pour y faire revenir les architectes et quelques-uns des maçons et les emprisonna sous terre. Ils moururent avec leur empereur.

— Comment savez-vous ça ? demanda Malone.

— J'ai vu leurs ossements quand j'ai pénétré dans la tombe.

— Mais vous dites qu'il existait un autre accès », dit Cassiopée.

Pau expliqua que l'eau dans le sol avait posé un problème aux maçons, leurs excavations ayant atteint la nappe phréatique. Un drainage souterrain compliqué avait dû être mis en place, des canaux creusés, jusqu'à huit cents mètres de longueur parfois, pour empêcher l'eau de pénétrer dans les chambres pendant la construction. Une fois le travail terminé, la plupart des tunnels avaient été comblés avec de la terre tassée pour former un barrage.

Mais quelques-uns étaient restés intacts.

« Je suis tombé sur un de ces canaux quand j'ai trouvé la bibliothèque de Qin Shi. Il permet d'éviter tous les pièges que les maçons ont tendus contre les voleurs. Ce qui était probablement sa fonction initiale. Ils devaient avoir besoin d'un passage pour venir inspecter le site de temps en temps sans prendre de risques.

— Pourquoi ne pas les avoir empruntés pour sortir quand ils ont été coincés à l'intérieur ? demanda Cassiopée.

— La réponse à cette question vous semblera évidente quand vous verrez l'entrée.

— Et pour le mercure ? demanda Malone, se souvenant de leur conversation de la veille dans la maison de Pau.

— J'ai laissé la tombe s'aérer pendant plusieurs jours avant d'entrer. Je portais aussi un masque à gaz.

— Et maintenant ? demanda Cassiopée. La tombe est restée fermée pendant plus de vingt ans.

— Des mesures préventives sont en place. »

Pas vraiment rassurant, pensa Malone, en jetant un coup d'œil en direction du cockpit et de son autre sujet d'inquiétude. De l'autre côté du pare-brise, des nuages menaçants, annonciateurs de pluie, se rapprochaient.

« Il nous a sauvé la vie là-bas, dit Cassiopée. La tienne aussi. Et c'est lui qui nous mène à Tang.

— Et pourquoi Tang ne serait-il pas déjà entré dans la tombe de Qin pour prendre lui-même l'échantillon de pétrole ? Viktor est au courant de ça depuis deux jours.

— Comment pourrait-il entrer ? dit Pau. La tombe n'a jamais été fouillée.

— Vous ignorez ce qu'ils ont fait, déclara Malone. Nous ne savons même pas si nous nous dirigeons bien vers Xian.

— Nous allons dans la bonne direction, dit Pau.

— Et si quelqu'un nous attendait à l'arrivée ?

— Si c'était le cas, dit Pau, pourquoi ne pas avoir laissé le chasseur nous abattre ? »

Juste.

« Qu'y a-t-il dans la tombe ? demanda Cassiopée à Pau.

— Pas ce à quoi vous pouvez vous attendre.

— Vous pouvez nous en dire plus ? dit Malone.

— Je préfère que vous vous rendiez compte par vous-même, une fois à l'intérieur. »

51

14 h 30

Ni descendit de la voiture qui l'avait conduit à l'est de Xian dans le comté de Lintong et le musée des Guerriers et des Chevaux en terre cuite de la dynastie Qin. Le Premier ministre lui avait dit que l'hélicoptère transportant Pau Wen arriverait dans la demi-heure. Il avait également révélé à Ni quelque chose qu'il ignorait, quelque chose qu'une seule personne encore de ce monde savait.

Le mausolée de Qin Shi, le premier empereur de Chine, avait été ouvert.

Bien que les guerriers de terre cuite aient été extraits du sol et exposés aux yeux du monde, le mausolée lui-même, un imposant monticule planté d'arbres qui dominait les terres agricoles plates et broussailleuses, était supposé ne jamais avoir été violé. Tout le monde s'accordait à reconnaître que le mausolée représentait un des plus grands trésors archéologiques de la planète. Qin Shi avait fondamentalement transformé la façon de gouverner son monde, en renforçant le légalisme et en inventant un concept de gouvernement qui avait unifié la Chine. Il était devenu le pivot central d'une nation et l'était resté dans la mort, emportant avec lui non seulement une escorte en terre, mais aussi un système politique tout entier, un système instaurant une autorité suprême dans la vie comme dans la mort. Ceux qui vinrent après lui tentèrent de diminuer son influence en récrivant l'histoire.

Mais le fait de pénétrer dans la tombe, d'étudier son contenu, pourrait très bien permettre de réfuter tous ces diktats.

Et pourtant, le gouvernement communiste avait toujours refusé.

La raison officielle invoquée était que la technologie et les techniques ne permettaient pas encore de conserver convenablement ce qui se trouvait sous le monticule. Si bien qu'il avait été jugé plus prudent de laisser la tombe scellée.

Ni n'avait jamais, jusqu'à ces dernières heures, remis cette explication en question. Cela n'avait rien à voir avec son combat contre la corruption. Il avait visité une seule fois le musée, il y a quelques années, après une série de vols dans les ateliers de restauration – des ouvriers locaux qui volaient des fragments des guerriers extraits du sol pour les revendre au marché noir. À présent, le site grouillait de monde, les gens bougeant tous ensemble comme des algues sous l'effet du courant. Des millions de visiteurs y venaient chaque année, comme aujourd'hui, malgré un ciel bas, gris et oppressant, chargé de pluie. Les parkings étaient complets, la zone réservée aux autocars bondée. Il savait qu'un métro était en construction à partir de Xian, une ligne de trente kilomètres qui soulagerait la circulation, mais il faudrait attendre encore quelques années pour qu'il soit achevé.

Il n'avait dit à personne qu'il venait, ayant réquisitionné un hélicoptère du Comité central pour l'emmener vers l'ouest. Kwai Tang avait quitté Lanzhou trois heures auparavant, en direction de l'est, vers

Xian, ce qui voulait dire que son ennemi devait déjà être là. Pendant le vol en provenance de Pékin, il avait pris le temps de lire les documents que son équipe avait réunis sur un sujet auquel il ne connaissait pas grand-chose.

Les eunuques.

Leur nombre avait varié de trois mille à cent mille, selon les époques. Pour les Chinois, toutes les forces naturelles étaient soumises à des cycles, atteignant un pic avec le *yang*, puis régressant avec le *yin*. La virilité, la force et le courage avaient toujours été associés au *yang*, tandis que les femmes, les eunuques et le mal étaient régis par le *yin*. Il avait appris qu'il y avait peut-être une explication logique à cette dichotomie. Toute l'histoire chinoise avait été rédigée par des mandarins, l'élite éduquée, une classe qui méprisait les eunuques du palais. Après des années d'études ardues, les mandarins devaient prouver qu'ils avaient les capacités nécessaires à l'exercice de leurs fonctions en passant des examens. Les eunuques, eux, profitaient de la moindre qualification pour acquérir de l'influence. Il était donc compréhensible que ces archives disent rarement du bien des eunuques.

Il n'était pas surprenant non plus qu'on ait souvent réservé de mauvais traitements aux eunuques. Chaque fois qu'ils rencontraient un membre de la famille impériale, ils étaient forcés de se rabaisser au rang d'esclaves. Ils s'apercevaient très vite qu'ils ne seraient jamais vénérés comme des érudits ou des hommes d'État. Le complexe d'infériorité induit par un tel traitement aurait engendré du ressentiment chez n'importe qui. Ils comprenaient très vite aussi que leur survie, une fois que leurs services ne seraient plus requis, dépendait de la fortune qu'ils auraient pu secrètement amasser. Pour l'acquérir, ils devaient rester dans les allées du pouvoir. Leur seul souci était donc de se maintenir dans les bonnes grâces de leurs protecteurs et de les aider à se maintenir en place.

Il arrivait aussi parfois que des eunuques particulièrement intelligents deviennent de précieux conseillers. Plusieurs acquirent une grande réputation. Ts'ai Lun, au IIe siècle, inventa le papier. Ch'ien Ssu-Ma fut le père de l'histoire chinoise. Zheng He devint le plus grand marin que la Chine ait jamais produit, ayant construit au XVe siècle une flotte qui explora le monde. Nguyen An, véritable homme de la Renaissance, dessina le Palais interdit. Feng Bao, au cours du XVIIe siècle, dirigea avec compétence les affaires de la nation sous l'empereur Wanli. À la même époque, Chen Ju contribua à maintenir la cour en état de fonctionner, tandis que ses éléments extérieurs se déchiraient en factions rivales. Pour ses services, après sa mort, il reçut le titre de Pur et Loyal.

D'après sa documentation, il était clair que les empereurs avaient fini par trouver les eunuques plus dignes de confiance que les fonctionnaires du gouvernement. Les eunuques n'étaient jamais éduqués avec de nobles idéaux, pas plus qu'ils n'étaient poussés à préférer le bien général au leur. Ils représentaient simplement la volonté personnelle de l'empereur, tandis que les fonctionnaires du gouvernement incarnaient la solution politique alternative de la bureaucratie en place.

Un conflit d'idéologies classique.

Dont les eunuques sortirent vainqueurs.

Avant d'être battus.

À présent, ils étaient de retour.
Et leur chef était là, à Xian, en train d'attendre.

Tang étudiait les écrans de contrôle. Le site du musée était équipé de centaines de caméras qui exerçaient une surveillance constante sur les trois fosses et leurs abris correspondants, le hall d'exposition, les restaurants, le centre d'information, le cinéma et même les stands de souvenirs.

Il jeta un coup d'œil à la pendule murale : un hélicoptère devrait bientôt approcher. Rien d'anormal. Les fonctionnaires du gouvernement, les dignitaires et même certains nouveaux riches du pays venaient par air jusqu'au site. L'armée également, qui effectuait ainsi ses rotations de personnel. L'hélicoptère qui avait amené Tang attendait à un kilomètre, juste en dehors du périmètre extérieur, dans un champ réservé à l'atterrissage.

Vingt-quatre écrans distincts occupaient le mur verdâtre devant lui à l'intérieur du bâtiment climatisé et mal éclairé, à deux kilomètres du monticule de la tombe. Le bâtiment faisait partie d'un complexe administratif qui servait de quartier général aux scientifiques, aux archéologues et aux bureaucrates. Il avait appris que l'incendie dans la fosse 3 avait été imputé à un câblage défectueux. Le malaise général était perceptible, personne ne voulant en endosser la responsabilité. Ce qui était surtout vrai pour l'administrateur. Cet imbécile particulièrement énervant avait présenté ses excuses à plusieurs reprises à propos de la *perte catastrophique au regard de l'histoire.* Tang avait décidé de se montrer magnanime et il avait assuré l'équipe de sa compréhension. Un malheur pouvait toujours survenir. Il fallait ouvrir une enquête, puis transmettre un rapport détaillé.

Il observait les écrans de télévision.

Une foule enthousiaste, sans cesse en mouvement, y apparaissait. La pluie avait commencé à tomber une heure auparavant. Il connaissait l'importance du tourisme pour l'économie, mais il n'aimait pas les concessions que cela impliquait.

Cela aussi changerait une fois qu'il serait au pouvoir.

Les images se succédaient en permanence et des chiffres défilant en bas précisaient l'heure et l'endroit de chaque prise de vues. Il ne quittait pas les écrans des yeux, observant la foule grouillante. Des gardes en uniforme apparaissaient de temps en temps, chacun communiquant par radio avec l'interlocuteur à sa droite.

Quelque chose attira son attention.

« Là, ordonna-t-il, en montrant du doigt. Le numéro 45. »

Le moniteur correspondant à la caméra 45 s'arrêta sur l'image.

« Où est-ce ?

— Sur le côté ouest du monticule, près des tombes des artisans. »

L'écran montrait un homme vêtu d'une chemisette et d'un pantalon foncés. Il se tenait à la lisière d'un champ boueux, avec le contrefort boisé du monticule de la tombe en arrière-plan. Grand, mince, les cheveux bruns, il faisait face à la caméra, tout ruisselant de pluie. Sans être en mesure de distinguer tous ces détails, Tang sut aussitôt que l'homme avait les yeux marron, un nez large et des traits caractéristiques.

Un murmure d'inquiétude parcourut la pièce quand on le reconnut.

« Ministre Ni est sur le site », dit un des hommes.

Sur l'écran, Ni se retourna et traversa comme un fou le terrain mouillé, en direction d'un amas de pierres et de maisons en bois aux toits de chaume.

« Qu'est-ce que c'est ? demanda Tang.

— Zone interdite. Ordre de Pékin, ministre. Depuis longtemps. Cette zone est interdite d'accès.

— Personne n'y entre ? »

L'homme secoua la tête.

« Jamais. Nous avons une caméra de surveillance braquée sur la clôture, mais nous n'entrons pas. »

Il connaissait l'effet produit par un ordre de Pékin. On ne le remettait pas en question, on se contentait d'obéir, jusqu'à ce qu'une autre directive de Pékin vienne annuler la première.

Sur l'écran, tandis que Ni se dépêchait de partir, Tang remarqua quelque chose qui sortait de la poche arrière de son pantalon.

« Zoome sur ce qu'il a dans sa poche », ordonna-t-il aussitôt.

La caméra se focalisa sur l'endroit en question tandis que Ni continuait à s'éloigner. L'objet apparut en gros plan.

Une torche.

Il tapa sur l'épaule d'un des hommes de la sécurité et désigna son arme dans le holster.

« Donne-moi ton pistolet. »

365

Il vérifia le magasin. Il était chargé.

« Conduis-moi jusque-là. »

Ni avait fait exprès de s'arrêter et de faire face à la caméra. Si Kwai Tang regardait, ce dont le Premier ministre l'avait assuré, il voulait qu'il sache qu'il était là.

À présent, il fallait voir si son ennemi avait mordu à l'hameçon.

52

Malone regardait en bas le mausolée de Qin Shi à travers la vitre striée de pluie. Le monticule vert boisé surgissait comme une verrue de la plaine marron. Il avait beaucoup lu à propos du site, qui était constitué par un ensemble de salles souterraines s'étendant sur plus de trente kilomètres carrés, dont la plus grande partie restait inexplorée. Il avait même visité l'exposition des guerriers de terre cuite à Londres l'année précédente, mais il n'aurait jamais imaginé pouvoir pénétrer lui-même dans la tombe.

L'hélicoptère approchait par le sud, progressant au-dessus de collines brun foncé à trois cents mètres d'altitude environ. Une averse persistante détrempait le sol. D'autres montagnes s'élevaient à l'ouest, avec le fleuve Wei qui coulait en direction du nord. À une distance d'environ mille cinq cents mètres, il aperçut les bâtiments imposants et d'autres constructions qui composaient le site du musée, ainsi qu'une multitude de gens avec des parapluies, bravant la pluie.

« Nous allons nous poser au nord, dit Viktor dans les écouteurs. Il paraît qu'il y a un endroit réservé aux hélicoptères là-bas. »

Malone se serait senti mieux avec une arme et il espérait qu'un casier qu'il avait repéré plus tôt serait accessible. Quand le loquet s'ouvrit, il devint aussitôt méfiant. À l'intérieur, quatre pistolets étaient retenus par des attaches. Il en prit un, et, se souvenant de la dernière fois qu'il s'était trouvé dans un hélicoptère avec Viktor Tomas aux commandes, il vérifia le magasin.

Il était chargé. Vingt coups.

Il sortit quelques-unes des balles et les examina. Aucune n'était à blanc.

Il replaça les munitions et tendit une arme à Cassiopée. Il n'en proposa pas à Pau Wen, et le vieil homme s'abstint de lui en réclamer une.

Il glissa le pistolet semi-automatique sous sa chemise. Cassiopée en fit autant.

Les rotors ralentirent, et ils perdirent progressivement de l'altitude.

Tang sortit du bâtiment de la sécurité. On le dirigeait vers une voiture qui attendait quand il aperçut un hélicoptère militaire venant du sud. Il aurait voulu se lancer à la poursuite de Ni Yong, mais il avait mieux à faire.

« Gardez la voiture à proximité », ordonna-t-il.
Puis il retourna à l'intérieur.

Ni s'arrêta à la clôture rouillée qui entourait un ensemble de bâtiments en ruines. Le Premier ministre lui avait dit que les constructions de l'autre côté ressemblant à des maisonnettes avaient été édifiées à la hâte dans les années 1980. À sa connaissance, personne n'avait pénétré à l'intérieur de la clôture depuis vingt ans – ce qui était vraisemblable au vu des herbes hautes, de la végétation envahissante et des trous béants dans les toits de chaume. Les bâtiments se trouvaient à une centaine de mètres du pied du monticule, dans le périmètre d'un ancien mur écroulé.

Il regarda l'ensemble avec un mélange de fascination et d'émerveillement.

Le Premier ministre l'avait également averti que Pau Wen avait certainement l'intention de pénétrer dans le mausolée de Qin Shi.

« Comment peut-on y arriver ? avait-il demandé.

— Il y a deux façons de pénétrer. Pau Wen en connaît une. Je connais l'autre. »

Cassiopée sauta de l'hélicoptère sur le sol trempé, suivie par Cotton et Pau. Tandis que les rotors finissaient de tourner, Viktor émergea de la cabine et demanda :

« Tu as trouvé les armes, Malone ?

— Et cette fois, elles sont vraiment chargées.

— Tu n'oublies rien, pas vrai ? »

Personne ne s'était approché de l'hélicoptère, et il n'y avait aucun véhicule en vue. Ils devaient se trouver à un kilomètre cinq cents du monticule et moitié moins du complexe du musée. Un autre hélicoptère stationnait à une centaine de mètres.

« Des amis à toi ? » demanda Malone.

Viktor haussa les épaules.

« Je n'en ai aucune idée.

— La sécurité est un peu relâchée, dit Malone.

— D'autant que nous sommes des étrangers, souligna Cassiopée.

— Mais vous êtes arrivé dans un hélicoptère de l'Armée populaire de libération, dit Viktor. Et c'est ce qui compte. »

La pluie tombait sans discontinuer et les vêtements de Malone ne tardèrent pas à être complètement trempés de nouveau. Mais, au moins, l'air était chaud.

Pau Wen fit un geste en direction du musée.

« Nous devons y aller. Le musée va bientôt fermer. »

Tang observait l'écran, content que Viktor Tomas ait bien livré Pau Wen, Cotton Malone et Cassiopée Vitt comme promis. Ses yeux allaient de la piste d'atterrissage au nord à Ni Yong du côté ouest du monticule. Son point d'observation était idéal, et il ordonna aux hommes manœuvrant les caméras de continuer à enregistrer les deux scènes.

Il avait pris la direction de la sécurité du musée sachant que personne ne contesterait son autorité et ne prendrait contact avec Pékin. Le seul qui pouvait lui donner des ordres était le Premier ministre lui-même, et il était peu probable qu'il le fasse. Le vieil homme ne se mêlait pratiquement plus de politique, et Tang avait cessé de se préoccuper des activités quotidiennes du Premier ministre. Cela n'avait plus aucune importance.

Ni Yong et Pau Wen.

Eux avaient de l'importance.

Et à présent, il avait les deux hommes dans sa ligne de mire.

Il revint à l'écran montrant Ni Yong. Il vit Ni escalader une barrière métallique branlante et retomber de l'autre côté. Il fallait qu'il aille voir sur place ce qui attirait l'attention de son rival. On lui avait dit qu'il n'y avait plus rien là-bas, sinon une zone d'entrepôts désaffectés, mais ce « rien » était clôturé, surveillé et protégé sur ordre de la capitale.

Sur le moniteur, il vit Pau et ses trois compagnons se diriger sous la pluie vers le bâtiment de la fosse 3. Celle-là même où la chambre de la bibliothèque impériale avait été localisée. Où la montre avait été trouvée.

Intéressant.

53

Malone était sidéré par la fosse 3. C'était le plus petit des trois sites fouillés, et une pancarte indiquait en anglais que c'était le centre de commandement souterrain de l'armée, au complet, avec des officiers de haut rang, une garde impériale et un chariot. Les visiteurs se pressaient sur une passerelle qui faisait le tour des fouilles à cinquante mètres de hauteur. Des lampes à vapeur de sodium de faible intensité baignaient la scène surréaliste d'une lumière crue d'un jaune verdâtre. L'atmosphère était humide, la pluie tambourinait sans cesse sur le plafond. Une odeur prononcée d'humus lui remplissait les narines. L'absence de toute climatisation était surprenante, sachant que la présence de ce bâtiment au-dessus de la fosse avait probablement pour objectif de lutter contre l'humidité.

Pau les mena jusqu'à la passerelle tandis qu'un groupe avançait un peu plus loin.

« Cette fosse est unique par sa taille et sa composition. »

Malone évalua l'ensemble. De nombreuses statues en terre cuite n'avaient pas de tête. Sur le sol pavé en dessous, des fragments d'autres statues étaient empilés, comme les pièces d'un puzzle tombées de la boîte.

« Soixante-huit guerriers seulement ont été trouvés ici, dit Pau. Il y en a plusieurs milliers dans les deux autres fosses. Ici, nous avons les gardes de l'armée souterraine impériale, son général, l'élite. »

Malone examina le chariot, qui se trouvait au centre

de la fosse, au pied d'une rampe partiellement dégagée qui remontait jusqu'au niveau du sol.

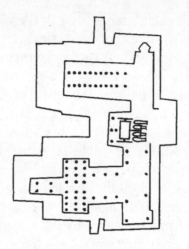

« J'étais ici en 1979 quand cette fosse a été localisée, dit Pau, mais elle n'a pas été complètement explorée avant le milieu des années 1980, à peu près au moment où j'ai quitté la Chine. Je n'ai vu que des photos. Vous ne remarquez rien ? »

Huit soldats se tenaient à gauche du chariot central, aucun à droite. Tous les autres soldats s'entassaient dans deux renfoncements de chaque côté de la fosse en U.

« Pourquoi n'y a-t-il personne à droite du chariot ? demanda Malone.

— Ce n'est pas tout, dit Pau.

— Le chariot est de travers par rapport à la rampe », dit Cassiopée.

Malone constata qu'elle avait raison : il était impossible que les roues tirent le chariot hors de la fosse

372

sans entrer en collision avec le mur de la rampe. Pour négocier la sortie, le chariot devrait tourner à droite.

« J'ai remarqué ça sur les photos, dit Pau. Pour des gens tellement soucieux de la conception dans ses moindres détails, cette erreur ne pouvait pas être fortuite.

— Donc le trou dans le mur de terre, à droite du chariot, est important ? » demanda Malone.

Pau acquiesça.

« Ceux qui ont dessiné cet endroit ont voulu transmettre un message, signalant quelque chose d'important à gauche. Il y a quelques jours, cette salle que vous voyez a été retrouvée.

— Elle est dans un état lamentable », dit Viktor.

Malone avait également remarqué les câbles, les pelles, les râteaux et la terre entassée de chaque côté de l'ouverture, et ce qui semblait être un boîtier électrique calciné.

« On dirait plutôt un incendie.

— Des accidents se produisent parfois », dit Pau.

Mais Malone n'était pas dupe.

« Vous saviez à quel moment cette salle serait retrouvée, n'est-ce pas ?

— Plus important, Kwai Tang le savait. Il était là et il a mis le feu. Il a volontairement détruit la bibliothèque impériale de Qin Shi. »

Malone aurait aimé en savoir davantage, mais ce n'était pas le moment.

« Cet endroit ferme dans quarante-cinq minutes.

— Nous devons pénétrer par cette ouverture », dit Pau.

Malone étudia une nouvelle fois la configuration. Deux rampes supplémentaires descendaient jusqu'au fond de la fosse. Toutes les deux étaient barrées par des chaînes faciles à enjamber. Quatre caméras en circuit fermé étaient apparentes, mais il y en avait probablement d'autres, celles qui étaient visibles étant destinées à montrer aux gens que l'endroit était surveillé, les autres procurant sans doute de meilleures images aux services de sécurité. Il aperçut six gardes en uniforme sur la passerelle, mais c'était sans compter les hommes en civil dispersés un peu partout. La foule était calme et disciplinée.

« Il faudrait que nous trouvions un moyen de détourner l'attention », chuchota-t-il.

Cassiopée acquiesça.

« Je me disais la même chose.

— Prenez garde, dit Pau. Le personnel de sécurité réagira à la moindre imprudence.

— Et si nous sommes pris ? demanda Viktor.

— Alors nous serons arrêtés, et nous verrons si *toi*, tu es un ami ou un ennemi. »

Malone aimait bien avoir un doute concernant Viktor, même si se retrouver prisonnier en Chine ne lui semblait pas une très bonne idée, d'autant que leur présence ici était illégale et que deux d'entre eux au moins étaient armés.

« Je me charge de la diversion, dit Viktor.

— Je m'en doutais, dit Malone.

— J'ai le sentiment que vous préféreriez vous passer de moi tous les trois. »

Non, pensa Malone, ce n'était pas le cas.

« Je serai dehors quand vous aurez terminé tout ce que vous avez à faire. Je vais faire du bruit, mais pas assez pour me faire arrêter. »

Viktor s'éloigna d'un pas traînant et disparut dans la foule en se dirigeant de l'autre côté de la passerelle.

« Il faut que nous évitions les rampes, dit Malone. Trop en évidence. Empruntons cette échelle. »

Il fit un petit signe de tête en direction de l'endroit protégé par une chaîne.

« Dépêchez-vous de descendre dans ce trou avant que les caméras ne nous repèrent. »

Pau et Cassiopée acquiescèrent.

Malone portait sur son épaule un sac du vert traditionnel de l'armée avec une étoile rouge, qui contenait les deux torches. Son pistolet était toujours enfoui sous sa chemise humide.

Du bruit retentit dans le hall.

Malone vit Viktor agiter un bras en l'air en criant en chinois. Il semblait fâché à propos de quelque chose qu'un des visiteurs avait dit ou fait.

Viktor poussait un homme.

Nouveau déluge de paroles.

La foule reporta son attention sur l'origine du tapage. La sécurité en fit autant.

Malone attendit que les caméras se braquent sur l'incident puis murmura : « Allons-y. »

Cassiopée passa par-dessus la chaîne et descendit.

Pau Wen suivit.

Malone guettait, mais personne ne semblait leur prêter la moindre attention. Quand Pau atteignit le sol, il se glissa à son tour en bas de l'échelle. Ils avancèrent en se plaquant contre le mur de terre et en évitant les statues en terre cuite à moitié restaurées sur leur passage.

Cassiopée franchit le portail.

Avant de disparaître à l'intérieur, Pau saisit une

pelle. Apparemment, il fallait des outils. Malone en attrapa donc une autre et pénétra dans l'obscurité.

Tang surveillait Viktor Tomas sur un écran, et Pau Wen et ses deux compagnons sur l'autre. Il avait soigneusement inspecté la salle de la bibliothèque avant d'ordonner qu'on y mette le feu. À sa connaissance, elle ne contenait rien d'intéressant, sinon les manuscrits. Pau savait qu'ils avaient disparu dans l'incendie – ils en avaient discuté par téléphone – et pourtant la première chose que Pau avait faite en rentrant en Chine, c'était de venir tout droit ici.

Pourquoi ?

« Donnez l'ordre d'évacuer le bâtiment, dit-il. Postez un homme à toutes les issues et plusieurs sur la passerelle. Laissez les caméras braquées sur cette ouverture. Si quelqu'un en sort, faites-le arrêter immédiatement. Si ces gens vous posent le moindre problème, tuez-les. »

Il serra son pistolet un peu plus fort.

« J'y vais maintenant. Je veux que ce bâtiment soit vide quand j'arriverai, sauf pour l'étranger qui a déclenché le vacarme. Arrangez-vous pour qu'il reste à l'intérieur. »

Malone examina l'espace restreint qui ne devait pas faire plus de trois mètres carrés environ. Le sol et les murs étaient constitués de briques rugueuses. De grosses poutres traversaient le plafond, dont une partie s'était écroulée.

« La première fois, j'ai pénétré par l'ouverture au sommet », dit Pau.

Trois tables de pierre en forme de piédestal étaient vides, le sol couvert de cendres, l'air chargé d'une odeur de suie.

Quelque chose avait brûlé dans cet endroit.

« Ces tables étaient autrefois couvertes de lamelles de bambou et de soies, toutes portant des écrits de l'époque de Qin Shi. C'était sa bibliothèque impériale. Kwai Tang a ordonné de la détruire il y a deux jours.

— Pourquoi ? demanda Cassiopée. En quoi était-ce une menace pour lui ?

— Tout ce qu'il ne peut pas contrôler est une menace pour lui. »

Le bruit de fond provenant de l'extérieur commençait à diminuer. Malone alla à la sortie et regarda discrètement en haut.

« Les gens s'en vont.

— J'imagine que c'est Tang qui en a donné l'ordre. Ce qui signifie que notre temps est compté.

— Pour quoi faire ? demanda-t-il.

— Pour partir. »

54

Ni se fraya un chemin à travers l'herbe mouillée et s'approcha de la deuxième des trois constructions basses. La pluie tombait toujours. La végétation avait depuis longtemps envahi les murs extérieurs. Des plantes grimpantes luxuriantes montaient du sol jusqu'au toit. Les fenêtres étaient restées intactes pour la plupart, avec des carreaux couverts d'une couche de crasse humide. Il remarqua des scarabées et des moustiques écrasés contre des moustiquaires déchirées.

Il s'approcha de la porte en bois. Comme prévu, aucune serrure n'en défendait l'accès, aussi il la poussa pour l'ouvrir. Les gonds rouillés résistèrent un instant avant de céder. La porte s'écarta suffisamment pour qu'il puisse se glisser à l'intérieur.

Il la poussa pour la refermer.

Une lumière gris marron filtrait des fenêtres sales. La pièce, qui devait faire cinq mètres carrés environ, était plongée dans l'ombre. Un mur écroulé l'exposait aux intempéries et à ce qui se trouvait derrière le bâtiment. Des charrues jonchaient le sol de terre noirci, le tout recouvert d'une couche humide de rouille et de terre. Des tessons de pots en terre et de jarres étaient empilés contre un mur. Des toiles d'araignées avaient colonisé les angles.

Il se faufila par la brèche du mur extérieur et retrouva la pluie. Ce qu'il cherchait était à l'extérieur.

Il entendait encore la voix au téléphone.

« J'avais mis en place des espions pour enregistrer ce que Pau Wen faisait sur le site du mausolée, disait

le Premier ministre. Il avait fini par croire que personne ne le surveillait, et cela aurait pu être vrai de Mao et de Deng, mais pas de moi. Je l'ai bien observé.

— Et qu'as-tu appris ? avait demandé Ni.

— Pau a trouvé le moyen de pénétrer dans le tumulus du mausolée. Ce qui m'a surpris. Le mausolée de Qin était réputé pour renfermer de grandes quantités de mercure. Ce qui ne l'a pas empêché d'y entrer et d'y rester plusieurs heures, avant de ressortir par un trou dans la terre près de ce qui deviendrait plus tard la fosse 3. D'étranges événements se sont aussi produits au cours de la nuit pendant la semaine suivante, bien que personne n'ait officiellement fait état de quoi que ce soit. »

Il avait voulu en savoir plus.

« Des hommes travaillant avec des équipements dans le noir. Et des ouvriers qui n'appartenaient pas à l'équipe du site. Un des inconvénients de notre forme de gouvernement, c'est que personne ne se serait jamais risqué à rendre compte de ce qu'il aurait pu voir ou entendre. Pau était responsable, et personne n'aurait contesté son autorité.

— Sauf toi.

— J'ai diligenté une enquête, mais des semaines plus tard. Nous n'avons pas pu localiser l'endroit où Pau avait disparu dans le sol. On creusait beaucoup. Partout. Et la zone était pleine de crevasses, si bien qu'il était impossible de distinguer quoi que ce soit. Mais j'ai quand même découvert quelque chose, des années plus tard. Pékin m'avait ordonné de retourner au tumulus du mausolée. C'était après que Pau eut fui la Chine. On m'a demandé de trouver un moyen de pénétrer dans le mausolée, et j'y suis arrivé.

379

— *Pourquoi personne n'en a jamais parlé ?*

— *Il y a une bonne raison pour avoir gardé le secret.* »

Il scruta l'ombre qui recouvrait les cabanes en ruines. Des arbres cachaient le ciel, laissant à peine quelques rais de lumière percer la canopée. L'eau réussissait quand même à passer et frappait le sol en cadence. Le pied du monticule était à moins de cinquante mètres. Il ne pouvait pas être plus près. La clôture qui protégeait la façade courait également derrière le bâtiment, empêchant de monter.

Le puits se trouvait exactement à l'endroit indiqué par le Premier ministre. C'était un ouvrage de maçonnerie circulaire, de deux mètres de haut, recouvert d'une végétation humide accrochée à la pierre.

Il n'avait pas fait le tour des bâtiments pour arriver jusqu'au puits car il voulait ralentir son adversaire. Ainsi, Tang le verrait entrer dans le bâtiment, mais il ne le verrait pas en ressortir.

Il s'approcha du puits et regarda à l'intérieur. À moins d'un mètre en contrebas, une plaque de fer rouillée bouchait l'ouverture. Deux poignées de fortune avaient été soudées dessus. Apparemment, cette fermeture avait bien été prévue pour empêcher les hommes ou les choses de tomber dans le puits.

Mais il n'était pas dupe.

Il saisit les poignées malgré la rouille humide.

Puis il souleva la plaque.

Malone était perplexe.

« Où allons-nous ? »

Pau s'agenouilla et commença à dégager la poussière et les débris du sol.

« Quand j'ai pénétré dans cette chambre pour la première fois, la pièce était intacte ; j'ai seulement remarqué des zones affaissées à deux endroits. »

Il comprit.

« Étant donné ces trois tables de pierre, le sol devait être partout résistant...

— Exact. Dehors, je vous ai parlé du symbolisme du chariot et de la rampe allant vers la gauche. La raison qui me paraît maintenant évidente vient de ce que j'ai trouvé à l'intérieur de cette pièce.

— Ça se calme dehors », dit Cassiopée.

Malone l'avait également remarqué.

« Garde un œil sur l'extérieur. »

Elle prit position près de la sortie.

Pau finit de dégager le sol et Malone aperçut des symboles gravés sur la surface de chaque brique.

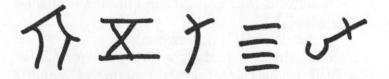

« De quoi s'agit-il ? demanda-t-il.

— Celui qui ressemble à une maison est le symbole correspondant au 6. Le X avec un trait au-dessus et au-dessous est le 5. Le signe en forme de T est le 7. »

Les lignes successives, qui devaient être le 4, revenaient plus fréquemment que les autres chiffres, à part la cuillère avec un trait en travers du manche.

« Et ça, c'est quoi ?

— Le 9.

— Tout cela obéit à un schéma, dit Pau. Mais je dois avouer que j'ai pu le déchiffrer uniquement parce que le sol lui-même s'était affaissé. »

Malone regarda l'endroit que désignait Pau.

« Les chiffres 4 et 9 sont importants pour les Chinois. Le 9 se prononce *jiu*, ce qui veut aussi dire à la fois "long" et "pour toujours". Le 9 a toujours correspondu à une longue vie et à la chance. Il a fini par être associé aux empereurs. Le 4, par contre, se prononce *si*, ce qui veut dire aussi "mort". Le 4 a toujours été considéré comme un signe de malchance. »

Pau passa en revue les symboles 4 et 9 et vit qu'ils étaient regroupés à deux endroits.

« En entrant dans cette salle, j'ai vu que ces briques – Pau montra un ensemble de 9 – étaient enfoncées. Comme l'était cet ensemble de 4. J'ai découvert qu'il y avait des ouvertures sous le sol qui menaient à deux passages séparés.

— Donc vous avez choisi celui qui portait chance, dit Malone.

— C'était le choix qui s'imposait. »

Malone tenait toujours une pelle. Il l'introduisit entre deux briques du sol comportant un 9 et l'enfonça avec sa semelle. Le sol était dur, mais il finit par céder. Il inclina le manche pour soulever la brique.

« Comment ça se passe là-haut ? demanda-t-il à Cassiopée.

— Trop calme.

— Ministre Tang est en route », dit Pau.

Malone baissa les yeux vers le vieil homme qui était en train de l'aider à desceller chaque brique. La solution lui parut évidente. Pau leva les yeux vers lui avec un air entendu : lui aussi avait décidé de ce qu'ils allaient faire ensuite.

« C'est effrayant, dit Malone. Je commence à penser comme vous. »

Pau sourit. « Je ne vois pas pourquoi ce serait une mauvaise chose. »

Tang emprunta le tapis rouge qui recouvrait une brève volée de marches menant au bâtiment en briques et en verre abritant la fosse 3. On l'avait averti que le hall avait été dégagé et que toutes les issues étaient gardées. Il avait amené deux hommes avec lui, deux frères du Ba, à qui il avait ordonné de rester à proximité.

« Personne ne sort du bâtiment ! » aboya-t-il en passant devant trois gardes du musée postés aux portes principales.

Viktor Tomas attendait à l'intérieur.

« Vous vous êtes bien débrouillé, dit-il à Viktor.

— Livrés, comme promis. »

La fosse s'étendait devant Tang. Il s'approcha de la rambarde de la passerelle, désigna quelque chose vers le bas, puis se retourna vers les deux frères.

« Prenez position juste à l'extérieur de cette faille. »

Il les regarda descendre une échelle, sortir leurs armes et se coller à la paroi de terre de chaque côté du portail menant à la bibliothèque impériale de Qin Shi.

Il tendit son pistolet à Viktor.

« Achève ta tâche. Maintenant. »

Viktor saisit l'arme et descendit l'échelle, s'approchant des deux hommes prêts à passer à l'action.

« Pau Wen, cria Tang. Le bâtiment est bouclé. »

Personne ne répondit.

« Tu es en état d'arrestation. »

Sa voix résonnait dans le bâtiment, couverte par le *flic-flac* de la pluie sur le toit métallique.

Toujours pas de réponse.

Il fit signe à Viktor d'avancer à l'intérieur.

Les deux frères se déplaçaient avec précaution, après avoir examiné les environs du portail, estimé la situation, puis ils s'engouffrèrent dans l'obscurité, suivis par Viktor.

Il attendait le *pop* étouffé du silencieux, mais rien ne se produisit.

Viktor réapparut.

« Vous devriez descendre. »

L'expression de surprise de l'homme ne lui plut pas.

Il descendit l'échelle et entra dans la chambre. Comme il s'y attendait, une odeur de cendres flottait dans l'air humide. Il ne restait plus une seule soie ni une bande de bambou, rien que les trois tables de pierre, la pièce n'ayant pas beaucoup changé en deux jours... excepté deux choses.

Par terre, deux séries de briques avaient été descellées, dégageant des ouvertures d'un mètre carré environ à chaque extrémité de la pièce.

Il regarda à l'intérieur.

Elles s'enfonçaient d'à peu près deux mètres dans le sol.

Mais laquelle avaient-ils empruntée ?

55

Malone savait bien que leur stratagème consistant à dégager les deux ouvertures ne ralentirait pas long-temps leurs poursuivants. Mais chaque seconde comptait.

Il avait un autre problème, plus immédiat.

Il n'aimait pas beaucoup les espaces confinés en sous-sol, même s'il lui arrivait de s'y retrouver plus souvent qu'il ne l'aurait souhaité. Cassiopée, elle, n'en souffrait pas. Elle passa donc devant et plongea dans l'obscurité totale, le faisceau de sa lampe éclairant seulement à quelques mètres devant.

Ils avançaient en silence, ayant parcouru maintenant une centaine de mètres, après plusieurs tournants à angle droit, d'abord à gauche, puis à droite. Le sol, qui montait légèrement, était pavé de briques, semblable à celui de la fosse 3, avec les murs et le plafond en pierres de taille.

« Cela faisait partie du système de drainage qui protégeait la tombe de la nappe phréatique, chuchota Pau. Les coudes sont destinés à ralentir l'eau qui pourrait éventuellement s'accumuler, la pente l'empêchant de gagner du terrain. Derrière ces murs, on a coulé du bronze pour ajouter une protection supplémentaire. Ils étaient très ingénieux.

— Et où cela mène-t-il ? demanda Malone.

— Droit à la tombe, et l'entrée secrète utilisée par les ouvriers. »

Malone se remémora la distance séparant le musée du tumulus. Huit cents mètres environ. Mais c'était en ligne droite, pas comme le tunnel.

Il était de plus en plus inquiet.

Cassiopée s'arrêta et se retourna pour voir si tout allait bien. Il lui fit signe de continuer.

Ils passèrent des embranchements, des embrasures de portes obscures sur la droite et sur la gauche. Il remarqua également des caractères gravés à côté des portes, d'autres nombres chinois. Pau expliqua que les tunnels servaient d'évacuation, détournant l'eau au maximum de la tombe pour la reverser dans le sol. Exactement comme un champ d'épandage pour une fosse septique, pensa Malone.

« Les nombres à côté de chaque porte, ils ont de l'importance ? demanda-t-il.

— Une importance capitale, dit Pau. Choisissez le mauvais et vous risquez de ne jamais sortir d'ici. »

Tang n'était pas d'humeur à supporter les ruses.

Il scruta les ouvertures dans le sol et ordonna.

« Tous les deux, montez la garde. Ne quittez cette pièce sous aucun prétexte. Si un étranger sort de ces trous, tirez. »

Ils acquiescèrent d'un signe de tête.

Il fit signe à Viktor de venir avec lui.

Il était temps de s'occuper de Ni Yong.

Ni vit qu'il se trouvait à l'entrée du mausolée de Qin Shi et que la description du Premier ministre correspondait exactement. Près de vingt-cinq ans auparavant, un groupe choisi de cinq personnes, conduit par le ministre adjoint aux Affaires internes, qui deviendrait plus tard Premier ministre de la nation, avait utilisé un radar pénétrant GPR pour trouver le moyen d'accéder à l'intérieur. Pékin avait alors découvert l'importance des guerriers en terre cuite pour promouvoir une nouvelle image de la Chine dans le monde. Ajouter la véritable tombe de Qin Shi à ce catalogue ne pourrait que renforcer cet effet. Mais, après les nombreux échecs de Mao, le Parti ne misait que sur des choses certaines.

On avait donc ordonné une exploration secrète.

Heureusement, un tunnel avait été découvert presque immédiatement, et ils avaient creusé à partir d'en haut. Quand ils eurent terminé, on construisit un puits au-dessus de l'entrée qu'on ferma avec une plaque métallique, et la zone entière fut clôturée et son accès interdit.

Sa torche montra un passage voûté imposant, de dix mètres de hauteur peut-être. Le sol était recouvert d'une pierre veinée. Des arcades soutenant le plafond s'élevaient à intervalles réguliers. Un câble longeait un mur, placé là par la première équipe d'exploration.

Suis-le, lui avait-on indiqué.

Si ce qu'on lui avait dit était vrai, personne n'avait emprunté cette voie depuis plus de trente ans. Avant cela, deux millénaires s'étaient écoulés entre les visites.

Il parcourut ce qu'il estima être une centaine de mètres. Le faisceau de sa lampe éclaira un portail de pierre, mais deux portes barraient la route.

Il s'approcha.

Le portail poli faisait trois mètres de haut, et les veines vert foncé et noires de la pierre brillaient dans la lumière. Chacune des portes était sculptée dans un seul bloc de marbre. Des symboles couvraient leur surface couverte et elles disposaient d'une attache en bronze. La porte de droite était entrouverte, ce qui laissait un passage au milieu.

Il hésita et braqua sa lampe à gauche et à droite. Des entailles visibles en haut des murs du passage, près du plafond, montraient l'ancien emplacement des arbalètes destinées à tirer sur un éventuel intrus. Le Premier ministre lui avait confirmé que les pièges évoqués dans certains récits historiques étaient bien réels, même s'ils risquaient d'être hors d'usage deux mille deux cents ans plus tard. Les portes elles-mêmes étaient autrefois condamnées de l'extérieur, et il remarqua une lourde poutre qui avait dû jadis être insérée dans les attaches en bronze.

Tous les écoliers apprenaient les hauts faits de Qin Shi. Il incarnait la Chine, en tant que fondateur du système politique le plus durable au monde. Un conquérant, unificateur, centralisateur, bâtisseur – le premier d'une longue lignée de deux cent dix hommes et une femme à occuper le Trône du dragon.

Et c'était sa tombe.

Il se glissa entre les portes, l'obscurité était totale de l'autre côté. On lui avait dit de regarder sur sa droite. Sa lampe repéra le câble au sol qui allait depuis les portes jusqu'à une boîte métallique.

Il se pencha et en examina l'extérieur. Toujours en bon état. Il saisit un levier, se prépara et le tourna vers le bas.

Cassiopée ouvrait toujours la voie. Ils tournèrent une nouvelle fois et négocièrent un troisième ensemble de virages à angle droit. Elle comprit qu'un autre tournant ne tarderait pas à les ramener en ligne droite en direction du tumulus de la tombe.

A priori, ils avaient dû parcourir quelque deux cents mètres et devaient approcher du but.

Elle ne pouvait pas s'empêcher de s'émerveiller devant la conception de l'ensemble. Ses propres maçons, engagés pour la reconstruction du château qu'elle avait entreprise depuis bientôt une décennie, lui en avaient dès le début expliqué les difficultés. Construire aujourd'hui exactement comme au XIVe siècle, à l'aide d'outils et de méthodes remontant à sept cents ans, était une tâche ardue. Mais les ouvriers de ce tunnel avaient eu encore plus de mal, leurs outils et la technologie à leur disposition n'étant pas aussi sophistiqués qu'au XIVe siècle. Pourtant, ils avaient réussi à accomplir leur tâche, et avec brio. Cela l'incitait encore plus à terminer sa propre restauration.

« Nous approchons du bout », dit Pau Wen.

Curieusement, l'air sentait le renfermé, mais pas l'humidité. Apparemment, la ventilation avait été un des soucis premiers des bâtisseurs.

Elle savait bien que Malone détestait se retrouver coincé sous terre. Mais elle-même n'appréciait pas davantage de voler et de faire des loopings dans un avion ou un hélicoptère. Ils dépendaient d'un homme dont il fallait se méfier, mais ils n'avaient pas grand choix. Elle devait bien admettre qu'elle était excitée à la perspective de pénétrer dans la tombe. Jamais elle n'aurait imaginé qu'une telle occasion se présenterait. Elle était rassurée avec le pistolet à la taille et Cotton derrière elle, même si elle s'inquiétait de ce qui les attendait au-delà du faisceau de sa torche.

Ils franchirent deux autres issues, portant toutes les deux des symboles chinois. Comme prévu, le passage devant tournait à angle droit.

Elle s'arrêta et se retourna.

Malone était à deux mètres derrière elle. Elle dirigea sa torche vers le sol.

Il en fit autant.

Elle remarqua alors quelque chose.

« Cotton. »

Elle fit un geste avec sa lampe, et il se retourna.

Pau Wen n'était plus là.

« Ça ne m'étonne pas, marmonna Malone.

— Il a dû s'éclipser en chemin en empruntant un des passages latéraux. »

Elle sortit son pistolet. Malone en fit autant.

« Continue à avancer », dit-il.

Elle s'approcha du coin et jeta un coup d'œil de l'autre côté. Le tunnel continuait sur une cinquantaine de mètres, jusqu'à ce qui semblait être l'embrasure d'une porte. Une dalle de pierre épaisse, taillée en un rectangle quasi parfait, bouchait l'ouverture, légèrement tournée vers l'extérieur, comme une porte entrouverte.

De la lumière sortait par l'ouverture, éclairant le couloir obscur dans leur direction.

« Je ne m'attendais pas à ça », lui chuchota Malone à l'oreille.

56

Tang surveillait l'intérieur de la masure en ruines dans laquelle Ni Yong avait disparu. Un peu plus tôt, sur l'écran du circuit fermé, il avait vu Ni entrer par la porte, mais à présent, son rival n'était plus nulle part.

« Il est sorti par là », dit Viktor en montrant le mur arrière écroulé.

Il était accompagné de deux autres hommes, d'autres frères du Ba, des eunuques comme lui et les deux restés dans la fosse 3, tous ayant fait le serment de lui obéir. Encore une de ses précautions dont il se félicitait, étant donné le tour que prenaient les événements.

La pluie s'était calmée et l'air sentait le moisi. Le mur en torchis recouvert de plâtre présentait une fissure qui laissait apparaître le bambou en dessous. Il traversa le sol trempé jonché d'ustensiles rouillés et de poteries cassées, puis il s'empressa de quitter le bâtiment.

Les autres le suivirent.

L'ombre était dense à l'extérieur, le ciel de cendre occulté par une canopée de branches et de feuilles mouillées. Les premières violettes de la saison fleurissaient sous les arbres. La clôture qui entourait le site se trouvait à cinquante mètres, elle était intacte. Ni aurait pu l'escalader, mais où serait-il allé dans ce cas ?

Un puits attira son attention, et il s'en approcha.

Rien d'extraordinaire. Toute la zone en était parsemée. C'était d'ailleurs un forage qui avait conduit à la découverte de l'armée en terre cuite. Une plaque métallique bouchait l'ouverture de celui-là.

Où Ni avait-il bien pu disparaître ?

Il scruta le terrain trempé couvert d'arbres tout autour, jusqu'au pied du monticule.

Ni devait avoir une bonne raison pour venir ici.

Il avait appris que la clôture avait été édifiée au début des années 1990 sur ordre de Pékin et que l'accès de la zone était resté interdit depuis. Pourquoi ? Tout le monde l'ignorait. Selon Viktor, Pau Wen avait dit à Malone et à Vitt qu'il savait comment accéder à la tombe de Qin Shi. Pau s'était alors aussitôt rendu à la bibliothèque impériale récemment exhumée et avait tenu sa promesse en repérant deux passages souterrains, dont celui dans lequel Vitt, Malone et Pau avaient disparu.

« Ministre », dit Viktor.

Il revint à la réalité.

Viktor montra quelque chose à l'intérieur du puits.

« Vous voyez les traces sur le côté. Elles sont récentes. Ce couvercle a été retiré, puis remis en place. »

C'était bien observé. Le lichen blanc jaunâtre avait de toute évidence été touché. Tang ordonna aux deux frères de soulever la plaque. Le haut d'une échelle en bois apparut.

Ils avaient emprunté un véhicule de la sécurité du musée pour venir.

« Regardez s'il y a des torches dans cette voiture », ordonna-t-il.

Un des hommes s'éloigna en courant.

« Où cela mène-t-il ? » demanda Viktor.

Tang le savait.

« Dans la tombe. Là où attend Ni Yong. »

Malone s'approcha de la porte entrouverte éclairée de l'intérieur, se dissimulant derrière un battant, tandis que Cassiopée restait de l'autre côté. Ils avaient rangé leurs torches dans leurs poches et sorti leurs armes.

Il remarqua les attaches de bronze en forme de L fixées sur la porte, avec une autre à gauche et à droite du chambranle. Un madrier était appuyé contre le mur. Une fois qu'il était inséré dans les attaches, on ne pouvait plus ouvrir la porte de l'autre côté.

Il se souvint de ce que Pau leur avait lu.

Des concubines n'ayant pas eu de fils reçurent l'ordre de suivre l'empereur dans la mort, et des artisans et des ouvriers, pas un seul ne fut autorisé à ressortir vivant.

Il jeta un coup d'œil dans la partie éclairée au-delà.

La chambre souterraine devait être à peu près aussi grande qu'un terrain de football. Le plafond voûté, d'une hauteur de dix à douze mètres, était soutenu par des arcades sur toute la largeur et des colonnes qui rythmaient la salle rectangulaire. Des lampes tripodes avaient été placées tous les six mètres environ sur les quatre côtés, et elles diffusaient vers le haut une lueur jaune orange, illuminant ce qui semblait être un plafond de cristal, avec des perles et des pierres précieuses en guise d'étoiles dans un ciel nocturne. Le sol était recouvert d'une imposante carte topographique en trois dimensions avec des rivières, des lacs, des océans, des montagnes, des vallées, des temples, des palais et des villes.

« Quelle merde », marmonna Cassiopée.

Il acquiesça. Le récit de Sima Quian paraissait relativement exact.

Les constellations des cieux furent reproduites au-dessus ainsi que les régions sur la terre en dessous.

Il remarqua un reflet argent brillant venant de ce qui figurait l'eau.

Du mercure.

Au moyen de vif-argent, ils reproduisirent les centaines de rivières du pays, le fleuve Jaune et le Yangtsé, et la vaste mer, ainsi que des machines pour maintenir les eaux en mouvement.

Il eut un mouvement de recul, mais se souvint de ce qu'avait dit Pau. *Mesures préventives.* Il espérait que ce fils de pute avait au moins dit vrai là-dessus.

Il n'y avait personne en vue. Alors qui avait allumé les lampes ? Pau Wen ?

Il risqua un nouveau coup d'œil et en conclut qu'ils se trouvaient sur le petit côté du rectangle, à l'opposé de ce qui semblait être l'entrée principale. Les quatre murs étaient en pierre polie avec des têtes d'animaux sculptées et des images d'un autre monde ressortant sur la surface lisse. Il remarqua un tigre, un cheval couché, un crapaud, une grenouille, un poisson et un bœuf. L'ensemble était très coloré. Des piliers et des arcades recouverts de laque jaune, des murs vermillon, un plafond d'un pourpre presque noir.

Au centre, se trouvait un socle abondamment décoré, plus large en bas qu'en haut, sculpté dans une matière ressemblant à du jade. Deux lampes illuminaient les délicates sculptures qui ornaient ses côtés. Il n'y avait rien dessus. Nu, comme le reste de la chambre. Des piédestaux de pierre décoraient les quatre murs, disposés tous les six mètres environ, à une quarantaine de centimètres du sol. Il comprit ce qu'ils devaient soutenir autrefois.

Des torches furent fabriquées à partir d'huile pour brûler longtemps.

Mais on ne voyait pas la moindre lampe.

À l'intérieur de la tombe de Qin, il y a des centaines de lampes, remplies de pétrole. J'en ai même allumé une.

Encore un mensonge de Pau Wen.

Il s'était suffisamment documenté sur les tombes impériales chinoises pour savoir qu'elles étaient conçues comme des représentations symboliques du monde de l'empereur. Pas un monument, mais une reproduction de la vie permettant à l'empereur de perpétuer éternellement son autorité. Autrement dit, la salle aurait dû être remplie d'objets divers.

Il regarda Cassiopée. Elle comprit au quart de tour la marche à suivre.

Il sortit du renfoncement et pénétra dans l'espace éclairé. Le sol représentait les confins sud-ouest de l'empire de Qin Shi, avec une chaîne de montagnes sculptée en jade. Un espace plat au nord figurait un désert qui se prolongeait vers l'est et le cœur de l'empire. À plusieurs mètres de distance s'étendaient encore d'autres plaines ouvertes, des plateaux, des étendues boisées, des montagnes et des vallées. Des villages et des villes, des palais et des temples, tous faits de pierres précieuses et de bronze, s'élevaient un peu partout, reliés par ce qui semblait être un réseau routier.

Il remarqua que le panneau de pierre qui obturait le portail une fois fermé se fondait intégralement dans le mur ornemental. La porte ne pouvant s'ouvrir que de l'intérieur. Des murs adjacents jaillissaient des dragons lovés, des visages humanoïdes, et des oiseaux à aigrette et à longue queue.

Malone se dirigea vers le centre avec son pistolet puis ils se frayèrent un chemin sur le sol, en prenant bien soin de poser les pieds sur des endroits lisses. Toujours inquiet à propos du mercure, et soucieux des émanations, il se pencha au-dessus d'un fleuve et constata que le canal sculpté, large d'une quarantaine de centimètres sur quelques centimètres de profondeur, était rempli de mercure.

Mais il y avait quelque chose dessus. De transparent. D'huileux. Il toucha la surface brillante avec le bout de son pistolet, déclenchant des ondulations. Il examina le bout du pistolet et l'approcha prudemment de son nez : il sentait le pétrole.

Il comprit alors.

« De l'huile minérale, chuchota-t-il. Pau en a déversé sur le mercure pour bloquer les émanations. »

Il en avait fait lui-même autant un jour pour une bonde située dans le sol d'une cave : il avait répandu de l'huile sur l'eau pour ralentir l'évaporation et contenir les relents d'égout. Même s'il était soulagé de savoir que l'atmosphère n'était pas toxique, il aurait pourtant bien aimé savoir non seulement où était parti Pau Wen, mais qui d'autre pouvait se trouver également dans les parages.

Ils se dirigèrent vers le socle central, posé sur une plate-forme proéminente. Il ne s'était pas trompé. L'ensemble avait été sculpté dans du jade et représentait une foule d'humains, de plantes et d'animaux. Les artisans avaient magnifiquement tiré parti des diverses nuances de la pierre dont il ne put s'empêcher de caresser la surface translucide.

« C'est incroyable, dit Cassiopée. Je n'ai jamais rien vu de semblable. »

Il savait que les Chinois considéraient le jade comme un cadeau des dieux, la clé pour une vie éternelle. Il symbolisait l'éternité et était, paraît-il, doté de pouvoirs magiques susceptibles de protéger du diable et de porter chance. C'est pourquoi les empereurs chinois étaient ensevelis à l'intérieur de costumes funéraires en jade, cousus de fils d'or et ornés de perles.

« C'est là que reposait l'empereur », chuchota Cassiopée.

Cela paraissait évident. Pour une culture empreinte de symbolisme, c'était une ultime manifestation de la part de l'empereur.

Mais le socle était vide.

Il remarqua que le dessus n'était pas lisse. Il comportait des dessins gravés sur toute la surface et entourés d'une bordure couverte de symboles chinois.

« On dirait la carte dans la maison de Pau Wen », dit Cassiopée.

Il y avait pensé aussi.

En étudiant attentivement les dessins, il constata que c'était la reproduction en miniature du sol, autrement dit l'empire de Qin Shi. Quel avait été le commentaire de Pau à propos de la carte accrochée chez lui ? *C'est une reproduction de quelque chose que je connais. Avec quelques petits changements.*

Il sortit son iPhone et prit quelques photos de la pièce et de la carte.

« Il reposait sur son royaume, chuchota-t-il.

— Mais où peut-il bien être ? » demanda-t-elle.

Ni avait été surpris de voir que le levier qu'il avait actionné allumait les lampes. Le Premier ministre lui avait raconté comment l'électricité avait été amenée en sous-sol jusqu'au site et les lampes tripodes installées. L'unique but de cette incursion avait été de se rendre compte si la tombe pouvait servir pour une éventuelle propagande en même temps que les guerriers de terre cuite. Mais ils avaient trouvé le complexe vide, tous les objets disparus, y compris l'empereur lui-même. Ce qui expliquait pourquoi le gouvernement n'avait pas autorisé d'autres recherches archéologiques. Imaginez la honte. Les questions restées sans réponse. Si bien qu'un puits avait été construit au-dessus de l'entrée de fortune, la zone clôturée et l'accès interdit.

Le Premier ministre s'était demandé si les ampoules seraient encore bonnes. La plupart l'étaient et avaient éclairé d'une lueur phosphoreuse une série de trois antichambres voûtées et la principale salle funéraire. On lui avait dit que le mercure était sécurisé, protégé par une couche d'huile minérale répandue par Pau Wen lors de la première exploration.

Il se demandait si Kwai Tang réussirait à descendre. Il aurait certainement trouvé le puits et le fait d'avoir soulevé la plaque métallique avait laissé quantité de traces. Un bruit de pas, loin derrière dans le tunnel qu'il venait de quitter, lui confirma que quelqu'un s'approchait.

Puis il entendit autre chose.

Du mouvement venant de l'intérieur de la principale chambre funéraire.

Il vit des ombres danser sur un mur.

Étrange.

Il scruta les antichambres restantes qui ouvraient les unes sur les autres et observa les ombres lointaines. Pistolet au poing, il était en situation de traiter avec Kwai Tang.

Mais il était coincé.

Pris entre le connu et l'inconnu.

57

Tang s'était documenté sur les tombes impériales, il avait même visité deux sites de fouilles célèbres, mais à présent, il s'avançait dans une tombe parfaitement intacte. Pourtant, il était évident que quelqu'un y était déjà entré. Un gros câble électrique longeait la base du mur du tunnel et s'enfonçait dans l'obscurité. Pau Wen ? C'était pour ça qu'il s'était rendu tout droit à Xian ? Mais Pau avait pénétré sous terre par la fosse 3, loin de l'endroit où se trouvait Tang. Non. Ni Yong était entré par là. Ce qui signifiait que son adversaire savait des choses qu'il ignorait.

Viktor et les deux frères s'avançaient en tête dans le passage large comme une avenue, noir comme la nuit.

Le soin apporté à la construction, les détails, les couleurs – tout était spectaculaire. Des décorations en léger relief couvraient les murs. Malgré la faible lumière de leurs torches, il vit des scènes de la vie à la cour, les distractions de la noblesse, une procession royale, des ours, des aigles et des animaux mythiques. Des brûle-encens de pierre, en forme de montagnes, bordaient la voie.

À cinquante mètres devant, un trait de lumière signalait un passage entre deux portes de marbre poli, toutes les deux animées par d'autres sculptures. Des lions de pierre se dressaient de chaque côté. Des silhouettes hybrides d'hommes oiseaux à cornes – destinées, il le savait, à repousser les mauvais esprits – jaillissaient des murs de chaque côté. Au-dessus de la porte étaient gravés trois symboles :

Il en connaissait la signification : « à côté de la capitale ». Ce qui correspondait. Il se souvenait de ce que Sima Qian écrivait à propos du premier empereur dans le *Shiji. Qin Shi s'était aperçu que la population de son empire avait augmenté tandis que les palais royaux de ses ancêtres étaient encore petits.* Si bien qu'il construisit un nouveau palais imposant au sud du fleuve Wei, tout près de sa capitale. Près de sept cents mètres de long et plus de cent mètres de large, avec des galeries susceptibles d'accueillir jusqu'à dix mille personnes.

L'empereur l'appela Afang, ce qui indiquait sa situation « à côté de la capitale ».

Il examina les portes et constata qu'elles tenaient sans gonds. À la place, une demi-sphère convexe avait été sculptée au sommet et en bas, puis insérée dans une ouverture concave dans le plafond et le sol. Autrefois, l'ensemble devait être lubrifié avec de l'huile.

Ils s'avancèrent dans l'espace entre les portes large d'environ un mètre et débouchèrent dans une salle éclairée qui donnait sur une autre, puis encore deux autres, toutes soutenues par de larges arcades et des colonnes imposantes. C'était un *yougong* – un endroit secret.

Curieusement, les salles étaient vides.

Il se remémora encore ce que Sima Qian avait écrit. *Et là se trouvaient des outils merveilleux et des bijoux précieux et des objets rares rapportés de loin.* Les pièces et les alcôves devaient être remplies de tissus de soie, de vêtements, de céramiques, de coiffes, de couronnes, de ceintures, d'ornements, d'objets funéraires en bronze et en étain, de laques, de statuettes en bois – tout ce dont un empereur avait besoin dans son après-vie.

Et pourtant, il n'y avait rien.

Il remarqua les socles sculptés qui rythmaient les murs à intervalles réguliers : des lampes – comparables à celle qu'il aurait voulu obtenir de Pau Wen, celles dont Pau avait certifié l'existence à Malone et à Vitt – devaient être placées dessus pour éclairer le chemin de l'empereur et insuffler du courage au mort.

Mais il n'y avait pas de lampes.

Ce qui voulait dire pas de pétrole.

Rien.

Rien qu'une urne bleue et blanche, d'un mètre de large peut-être et au moins aussi grande, au centre de la salle suivante. Il en avait déjà vu une représentation. C'était une lampe perpétuelle, remplie d'huile, avec une mèche flottant à la surface. Il s'approcha et regarda à l'intérieur, espérant y trouver un peu de l'ancien brut, mais le récipient était à sec.

Viktor s'avança dans la salle suivante, les deux frères sur ses talons.

Tang était resté en arrière, en proie à des pensées contradictoires.

La tombe de Qin Shi avait visiblement été fouillée – suffisamment pour que l'électricité y ait été amenée et l'éclairage installé. Cela n'avait pas pu se produire au cours de la dernière décennie. Son ministre aurait été au courant d'une telle entreprise. Pourtant, Ni Yong semblait savoir ce qui s'était passé là.

« Ni Yong ! cria-t-il, le moment est venu de régler nos comptes. »

La voix déchira le silence comme un coup de fusil, et Malone se figea en l'entendant. Cassiopée réagit, elle aussi. Tous deux s'accroupirent le long du socle en jade, ayant compris que la voix venait au-delà de l'entrée principale de la salle.

Quelqu'un s'adressait à eux en mandarin ?

Si c'était le cas, ils étaient incapables de comprendre.

« Ce n'était pas Pau Wen », chuchota Cassiopée.

Il acquiesça.

« Nous n'avons pas beaucoup de solutions. »

Ils se trouvaient au centre de la salle, abrités par le socle. Il jeta un coup d'œil sur le côté et remarqua des ombres dans la pièce suivante, à une trentaine de mètres environ. Il était peu probable que Cassiopée et lui puissent repasser par l'anfractuosité du mur qui leur avait permis d'entrer sans se faire remarquer.

Malone vit l'inquiétude se refléter dans les yeux de Cassiopée.

Ils étaient coincés.

Tang avança jusqu'à l'entrée de la chambre funéraire et cria une nouvelle fois.

« Ni Yong, tu ne peux aller nulle part. »

Depuis la voûte d'entrée, il examina l'imposant palais souterrain. Le plafond scintillait de milliers de lumières, le sol constituant une carte surréaliste en trois dimensions, rehaussée par le miroitement du mercure des fleuves, des lacs et des mers. À présent, il comprenait pourquoi le gouvernement avait résisté à toutes les pressions pour ouvrir la tombe. Le site était totalement vide. Il restait seulement une table de jade entièrement sculptée au centre, sur laquelle le premier empereur reposait probablement autrefois.

Les deux frères approchèrent par-derrière.

« Il y a des chambres adjacentes », dit l'un d'eux.

Il avait également remarqué les embrasures de portes sombres.

« Et il y a une autre issue. »

Il désigna de l'autre côté de la chambre funéraire

une brèche dans le mur de marbre à l'extrémité, à soixante ou quatre-vingts mètres au moins.

« Où est Viktor ?

— En train de vérifier les pièces annexes. »

Tang montra la sortie au loin.

« Allons voir si Ni Yong est passé par là. »

Ni avait trouvé refuge dans une des pièces donnant sur les trois antichambres. L'électricité n'y avait pas été amenée. Il avait regardé Kwai Tang et les trois autres hommes s'émerveiller devant ce qu'il avait déjà découvert avec stupéfaction lui aussi.

Bien qu'étant pour l'instant hors de leur vue, il n'avait aucun endroit où se cacher. La pièce obscure dans laquelle il était entré était vide, avec seulement une série de fresques murales. Il avait entendu la déclaration de Tang et savait qu'il devrait tirer pour s'échapper.

Cela doit rester une affaire privée. Entre toi et Tang.

C'était ce que le Premier ministre lui avait dit. Était-ce cela qu'il voulait vraiment dire ?

Je n'y mêlerai personne d'autre, et ne vous permettrai pas de le faire.

Malheureusement, Tang n'était pas venu seul. Pourrait-il venir à bout des quatre hommes ? Ce qui s'était produit chez Pau Wen semblait se répéter, sauf que cette fois, il n'avait personne pour lui venir en aide.

Il espérait que la chambre funéraire retiendrait l'attention de Tang suffisamment longtemps pour qu'il puisse s'éclipser par le chemin qu'il avait pris pour entrer. Mais, avant qu'il ne puisse revenir sur ses pas pour s'échapper, un homme apparut dans l'embrasure de la porte. Petit, costaud, clair de peau, européen, et tenant un pistolet semi-automatique.

Braqué sur lui.

L'étranger était éclairé par-derrière, très droit, les yeux fixés devant lui. Ni tenait son pistolet sur le côté, le canon vers le sol.

Il ne le lèverait jamais suffisamment vite.

Deux coups retentirent.

Tang examinait le sol tout en avançant avec précaution vers le centre de la salle. Il venait juste de traverser une étroite chaussée qui enjambait ce qui était certainement la mer de Chine. À l'époque de Qin Shi, c'était la frontière orientale de l'empire. La « mer », une zone de vingt mètres de long peut-être, et de la même largeur, scintillait de vif-argent. Il s'était d'abord inquiété de la toxicité, avant de remarquer qu'une fine couche d'huile minérale avait été répandue sur le mercure.

Quelqu'un avait pris des précautions.

Cela datait de très peu de temps.

Il savait que l'huile minérale remontait à peu près à l'époque où le pétrole avait été distillé pour donner de l'essence – au XIXe siècle en Occident – longtemps après Qin Shi. Il avait également remarqué les lampes à vapeur de sodium, d'une forme et d'une taille peu courantes actuellement. Elles étaient plus anciennes. Plus grosses. Plus chaudes. Elles devaient avoir au moins vingt ans. Il se demanda quand elles avaient servi pour la dernière fois.

La minutie des détails de la carte topographique au sol était incroyable, avec une élévation au sud et à l'ouest représentant des montagnes qui s'abaissaient graduellement ensuite pour se transformer en plaines fertiles. Les forêts étaient composées d'arbres sculptés dans du jade. D'autres rivières de mercure serpentaient entre les temples, les villes et les villages. Le socle au centre devait matérialiser la situation de la capitale impériale à l'époque de Qin Shi, non loin de la Xian actuelle.

Deux détonations vinrent troubler le silence.

Des coups de feu. Derrière lui.

Venant de l'endroit où était parti Viktor.

Il s'arrêta, imité par les deux frères.

Une autre détonation retentit.

Il se retourna et se précipita en direction des coups de feu.

Malone regarda le premier vice-Premier ministre, Kwai Tang, et les deux autres hommes, quitter précipitamment la chambre funéraire. Il l'avait reconnu d'après les photos que Stéphanie lui avait procurées. Viktor savait certainement que son patron serait dans

les parages, ce qui expliquait à la fois l'autre hélicoptère, et la façon dont il avait si généreusement
proposé de faire diversion.

« On a eu chaud », dit Cassiopée.

Si les trois hommes avaient trouvé la table, il aurait
été impossible de les éviter. Cassiopée et lui se seraient
retrouvés complètement à découvert, et Malone avait
déjà prévu de tuer les deux sbires et de traiter avec
Kwai Tang séparément.

« Qui tire ? demanda Cassiopée.

— Je n'en sais rien. Mais je suis bien content qu'il
l'ait fait. »

58

Ni entendit les deux coups de feu tirés sur lui par
l'homme dans l'embrasure de la porte. Les balles passèrent au-dessus et ricochèrent bruyamment sur les
murs, le forçant à se baisser et à se protéger la tête.
De toute évidence, l'homme avait réajusté son tir juste
avant de presser la détente et visé volontairement
trop haut.

Il n'allait pas se montrer aussi généreux. Il ajusta
son pistolet et tira.

Mais l'homme avait disparu.

Sa balle, comme les deux précédentes, ricocha sur
la pierre, le forçant à se jeter à terre.

Il se remit debout d'un bond sans s'aider des mains
et fonça en direction de la sortie. Un rapide coup d'œil

par la porte, et une autre balle arriva dans sa direction, le précipitant en arrière contre le mur. Pourquoi l'homme tirait-il sur lui sans vouloir l'atteindre ? Et pourquoi y avait-il un étranger ici avec Tang ?

Il se souvenait de ce que le Premier ministre lui avait dit. *Le chasseur a été abattu par un de nos hélicoptères, piloté par un étranger autorisé à voler par ministre Tang.*

Était-ce l'homme en question ?

Tang quitta en hâte la salle principale et regagna la première antichambre. Viktor surgit d'un des trois passages voûtés obscurs qui menaient vers l'extérieur.

« J'ai trouvé ministre Ni », dit Viktor.

Tang fit signe aux deux frères de prendre position à gauche et à droite. Tous les deux brandissaient leurs pistolets, tandis qu'il tenait un semi-automatique.

« Y a-t-il un autre moyen de sortir ? » demanda Tang.

Viktor secoua la tête. « Seulement par ici. »

Malone surveillait la scène avec intérêt.

« À ton avis, qu'est-ce qui peut bien se passer ? » demanda Cassiopée.

Elle avait été privée du briefing de Stéphanie, si bien qu'il dut lui expliquer.

« L'homme là au centre qui donne des ordres, c'est Kwai Tang. »

Il aperçut brièvement un quatrième homme qui se trouvait maintenant dans l'antichambre. Viktor. Il aurait dû s'en douter.

« Tu crois qu'ils en ont après Pau Wen ? demanda-t-elle.

— C'est possible. Mais il semblait avoir prévu ce comité d'accueil.

— Autrement dit, il y a quelqu'un d'autre ici. Quelqu'un que Kwai Tang n'aime pas.

— Ce qui fait de cette personne notre allié.

— Dans ce cas, donnons-lui un coup de main. »

Cassiopée resserra sa prise sur le pistolet, se préparant à l'attaque. Malone se glissa d'un côté du socle, elle de l'autre. Heureusement, la table de jade avait été disposée en diagonale, ce qui leur offrait davantage de protection.

Malone se releva.

« Salut, les connards ! » cria-t-il.

Tang, Viktor et les deux hommes se retournèrent d'un bond.

Malone tira un coup dans leur direction, sans chercher à les atteindre. Juste pour attirer leur attention. Ce qui eut l'effet escompté. Tous les quatre battirent en retraite, deux d'entre eux tirant des salves pour couvrir leur retraite.

Malone et Cassiopée se plaquèrent contre le socle.

« J'espère que celui à qui nous venons de donner un coup de main saura l'apprécier. »

Ni entendit quelqu'un appeler, puis trois coups de feu. Il s'avança jusqu'à un réduit assez sombre qui le séparait de l'antichambre brillamment éclairée. Il se colla le dos contre le mur près de la porte et jeta un coup d'œil le long de la paroi. Tang et deux autres hommes étaient dans la même position que lui, appuyés au mur près de l'entrée de la salle funéraire.

Il ne vit pas l'étranger et regarda un des hommes faire volte-face et tirer par l'embrasure de la porte à l'intérieur de la chambre funéraire.

Puis un autre en fit autant.

Quelque chose avait détourné leur attention.

Il décida de profiter de la situation.

Il visa et tira.

Tang sursauta en entendant le coup de feu venant de derrière.

Un des frères poussa un cri, puis s'effondra sur le sol.

L'homme se tordait de douleur.

Tang se retourna et vit Ni Yong surgir d'une des portes obscures et se précipiter dans l'antichambre suivante. Il fit pivoter son pistolet et tira, mais Ni disparut par la porte voûtée pour se réfugier de l'autre côté.

Où était Viktor ?

Le frère blessé continuait à gémir de douleur, complètement à découvert maintenant.

Il n'y avait plus qu'une chose à faire.

Tang lui tira une balle dans la tête.

« Nom de Dieu, dit Malone. Tu as vu ça ?

— Ils n'hésitent pas à se descendre entre eux, dit-elle.

— Ce qui veut dire qu'ils n'auront pas grand respect pour nous. »

Ni ne perdit pas de temps. Aussitôt après avoir tiré, il se précipita vers la sortie et se retrouva à l'abri avant que Tang ne puisse faire feu. Il fonça dans l'antichambre suivante, longeant le mur, en direction des portes principales. S'il réussissait à arriver jusqu'au passage menant au puits, il pourrait profiter de l'obscurité.

Il se glissa dans la dernière antichambre.

Tout en longeant le mur, il jeta un rapide coup d'œil en arrière, juste à temps pour apercevoir Tang et l'autre homme qui pénétraient dans la pièce qu'il venait de quitter.

L'un d'eux tira.

Il se baissa, puis répliqua, profitant de l'instant pour se faufiler dans l'espace noir entre les deux grandes portes entrouvertes. De l'autre côté de l'entrée, il serait protégé des balles. Il n'avait pas un instant à perdre. Dans l'obscurité, loin des lumières, tout irait bien.

Il se retourna pour fuir, mais un homme lui bloqua le passage.

C'était l'étranger qui avait tiré sur lui précédemment sans vouloir le toucher.

« Vous ne me connaissez pas, dit l'homme, son pistolet braqué sur lui. Mais je ne suis pas un ennemi. »

L'étranger s'avança dans la lumière. Européen, sans aucun doute. Ni grava le visage dans sa mémoire.

L'homme lui tendit son arme par le canon.

« Assommez-moi avec ce pistolet et foutez-moi le camp d'ici. »

Il ne se le fit pas dire deux fois. Il prit le pistolet et assena la crosse métallique sur la tempe de l'homme.

Il jeta ensuite le pistolet de côté et s'enfuit dans le noir.

Tang émergea de la porte à deux battants et aperçut Viktor étendu sur le pavage, son pistolet à quelques mètres. Il scruta l'obscurité devant lui, en vain.

Ni était parti.

Viktor se relevait péniblement, en se frottant la tête.

« Je l'attendais, mais le salaud a été plus rapide. Il m'a frappé sur la tête. »

Tang n'allait pas perdre de temps à écouter des

excuses. Il était impossible de continuer la poursuite sans prendre de risques, aussi il visa dans l'obscurité, et tira quatre coups d'affilée en balançant son bras de droite à gauche, allant d'un mur à l'autre.

Les balles sifflèrent dans l'obscurité et ricochèrent sur les murs, en lui écorchant les oreilles.

« Il est parti », constata calmement Viktor.

Tang baissa le pistolet.

« Il faut que nous retournions à l'intérieur. Malone, Vitt et Pau Wen y sont toujours. »

Malone entendit des pas s'éloigner et supposa que les deux hommes et Viktor s'étaient enfuis. Il ignorait ce qui se trouvait de l'autre côté du passage voûté menant à l'entrée principale de la chambre funéraire.

Mais c'était le moment de passer à l'action.

Retourner jusqu'au panneau secret par lequel ils étaient passés était trop risqué. Beaucoup trop d'obstacles à franchir d'ici là. Il fit signe à Cassiopée, et ils s'éloignèrent ensemble du socle. En un éclair, ils franchirent les trente mètres qui les séparaient de la voûte de l'entrée. Heureusement, le sol était principalement composé de plaines et d'océan avec une étroite passerelle au-dessus qui leur permit de faire la plus grande partie du chemin en courant.

L'homme mort gisait là. Du sang ruisselait abondamment de ses deux blessures.

Malone jeta un coup d'œil dans la chambre suivante et aperçut trois hommes, dont Viktor et Tang, rentrant par l'extrémité opposée et se dirigeant droit vers eux.

Cassiopée les avait vus également, et ils décidèrent de concert qu'il était temps de battre en retraite.

Mais il tira d'abord une salve qui provoqua la dispersion des trois hommes.

Cassiopée passa devant, et ils reprirent le chemin qu'ils avaient suivi jusqu'au socle central. Ils y arrivèrent juste au moment où deux autres rafales étaient tirées dans leur direction.

Apparemment, leurs poursuivants n'étaient pas décidés à partir.

Ils se collèrent contre le côté opposé du socle.

« Tu te rends bien compte que nous n'avons aucune possibilité de repli, dit Cassiopée.

— C'est ce que j'avais cru comprendre. »

59

Ni se releva. Il avait plongé et s'était plaqué au sol derrière un brûle-parfum imposant pendant que Kwai Tang tirait dans l'obscurité. Il était resté allongé sans bouger pendant que les balles ricochaient sur les murs, puis avait vu ses trois agresseurs disparaître à nouveau dans la tombe. L'homme qu'il avait assommé travaillait visiblement pour Tang, tout en poursuivant son propre programme.

Mais qui avait crié, puis tiré depuis la chambre funéraire ? Devait-il les aider ? Que pouvait-il faire, sans prendre de nouveaux risques ?

Pas question. Il fallait qu'il s'en aille.

Malone aperçut de nouveau les ombres dans l'antichambre. Il avait entendu les quatre salves et se demandait ce qui se passait. Apparemment, le problème avait été résolu, ou il ne se posait plus. À la place...

« À nous de jouer », dit-il.

Il aperçut plusieurs têtes près du passage voûté, en train de regarder la chambre funéraire.

« Comment faire pour les amener à se montrer ? chuchota Cassiopée de l'autre côté du socle.

— Ils ne savent pas si nous sommes encore là. D'autant qu'ils voient aussi ce trou dans le mur derrière nous. Nous pourrions très bien être là-dedans. »

Malheureusement, leur refuge se trouvait à une centaine de mètres plus loin, avec un espace complètement à découvert, à part quelques piliers insuffisants pour les protéger.

Il passa rapidement en revue les possibilités qui s'offraient à eux. Il n'y en avait pas beaucoup.

Il examina la lampe tripode qui illuminait le socle, puis la rivière de mercure toute proche, probablement le fleuve Jaune traversant l'ancien empire d'est en ouest. Il se remémora une nouvelle fois ce que Pau Wen leur avait lu la veille. *Au moyen de vif-argent, ils reproduisirent les centaines de rivières du pays, le fleuve Jaune et le Yangtsé, et la vaste mer, ainsi que des machines pour maintenir les eaux en mouvement.* Les réservoirs étaient-ils connectés ? Tant pis, son idée pourrait très bien marcher.

« Prépare-toi à dégager, chuchota-t-il.

— Que vas-tu faire ?

— Foutre le bordel. »

Tang remarqua des silhouettes sur la plate-forme centrale.

Il y avait quelqu'un là-bas.

Une de chaque côté de la table de jade posée en diagonale par rapport à la salle. Il passa en revue le reste de la chambre, ce qui lui confirma qu'il n'y avait aucun autre endroit où se cacher.

Dans ce cas, où était la troisième personne ?

« Tuez-les tous les deux ! » ordonna-t-il. Puis s'adressant à Viktor, il précisa : « Et cette fois, je les veux morts. Nous n'avons plus de temps à perdre. »

Viktor parut comprendre que les choses ne s'étaient pas bien passées et il acquiesça.

« Nous allons nous en occuper. »

Malone vit les canons de deux pistolets, chacun d'un côté du passage voûté.

Les deux tirèrent.

Des balles firent gicler des éclats du jade.

C'était le moment d'agir.

Il se laissa tomber sur les fesses, leva la jambe droite et donna un coup dans le trépied sur lequel étaient fixées les lampes électriques. L'armature métallique fragile se renversa, les ampoules explosèrent dans une pluie d'étincelles, et la déflagration enflamma l'huile minérale. Il savait que les cracheurs de feu et les experts en effets spéciaux préféraient l'huile minérale qui possédait à la fois un point d'inflammation élevé et une température de combustion basse. Il n'en fallait pas beaucoup pour qu'elle s'enflamme, et cela ne durerait pas longtemps.

Comme avec le papier ignifuge d'un magicien, l'effet produit était spectaculaire.

Des flammes brillantes s'élevèrent dans toute la salle funéraire à mesure que l'huile enflammée recouvrant le mercure des lacs, des fleuves et de l'océan, se consumait. Un souffle d'air résonna sur les murs, comme une vague déferlant sur la rive, produisant une chaleur brutale et une lumière éblouissante.

Sans perdre une seconde, Malone se releva d'un bond et rejoignit Cassiopée ; ils franchirent à toute vitesse la trentaine de mètres en direction de la brèche dans le mur de la chambre, prenant bien soin d'éviter les fleuves et les lacs, mais heureusement, la partie occidentale de l'empire de Qin était surtout composée de déserts et de montagnes.

L'huile s'épuisa rapidement et la lumière s'éteignit. Il restait un nuage sombre qui suintait du sol, et il savait ce que contenait cette bouffée d'air mortelle.

Du mercure.

« Retiens ta respiration », dit-il.

Tang vit le trépied s'effondrer, puis il sentit la chaleur quand l'huile minérale s'enflamma dans un éclair de lumière aveuglant. Il leva le bras pour se protéger les yeux. Le frère et Viktor en firent autant.

Au flash succédèrent des taches noires qui apparaissaient et disparaissaient, mais une fois sa vision stabilisée, il aperçut à travers le brouillard gris foncé deux silhouettes à l'extrémité de la salle qui se précipitaient vers la brèche dans le mur.

« Nous ne pouvons pas rester là », dit Viktor.

Tang savait que la fumée était toxique, et ses premières volutes n'étaient plus qu'à quelques mètres. Il s'éloigna de la voûte.

Un autre craquement résonna dans la salle et des lampes commencèrent à éclater. Il y eut une saute de courant et quelque chose explosa derrière lui dans une pluie d'étincelles.

C'était la boîte de dérivation reliée au câble venant du dehors.

« Il y a un court-circuit », cria Viktor.

Puis tout devint noir.

Cassiopée continuait à courir, sentant que le courant électrique passant par le mercure avait finalement fait machine arrière par les lignes.

La dernière chose qu'elle vit avant que toutes les lumières ne s'éteignent fut le mur, à une dizaine de mètres.

Elle s'arrêta brusquement et entendit Malone en faire autant.

« Il faut sortir de là », chuchota-t-il.

Elle souffla un grand coup.

« Trouve le mur. La sortie était à une trentaine de mètres sur la droite.

— Dépêchons-nous ! Il se peut que nous n'ayons pas plus d'une minute d'air à notre disposition. »

L'obscurité était totale. Cassiopée ne distinguait même pas ses mains. Elle avança à tâtons et trouva le mur du bout de son pistolet. La torche était toujours dans sa poche, mais elle ne pouvait pas s'en servir, faute de devenir une cible idéale à travers le brouillard.

« Fonce, murmura Malone. Dépêche-toi. »

Des faisceaux de lumière surgirent de l'extrémité de la salle, perçant le nuage qui se trouvait maintenant à deux mètres environ au-dessus du sol et continuait à s'élever.

La lumière éclaira le mur puis se mit à aller de gauche à droite.

Quelqu'un *les* cherchait.

« Ils sont forcément là », dit Tang.

Tous trois braquèrent leurs lampes vers l'extrémité de la salle à la recherche des deux silhouettes. Les rayons étaient faibles, mais tout de même suffisants.

« Trouvez-moi cette brèche ! hurla Tang, ils se dirigeaient par là. »

Les rayons de lumière continuèrent leur danse. L'un d'eux localisa la brèche dans le mur... puis, à sa droite, une silhouette.

Qui se dirigeait vers l'ouverture.

« Là, dit-il. Tirez. »

« Couche-toi ! » hurla Malone, prévoyant ce qui allait arriver.

La torche avait repéré Cassiopée juste au moment où elle arrivait à l'abri. Il n'allait pas les laisser tirer.

Il visa à travers la pièce et tira au centre des trois lampes.

Tang entendit la balle percuter le frère. L'homme fut rejeté en arrière par l'impact. Sa lampe décrivit un zigzag dans l'obscurité tandis que son corps s'effondrait sur les briques.

Tang battit aussitôt en retraite derrière le passage voûté. Viktor en fit autant de l'autre côté. Le nuage de mercure progressait dans leur direction maintenant. Il ne se trouvait plus qu'à quelques mètres.

Il fallait qu'ils partent.

Pourtant.

Cassiopée vit une lampe tomber et les deux autres disparaître, leurs possesseurs cherchant probablement à s'abriter. Elle se releva d'un bond, trouva la brèche dans le mur avec la main et se glissa à l'intérieur, mettant une bonne épaisseur de pierre entre elle et les balles qui risquaient encore d'arriver dans sa direction.

Malone était resté à l'extérieur.

« Tu es dedans ? demanda-t-il.

— J'y suis. À ton tour. »

Les torches recommençaient à fouiller autour de la brèche. Mais elles étaient nettement moins puissantes en raison du brouillard épais qui progressait vers eux.

Encore trente secondes, et le nuage serait là.

Les lumières s'écartèrent et s'abaissèrent.

Les deux lampes se focalisèrent sur Malone.

« Le voilà, dit Tang à Viktor. Tuez-le. »

Leurs pistolets claquèrent.

Le nuage noir était à moins d'une quarantaine de mètres. Malone se plaqua au sol juste au moment où les pistolets tiraient depuis l'autre côté de la salle.

Il retint son souffle. Les lumières s'arrêtèrent juste au-dessus de lui.

Il n'était pas question de se relever ou même de s'accroupir.

Il fallait qu'il parte.

Maintenant.

Cassiopée visa par la porte de pierre et vida son chargeur à travers la pièce en direction des lumières.

« Par ici ! » hurla-t-elle.

Mais ce n'était pas si simple. Les rayons de lumière avaient disparu sous le tir de barrage de Cassiopée, mais, du coup, l'endroit était plongé dans une obscurité totale. La brèche devait se trouver à quelque trois mètres sur sa droite. Il fallait qu'il suive le mur à tâtons, en direction de ses coups de feu.

Une série de cliquetis lui indiqua alors que le chargeur de Cassiopée était vide.

Il trouva l'ouverture, sauta à l'intérieur et souffla un grand coup.

« Il faut que nous fichions le camp », dit-il.

Tang comprit que Cotton Malone et Cassiopée Vitt étaient partis, empruntant la sortie la plus éloignée. Mais le brouillard était proche, et il n'était pas question de les poursuivre à travers la salle.

Il recula, imité par Viktor.

« Tant pis, dit-il. J'ai deux frères qui les attendent à la sortie. »

60

Ni sortit du puits et consulta sa montre. Presque 18 heures. Il respira à pleins poumons l'air chaud et humide. Il ne pleuvait plus.

Il replaça la plaque métallique dans le puits.

Tang allait certainement bientôt sortir, il fallait qu'il parte. Son adversaire était fin prêt. Lui aussi.

Il prit son téléphone cellulaire et appuya sur une touche. La communication fut établie.

« Je vous veux ici, sur le site, d'ici un quart d'heure. »

Il avait amené douze de ses enquêteurs, les faisant voyager dans un autre hélicoptère arrivé environ une demi-heure après lui. Ils avaient reçu la consigne d'attendre à quelques kilomètres jusqu'à ce qu'on les contacte.

« On arrive.

— Retrouvez-moi au centre de sécurité, dans les bâtiments administratifs, à l'est du musée. »

Il coupa la communication et s'éloigna.

Malone précédait Cassiopée dans le tunnel. Ils regagnaient en hâte l'endroit par où ils étaient entrés. Il savait qu'il y avait quatre tournants à angle droit à passer, dont deux après avoir pris à gauche, puis à droite. Il évita toutes les portes menant vers l'extérieur, veillant à ne pas s'écarter du chemin qu'ils avaient emprunté pour entrer. Il avait hâte de retrouver le ciel.

Son pistolet contenait encore de quoi tirer quelques coups. Celui de Cassiopée était H.S. Ils avaient chacun une torche.

« J'ai vraiment apprécié ce que tu as fait là-bas, dit-il.

— C'était la moindre des choses.

— Tu te rends compte que Viktor était au bout d'une de ces torches.

— Mais aucun de nous n'a été touché. »

Il s'arrêta.

« Tu ne parles pas sérieusement. Tu crois vraiment qu'il y est pour quelque chose ?

— Cotton, je n'en sais vraiment rien. Toute cette affaire n'est qu'une succession de trahisons. Tout ce que je sais, c'est qu'un garçon de quatre ans a disparu et que je n'arrive pas à le retrouver. »

Devant son air exaspéré, il s'attendait à subir une nouvelle attaque. Au lieu de cela, elle s'approcha et l'embrassa.

Un baiser tendre. Doux. Pas une question, plutôt une affirmation.

« Tu n'es pas Viktor, dit-elle.

— Tu crois que je suis jaloux ?

— Je pense que tu es humain. »

Il était affreusement mal à l'aise. Éprouver des émotions était une chose, les manifester en était une autre.

« Il est temps que nous sortions d'ici. »

Elle acquiesça.

« D'accord. Allons-y. »

Après les deux derniers tournants, il aperçut une tache de lumière dans le tunnel devant eux. La fissure dans le sol de la bibliothèque. Ils s'arrêtèrent sous le trou et regardèrent vers le haut.

« Je passe d'abord », dit-elle.

Avant qu'il puisse protester, elle sauta, trouva une prise et se hissa à travers le trou.

Elle n'avait pas encore passé tout le corps par la brèche quand elle fut tirée brusquement vers le haut.

Un homme se laissa alors tomber par l'ouverture.

Il portait l'uniforme de la sécurité du musée et braquait un pistolet sur Malone.

« Je crois qu'ils veulent que tu montes, dit Cassiopée d'en haut. Grouille-toi et tais-toi. »

Tang descendit de la voiture que Viktor et lui avaient ramenée du site de la fosse jusqu'au bureau de la sécurité. Ils avaient rapidement retrouvé leur chemin pour sortir du monde souterrain de Qin Shi et quitter la zone clôturée. Les deux frères morts étaient restés sous terre. On ne pouvait pas faire grand-chose de leurs corps, le site étant maintenant contaminé par les vapeurs de mercure.

Ni Yong était son sujet de préoccupation immédiat.

L'occasion était idéale pour en finir à l'intérieur de la tombe, l'endroit discret par excellence.

Mais il avait gâché sa chance.

Ou plus exactement, Viktor avait gâché sa chance.

Il décida de ne pas manifester son mécontentement. L'affaire se réglerait facilement avec cet étranger le moment venu.

« Attendez dehors », dit-il à Viktor.

Il rentra précipitamment dans le bâtiment climatisé de la sécurité. Ses vêtements étaient dégoûtants, ses cheveux en désordre, sa gorge pleine de l'odeur de moisi de l'air.

Les hommes à l'intérieur se mirent au garde-à-vous.

« Est-ce qu'un vieil homme est sorti de la fosse 3 il y a une heure ? »

Le superviseur aboya des instructions. Un autre homme tapota sur le clavier d'un ordinateur, à la recherche des enregistrements correspondant à l'heure et à l'endroit. Il vit un des écrans s'animer avec des images de la fosse 3 – les guerriers montant la garde en silence, le chariot, les chevaux, la brèche dans le mur de terre. Il s'agissait d'une vue prise d'un angle à partir de ce qui semblait être une caméra intérieure placée au plafond. Il vit un vieil homme sortir du boyau noir menant à la bibliothèque, suivi par les deux frères qu'il avait chargés de monter la garde. L'un tenait un pistolet et conduisait Pau vers une échelle proche et tous les trois grimpèrent sur la passerelle. Un autre écran montra l'extérieur du musée de la fosse 3, et les trois hommes quittant le bâtiment.

Il n'avait pas vu Pau Wen depuis plus de vingt ans, juste avant que Pau ait fui le pays. Il n'avait pas beaucoup changé. Toujours le même visage allongé, les yeux ronds et le front haut. Ses cheveux n'étaient pas plus fournis, plus gris seulement maintenant. Un des frères gardait son pistolet braqué sur son prisonnier. Tang les observa tandis qu'ils traversaient lentement la place déserte.

« Où vont-ils ? » demanda-t-il.

Le superviseur fit un signe de tête au contrôleur qui activa une autre caméra.

« Nous les avons suivis pendant quelques minutes, dit le superviseur. Avant de saisir ces images. »

Pau et les frères se trouvaient à présent sur le parking. Il y avait encore du monde à cet endroit. Les gens s'entassaient dans les cars de tourisme ou regagnaient leurs véhicules. Il regarda Pau et les frères s'approcher d'une berline de couleur claire. Aucun n'avait d'arme maintenant. Chacun des frères gratifia Pau d'une accolade chaleureuse, puis tous les trois partirent dans la voiture.

Tang resta imperturbable.

Personne ne prononça le moindre mot.

« Deux autres individus, un homme et une femme, auraient dû sortir de la même salle souterraine dans la fosse 3 », dit-il.

Le superviseur acquiesça promptement et claqua

des doigts. Quelques tapes sur le clavier firent apparaître les images souhaitées sur l'écran.

« Quand les deux hommes de garde sont partis, dit le superviseur, j'ai envoyé deux hommes à nous pour surveiller. »

Quelqu'un au moins avait fait son travail.

« C'est ce qu'il fallait faire. »

L'homme s'inclina devant le compliment et fit signe d'actionner la vidéo. Tang vit un des employés de la sécurité du musée sortir de la salle de la bibliothèque, suivi par un homme et une femme, puis un autre garde de la sécurité armé d'un pistolet. Évidemment, si les deux frères étaient restés à leur poste, Cotton Malone et Cassiopée Vitt seraient morts. Et il n'y aurait plus de problème.

« Où sont-ils maintenant ? demanda-t-il.

— En garde à vue.

— Emmène-moi les voir. »

Il fit demi-tour pour sortir.

La porte s'ouvrit alors brusquement. Ni Yong fit irruption à l'intérieur, suivi par dix hommes armés.

« Au nom de la Commission centrale de l'inspection de la discipline du Parti communiste chinois, je prends le contrôle de cet établissement. »

QUATRIÈME PARTIE

61

Cassiopée était assise, les pieds sur la table, et regardait Cotton. Lui était étendu sur un des fauteuils métalliques, les jambes croisées, les yeux fermés. La pièce où on les avait conduits sous la menace d'un pistolet n'avait pas de fenêtre, ce qui lui rappelait sa cellule en Belgique.

« Nous voilà encore dans un beau pétrin, marmonna-t-il.

— Au moins, personne ne saura que tu as mis le feu à une des plus importantes découvertes archéologiques de tous les temps. »

Il ouvrit les yeux.

« Ne fais pas la maligne. »

Elle sourit.

« Tu crois que cette pièce est sur écoute ?

— Je l'espère bien. Hé, vous qui écoutez, j'ai faim. Apportez-moi à manger. »

Il referma les yeux. Bizarrement, il était le seul homme à la mettre vraiment mal à l'aise – ce qui, curieusement, l'arrangeait plutôt. Elle n'avait rien à prouver avec lui, pas plus que lui n'était en compétition avec elle. Il était lui-même, tout simplement. Et elle aimait bien ça.

« Bien joué avec les lumières », dit-elle.

Il haussa les épaules.

« Je n'arrêtais pas de penser à Tivoli et au cracheur de feu que j'ai vu plusieurs fois. J'ai parlé avec lui un jour, et il m'a raconté comment il se servait d'huile minérale pour ses tours. Évidemment, il n'y met pas le feu alors qu'il y a du mercure en dessous.

— Cette tombe va rester toxique pendant un moment.

— Ça n'a aucune importance. Personne ne le saura. Soit Pau a pillé la tombe, soit elle était déjà pillée avant lui. De toute façon, les Chinois ne veulent pas qu'on y pénètre. Et, bien entendu, nous nous sommes débrouillés pour nous retrouver en plein conflit entre deux monstres de la politique. »

Quoi qu'il en dise, elle le connaissait par cœur et elle le devinait plongé en pleine réflexion.

« Qu'est-ce qu'il y a ? »

Il rouvrit les yeux et lui jeta un regard malicieux.

« De quoi parles-tu ?

— Tu sais bien.

— Pourquoi m'as-tu embrassé ? »

Elle voyait bien qu'il essayait de gagner du temps.

« J'en avais envie.

— Ce n'est pas une réponse.

— Bien sûr que si. »

Ce baiser était un mystère pour elle aussi, sinon qu'elle en avait eu envie. Il fallait bien que quelqu'un prenne l'initiative. Mais ce n'était pas le moment de s'aventurer sur ce terrain miné.

« Réponds-moi. Qu'est-ce que tu vois avec ta fameuse mémoire photographique ?

— Je préférerais que ma mémoire soit photo-graphique plutôt qu'eidétique, ce serait bien plus simple. Au lieu de ça, mon dingue de cerveau adore enregistrer n'importe quel détail, même inutile. »

Il ferma les yeux. « Et c'est ça le problème. Il me faut du temps pour faire le tri. »

Ni faisait face à Kwai Tang. Ils étaient à peu près de la même taille, et à peu près du même âge, Tang ayant un ou deux ans de plus. Il avait pris conscience que c'était un endroit public et que la façon dont Tang et lui se conduiraient ferait l'objet de nombreux commentaires.

« Tu n'as pas à me donner d'ordre, déclara Tang.

— Je suis ici sur ordre du Premier ministre. Tu peux appeler son bureau pour vérifier, mais je t'assure qu'il a bien donné son autorisation. Et toi, ministre, tu es effectivement sous ses ordres. »

Les vêtements de Tang étaient aussi dégoûtants que les siens, ils étaient tous les deux trempés, sales et furieux.

« Je fais l'objet d'une enquête ? » demanda Tang.

Ni n'allait pas tomber dans ce piège.

« Je ne donne pas ce genre d'information, même au premier vice-Premier ministre. »

Tang semblait être seul. Toutes les autres personnes présentes dans la pièce portaient l'uniforme du musée. Ni avait regardé dehors, espérant trouver l'étranger qui lui avait sauvé la vie dans la tombe, mais il ne l'avait vu nulle part. Il aurait voulu poser des questions à cet homme.

« Toi et moi devrions nous parler, dit Tang. En privé. »

Après une brève réflexion, il jugea que c'était préférable. Il jeta un coup d'œil au superintendant qui lui indiqua une porte de l'autre côté, à droite des écrans vidéo.

Tang et lui gagnèrent une sorte de cagibi sans fenêtre dont ils refermèrent la porte.

« Tu devrais être mort, proféra Tang, le regard plein de haine.

— Tu as essayé de me tuer deux fois. Tu ne gagneras pas ce combat.

— C'est déjà fait. »

Ni n'aimait pas du tout le ton assuré de son adversaire.

« J'aurais pu te faire arrêter.

— Sous quel prétexte ? Tu n'as pas la moindre preuve. Et si tu comptes sur Pau Wen, bonne chance. Personne ne peut se fier à lui.

— Et si nous t'enlevions ton pantalon, que trouverions-nous ?

— Que j'ai du courage, dit Tang.

— Tu es fier de ce que tu es ?

— Je suis fier de ce que je vais faire. »

Ni savait que sa position était fragile. Rien ne prouvait que Tang avait fait quoi que ce soit de mal, et montrer que c'était un eunuque ne servirait à rien. Accuser sans preuve ruinerait sa propre crédibilité. Le département qu'il dirigeait prospérait uniquement parce qu'on y prenait de bonnes décisions. Il savait parfaitement qu'au gouvernement beaucoup attendaient le prétexte d'un échec retentissant pour juguler l'autonomie qui lui avait permis de réussir autant de missions.

« Un pilote est mort dans la province du Yunnan, dit-il à Tang. Il a été abattu par un étranger aux commandes d'un de nos hélicoptères. Tu as donné ton autorisation pour ce vol.

— J'ai effectivement autorisé l'hélicoptère. Pour empêcher Pau Wen d'entrer illégalement sur le territoire. Mais je n'ai jamais autorisé qu'on tue un pilote. As-tu la preuve du contraire ?

— Je l'aurai quand j'aurai retrouvé cet étranger. »

Lequel pouvait très bien être celui de la tombe. L'homme qui lui avait sauvé la vie. Tang ne se doutait évidemment pas que son soi-disant allié pouvait aussi jouer double jeu.

Et si jamais il s'en était douté ?

Mieux valait ne faire aucune allusion à ce qui était arrivé. Si l'homme qui l'avait secouru jouait sur tous les tableaux, Ni pourrait encore faire appel à lui. Si toute cette affaire n'avait été qu'une ruse, alors le silence était préférable.

« C'est un combat entre toi et moi, dit Tang. Le vainqueur devient le maître de la Chine.

— Je connais les enjeux. »

Tang avait toujours le même regard de haine. « Sache que tu ne seras plus en vie au moment de ma victoire. »

Ni vit son ennemi ouvrir la porte et sortir. Il passa en silence devant les autres, puis quitta le bâtiment.

Ni rentra dans la pièce.

« Je veux voir tout ce que ministre Tang a vu. Je veux savoir tout ce qu'on lui a raconté. »

435

Malone visualisait clairement dans son esprit le haut du socle en jade. Une carte en trois dimensions de l'empire de Qin Shi, avec des symboles tout autour. Cela lui avait rappelé, ainsi qu'à Cassiopée, le panneau de soie accroché à l'intérieur de la demeure de Pau Wen.

C'est une reproduction de quelque chose que je connais. Une représentation ancienne de la Chine.

Avec un certain nombre de choses en plus.

Il regrettait de ne plus avoir son iPhone, mais les gardes le lui avaient confisqué, en même temps que leurs armes. Sans lui, il ne pouvait pas en être certain à 100 %.

La porte s'ouvrit.

Un homme entra, dans les cinquante-cinq, soixante ans, la peau tendue sur des joues couvertes de cicatrices, avec d'épais cheveux noirs retombant sur des oreilles décollées.

Il avait un regard grave et déterminé.

« Je suis le ministre Ni Yong. »

62

Tang sortit du bâtiment de la sécurité et se dirigea tout droit vers la voiture qu'ils avaient réquisitionnée, lui et Viktor. Il avait dit à Viktor d'attendre dehors, et apparemment, il avait été assez malin pour se cacher quand Ni et ses hommes étaient arrivés. Deux des sbires de Ni montaient la garde à l'entrée du bâtiment. Préférant ne pas avoir l'air de chercher Viktor, il s'installa au volant, démarra et partit.

Quelque chose bougea sur le siège arrière, le faisant sursauter.

Le visage de Viktor apparut dans le rétroviseur.

« Je me demandais quand tu allais sortir.

— Ministre Ni te cherche.

— Pas étonnant. »

Il avait décidé que Viktor ne lui était plus d'aucune utilité. Si Ni réussissait à mettre la main dessus, il ne faudrait pas longtemps pour qu'il parle. Les Chinois disposaient de méthodes d'interrogatoire particulièrement efficaces. À la différence de l'Occident, on n'hésitait pas à employer la torture.

Mais restait le problème de Pau Wen. Où était passé le vieil homme ?

Son téléphone sonna. Il l'avait rallumé en quittant le bâtiment de la sécurité. Il rangea la voiture sur le côté et répondit après avoir mis le haut-parleur.

« Je suis revenu », dit Pau Wen.

Mais il voulait en avoir le cœur net.

« Tu as dit que la tombe contenait des lampes avec du pétrole. Il n'y avait rien.

— Autrefois, elle contenait de nombreuses lampes, toutes remplies de pétrole, dit Pau. Mais, quand j'y suis entré, il y a deux décennies, j'ai enlevé tous les objets, y compris les lampes.

— Où es-tu ? »

Pau se mit à rire.

« Pourquoi veux-tu que je réponde à ce genre de question ?

— Tu es sur le territoire chinois. Je te retrouverai.

— Je suis sûr que tu as vu grâce aux caméras que les deux frères censés garder la bibliothèque étaient partis avec moi. C'est la preuve que tu n'as pas le soutien absolu de la fraternité.

— J'ai suffisamment d'hommes pour te régler ton compte.

— À qui peux-tu vraiment faire confiance ? Es-tu sûr qu'on ne va pas encore te trahir ?

— Je dois me procurer cet échantillon de pétrole. Tu le sais.

— Pour obtenir une de ces lampes, tu devras traiter avec moi.

— Tu m'as promis que j'aurai un échantillon. C'est la condition préalable de notre plan.

— Ce n'est plus *notre* plan. Tu as pris la direction des opérations. C'est *ton* plan à présent. C'était bien clair la dernière fois que nous nous sommes parlé. »

Il savait ce que Tang allait dire ensuite.

« Comment sortir de cette impasse ?

— *Bao he dian* », dit Pau.

Il s'aperçut alors que Viktor comprenait parfaitement le mandarin et savait ce que cela voulait dire.

La Salle de l'Harmonie suprême.

« Là-bas, dit Pau. Nous parlerons.

— Et tu pourras me tuer ?

— Si j'avais voulu te tuer, tu serais déjà mort. »

Pour vérifier la théorie du pétrole abiotique et délivrer la Chine de la contrainte des importations, Sokolov devait disposer d'un échantillon authentifié de pétrole provenant des gisements du Gansu vieux de deux mille deux cents ans. Pau Wen était la seule personne permettant d'obtenir cet échantillon. Et pourtant...

« Comment savoir si l'échantillon fourni est authentique ? demanda Tang.

— J'ai déménagé tout ce qui venait de la tombe de Qin Shi. Ce qui ne s'est pas fait sans peine. Il est hors de question pour moi d'abîmer quoi que ce soit après m'être donné autant de mal pour le sauver.

— Pourquoi ne m'avoir jamais mis au courant ? insista Tang.

— Parce que ce n'était pas nécessaire.

— J'arrive, déclara-t-il.

— Dans ce cas, nous nous reparlerons. Là-bas. »

La communication fut coupée. Tang referma le téléphone.

« Je suppose que nous y allons tous les deux ? » demanda Viktor.

Cet appel n'annonçait rien de bon, et Tang savait qu'il aurait encore besoin de l'étranger.

Au moins pour un moment.

« Effectivement. »

Ni examinait les deux étrangers. Au vu de leurs passeports, il s'agissait de Cotton Malone et de Cassiopée Vitt, ce que son staff avait vérifié. Généralement, les espions ne portaient pas sur eux leur véritable identité. Ils étaient également munis de deux armes de poing de l'Armée populaire de libération, provenant très probablement de l'hélicoptère qui les avait amenés au nord en provenance du lac Dian. D'après Internet, Cassiopée Vitt était une femme riche qui vivait dans le sud de la France, fille unique d'un self-made-man milliardaire qui lui avait laissé sa fortune. Son nom apparaissait dans d'innombrables articles d'actualité du monde entier, la plupart concernant des découvertes archéologiques, ou un objet historique menacé qu'elle aurait récupéré ou restauré.

Cotton Malone était d'un tout autre acabit. Avocat, capitaine de marine et ancien espion américain travaillant pour le ministère de la Justice. Il avait pris sa retraite deux ans auparavant et tenait maintenant une librairie à Copenhague, au Danemark.

Était-ce une couverture ? Peut-être, mais cela paraissait un peu trop gros.

« Je veux que vous me parliez du pilote qui vous a transporté depuis la province du Yunnan, dit-il en anglais.

— Rien de plus simple, dit Malone. Il s'appelle Viktor Tomas, et c'est un vrai emmerdeur. Si vous pouviez l'arrêter, ce serait formidable.

— Je ne demande que ça. Il a tué un de nos pilotes.

— Qui voulait nous tuer », dit Cassiopée.

Ni lui jeta un regard furieux.

« C'était un officier de l'Armée populaire obéissant aux ordres. Il n'avait aucune idée de qui vous étiez.

— Viktor est dans les parages, dit Malone. Il travaille pour Kwai Tang. »

Il nota une certaine animosité chez son interlocuteur qui se montra ironique :

« Vous ne tenez pas vraiment à cet homme, n'est-ce pas ?

— Il ne fait pas partie de mes intimes.

440

— Que faites-vous ici tous les deux ? demanda-t-il.

— Du tourisme, dit Malone. C'est un nouveau circuit proposé par l'Armée populaire de libération. On fait un tour dans un de vos hélicoptères, on est attaqué par un chasseur et on jette un coup d'œil en douce dans une ancienne tombe. »

Ni sourit à son humour. Ces deux-là ne constituaient pas une menace. Pas pour lui en tout cas.

« Vous étiez dans la tombe, en train de tirer sur Tang et ses hommes ? »

Malone le regarda.

« À voir l'état de vos vêtements, vous y étiez aussi. "Salut, les connards !" Vous vous souvenez de ça ?

— Vous m'avez laissé le temps de m'échapper.

— C'était le but, souligna Vitt. Même si nous ne savions pas qui nous aidions. »

Ni décida de prendre un risque.

« Ce Viktor Tomas m'a aidé à m'échapper. »

Malone parut surpris.

« Vous avez de la chance. Vous devez figurer sur la liste de ses amis.

— C'est une mauvaise chose ?

— Tout dépend de quel côté de la clôture il se place aujourd'hui.

— Où est Pau Wen ? demanda Ni.

— Il est parti, dit Vitt. Il a disparu dans un tunnel sur le chemin menant à la tombe. Nous n'avons aucune idée de l'endroit où il se trouve.

— Vous le saviez déjà bien sûr, dit Malone. Il est parti d'ici, n'est-ce pas ? »

Ni remarqua que Malone ne manquait pas de flair, ce qui n'avait rien d'étonnant pour un ancien espion.

« Il est parti en voiture il y a deux heures.

— Apparemment, vous avez des tas de problèmes, dit Malone.

— Comme vous. »

La porte s'ouvrit.

« Ministre, nous avons besoin de vous parler », dit un de ses hommes en mandarin.

Ni se demanda si Malone ou Vitt comprenaient.

Impossible de le deviner, en tout cas.

« Je reviens dans quelques instants. »

Malone savait que ça devait arriver.

« Tu n'avais pas besoin de balancer Viktor, dit Cassiopée, à peine la porte refermée.

— Il était déjà cuit.

— Tu as entendu Ni. Viktor l'a sauvé.

— Autrement dit, les Russes veulent que Ni l'emporte sur Tang. »

Il préférait taire encore les deux autres objectifs de Viktor – tuer Tang et récupérer Sokolov, ou le réduire au silence si nécessaire.

« Tu as fini de faire le ménage dans ton cerveau ? » demanda-t-elle.

Il l'ignora et se leva.

« Que vas-tu faire ?

— Suivre mon intuition. »

Il ouvrit la porte.

Deux hommes réagirent à sa vue en portant la main à leur arme restée dans leur holster. Ni Yong parlait avec celui qui l'avait interrompu. Il aboya un ordre

que Malone ne comprit pas, et les hommes se calmèrent.

« Que se passe-t-il ? demanda Ni en anglais.

— Je crois que je peux vous aider. »

63

Tang s'installa dans l'hélicoptère pendant qu'il
s'élevait dans le ciel du soir. Viktor était assis en face
de lui.

La Salle de l'Harmonie suprême.

Il n'y était pas allé depuis longtemps.

*« Frères, ce sera la dernière fois que nous nous
parlons face à face », dit Pau Wen.*

*Tang faisait partie d'un groupe sélectionné de cin-
quante personnes. Par les fenêtres ouvertes, lui
parvint une bouffée d'air de la montagne. La robe en
soie qu'ils portaient tous ne les protégeait pas
beaucoup de la fraîcheur de l'après-midi, mais il
n'avait pas froid.*

« Nous avons bien tout prévu », leur dit Pau.

*La longue salle avait en façade un écran en croi-
sillons très élaboré qui abritait des centaines de
casiers contenant les écrits anciens. Chaque
manuscrit faisait près d'un mètre de long, com-
prenant des feuillets libres en soie et lin remontant à
plusieurs siècles, enveloppés dans une étoffe et serrés
entre deux planches sculptées. Il en avait personnellement restauré plusieurs au cours de sa formation.*

Des lampes en argent ornaient les murs, mais le soleil qui inondait l'endroit par les deux galeries supérieures rendait leur lumière inutile. À l'extérieur, le gémissement d'une conque marine, dans laquelle soufflait un autre frère, indiqua qu'il était 15 heures.

« De nous tous, vous êtes ceux qui ont à mes yeux le plus de chance d'atteindre des postes de pouvoir et d'influence. L'un de vous pourrait même devenir Premier ministre, ce qui nous permettra d'atteindre plus facilement notre but. J'ai fait en sorte que vous bénéficiiez tous d'un bon départ. Chacun d'entre vous est prêt. Allez-y. *Tou liang huan zhu.*

Remplace les poutres et les piliers avec du bois pourri.

Tang comprenait parfaitement le proverbe.

Saboter, détruire, ou en tout cas miner les structures clés soutenant un opposant, et les remplacer par les siennes. Empêcher son adversaire d'agir, prendre le contrôle de l'intérieur.

« Quand les roues sont bloquées, dit Pau Wen, le chariot ne peut pas bouger. Quand les poutres et les piliers sont enlevés, la maison s'écroule. »

Tang était fier de participer à l'événement qui allait se produire.

« Je vais bientôt partir, déclara Pau. C'est indispensable pour le succès de notre projet. Mais je surveillerai et dirigerai vos progrès de loin. Frère Tang sera mon porte-parole auprès de vous. »

Avait-il bien entendu ? Pourquoi pas quelqu'un de plus âgé ? Il n'avait même pas trente ans, et était nouveau venu dans le Ba. Et pourtant, il en aurait la direction ?

« Sa jeunesse est un atout, dit Pau. Notre projet

mettra longtemps à se réaliser. Même si beaucoup d'entre vous ont plus d'expérience, le temps n'est pas votre allié. »

Il parcourut la salle du regard et ne remarqua aucune réaction. Le Ba ne connaissait pas la démocratie. En fait, ce concept n'existait même pas chez les légalistes. Les Hégémons prenaient toutes les décisions, sans discussion ni débat.

« Et pourquoi dois-tu partir ? » demanda soudain un des plus âgés.

Pau Wen resta imperturbable.

« Je pourrais faire diversion.

— Ce qui signifie que tes ennemis pourraient intervenir.

— Tu as depuis longtemps des doutes sur la voie que nous suivons, dit Pau.

— C'est faux. Mes doutes te concernent toi. »

Tang savait que cet homme avait à peu près la même stature que Pau Wen. En cour dans la capitale, apprécié du Parti. Respecté. Mais Tang comprenait parfaitement Pau.

Attire le tigre loin de la montagne.

Plutôt que d'affronter un adversaire en territoire inconnu et dangereux, il valait beaucoup mieux le faire sortir du bois et le forcer à se battre.

« Tu nous exposes à une difficile bataille, dit l'opposant. Une bataille que tu ne souhaites pas mener avec nous. Certains d'entre nous peuvent gagner, beaucoup n'y parviendront pas. Toi, en revanche, tu ne peux pas perdre.

— Que voudrais-tu que je fasse ?

— Rester ici au moins. »

Un fin stratège, pensa Tang. Quand un opposant a

445

l'avantage, plutôt que de l'affronter, mieux vaut miner ses ressources, saper sa force, le pousser à la faute. Sur un homme de moindre envergure, le stratagème aurait pu marcher...

« *Même dans ce cas, tu ne pourrais pas ébranler mon autorité* », *dit Pau.*

Ils se dévisageaient.

« *Je suis parfaitement conscient de tes manœuvres, déclara Pau. Je sais que dès que je serai parti, tu t'attribueras la paternité de tout ce que j'ai prévu. C'est pourquoi tu n'as pas été choisi pour me représenter. C'est pourquoi nous sommes ici, pour que tous soient au courant de ta traîtrise.* »

L'homme ne broncha pas, le dos aussi rigide que son attitude.

« *Tu vas causer notre perte.* »

Pau avait les bras croisés sur sa poitrine, les mains cachées dans les manches de sa robe. Tang vit le vieil homme regarder vers la gauche, et le frère proche du rival de Pau faire deux pas en avant, attraper la tête de l'homme à deux mains et la tourner vers la droite.

Un craquement rompit le silence et le corps s'effondra sur le marbre.

Personne ne réagit.

Pau Wen n'avait pas bougé.

« *Après avoir écrit* L'Art de la guerre, *Sun Tzu fut reçu en audience par le roi des Wu. Il voulait obtenir le commandement de l'armée du roi, mais le roi croyait impossible que quiconque puisse être formé à devenir soldat, aussi le roi proposa un défi à Sun Tzu : "Forme les concubines de la cour au combat et tu pourras commander mon armée." Sun Tzu accepta de* relever le défi, nomma deux femmes officiers et leur expliqua les différents ordres de marche. Mais, quand le tambour retentit, toutes les femmes éclatèrent de rire. Sun Tzu savait que si les ordres n'étaient pas clairs, c'était la faute du général. Il répéta donc ses explications, mais les officiers et les femmes se contentèrent de rire de nouveau. Sun Tzu savait également que lorsque les ordres sont clairs, mais qu'ils ne sont pas suivis, la faute en incombe aux officiers. Il ordonna alors que les officiers, en l'occurrence les deux concubines favorites du roi, soient décapités. Après quoi, les autres femmes se conformèrent parfaitement aux ordres et ne tardèrent pas à être parfaitement entraînées. Le roi, bien que dégoûté et furieux, confia à Sun Tzu le commandement de l'armée. »

Tous restèrent silencieux.

« Mes ordres sont-ils clairs ? » demanda Pau au groupe.

Tous acquiescèrent.

Tang se souvenait de ce qui était arrivé après la réunion. Lui et deux autres avaient transporté le corps à l'extérieur, au-delà des rochers, jusqu'à l'endroit sacré. Là, les membres avaient été coupés, le corps réduit en morceaux, la chair et les os écrasés à l'aide de pierres pour obtenir une bouillie qu'ils avaient ensuite mélangée à de la farine d'orge et du lait.

Après quoi, ils avaient appelé les vautours.

Il avait maintes fois assisté au *jhator*. Ce qui veut dire littéralement « faire l'aumône aux oiseaux », la seule manière pratique de faire disparaître des restes humains dans une région trop rocailleuse pour y creuser une tombe et trop pauvre en bois pour les incinérer.

« *C'est un mauvais présage, avait dit Pau un jour, si l'on doit inciter les oiseaux à manger, ou s'il reste le moindre morceau de l'offrande après qu'ils se sont envolés.* »

Mais, ce jour-là, les oiseaux étaient partis après avoir tout mangé.

Il aurait préféré pouvoir se débarrasser de Ni Yong aussi facilement que Pau Wen l'avait fait avec son rival. Ni avait un aplomb remarquable. Le Premier ministre l'avait-il vraiment autorisé à le retenir prisonnier ? Il voulut en avoir le cœur net. Il ordonna au pilote de l'hélicoptère d'appeler Pékin. Son premier adjoint vint à l'appareil et lui dit que le Premier ministre avait quitté la capitale quelques heures avant.

« Où allait-il ?

— Dans la région du Xinjiang. Il y a une cérémonie à Kashgar pour l'inauguration d'une nouvelle usine de traitement de l'eau. »

Ce n'était pas un événement susceptible de mobiliser le secrétaire général du Parti et le président du pays, et il s'en étonna.

« J'ai pensé la même chose, dit son adjoint. Après renseignement, il paraît que le gouverneur craint d'autres troubles dans la région. »

Les régions situées à l'extrême ouest de la Chine avaient toujours posé un problème. Huit nations partageaient sa frontière. Elles étaient de culture musulmane et plus proches de l'Asie centrale que de l'Asie orientale. Pour diluer leur population composée à 90 % de Chinois non Hans, Mao avait encouragé l'immigration, et les gouvernements qui lui avaient succédé, dont l'actuel, avaient poursuivi cette politique. Mais, récemment, les violentes manifestations contre ce qui était perçu comme une invasion culturelle s'étaient multipliées.

« C'est tout ce que tu as pu savoir ?

— Ils ont commencé à me demander pourquoi je m'intéressais tellement à ça. Je leur ai dit que tu voulais un rendez-vous. »

Le prétexte idéal.

« Ministre, je viens juste d'apprendre quelque chose d'autre. »

Il n'aima pas beaucoup son changement de ton.

« Le laboratoire de Lanzhou a été attaqué. Les hommes qui s'y trouvaient sont morts. Lev Sokolov a été enlevé. »

64

Ni regardait Cotton Malone qui se tenait dans l'embrasure de la porte, l'air parfaitement sûr de lui. En tout cas, il ne manquait pas d'audace pour être entré en Chine par les airs sans prévenir. Il avait demandé un complément d'informations sur Malone et sur Vitt, mais il n'avait encore rien obtenu. Au lieu de cela, il venait d'écouter un rapport à propos d'une conversation échangée sur des téléphones mobiles interceptée quelques minutes plus tôt – c'était Kwai Tang qui parlait à Pau Wen.

« Tu m'as promis que j'aurai un échantillon. C'est la condition préalable de notre plan.

— *Ce n'est plus notre plan. Tu as pris la direction des opérations. C'est ton plan à présent.* »

« Comment vous l'êtes-vous procuré ? avait-il demandé.

— Nous enregistrons tous les numéros que ministre Tang appelle ces temps-ci.

— Où est Tang ?

— Il est parti d'ici dans un hélicoptère de l'État. Un avion l'attend à Xian, et un plan de vol a été déposé en direction de l'ouest jusqu'à Kashgar. »

Il se souvint de l'endroit que Pau avait cité au cours de la conversation téléphonique.

Bao he dian.

« En quoi pouvez-vous m'aider ? demanda Ni à Malone.

— Je sais où est parti Pau Wen. »

En fait, Ni le savait aussi.

« Et où à votre avis ?

— À la Salle de l'Harmonie suprême. »

Malone rentra dans la pièce, suivi par Ni Yong. Apparemment, il avait donné la bonne réponse à la question. Ni avait aussitôt renvoyé son adjoint. Cassiopée était toujours confortablement installée dans le fauteuil, les pieds sur la table, mais il savait qu'elle l'avait entendu.

« Que savez-vous sur ce temple ? » demanda Ni.

Malone s'assit.

« Commençons par le commencement, dit-il. Nos faits et gestes ne vous regardent pas.

— J'ignore qui vous êtes.

— Nous sommes ici à cause d'un petit garçon de quatre ans », dit Cassiopée.

Et elle raconta à Ni Yong l'histoire du fils de Lev Sokolov.

L'homme écouta, l'air sincèrement concerné.

« C'est un problème dans toute la Chine, dit-il. Des centaines d'enfants disparaissent quotidiennement.

— Et que faites-vous contre ? » demanda Malone.

Ni le regarda avec agacement.

« Je ne fais rien. Mais je suis d'accord avec vous. Quelqu'un devrait faire quelque chose.

— Nous ne sommes pas des espions, dit Cassiopée.

— Peut-être pas. Mais vous avez amené Pau Wen, et il constitue une menace pour ce pays.

— Ce que je veux bien croire, dit Malone.

— En quoi pouvez-vous m'aider ? demanda Ni.

— Il me faut mon iPhone. »

Ni parut réfléchir à la demande, puis ouvrit la porte et dit quelque chose en chinois. Quelques instants plus tard, le téléphone était posé sur la table.

Malone prit l'appareil, toucha l'écran et trouva ses photos.

« J'ai pris ce cliché en Belgique, pendant que nous nous trouvions chez Pau Wen. C'est une carte en soie qu'il a fait reproduire et qu'il était extrêmement fier de nous montrer. »

Il fit apparaître une autre photo.

« Celle-ci a été prise à l'intérieur de la tombe, au sommet du socle où Qin Shin devait reposer. »

Ni examina la nouvelle photo. Malone s'attendait à un commentaire, mais l'homme ne dit rien. Au lieu de cela, Ni s'approcha un peu plus de l'écran et passa d'une image à l'autre à plusieurs reprises. Puis Ni reposa le téléphone et prit le sien, appuya sur une touche correspondant aux numéros enregistrés et attendit que la connexion soit établie. Quand son interlocuteur répondit, il aboya des ordres en chinois et attendit. Il ajouta encore quelques mots puis coupa la communication.

Malone tentait de comprendre qui était Ni Yong, se souvenant de ce qu'il avait lu pendant le vol en provenance de Belgique. D'après son expérience, les Chinois étaient difficiles à décrypter. Ils pratiquaient la duperie presque comme un art, maintenant leurs adversaires comme leurs alliés en permanence sur leurs gardes. En tout cas, cet homme n'était pas un sous-fifre. Il était le chef de l'institution la plus redoutée de toute la Chine. Il pouvait bel et bien renverser n'importe qui n'importe quand. Stéphanie lui avait dit que les États-Unis considéraient Ni comme un politicien modéré au cœur d'une nation de fanatiques. De loin préférable à Kwai Tang comme nouveau dirigeant. Les Russes paraissaient avoir la même opinion puisqu'ils avaient apparemment donné l'ordre à Viktor Tomas de surveiller Ni. Mais, d'après Stéphanie, le département d'État craignait que Ni Yong manque de poigne pour mater la Chine.

Un autre Gorbatchev, avait-elle dit.

Le téléphone de Ni sonna.

Il appuya sur une touche, attendit un instant, puis regarda l'écran.

« Quand des personnes parviennent à un haut poste, ils apportent avec eux des choses de valeur. Ces objets personnels leur appartiennent en propre. Pour lever tout doute sur leur provenance, un état photographique est effectué par mon département.

— Donc vous n'emportez que ce avec quoi vous êtes venu », dit Malone.

Ni acquiesça.

« Quand vous m'avez montré cette photo, cela m'a rappelé quelque chose. Dans la résidence présidentielle, il y a un bureau privé réservé au président. L'occupant actuel a décoré la pièce avec du mobilier et des objets apportés lors de sa prise de fonction il y a neuf ans. Des meubles en bois de rose, des vases, des manuscrits, des paravents en bois incrusté. Je suis allé plusieurs fois dans cette pièce. »

Ni reposa son téléphone près de celui de Malone. Malgré un écran plus petit que celui de l'iPhone, l'image en était parfaitement claire.

Une carte en soie.

« Celle-ci est accrochée au mur de la résidence du président. »

Malone et Cassiopée se penchèrent.

« Elles sont identiques », dit-elle.

Malone comprit aussitôt ce que cela signifiait.

« J'ai admiré cette carte, dit Ni. Le Premier ministre m'a dit la même chose, comme Pau vous l'a rapporté. Une reproduction qu'il avait fait faire à partir d'une carte ancienne qu'il admirait.

— Tang et Pau sont tous les deux des eunuques, dit Malone. Le Ba. »

La question suivante était implicite.

Et le Premier ministre ?

« J'ai posé la question, dit Ni. Il dit qu'il ne l'est pas. Il a refusé l'opération.

— Vous le croyez ? demanda Vitt.

— Je ne sais plus ce que je dois croire.

— Ce n'est pas tout, dit Malone, en montrant les téléphones. Remarquez la bordure entourant la carte dans le bureau du Premier ministre.

— Des nombres chinois, dit Ni, montrant l'image en haut à gauche. Trois, quatre, six, huit, deux, cinq, un, sept. »

Malone passa doucement le doigt sur le caractère qui apparaissait deux fois à la verticale en haut à gauche.

« Neuf. Là, en haut. Sur la rangée supérieure. Reste deux. Quatre. »

Il montra son téléphone et la photo prise dans la maison de Pau.

« Elles sont identiques. Mais regardez ça. »

Il fit défiler l'écran avec son doigt et montra le sommet du socle. « Différents symboles dans des endroits différents. »

Il guetta la réaction de Ni.

« Ce ne sont pas des chiffres. Ce sont des caractères. »

Subitement, ils pensèrent tous à la même chose.

D'après une ancienne carte qu'il avait vue un jour. Avec quelques modifications.

« Pau est descendu dans cette tombe, dit Malone.

— Le Premier ministre également, ajouta Ni.

— C'est à cette occasion que ces lampes ont été installées ? » demanda Malone.

Ni acquiesça.

Malone traça deux lignes dans l'air au-dessus de l'écran. Une en bas des quatre. Une autre au-dessus du neuf.

« C'est une grille, dit-il, mise au point pour leurs

cartes. Exactement comme les grilles qui servent partout pour les cartes. Ils ont utilisé le quatre et le neuf. Chance et malchance. Pau m'a montré ça dans la pièce de la bibliothèque. Je parie que l'endroit où se croisent ces lignes est quelque chose d'important. »

Il prit son téléphone et agrandit la partie de la carte concernée. Les lignes se croisaient effectivement à un point bien défini. Qu'avait dit Pau ? *Un endroit isolé dans les montagnes de l'ouest.* Représenté par trois caractères.

阿 房 宫

« Je sais ce qu'ils signifient, dit Ni. "À côté de la capitale."

— Nous ne pouvons pas le voir sur la minuscule image de votre téléphone, dit Malone. Mais je parie que ces symboles se retrouvent au même endroit sur la photo que vous avez. »

Ni passa un autre appel, et quelques secondes après, il en avait la confirmation.

Tout devenait de plus en plus clair pour Malone.

Le téléphone de Ni sonna une nouvelle fois. Il prit l'appareil, appuya sur une touche et lut.

Malone vit la consternation sur le visage de l'homme. Puis Ni évoqua un coup de téléphone entre Tang et Pau très récemment intercepté par ses services.

« Il y a un début de rupture entre eux, dit Ni. Pau Wen a entraîné Tang, et maintenant il veut que je le suive aussi. Il y a quelques années, nous avons créé un site Internet pour permettre à des informateurs de dénoncer des faits de corruption électroniquement. Pau connaît ce site. Il y a fait allusion devant moi. Il a posté un message sur le site. *Informe ministre Ni que je l'attends dans la Salle de l'Harmonie suprême. Il y a beaucoup de corruption là-bas. Dis à Cassiopée Vitt que ce qu'elle cherche s'y trouve aussi.*

— Le salaud savait depuis le début où était le garçon », dit-elle.

Malone secoua la tête.

« Il doit avoir un réseau d'informateurs de premier ordre. Pau sait que nous avons survécu et que vous nous détenez.

— Des espions, dit Ni.

— Il faut que nous y allions, dit Cassiopée.

— Kwai Tang se dirige vers l'ouest pendant que nous parlons, remarqua doucement Ni.

— Elle a raison, dit Malone. Il faut que nous partions. »

Ni secoua la tête.

« Je ne peux pas vous y autoriser. »

Mais Cassiopée ne l'entendait pas de cette oreille.

« Pourquoi pas ? Je parie que vous savez tout du Ba. Vous paraissez également plutôt bien renseigné sur Pau Wen. Je ne connais pas Kwai Tang, mais j'ai suffisamment eu affaire à lui ces derniers jours pour savoir qu'il est dangereux. Impossible de savoir jusqu'où il ira pour mettre sa menace à exécution. La Russie et l'Amérique sont suffisamment inquiètes pour travailler ensemble à les arrêter. Je sais que Viktor Tomas vous pose un problème, et je ne cherche pas à l'excuser pour ce qu'il a fait avec ce pilote, mais il vous a sauvé la vie. À présent, il semble que le Premier ministre lui-même soit impliqué dans cette affaire. Vous ne nous connaissez pas du tout, ministre. Mais sachez que nous sommes les alliés les plus fiables que vous ayez. Cette affaire est sur le point de s'achever (elle désigna la carte toujours affichée sur l'écran du téléphone de Malone) précisément ici. » Elle regarda sa montre. « Il est presque 19 heures. Il faut que nous partions. »

Le visage de Ni s'adoucit.

« Il faut d'abord attendre quelque chose. J'en ai été informé à l'extérieur, un peu plus tôt. »

Malone attendait.

« Nous avons retrouvé Lev Sokolov, dit Ni Yong. Il arrive. »

65

KASHGAR,
RÉGION AUTONOME DU XINJIANG

VENDREDI 18 MAI
1 HEURE

Tang descendit de son jet avant l'aube. Le vol vers l'ouest à travers le désert de Takla-Makan s'était déroulé sans encombre par temps calme. Il remarqua que les pendules à l'extérieur de l'aéroport marquaient deux heures plus tôt, en signe de rébellion officieuse contre le décret imposant à toute la Chine l'heure de Pékin. Le gouvernement actuel s'était toujours montré tolérant envers de tels affronts. Lui ne se montrerait pas aussi bienveillant. Les émeutes et les troubles qui gagnaient la partie occidentale de la nation seraient réprimés. Les factions séparatistes seraient punies. Si besoin était, il raserait toutes les mosquées et exécuterait publiquement tous les dissidents pour montrer que cette région resterait partie intégrante de la Chine.

Viktor sortit de l'avion après lui. Ils n'avaient pas beaucoup parlé pendant le vol, ayant tous les deux dormi quelques heures, prenant des forces pour la suite.

Tang avait besoin de communiquer avec son bureau, mais il lui avait été impossible d'entrer en contact.

Un hélicoptère militaire attendait à une centaine de mètres plus loin, ses pales déjà en train de tourner. Le trajet en direction du sud, dans les montagnes, ne faisait pas plus de trois cents kilomètres, et ne devrait donc pas prendre longtemps.

Il fit un signe, et ils coururent, Viktor et lui, vers l'hélicoptère.

Cassiopée était tout excitée à la pensée de voir Lev Sokolov. Ils l'avaient attendu sur l'aérodrome de Xian. Son ami paraissait fatigué et fragile, mais dans de bonnes dispositions en tout cas. Dès son arrivée,

Malone, Sokolov, Ni Yong et elle-même étaient montés à bord d'un turbopropulseur chinois, réquisitionné auprès de Sichuan Airlines. Compte tenu des soixante places de l'appareil, ils avaient pu s'allonger tous les quatre pour dormir, et même manger quelque chose avant qu'ils partent. Avant de traverser le désert de Takla-Makan, ils s'étaient posés une fois pour refaire le plein.

Pendant le vol, ils avaient écouté Sokolov leur raconter son enlèvement par Tang, les tortures qu'il avait subies, puis son emprisonnement dans le labo. Les hommes de Ni avaient pris les installations d'assaut malgré les gardes et l'avaient libéré, en tuant deux hommes de Tang. L'unique préoccupation de Sokolov semblait être son fils, mais il avait repris espoir quand Cassiopée lui avait dit qu'ils se doutaient de l'endroit où pouvait se trouver le garçon.

« Pourquoi Kwai Tang tient-il tellement à vous ? demanda Ni.

— Je vous déteste vous les Chinois, éructa Sokolov.

— Il est là pour nous aider, dit-elle. Tang a tenté de nous tuer, lui et moi.

— Je comprends votre ressentiment, dit Ni. Mais je n'étais pas obligé de vous emmener avec nous, ni de venir à votre secours. Je n'ai pas hésité à le faire, ce qui devrait vous éclairer sur mes intentions. »

Le visage de Sokolov s'adoucit, ses yeux perdirent de leur hargne.

« J'ai découvert que le pétrole était renouvelable. »

Tang écoutait dans le casque ses subordonnés lui rendre compte de ce qui s'était passé à Xian après son départ et ce qui était arrivé au laboratoire à Lanzhou.

« Sokolov a été emmené en avion vers le sud, déclara son premier adjoint. Ministre Ni est en route vers l'ouest, avec deux étrangers et Lev Sokolov.

— Savons-nous où ils vont ?

— Non, monsieur. Ils n'ont pas déposé de plan de vol.

— Localisez l'avion. Sichuan Airlines a des transpondeurs. Je veux savoir où ils atterrissent. »

Son adjoint prit bonne note de l'ordre.

Le moment était venu de mettre en œuvre des mesures préventives.

« Connecte-moi avec le ministre de la Défense du Pakistan », dit-il à son subordonné. Tout de suite.

Viktor avait écouté la conversation dans son propre casque. Pendant que Tang attendait la communication, il remarqua à l'intention de Viktor : « Ni a décidé d'utiliser Malone et Vitt. D'en faire ses alliés. »

Viktor acquiesça.

« Malin. Mais Malone est un sacré morceau. Ni ne sait pas très bien à qui il a affaire. »

Tang n'aimait pas du tout ce qui était en train de se tramer. Il se trouvait contraint de prendre des mesures trop audacieuses. Jusqu'à présent, il avait pu opérer sous couvert du secret inhérent au Parti où personne ne posait la moindre question. Mais il était loin de Pékin.

Il se sentait vulnérable.

« Tu veux que j'aille m'occuper de Malone et de Vitt ? demanda Viktor.

— Non. Cette fois, je vais m'en charger moi-même. »

Ni avait entendu Lev Sokolov.

« Expliquez-vous.

— Le pétrole est renouvelable. Il vient des profondeurs de la terre et peut se renouveler. Ses origines sont abiotiques. Le pétrole biotique est tari depuis longtemps.

— C'est pour ça que Tang voulait la lampe contenant du pétrole ? » demanda Cassiopée.

Le Russe acquiesça. « J'ai besoin d'un échantillon pour faire un test comparatif me permettant de prouver cette théorie. Du pétrole extrait il y a long-temps, à un endroit bien précis. »

Ni semblait ébranlé.

« Tang est au courant ? »

Sokolov fit oui d'un signe de tête.

« C'est pour ça qu'il a enlevé mon fils. Pour ça – l'homme toucha doucement sa chemise au-dessus de son ventre – qu'il me torture.

— Vous avez un moyen de prouver que ce pétrole est renouvelable ? demanda Malone.

— Parfaitement. C'est l'œuvre de ma vie. Mon ami Jin Zhao a été tué pour ça. »

Ce qui expliquait pourquoi Kwai Tang avait paru tellement soucieux de l'exécution de Zhao. Ni raconta à Malone et à Vitt les accusations portées contre Zhao, son procès et sa condamnation à mort, à laquelle Tang avait personnellement veillé.

« C'était un homme bien, dit Sokolov. Il a été massacré par vos gens.

— Pas par moi, protesta Ni.

— Votre pays est pourri. Il n'a rien de bon.

— Si c'est ce que vous ressentez, pourquoi avoir immigré ? demanda Malone.

— J'aime ma femme. »

Ni se demanda combien de gens le Parti communiste chinois avait aliénés de cette façon. Des millions ? Non. Des centaines de millions. Sans compter les dizaines de millions qui avaient été massacrés sans autre raison que pour renforcer le pouvoir. Les événements de ces derniers jours lui avaient ouvert les yeux, et il n'aimait pas ce qu'il voyait.

« La vision qu'a la Chine du monde a toujours été faussée par la certitude de sa supériorité, dit Ni. Malheureusement, nos faiblesses s'en trouvent exagérées. Regardez Taïwan. C'est une petite île insignifiante, et pourtant elle a occupé nos pensées pendant des décennies. Nos dirigeants ont décrété qu'elle devait réintégrer la Chine. Cela a donné lieu à des menaces de guerre, à des tensions internationales incroyables.

— Et le pétrole est votre point le plus faible, dit Malone. La Chine ne survivrait pas plus de deux semaines sans le pétrole étranger. »

Ni hocha la tête.

« Ce n'est un secret pour personne. Quand Deng Xiaoping a modernisé la Chine, notre dépendance est devenue totale. Cela explique pourquoi la Chine a été contrainte de commercer avec le monde. Pour produire les marchandises à vendre, pour s'occuper d'un milliard et demi de personnes, il nous faut de l'énergie.

— À moins que le pétrole sortant du sol à l'intérieur de la Chine ne soit renouvelable, dit Cassiopée.

— Le pétrole de Chine est abiotique, dit Sokolov. J'ai testé tous les puits. Cela correspond à la théorie. »

Ni secoua la tête.

« Savoir que nous ne dépendons plus de l'énergie importée changerait du tout au tout notre politique étrangère comme la politique intérieure. »

Malone acquiesça.

« Et pas pour le mieux.

— Pour l'instant, nous négocions pour avoir du pétrole. Sachant qu'il n'aurait plus à marchander, Tang ne se gênerait plus pour mettre en œuvre tous les rêves d'expansion que la Chine nourrit depuis des siècles.

— Comme Taïwan », dit Malone.

Ni approuva.

« Ce qui pourrait déclencher une guerre mondiale. L'Amérique ne resterait pas les bras croisés.

— Mon fils est-il vraiment là où nous allons ? demanda Sokolov.

— Nous le pensons, affirma Cassiopée.

— Notre seule preuve est un e-mail venant de Tang, un menteur pathologique », dit Malone.

Ni se sentit alors obligé de dire à Sokolov :

« Nous allons retrouver votre fils. Sachez que je ferai tout mon possible pour le localiser.

— Et vous tuerez Kwai Tang ? » demanda Sokolov.

Une question qu'il s'était lui-même posée à plusieurs reprises depuis qu'il s'était enfui de la tombe de Qin Shi. Tang souhaitait visiblement sa mort à lui. C'est pour ça qu'on l'avait attiré sous terre.

Cassiopée s'adressa à Sokolov :

« Il faut que vous sachiez que les Russes sont dans le coup. »

Les yeux las de l'homme se remplirent d'inquiétude.

Elle expliqua comment ils étaient entrés en Chine avec l'aide des Russes.

« Ils me croyaient mort, dit Sokolov.

— Pas forcément, dit Malone. Ils veulent que je revienne ? »

Sokolov sembla comprendre. Tout comme Cassiopée.

« Viktor est ici pour le tuer, n'est-ce pas ? demanda-t-elle à Malone.

— Comme je l'ai dit. Le récupérer est une bonne chose, mais mettre un couvercle par-dessus tout ça est encore mieux. »

66

Tang resta silencieux pendant le vol ; l'hélicoptère traversait des turbulences dues à l'air de plus en plus raréfié à mesure qu'ils pénétraient dans la région des montagnes occidentales. Ils suivaient probablement l'autoroute du Karakorum, qui reliait Kashgar au Pakistan en passant par un col à près de cinq mille mètres d'altitude. C'était la voie qu'empruntaient jadis les caravanes de la route de la soie et que les brigands sillonnaient, profitant de la difficulté du terrain pour massacrer et piller. À présent, c'était une partie oubliée de la république, objet de nombreuses revendications, mais que personne ne contrôlait.

Il avait gardé les écouteurs pour s'épargner le ronronnement des rotors, mais aussi pour éviter de parler à Viktor Tomas. Heureusement, l'homme avait fermé les yeux et s'était assoupi après avoir enlevé son propre casque.

Pendant une décennie, il avait sciemment évité la Salle de l'Harmonie suprême. Seuls quelques frères vivaient encore là-bas, maintenant l'illusion d'un monastère de montagne, une demeure abritant de saints hommes qui souhaitaient surtout qu'on leur fiche la paix.

Il devait se montrer prudent.

Il y avait une raison à tout.

« Ministre, dit le pilote dans son casque en l'arrachant à ses pensées.

— Qu'y a-t-il ?

— Un appel en provenance de ton bureau. »

Il entendit un cliquetis puis : « Ministre, nous sommes à peu près sûrs de la destination de Ni Yong. Il se dirige vers Yecheng. »

L'endroit était connu également sous le nom de Karghalik. Il s'y était rendu une fois et avait admiré devant les caméras de la télévision d'État sa mosquée du XVe siècle, et ses ruelles bordées de murs d'adobe.

« Il y a un petit aéroport au sud de la ville, dit son premier adjoint. Le turbopropulseur que ministre Ni a réquisitionné peut y atterrir. C'est le seul endroit disponible sur leur trajet.

— Écoute-moi attentivement. J'exige que cela soit fait. En cas d'échec, je t'en tiendrai personnellement responsable. »

Un silence confirma que son premier adjoint comprenait la gravité de l'injonction.

« Trouve le commandant de la police municipale de Yecheng. Réveille-le. Dis-lui que je veux que les occupants de cet avion soient retenus. Parmi eux, se trouvent un Russe, Lev Sokolov, ainsi que ministre Ni ; ils doivent être isolés des autres et gardés jusqu'à ce que j'envoie quelqu'un le chercher. Transmets une photo de Sokolov par ordinateur ou par fax pour que son identité soit incontestable. Quant à ministre Ni, je suppose qu'il le reconnaîtra.

— Ce sera fait.

— Autre chose. Je veux qu'il ne soit fait aucun mal ni à Sokolov ni à Ni. Si c'était le cas, préviens ce policier que ça lui coûtera cher.

— Et les deux autres ?

— Je ne tiens pas particulièrement à eux. D'ailleurs, s'ils devaient disparaître, ce commandant local pourrait s'en trouver récompensé. »

Malone boucla sa ceinture tandis que l'avion descendait parmi les turbulences.

« Nous allons éviter Kashgar, dit Ni. J'ai appris que Tang et le Premier ministre s'y étaient rendus par avion. Cet appareil peut se poser beaucoup plus près de notre destination. Il y a un petit aéroport à une heure de route environ, à Yecheng. »

À l'aide d'une carte de la région, Ni expliqua comment l'Afghanistan, le Pakistan et l'Inde, trois

voisins des plus versatiles, avaient longtemps revendiqué la possession des montagnes et des vallées. Les
chaînes de l'Himalaya, du Karakorum, de l'Hindu
Kouch et du Pamir se rejoignaient toutes ici, avec des
sommets atteignant six mille mètres d'altitude. Et
tandis que les monastères étaient plus fréquents à l'est
à l'intérieur du Tibet, ils étaient relativement rares
dans ces lointaines contrées de l'ouest.

« Il n'y a qu'un seul endroit dans le voisinage de ce
qui était indiqué sur les cartes de soie, leur dit Ni. En
pleine montagne, il est très ancien, et habité par des
ermites. On m'a dit que c'était un lieu tranquille, et il
n'y a jamais été fait état d'une activité anormale.

— Pourquoi y en aurait-il ? demanda Malone. Le Ba
ne tient surtout pas à attirer l'attention.

— Parvenir jusque-là pourrait se révéler difficile.
Nous devrons consulter les autochtones.

— Il nous faudra des armes, dit Cassiopée.

— J'ai apporté vos pistolets et des munitions supplémentaires.

— Vous nous faites vraiment confiance ! » dit
Malone.

Ni comprit le sous-entendu.

« Avant de quitter Xian, j'ai passé un coup de
téléphone à un ami à l'ambassade des États-Unis.
Après vérification, il m'a confirmé qu'on pouvait vous
faire confiance. Si vous êtes là, m'a-t-il dit, c'est que
ça devait être important.

— Vous croyez à ces conneries ? »

Ni sourit.

« Ce ne sont pas des conneries, monsieur Malone.
Je crois que vous et Mlle Vitt êtes davantage mes alliés
que mes ennemis. »

Pendant l'heure qui venait de s'écouler, Malone avait parlé de la Chine avec Ni Yong. Ni avait répondu du tac au tac à ses questions, en toute honnêteté.

« Il paraît que vous pourriez bien être le prochain Premier ministre, avait-il dit.

— C'est ce que souhaite l'Amérique ?

— Je ne travaille pas pour l'Amérique. »

Ni sourit.

« Vous êtes libraire. C'est ce que mon ami à l'ambassade m'a dit. Moi aussi, j'adore les livres. Malheureusement, la Chine n'est pas dans le même état d'esprit. Saviez-vous qu'aucun livre traitant des événements de la place Tien'anmen n'est autorisé en Chine. Tous les sites et les pages Web qui se risquent à mentionner ces mots sont filtrés. Comme si ça n'était jamais arrivé. »

Ni avait l'air malheureux.

« Vous y étiez ? »

Ni acquiesça.

« J'ai gardé cette odeur dans les narines, la puanteur produite par les excréments d'un million de gens. Les éboueurs municipaux avaient bien essayé de nettoyer au cours des mois précédents, mais ils avaient été débordés. Quand les gens ont fini par s'enfuir, leurs détritus sont restés. Une odeur pestilentielle. »

Ni s'arrêta.

« Aggravée encore par celle de la mort. »

Malone avait lu des articles sur le massacre. Il avait vu la vidéo montrant les colonnes de tanks roulant bruyamment dans la rue, un jeune homme avec une chemise blanche et un pantalon noir, un sac de courses dans chaque main, leur barrant le passage. Quand les tanks devièrent pour l'éviter, il sauta devant eux. Allaient-ils l'écraser ? Les soldats allaient-ils tirer sur lui ? Leur duel se poursuivit pendant quelques minutes d'une tension extrême jusqu'à ce qu'il soit emmené.

Il avait dit à Ni ce dont il se souvenait.

« J'étais là-bas, dit Ni. J'ai assisté à ce duel. Beaucoup étaient déjà morts. Beaucoup allaient encore mourir. Pendant tout le temps, je n'ai pas cessé de penser à la rue où tout ça se passait – Chang'an. L'avenue de la paix éternelle. Quelle ironie. »

Malone acquiesça.

« On a mis deux jours à dégager les corps, dit Ni dans un quasi-murmure. Ce que l'Occident ignore, c'est que le gouvernement n'a pas permis aux blessés de se faire soigner dans les hôpitaux. On les rejetait. Combien sont morts à cause de cette cruauté, nous ne le saurons jamais.

— Apparemment, vous n'avez rien oublié.

— Cela m'a changé. Définitivement. »

Malone le croyait volontiers. La douleur qu'il avait vue dans les yeux de Ni ne pouvait pas être factice. Peut-être ce dirigeant chinois était-il différent ?

« Qui détient mon garçon ? demanda Sokolov.

— Des gens extrêmement mauvais, dit Ni. Des eunuques. Je croyais qu'il n'en existait plus. Et si vous m'aviez dit ça, il y a quatre jours, je ne l'aurais pas cru. Maintenant je sais à quel point je peux me tromper.

— Que savons-nous de plus à propos de la Salle de l'Harmonie suprême ? demanda Cassiopée.

— Il paraît qu'elle n'est pas ouverte au public, dit Ni. Mais ça n'a rien d'anormal. Nous avons des milliers de sites qui sont interdits au public. Cette région est très disputée. Nous la contrôlons, mais le Pakistan et l'Inde se battent pour la conquérir. Tant que le conflit reste limité à la zone sud des montagnes, ce qui est généralement le cas, nous ne nous préoccupons pas trop de sa défense. »

Les moteurs commencèrent à ralentir et l'altitude à décroître. Dehors il faisait nuit noire.

« Et qu'en est-il du Premier ministre ? » demanda Malone.

Ni était assis dans son siège, le regard fixe, apparemment plongé dans ses pensées.

L'avion continuait à descendre.

« Il a atterri à Kashgar il y a plusieurs heures. »

Malone remarqua son ton sceptique.

« Qu'est-ce qu'il y a ?

— Je déteste qu'on me mente, dit Ni. Pau et le Premier ministre m'ont menti. J'ai bien peur qu'ils ne se servent de moi tous les deux.

— Tout ça n'est pas grave, dit Malone, du moment que vous le savez.

— Je n'aime pas ça quand même. »

Malone ne pouvait pas rester silencieux.

« Il est probable que Tang connaisse notre destination. Rien ne l'en empêche. »

Il désigna Sokolov.

« Il va vouloir le récupérer. »

Le Russe se hérissa à cette perspective.

« Il ne doit pas y avoir tellement de pistes d'atterrissage dans cette zone, ajouta Malone. Tang a probablement vérifié.

— Vous pensez à quoi ? demanda Ni.

— Vous allez voir. »

67

Malone regardait Yecheng en bas. La ville se trouvait à la lisière sud du désert du Takla-Makan, avec des montagnes dans sa partie méridionale. Ni avait expliqué qu'elle comptait environ vingt mille habitants, et profitait d'un ensemble de routes et de rivières qui convergeaient là. Il y a des siècles, c'était de là que partaient les caravanes à destination de l'Inde. Aujourd'hui, ce n'était plus qu'une ville marché, et un petit aéroport y avait été construit dans les années 1970 pour faciliter le commerce.

« On dirait que la piste est à quelques kilomètres de la ville », dit-il.

On ne distinguait pas beaucoup de lumières, et la ville semblait à peu près plongée dans le noir. Une autoroute éclairée menait jusqu'à une petite tour, deux énormes hangars et une piste matérialisée par des lumières. Tandis que Malone se demandait ce qui les attendait au sol, il aperçut des phares qui se dirigeaient à toute vitesse vers eux.

Deux véhicules.

À cette heure de la nuit ?

« Apparemment, nous avons droit à un comité d'accueil », dit-il.

Cassiopée regardait par un autre hublot.

« Je les ai vus. Ils arrivent à toute vitesse.

— Ministre Tang est très prévisible », dit Ni.

Sokolov se taisait, l'air inquiet.

« Gardez votre calme, dit Malone au Russe. Vous savez tous ce qu'il faut faire. »

Ni se raidit. L'atterrissage s'était effectué en douceur, et ils roulaient à présent en direction de la tour. Le tarmac était à peine éclairé, mais la zone autour des deux hangars et de la tour était abondamment illuminée, grâce à des projecteurs placés sur le toit qui faisaient briller l'huile sur l'asphalte noir. L'avion s'arrêta, les moteurs tournant toujours.

Cassiopée ouvrit la porte arrière et sortit d'un bond. Ni suivit.

Ils parcoururent une cinquantaine de mètres, attendant que les deux véhicules foncent vers eux. Une Range Rover et une fourgonnette claire, marqués tous les deux aux armes de la police. Ni avait vu des milliers d'engins de transport similaires partout en Chine, mais il n'en avait jamais été la cible.

Il se redressa.

À présent, il savait ce que les hommes sur lesquels il enquêtait ressentaient. Jamais tout à fait certains de ce qui allait se produire, toujours sur le fil du rasoir, se demandant ce que l'autre côté savait ou non. Il en conclut rapidement qu'il était sans aucun doute préférable de se trouver à l'extérieur de la cage en train de regarder à l'intérieur.

Les deux véhicules freinèrent bruyamment et s'arrêtèrent.

De la Range Rover sortit un petit homme émacié. Un Tibétain plutôt qu'un Chinois Han. Il était vêtu d'un uniforme vert réglementaire et tirait de grandes bouffées de sa cigarette. Le conducteur resta au volant et personne ne descendit de la fourgonnette.

Malone avait expliqué ce qu'il avait en tête, et Ni était tombé d'accord – d'ailleurs, ils n'avaient pas tellement le choix.

« Ministre Ni, dit l'homme, je suis Liang de la police provinciale. On nous a donné l'ordre de te retenir, toi et tes compagnons, à bord de cet avion. »

Ni se redressa.

« Qui vous en a donné l'ordre ?

— Pékin.

— Pékin compte vingt millions d'habitants. Peux-tu être un peu plus précis ? »

Liang ne parut pas apprécier la remarque, mais il reprit rapidement contenance et dit : « Le bureau de ministre Tang. Les ordres étaient clairs. »

Cassiopée s'attardait à droite de l'homme, notant le moindre détail. Ils étaient armés tous les deux, son pistolet à lui caché sous sa veste, le sien dissimulé par un pan de chemisier sorti de sa ceinture.

« Tu sais qui je suis ? demanda-t-il au policier en mandarin.

— Je suis parfaitement conscient de la position que tu occupes. »

Il jeta son mégot de cigarette.

« Et tu as toujours l'intention de me retenir ?

— Y a-t-il un Russe à bord de l'avion ? Un certain Sokolov ? »

Voyant que Cassiopée avait saisi le nom, Ni lui dit en anglais : « Il veut savoir s'il y a un certain Sokolov avec nous. »

Elle haussa les épaules et secoua la tête.

Il regarda Liang bien en face.

« Pas que nous sachions.

473

— Je dois fouiller cet avion. Demande au pilote de couper les moteurs.

— Comme tu veux. »

Ni se tourna vers le cockpit, agita les bras en les croisant, comme pour envoyer un message.

Rien ne se produisit.

Il se retourna.

« Veux-tu que je demande aux deux autres hommes dans l'avion de descendre ?

— Ce serait parfait. S'il te plaît. »

Il se tourna vers Cassiopée et dit : « Allez les chercher. »

Malone regardait ce qui se passait à une trentaine de mètres de distance. Il ne s'était pas trompé en pensant que celui que Tang enverrait pour les accueillir s'attendrait à voir quatre personnes ; deux seulement étant descendues de l'avion, à un moment ou à un autre, ils voudraient en voir deux autres.

Et Cassiopée retournait les chercher.

Ni attendit pendant que Cassiopée approchait à grands pas de la porte béante de la cabine et faisait un signe.

Deux hommes sautèrent au sol, et ils se dirigèrent vers l'endroit où il se tenait avec le chef de la police.

Liang chercha dans sa poche et en sortit un papier plié.

C'était ce qu'il craignait.

Liang déplia le papier, et Ni aperçut une photo noir et blanc d'un visage facilement reconnaissable.

Sokolov.

« Aucun de ces hommes n'est le Russe, dit Liang. L'autre homme devrait être américain. Ces hommes sont chinois. »

Malone voyait que les choses ne se passaient pas bien.

Après que les roues eurent touché le sol et pendant qu'ils roulaient en direction du terminal, Sokolov et lui avaient échangé leur place avec les pilotes, qui avaient préféré ne pas discuter les ordres venant de Ni Yong.

Il vit Ni faire un nouveau signal avec ses bras, lui demandant apparemment d'arrêter les moteurs. La police n'avait pas été dupe.

« Qu'allez-vous faire ? demanda Sokolov.

— Pas ce à quoi ils s'attendent. »

Cassiopée entendit les moteurs de l'avion accélérer ; les hélices tournaient plus vite, le fuselage vira à gauche et avança lentement vers eux. Le policier parlait à Ni d'un ton excité, et elle n'avait pas besoin d'un interprète pour comprendre ce qui se disait.

Le policier montra quelque chose du doigt. Ni se retourna nonchalamment et regarda l'avion s'approcher de plus en plus vite à présent.

Quarante mètres.

Les deux pilotes furent pris de panique et coururent en direction de la tour. Le policier les laissa partir, parfaitement conscient que ce n'était pas les hommes qu'ils cherchaient.

Les hélices brassaient l'air sec. Ça faisait du bien. Elle n'avait pas changé de vêtements depuis la veille, s'était baignée dans un lac chinois, puis avait pris la poussière dans une tombe vieille de deux mille deux cents ans.

L'avion rectifia sa route.

Trente mètres.

Cotton soignait son apparition.

Grandiose, comme d'habitude.

68

Ni était stupéfait par l'initiative de Malone. L'Américain lui avait dit que si la ruse ne marchait pas, il les couvrirait, mais il n'avait pas expliqué comment. Il ne savait pas grand-chose sur Cotton Malone, sinon ce que ses hommes avaient trouvé, à savoir qu'il avait été un agent américain éminemment respecté, efficace et intelligent.

Les hélices jumelles de l'avion étaient à moins de vingt mètres.

« Dis-lui d'arrêter, hurla Liang pour couvrir le grondement. Où va-t-il ? »

Il jeta un coup d'œil désinvolte au policier.

« Ici, apparemment. »

Les lumières rouges et vertes sur les ailes et la queue transperçaient la nuit. Il se demanda jusqu'où Malone avait l'intention d'avancer, mais il était résolu à tenir bon et à voir lequel de l'avion ou du policier allait céder le premier.

Malone avait minuté son approche, attendant le bon moment avant de tourner la roue et de faire virer le fuselage, en se servant de l'aile gauche et de l'hélice comme d'une arme.

Le policier se jeta au sol, suivi par Ni et Cassiopée.

Tous trois disparurent sous la carlingue. Les deux pilotes étaient partis depuis longtemps. Le chauffeur de la Range Rover roula à l'extérieur de la voiture juste au moment où l'aile la dépassait. L'hélice passa à une trentaine de centimètres du véhicule.

La panique avait gagné tout le monde, ce qui était le but de la manœuvre.

Mais il y avait un hic.

Tandis que le chauffeur sortait de la voiture et se jetait sur le tarmac, Malone vit qu'il tenait un pistolet.

Cassiopée roula sur elle-même ; l'odeur de l'asphalte lui remplissait les narines, et le grondement de l'hélice l'assourdissait. Elle avait vu Ni et le policier s'aplatir au sol, tout comme le conducteur de la Range Rover, qui en était sorti pistolet au poing.

Elle prit son arme, se redressa et tira. Sa balle atteignit la portière de la voiture derrière laquelle le chauffeur s'abritait.

Malheureusement, elle était complètement à découvert, avec aucun endroit où se cacher.

Ni entendit la détonation et constata que Cassiopée et lui-même étaient particulièrement vulnérables. Ils n'avaient aucun moyen de se protéger alors que la vengeance n'allait pas tarder à s'exercer. Sauf...

Il sortit son pistolet du holster et enfonça le canon dans le cou de Liang, en le maintenant au sol, une main dans son dos, et l'autre appuyant le pistolet contre sa nuque.

L'avion achevait un cercle complet, les hélices étant maintenant tournées de l'autre côté, la queue vers la gauche tandis que le nez revenait vers l'avant.

« Dis à ton homme de laisser tomber ! » hurla Ni, en appuyant encore davantage l'arme.

Le chauffeur leva son pistolet, ne sachant apparemment pas quoi faire. La situation était devenue incontrôlable et sortait largement du cadre habituel de cette garnison de police provinciale.

Liang hurla des ordres.

« Sois plus précis », dit Ni.

Il lança un autre commandement.

Cassiopée était couchée sur l'asphalte, son pistolet braqué sur la Range Rover. Il croisa un instant son regard et secoua la tête. Elle parut comprendre qu'il tentait de négocier une porte de sortie.

« Dis-lui de jeter son arme », dit Ni.

Liang obéit.

Le chauffeur paraissait n'avoir aucune envie d'entrer en conflit : il obtempéra et s'éloigna de la portière, les mains en l'air.

Malone termina sa boucle et redressa le nez de l'avion, se retrouvant face aux deux véhicules. Il apprécia de voir un des policiers au sol avec le pistolet de Ni dans le cou, et l'autre, les mains en l'air, pendant que Cassiopée se relevait. Apparemment, sa diversion avait servi.

Quelque chose le troublait pourtant.

Et la fourgonnette ?

Il devait y avoir au moins un conducteur à l'intérieur, mais les événements n'avaient suscité de sa part aucune réaction.

Les portes arrière de la fourgonnette s'ouvrirent alors brusquement.

Quatre hommes en sautèrent, tous armés d'un fusil d'assaut. Ils prirent position au sol, genoux pliés, fusils braqués, deux en direction de l'avion, un sur Ni et l'autre sur Cassiopée.

« Le voilà le problème », marmonna-t-il.

Il avait pris un risque, en pariant que les intervenants locaux risquaient d'être décontenancés ou faciles à manœuvrer. Apparemment, il les avait sous-estimés.

Les hélices tournaient encore, et il aurait pu leur foncer dessus à nouveau, mais cela aurait été stupide.

Ils se contenteraient d'anéantir l'avion en tirant dessus.

Ni avait continué à appuyer son pistolet contre le cou du policier tandis que les renforts prenaient position.

« Laisse-moi me relever ! » ordonna Liang, voyant que la situation s'était retournée.

Mais Ni n'éloigna pas son arme.

« Tu ne pourras pas gagner cette bataille », dit Liang.

C'est vrai, il ne pouvait pas.

Faute de connaître la nature exacte des ordres de Tang, et se souvenant de ce qui était arrivé dans la tombe avec les menaces qui s'en étaient suivies, il retira son arme et se leva.

Les moteurs de l'avion se turent.

Apparemment, Malone en était arrivé à la même conclusion. Ils avaient perdu.

69

Tang sauta de l'hélicoptère. Ils avaient atterri dans une prairie obscure, toute proche de la ville de Batang. Il connaissait les alentours. Des pics élevés, des glaciers scintillants, des forêts, et des rivières ensablées alimentées par des cascades qui retombaient de plusieurs centaines de mètres en formant des rideaux d'eau parfaits. Il était descendu plusieurs fois dans le hameau étant jeune pour chercher du riz, de la viande, des piments, du chou et des pommes de terre, tout ce dont la fraternité avait besoin.

L'aube était proche, mais le jour se levait lentement dans les montagnes. Il inspira l'air cristallin et retrouva l'impression de puissance qu'il avait éprouvée autrefois dans cette contrée solitaire. C'était un endroit d'extrêmes avec des nuits noires, des journées éblouissantes, l'atmosphère dangereusement raréfiée, le soleil torride, les ombres incrustées dans la terre comme de la glace noire.

À cent mètres de là, Batang dormait. Trois mille personnes devaient y vivre maintenant, mais presque rien n'avait changé. Des constructions aux toits plats blanchies à la chaux et ornées d'ocre rouge. Un marché, plein de pèlerins, de moutons, de yaks et de commerçants. Semblable à tous les autres, nombreux, qu'on retrouvait sur les étendues vertes au milieu des sommets gris, éparpillés comme des dés sur le paysage. Les affinités culturelles ici rapprochaient beaucoup plus les populations du Sud et de l'Ouest que de l'Est. C'était vraiment un monde en soi, la raison pour laquelle le Ba en avait fait son fief depuis longtemps.

Il s'avança sur la terre compacte en compagnie de Viktor.

L'hélicoptère reprit son envol dans un ciel saumon. Le bruit des rotors s'évanouit, et la prairie retomba dans un profond silence.

Yecheng était à peine à trente minutes de vol vers le nord.

Heureusement, tout s'était bien passé là-bas, et l'hélicoptère reviendrait avec Ni Yong et Lev Sokolov. Il portait toujours les mêmes vêtements dégoûtants. Au cours du vol, il s'était obligé à ingurgiter quelques-unes des rations du bord. Il était prêt. Prêt pour cette journée. Un moment qu'il attendait depuis vingt ans.

« Que va-t-il se passer ? demanda Viktor.

— Ça ne te regarde pas. »

Viktor s'arrêta. « Ça ne me regarde pas ? J'ai tué un pilote pour toi. Je t'ai livré Malone, Vitt et Ni Yong. J'ai joué ton jeu, exactement comme tu me l'as ordonné. Et ça ne me regarde pas ? »

Tang s'arrêta à son tour, mais ne se retourna pas. Il regarda les montagnes au loin, vers l'ouest, au-delà de Batang et ce qui l'attendait là-bas.

« Ne me pousse pas à bout. »

Tang n'avait pas besoin de se retourner pour savoir qu'un pistolet était braqué sur lui. Il lui avait laissé l'arme.

« Tu as l'intention de me tuer ? demanda-t-il calmement.

— Ça résoudrait pas mal de problèmes, notamment ton ingratitude. »

Il tournait toujours le dos à Viktor.

« C'est ce que veulent les Russes ? Que tu me tues ? Ça les arrangerait ?

— Tu paies mieux.

— Tu me le répètes sans arrêt. »

Mieux valait faire preuve de diplomatie, au moins jusqu'à ce que toutes les menaces soient dissipées.

« Sache que j'ai vraiment besoin de ton aide. Je te demande simplement un peu de patience. Tout s'éclaircira dans les prochaines heures.

— J'aurais dû aller à Yecheng », dit Viktor.

Il l'avait suggéré à Tang qui avait refusé.

« On n'avait pas besoin de toi là-bas.

— Pourquoi suis-je ici ?

— Parce que ce que je cherche est ici. »

Tang se remit en marche.

Malone était assis avec Cassiopée sur un sol en briques dégoûtant. Ils avaient été séparés de Ni et de Sokolov, mais tous étaient retenus dans l'aérodrome, à l'intérieur du minuscule terminal, enfermés dans une sorte de hangar métallique éclairé par une ampoule jaune poussiéreuse.

« Rien ne s'est passé comme prévu », dit Cassiopée.

Il haussa les épaules.

« Je ne pouvais pas faire mieux. Il a fallu que j'improvise. »

L'air fétide avait des relents de benne à ordures. À se demander ce qu'on avait bien pu y conserver.

« Je doute que Sokolov soit en danger, dit Malone. Du moins pas pour l'instant. Tang s'est donné beaucoup de mal pour le récupérer. Ni, en revanche, c'est une autre affaire. À mon avis, il ne peut rien lui arriver de bon. »

Cassiopée était assise les bras autour des genoux. Elle avait l'air fatiguée. Lui aussi l'était, bien qu'ils aient tous les deux dormi pendant le vol. Cela faisait plus d'une heure qu'ils étaient assis là, sans entendre le moindre bruit venant du dehors.

« Que pouvons-nous faire maintenant ? demanda-t-elle.

— Essayer de les pousser à la faute. »

Elle sourit.

« Tu es toujours aussi optimiste ?

— Il n'y a pas tellement le choix.

— Il faut que nous nous parlions, toi et moi. »

Ce qu'il savait parfaitement.

« Après si tu veux bien. »

Elle acquiesça.

« D'accord. Après. »

Mais ni l'un ni l'autre ne jugea nécessaire d'ajouter : *À condition qu'il y ait un après.*

Un nouveau bruit envahit le silence.

Des rotors d'hélicoptère.

Ni était assis dans la pièce éclairée. L'unique fenêtre était gardée à l'extérieur par un des hommes armés de carabines automatiques. Un deuxième devait stationner de l'autre côté de la porte. Il se demandait ce qui était arrivé à Malone et à Vitt. Il était clair que Tang les voulait vivants, lui et Sokolov. Sokolov paraissait sombre, mais pas aussi terrifié qu'il l'aurait cru.

« Pourquoi personne ne s'est-il jamais intéressé à votre découverte ? demanda-t-il au Russe en mandarin. Malone prétend que les Russes connaissent le pétrole renouvelable depuis longtemps.

— Ce n'est pas si simple pour eux. Combien d'échantillons de pétrole vieux de deux mille ans existent-ils sur la planète ? Des échantillons authentiques, comparables avec des échantillons actuels extraits du même gisement ? »

Sokolov se tut un instant, les yeux rivés au sol.

« Ça n'existe que dans un seul endroit. Ici, en Chine. Personne d'autre n'a jamais été capable d'extraire du pétrole aussi ancien. Seulement les Chinois. La preuve se trouve ici. Nulle part ailleurs. »

Il parlait à voix basse, comme s'il était navré d'avoir fait cette découverte.

« Votre fils s'en tirera.

— Comment le savez-vous ?

— Vous êtes trop précieux. Le garçon est le seul véritable moyen de pression que Tang ait sur vous.

— Jusqu'à ce qu'il connaisse mon secret.

— Vous le lui avez dit ?

— En partie. Mais pas complètement. »

Il se souvient du dégoût que le Russe avait exprimé dans l'avion et se sentit obligé de lui faire remarquer : « Nous ne sommes pas tous comme Kwai Tang. »

Sokolov leva enfin les yeux.

« Non. Mais vous êtes tous chinois. C'est déjà bien assez terrible. »

Tang descendait l'unique rue de Batang, en remarquant que les tristes bâtiments et les ruelles obscures n'avaient pas changé, avec toujours la même poussière apportée par le vent. Des carrioles en bois stationnaient sur les bas-côtés, ainsi que deux ou trois camions garés n'importe comment. Deux moulins à prières grinçaient à chaque tour en faisant tinter des clochettes. Un énorme mastiff jaillit comme une fusée d'une ruelle et retomba sur le dos, rattrapé par la corde à son collier. Le chien se releva et tira de nouveau violemment, visiblement bien décidé à allonger sa laisse ou à la casser.

Tang dépassa l'animal furieux.

À quelques mètres, un gong était suspendu à des poutres par des lacets de cuir. Il n'allait pas tarder à annoncer le début d'une nouvelle journée.

Un petit hôtel miteux, avec des portes entrouvertes et des murs recouverts d'un crépi poussiéreux, se signalait au passant. Il n'avait pas beaucoup changé non plus.

Le chien continuait à aboyer.

« Réveille le propriétaire », ordonna-t-il à Viktor.

S'aventurer dans les montagnes sans la lumière du soleil aurait été stupide. Les sentiers étaient meubles et sujets à des glissements de terrain. Le jour se levait, et la brume commençait à se dissiper, laissant apparaître les pics au loin.

Il n'y en aurait pas pour longtemps.

Ni n'avait plus peur. La tombe souterraine de Qin Shi, située dans un lieu ignoré de tous, aurait été le lieu idéal si Tang avait voulu le tuer. Ici, avec tous ces témoins, cela semblait hors de question. Le premier vice-Premier ministre lui-même ne pourrait pas garder le secret. On les emmènerait plutôt dans un endroit discret, et le bruit de plus en plus insistant des rotors semblait lui donner raison.

Sokolov lui aussi réagit en les entendant.

« Nous allons là où se trouve votre fils, dit-il.

— Comment le savez-vous ?

— Tang a besoin de nous garder en vie tous les deux. Moi, pendant encore un petit moment seulement. Vous, beaucoup plus. Il va faire en sorte que vous vous retrouviez, vous et le garçon, pour vous prouver sa bonne volonté.

— Vous n'avez pas peur ?

— J'ai surtout peur d'échouer. »

Sokolov parut comprendre ce qu'il voulait dire.

« Et que se passe-t-il pour Malone et Vitt ?

— Je crains que leur situation ne soit encore pire. »

70

Malone entendit les rotors de l'hélicoptère s'emballer, puis s'éloigner. L'appareil n'était resté que quelques minutes, suffisamment longtemps en tout cas pour embarquer Ni et Sokolov.

« À nous », dit-il à Cassiopée.

Ils étaient tous les deux assis par terre.

« Ils ne vont pas nous transporter par air, dit-elle.

— Peut-être que si. Nous risquons seulement d'atterrir assez différemment. »

Ils étaient des étrangers, en situation illégale sur le territoire, des espions que personne ne réclamerait et dont personne ne se soucierait. Le genre de situation malencontreuse qu'il avait souvent rencontré dans son ancien boulot.

Les paroles étaient superflues. Elle le savait. Ils devraient profiter de la première occasion, étant donné qu'ils n'avaient rien à perdre.

Le raclement du métal signala l'ouverture de la porte métallique. Cassiopée allait se lever, mais il lui posa la main sur le genou et secoua la tête. Elle resta par terre.

La porte s'ouvrit brusquement, et le commandant de police de tout à l'heure entra, armé d'un pistolet. Il n'avait pas l'air content.

« Mal dormi ? » demanda Malone.

Il se demanda s'il comprenait. Évidemment, ce n'était pas Pékin ou la Chine orientale où l'anglais était courant. C'était le bout du monde. L'homme leur fit signe de se lever et de sortir. À l'extérieur, deux de ses collègues attendaient avec des fusils automatiques.

Malone les considéra attentivement. Jeunes tous les deux, pas très sûrs d'eux, nerveux. Combien de fois s'étaient-ils retrouvés dans ce genre de situation ? Pas souvent, probablement.

Le commandant fit signe à nouveau.

La porte métallique, qui ouvrait vers l'extérieur, n'avait pas de serrure, juste une poignée et un loquet qui venait s'encastrer dans un loqueteau métallique, qu'on ouvrait avec une clé.

« Je ne crois pas que ces gens comprennent l'anglais », murmura-t-il à Cassiopée.

Le chef s'énerva de les voir parler ensemble, mais il ne semblait pas saisir ce qu'ils disaient. Malone sourit et dit d'une voix calme, sans se départir un instant de son sourire : « Tu sens le cochon. »

Le commandant le regarda à son tour sans réagir à l'insulte, se contentant de faire un autre geste avec le pistolet pour qu'ils partent.

Il se retourna et lui dit : « Il ne connaît pas un mot d'anglais. Les dames d'abord. Prépare-toi à gicler. »

Elle franchit le seuil de la porte.

Puis le chef s'effaça pour le laisser passer, exactement comme il l'avait prévu. De cette façon, il pourrait riposter s'ils tentaient quelque chose, la distance entre eux offrant une meilleure sécurité.

À un détail près.

En sortant, Malone donna un coup du pied droit et claqua la porte, enfermant le policier à l'intérieur. Au même moment, il enfonça son coude gauche dans l'homme le plus proche de lui et l'envoya valdinguer en arrière.

Cassiopée bondit et porta un coup dans la poitrine à celui qui était le plus proche d'elle.

Les deux gardes avaient été pris au dépourvu.

Malone plongea en avant et décocha un coup de poing dans le visage de son homme. Le garde essaya de riposter tout en s'efforçant de garder son fusil, ce qui était une mauvaise idée. Malone ne lui laissa pas le temps de réfléchir. Trois autres crochets du droit, et l'homme s'affaissa. Il le soulagea de son arme, ainsi que du pistolet qu'il portait dans un étui à la ceinture.

En se retournant, il vit que Cassiopée avait quelques difficultés.

« Dépêche-toi », dit-il.

Elle esquiva deux coups de poing de la part de l'autre individu. Le garde avait déjà laissé tomber son arme. Cassiopée frappa, mais son coup ne fit qu'effleurer la gorge de son adversaire. Elle fit alors volte-face et sauta en décrivant un arc avec sa jambe droite, laquelle atteignit violemment la poitrine de l'homme. Un autre coup de pied le plaqua contre le mur, et elle l'acheva de deux coups portés à la gorge. Il s'affaissa au sol.

« Tu as pris ton temps, dit-il.

— Tu aurais pu me donner un coup de main.

— Comme si tu en avais besoin. »

Elle saisit le pistolet de l'homme dans son holster et s'empara du fusil. Ils n'avaient plus rien à craindre de leur chef, enfermé dans la pièce blindée, qui tambourinait sur la porte tout en s'époumonant vainement en chinois.

« Il y en avait deux autres avec des fusils, dit-elle. Plus les deux chauffeurs. »

Il avait déjà fait le compte.

« Je propose que nous avancions prudemment. »

Il s'approcha discrètement d'une fenêtre et regarda

dehors. La Range Rover était garée à cinquante mètres. La fourgonnette n'était plus là.

Ce qui était inquiétant.

« Pourvu que les clés soient dans cette Rover », dit-il.

Ils parvinrent à la porte et l'ouvrirent avec précaution. La nuit était encore noire, la piste d'atterrissage déserte.

« Soit ils voulaient nous emmener quelque part pour nous tuer, soit ils avaient l'intention de nous tuer ici, dit-il. De toute façon, ils auraient eu besoin de cette fourgonnette. »

Cassiopée était visiblement de cet avis.

« Mieux vaut ne pas rester dans les parages. »

Elle sortit, son fusil d'assaut braqué devant elle.

Il suivit.

Ils étaient à une cinquantaine de mètres de la Rover. Il scruta l'obscurité. Des flaques de lumière provenant des projecteurs sur le toit éclairaient la voie. À mi-chemin, le rugissement d'un moteur troubla le silence. La fourgonnette passa près d'un des hangars. Elle venait dans leur direction.

Un bras armé d'un pistolet sortit du côté passager.

Sans hésiter, Cassiopée aspergea le pare-brise d'une salve de son arme automatique. L'autre pistolet disparut alors de la fenêtre, et la fourgonnette fit une embardée à droite. Le conducteur ayant perdu le contrôle, elle dérapa sur le côté et alla s'encastrer dans un hangar.

Ils coururent jusqu'à la Range Rover et sautèrent à l'intérieur, Malone au volant. Les clés pendaient au démarreur.

« Enfin, quelque chose de bien. »

Il démarra, et ils quittèrent la zone clôturée à toute vitesse.

« Une seule chose », dit Cassiopée.

Il s'y attendait.

« Comment faire pour aller là-bas ? Il est difficile de nous arrêter pour demander notre chemin.

— Pas de problème. »

Il chercha dans sa poche arrière et en sortit une liasse pliée.

« J'ai gardé la carte dont Ni s'est servi dans l'avion. Je pensais que nous pourrions en avoir besoin. »

71

BATANG

7 HEURES

Tang était à la fenêtre et s'abritait les yeux du soleil doré qui montait au-dessus des pics à l'est. Il tenait une tasse de thé noir parfumé à la cardamome. Pour peu, il se serait presque attendu à entendre, venant des montagnes, le gémissement romantique d'une conque, avec sa tonalité semblable à celle d'une corne de brume. Autrefois, chaque jour à l'aube, un frère envoyait ce signal depuis les murs du monastère.

Il regarda la rue plus bas.

Batang s'animait, bientôt envahie par un flot de gens. La plupart portaient des robes en laine avec des ceintures rouges, et des capes safran jusqu'aux pieds, avec des cols montants, qui les protégeaient du vent. Celui-ci s'infiltrait dans le bâtiment et secouait les murs en bois. Le temps ici était capricieux, particulièrement à cette époque de l'année. Malgré l'altitude, l'air de cette fin de printemps allait être étonnamment chaud, grâce aux rayons UV contre lesquels l'atmosphère raréfiée ne pouvait pas grand-chose.

Viktor était en bas, en train de manger. Deux heures auparavant, Tang avait appris par son téléphone satellite que Ni et Sokolov avaient quitté Yecheng sous bonne garde. Il avait donné l'ordre que l'hélicoptère livre ses prisonniers puis revienne le chercher à sept heures et demie. Il avait aussi été ravi d'apprendre que Malone et Vitt avaient été capturés : ils étaient certainement morts à présent.

Tout se mettait enfin en place.

L'air chaud était saturé de l'odeur des lampes à beurre. Derrière les vitres, on entendait le tintement monotone des cloches.

La porte s'ouvrit.

Il se retourna.

« Il faut que je parte, dit-il à Viktor. L'hélicoptère va bientôt revenir. »

L'équipement que Viktor avait apporté plus tôt était répandu sur le lit. De la corde, un sac à dos, une torche, un couteau et une veste doublée de polaire.

« La route jusqu'au temple prend un peu plus d'une heure, dit Tang. Le sentier commence à l'ouest de la ville et monte en serpentant. Le temple se trouve de l'autre côté de la crête, juste après un pont suspendu.

Des bouddhas sculptés dans le rocher, de l'autre côté du pont, indiquent le chemin. Ce n'est pas difficile à trouver.

— Que s'est-il passé à Yecheng ?

— Rien d'important. »

Viktor Tomas se souciait apparemment toujours de Cassiopée Vitt. Étrange. Pour Tang, les femmes étaient une distraction, rien d'autre. Des hommes comme Viktor auraient dû être dans le même état d'esprit. Curieux que ce ne soit pas son cas.

Viktor rassembla son attirail et enfila une veste de cuir.

« Prends ce sentier, dit Tang. Fais attention à ce que personne d'ici ne te suive. Essaie d'arriver au pavillon sans te faire remarquer et entre prudemment. Il paraît qu'ils ne sont pas nombreux là-bas, tu devrais donc pouvoir entrer facilement. Les grandes portes restent ouvertes.

— Je te couvrirai, dit Viktor. Pour l'instant, ministre, tu as un problème plus urgent sur les bras. »

Cela ne laissait présager rien de bon.

« Pourquoi dis-tu ça ?

— Parce que Malone et Cassiopée Vitt viennent d'arriver en ville en voiture. »

Cassiopée admirait Batang. Des murs d'adobe blanchis à la chaux, avec une lune et un soleil rouges dessinés au-dessus des portes, du bois de chauffage et des briques en bouse de vache empilés sur les toits – le tout typique de la région. Un mélange de Mongols, de Chinois, d'Arabes et de Tibétains qui, à la différence des populations de leurs pays respectifs, avaient appris à vivre ensemble. Pendant près de deux heures, ils avaient roulé sur une route chaotique à travers un paysage rocailleux.

« J'ai encore mal au cœur à cause de ce que nous avons mangé », dit Malone tandis qu'ils descendaient de la Rover.

Ils avaient trouvé de la nourriture dans le véhicule, des barres de céréales dures comme de la pierre et du lait en poudre mélangé avec ce qu'elle pensait être du saindoux. Ça avait le goût de carton sucré. Mais son estomac n'avait pas plus apprécié les barres que le mouvement de la voiture. Curieux qu'elle soit malade en voiture – c'était une de ses faiblesses inavouables. En tout cas, elle appréciait de se retrouver sur la terre ferme.

« Ni a dit que le monastère se trouvait à l'ouest de la ville, dit-elle. Nous allons devoir demander. »

Des visages méfiants les observaient, elle et Malone. En levant les yeux, elle aperçut deux corbeaux aux prises l'un avec l'autre dans le ciel matinal. L'air s'était nettement raréfié, et elle se surprit à respirer plus vite pour compenser, avant de se dire qu'il valait mieux arrêter, car cela ne résoudrait rien.

« Demander ne me paraît pas une bonne idée », dit Malone qui se tenait près du capot.

Elle approuva.

« Ils ne doivent pas voir beaucoup d'étrangers comme nous par ici. »

Tang s'éloigna de la fenêtre sale aux montants fragiles.

« Apparemment, tu avais raison pour Malone, dit-il à Viktor. Il mérite le respect.

— Elle aussi. »

Il se tourna vers Viktor.

« Je sais, tu n'arrêtes pas de me le rappeler. »

Il trouvait très frustrant de ne pas pouvoir se passer de cet étranger.

« Je vais m'en aller. Occupe ces deux-là jusqu'à ce que j'aie quitté la ville.

— Et que dois-je faire *après* les avoir occupés ?

— Assure-toi qu'ils prennent la direction des montagnes. Il y a des soldats à notre disposition là-bas.

— Ces soldats m'attendent également ?

— Pas vraiment. Étant donné que tu es au courant de leur présence. »

Il se demanda si Viktor le croyait. Il était difficile de tirer quoi que ce soit de cet homme en permanence sur ses gardes. Il semblait toujours en train de mijoter quelque chose. Comme à présent. Il était entré dans la pièce sachant que Malone et Vitt étaient là, et il ne lui avait rien dit avant d'être décidé à le faire.

Heureusement, ce soir, il serait débarrassé de cet homme.

Et de tous les autres aussi.

Malone entendit le bruit en même temps que Cassiopée. Le battement sourd et rythmé des rotors, bas, régulier, hypnotique, comme le battement du cœur.

« C'est un hélicoptère, dit-il.

— Il approche. »

Il scruta le ciel qui s'éclaircissait et repéra l'appareil à des kilomètres au nord. L'hélicoptère s'écarta des sommets, puis se dirigea vers une prairie d'edelweiss en lisière de la ville. Sa couleur verte distinctive et l'étoile rouge sur sa carlingue ne laissaient aucun doute sur l'identité de son propriétaire.

L'Armée populaire de libération.

« C'est pour Tang », dit une voix.

Malone se retourna.

Viktor était à quelques mètres.

Tang quitta l'hôtel par une porte de derrière. Le tenancier avait été des plus accommodants, et les quelques centaines de yuans donnés par Viktor avaient suffi à apaiser sa curiosité. Il passa devant une échoppe de menuisier, puis un tourneur de bois, un serrurier et un tailleur, empruntant une ruelle dérobée qui menait tout droit à une prairie au nord de la ville. On apercevait des edelweiss éclatants à l'extrémité de la ruelle.

Il entendit l'hélicoptère approcher.

Le fait que Malone et Vitt soient encore en vie posait un problème. Ils avaient représenté une inconnue au début, puis un avantage, mais maintenant, ils devenaient gênants. Et le temps commençait à manquer.

Il prit son téléphone et fit le numéro de son bureau, heureux que les liaisons par satellite ne soient pas affectées par ce terrain montagneux. Son premier adjoint répondit aussitôt.

« Dis à nos amis d'Islamabad qu'ils fassent ce que j'ai demandé.

— Ils attendent tes ordres.

— Assure-toi qu'ils comprennent bien que la réussite est primordiale. Rien d'autre. Dis-leur que je n'oublierai pas la récompense.

— Toujours une seule cible ?

— Non. Trois. Et je veux qu'elles soient toutes éliminées. »

72

Malone examinait Viktor. Un rouleau de corde sur une épaule, sac à dos sur l'autre, une veste épaisse avec la fermeture à glissière remontée.

« Où vas-tu ? En réalité, je crois que je sais !

— Que faites-vous là ? »

Cassiopée s'avança.

« Tang tient Ni et Sokolov.

— Il est déjà au courant, dit Malone. Décidément, tu ne perds pas un instant. D'abord, tu kidnappes Cassiopée, tu la tortures, tu la laisses s'échapper, puis tu t'arranges pour que nous rentrions en Chine par avion et que nous tombions dans un guet-apens. Après quoi, tu disparais, nous manquons de nous faire tuer deux autres fois. Et à présent, te voilà.

— Vous êtes toujours en vie, pas vrai ? Je vous ai sauvé la peau dans cette tombe.

— Non. Tu as sauvé Ni. Ça fait partie de ta mission.

— Tu ne sais pas du tout en quoi consiste ma mission. »

Malone vit l'hélicoptère monter dans le ciel matinal.

« Tang s'en va ?

— Il faut que je parte, dit Viktor.

— Nous aussi, dit Cassiopée.

— Les Russes veulent s'assurer que Ni Yong sera bien le prochain Premier ministre, dit Malone. Et ils veulent que Sokolov revienne.

— Regarde les choses en face, Malone. Tu crois qu'ils sont les seuls à vouloir ça ? Pourquoi Stéphanie Nelle était-elle à Copenhague ? Je travaille pour elle. Elle savait que je tenais Cassiopée. Elle avait donné son accord. Elle voulait que tu t'impliques. Ce n'est pas moi qui manipule dans cette affaire. Je suis juste un pion sur l'échiquier. Comme vous deux. »

La vérité n'était pas facile à avaler. Stéphanie s'était bien servie de lui. *Crois-moi, je me suis couverte, je ne compte pas entièrement sur Ivan.*

À présent, il comprenait ce qu'elle avait voulu dire.

« Je me contente de faire mon boulot, dit Viktor. Fais le tien, ou bien dégage, et vite. »

Malone attrapa Viktor par le bras.

« Tu as risqué la vie de Cassiopée à ce petit jeu.

— Non, c'est Stéphanie. Mais, heureusement pour nous, tu étais dans les parages pour lui sauver la mise. »

Il repoussa Viktor en arrière.

Le rouleau de corde tomba de son épaule en même

499

temps. Viktor dégagea son autre bras du sac à dos, mais il ne riposta pas.

« Ça t'a plu de tuer ce pilote ? demanda Malone. De le rayer purement et simplement de la liste des vivants. Ça faisait aussi partie de ta mission ? »

Viktor se taisait.

« Tu es un assassin, dit Malone. Tu as tué ce pilote juste pour nous mettre dans ta poche. Pour nous prouver que tu étais avec nous. Et à peine nous arrivons à la tombe, que te voilà, en train d'essayer de nous éliminer. Une de ces torches à travers le brouillard était la tienne. »

Viktor avait les yeux étincelants de colère.

« Ça t'a plu de torturer Cassiopée ? D'essayer de me faire sortir de mes gonds avec ce qui était en train de se passer. Tu as versé l'eau toi-même ? »

Viktor se précipita sur Malone, et tous les deux atterrirent sur le capot de la Range Rover. Les gens autour s'écartèrent tandis qu'ils roulaient sur la terre dure. Malone se dégagea et se releva d'un bond, mais Viktor avait été plus rapide et il lui flanqua un coup de pied dans l'estomac.

Il en eut le souffle coupé.

Il se reprit et décocha un direct dans le torse de Viktor. L'air raréfié le gênait pour respirer, l'effort mettait ses poumons à rude épreuve, et sa tête tournait. Le manque d'oxygène et le coup porté par Viktor l'avaient davantage étourdi qu'il ne l'aurait cru.

Il se reprit une nouvelle fois, se concentra et avança.

Viktor tenait bon, mais Malone était prêt ; il esquiva un coup, puis un autre, enfonça son poing droit dans le ventre de Viktor. Puis il enchaîna avec deux autres coups. C'était comme frapper de la pierre, mais il ne s'arrêta pas pour autant. Un uppercut à la mâchoire, et Viktor chancela, les jambes coupées. Il tomba. Malone attendit pour voir si Viktor allait se relever, mais celui-ci resta à terre.

Malone inspira longuement à plusieurs reprises. Foutue altitude. Il se retourna et se dirigea vers Cassiopée. Il ne vit pas le coup venir, mais ce qui le frappa en plein dans le dos était très dur. La douleur le fit se plier en deux, ses genoux fléchirent. Un autre coup porté sur ses épaules le fit tomber en avant et rouler au sol. Viktor se précipita sur lui, attrapa sa veste à pleines mains et le tira pour le relever.

« Arrêtez ! » hurla Cassiopée.

Elle avait vu Viktor saisir une pelle appuyée contre une porte de boutique et lui assener un coup par surprise. Puis il lui donna un autre coup. À présent, Cotton était complètement dans les vapes. À cheval sur Malone, Viktor était prêt à lui cogner la tête sur les pavés.

« Lâchez-le », dit-elle, en regardant Viktor dans les yeux.

Il était essoufflé.

« Lâchez-le, répéta-t-elle, un ton plus bas.

— Je vous ai prévenue, la prochaine fois, j'irai jusqu'au bout », marmonna Viktor tout en relâchant sa prise et en se relevant.

Les spectateurs s'égaillèrent. Bagarre terminée. Il n'y avait pas de police à l'horizon. Viktor retourna vers l'endroit où il avait laissé son sac à dos, le remit sur l'épaule, puis passa son bras gauche dans le rouleau de corde.

Cotton, toujours à terre, se tâtait le dos.

« Tang a donné l'ordre de vous attaquer, dit Viktor. Aux Pakistanais. La frontière se trouve là-haut sur la route du monastère. Il y a des soldats qui attendent.

— Vous savez qu'il a probablement lancé cette attaque contre vous aussi, dit-elle.

— J'y ai pensé. C'est pourquoi je monte d'abord. Je préférerais qu'aucun de vous ne me suive, mais vous avez certainement l'intention d'en faire à votre tête, n'est-ce pas ?

— Vous allez avoir besoin d'aide.

— Malone avait raison. Vous avez risqué votre vie bien trop souvent par ma faute.

— Et vous m'avez sauvée.

— Je ne recommencerai pas.

— À me faire risquer ma vie ? Ou à me sauver ?

— Ni l'un ni l'autre, et comme je me doute que vous n'allez pas rester ici, sachez que le sentier qui part à l'ouest de la ville mène à un pont suspendu. Au-delà, il y a des sculptures qui indiquent le chemin jusqu'au temple. Attendez une heure. Ça devrait me laisser le temps d'agir. Je pourrai peut-être les mettre sur une fausse piste. »

Viktor montra Cotton.

« De toute façon, il ne risque pas d'être prêt avant. »

Et il se prépara à partir.

Elle l'attrapa par le bras et le sentit trembler.

« Où allez-vous ?

— Qu'est-ce que ça peut bien vous faire ?

— Pourquoi je ne m'en inquiéterais pas ? »

Il fit un signe de tête en direction de Malone.

« Pourquoi ne pas m'avoir dit en Belgique que vous travailliez pour Stéphanie ? demanda-t-elle.

— Ce n'est pas mon style.

— Me torturer en fait partie ?

— Ne croyez pas que ça m'ait fait plaisir. Je n'avais pas le choix. »

Elle vit de la tristesse dans son regard et voulut en avoir le cœur net.

« Vous croyez en quelque chose ?

— À moi-même. »

Mais elle n'était pas dupe.

« Il y a autre chose, mais vous ne voulez pas qu'on le sache. »

Il fit signe de nouveau.

« Comme lui. »

Elle comprit alors.

« Vous vouliez vous battre ici, n'est-ce pas ?

— Il fallait que je retarde votre départ. Dites-lui que je regrette le coup bas, mais c'était la seule façon de vous ralentir.

— Vous êtes là pour tuer Tang ?

— Ça plairait à beaucoup de gens. J'aurais pu l'abattre il n'y a pas très longtemps.

— Pourquoi ne pas l'avoir fait ?

— C'était trop tôt. Je dois savoir ce qu'il y a là-haut dans ces montagnes. Ni est là-bas. Il faut que je le tire d'affaire.

— Qu'allez-vous faire de Sokolov ? »

Il ne lui répondit pas.

« Vous allez le tuer ? »

Il restait toujours silencieux.

« Dites-le-moi, insista-t-elle, en haussant le ton.

— Il faut juste que vous me fassiez confiance.

— C'est le cas.

— Dans ce cas, tout ira bien. »

Et il partit.

73

Ni admirait sa prison. La chambre à coucher était spectaculaire, avec des colonnes de marbre montant jusqu'à un plafond à caissons et des dragons en bas-reliefs tournant tout autour. Des fresques murales illustraient le voyage d'un empereur, un mur le montrant en train de quitter son palais, deux autres figuraient le cortège se déployant à travers les montagnes, jusqu'à, sur le quatrième mur, un ensemble de bâtiments striés de pourpre, de gris et de différents tons d'ocre, perchés sur le contrefort de la montagne.

Ici. Cet endroit précis.

Comme l'avait représenté l'artiste, et comme Ni l'avait vu en approchant avec l'hélicoptère, avec des glaciers menaçant une vallée aride.

Sokolov et lui avaient été amenés par air directement de Yecheng. Ils avaient été bien traités, escortés depuis la zone d'atterrissage à l'extérieur des murs par deux hommes jeunes vêtus de robes de laine, les cheveux attachés au sommet du crâne avec des épingles rouges, et des écharpes rouges tissées autour de la taille.

Une lampe à beurre en cuivre martelé de la taille d'une cuvette brûlait dans un coin, embaumant la pièce. L'air frais pénétrait par les fenêtres ouvertes et dissipait un peu l'effet hypnotique de la flamme. De temps en temps, on entendait un yak mugir au loin. Ni ne risquait pas de s'échapper car les fenêtres ouvraient sur une cour située à l'intérieur des murs d'enceinte.

Sokolov était assis dans un des fauteuils laqués, un meuble exquis autant dans sa conception que dans les détails. Des tapis luxueux réchauffaient le sol de marbre. Apparemment, le Ba appréciait le confort.

La porte s'ouvrit.

Il se retourna et vit Pau Wen.

« On m'avait dit que tu étais revenu en Chine », dit Ni au vieil homme.

Pau portait une robe jaune d'or, couleur dont Ni savait qu'elle symbolisait le trône. Deux autres hommes plus jeunes se tenaient derrière Pau, chacun portant une arbalète bandée, prête à tirer.

« Ministre Tang est en route, dit Pau.

— Il veut me voir ? » demanda Sokolov.

Pau acquiesça.

« Ta découverte révolutionnaire est vitale pour la réalisation de son projet.

— Comment es-tu au courant de ma découverte ? demanda Sokolov.

— Parce que Kwai Tang est un frère du Ba. »

Ni se souvint de la conversation téléphonique et de la rupture entre Pau et Tang.

« Tu mens bien. »

Pau ne réagit pas à l'insulte.

« J'ai appartenu à la fraternité presque toute ma vie d'adulte. J'ai subi l'épreuve du couteau à l'âge de vingt-huit ans. Je suis parvenu au grade d'Hégémon à l'âge de quarante ans. Mais ne te méprends pas, j'aime la Chine. Sa culture. Son héritage. J'ai fait tout ce que je pouvais pour préserver ce qu'elle représente.

— Tu es un eunuque, aussi fourbe que tous ceux qui t'ont précédé.

— Mais beaucoup d'entre nous ont fait de grandes choses, se sont acquittés de leurs devoirs avec talent et honneur. En fait, ministre, l'histoire montre que ceux-là sont beaucoup plus nombreux que les autres.

— Et de quelle catégorie fais-tu partie ? demanda Ni.

— Je ne suis pas un monstre, dit Pau. Je suis revenu ici de mon plein gré. »

Ni ne se laissa pas impressionner.

« Et dans quel but ?

— Pour voir qui conduira la Chine.

— Cela semble déjà décidé.

— Ton cynisme joue contre toi. J'ai voulu te mettre en garde à ce propos en Belgique.

— Où est mon fils ? demanda Sokolov. On m'a dit qu'il était ici. »

Pau fit un geste, et les deux frères derrière lui s'écartèrent. Un autre frère s'avança, tenant par la main un petit garçon de quatre ou cinq ans, avec les traits et les cheveux de Sokolov. L'enfant aperçut son père et se précipita vers lui. Ils se serrèrent l'un contre l'autre, et Sokolov se mit à déverser des mots en russe entre deux sanglots.

« Tu vois, dit Pau. Il va bien. Il est resté tout le temps ici, et on s'en est bien occupé. »

Sokolov n'écoutait pas, occupé à couvrir son fils de baisers. Ni, resté célibataire, imaginait pourtant facilement le calvaire qu'avait enduré le père.

« Je me suis donné beaucoup de mal pour réunir tout le monde ici », dit Pau.

Il voulait bien le croire.

« Et que va-t-il en sortir ?

— Le sort de la Chine, comme c'est arrivé de nombreuses fois à travers les siècles. C'est ce qui rend notre culture tellement particulière. C'est ce qui nous différencie de tous les autres pays. Aucun empereur n'a jamais régné uniquement en raison de sa lignée. L'empereur devait incarner un exemple pour son gouvernement et pour son peuple. S'il cédait à la corruption, ou s'il s'avérait incompétent, la révolte était considérée comme un recours légitime. N'importe quel paysan qui parvenait à rassembler une armée pouvait fonder une nouvelle dynastie. Et cela s'est produit de nombreuses fois. Si la prospérité advenait sous son règne, il était jugé digne d'avoir gagné le "mandat du ciel". Ses héritiers mâles étaient supposés lui succéder, mais eux aussi pouvaient être destitués s'ils étaient jugés incapables. Le mandat du ciel doit être non seulement prorogé, mais il doit être mérité.

— Et le parti communiste a gagné le sien ?

— Pas vraiment. Ils l'ont fabriqué. Mais cette illusion a fait long feu. Ils ont oublié à la fois leurs racines légalistes et la morale confucéenne. Il y a longtemps que le peuple les a jugés incapables de gouverner.

— Et toi, à présent, tu as soulevé l'armée pour les renverser ?

— Pas moi, ministre. »

Par la fenêtre, il entendit l'hélicoptère approcher.

« Voici Tang, dit Pau. Il arrive enfin. »

Malone était assis contre la roue de la Range Rover et se frottait le dos. Il se souvenait parfaitement de ce qui s'était produit l'année précédente en Asie centrale, quand Viktor et lui s'étaient affrontés pour la première fois, et ce qu'avait dit Stéphanie.

Viktor, si jamais vous en avez assez de travailler pour votre compte et que vous cherchez un boulot, faites-le-moi savoir.

Apparemment, Viktor avait pris l'offre au sérieux.

Il regrettait que Stéphanie ne le lui ait pas dit, mais heureusement, Ivan ne savait certainement pas que Viktor travaillait pour les deux camps.

Tant pis pour ce fils de pute prétentieux.

La rue était revenue à la normale, les autochtones reprenaient leurs occupations.

« J'ai mal, marmonna-t-il. Depuis combien de temps est-il parti ? »

Cassiopée s'agenouilla près de lui.

« Bientôt une heure. »

Malone n'avait plus la tête qui tournait, et, à part son dos meurtri, tout allait à peu près bien.

Il s'accroupit.

« Il a dit d'attendre une heure avant de le suivre. »

Il la regarda d'un air furieux.

« Il n'a rien dit d'autre ?

— Il regrette le coup bas. »

Il continua à la fixer.

« Et nous devons lui faire confiance.

— Exact. Je crois qu'il essaie de nous aider.

— Cassiopée, j'ignore ce que ce type veut faire.

Nous savons que les Russes veulent récupérer Sokolov, mais tu dois bien comprendre que, si cela est nécessaire, ils le tueront pour le soustraire aux Chinois ou aux Américains.

— Si Stéphanie est derrière Viktor, elle ne doit pas vouloir que Sokolov disparaisse.

— Ne la prends pas pour une idiote. Elle tient à ce qu'il reste en vie, mais elle ne veut pas non plus que les Chinois mettent la main dessus.

— Stéphanie savait probablement qu'on me torturait, dit-elle. Viktor est un homme à elle.

— Non, elle l'ignorait. Elle savait seulement que Viktor t'avait chopée après qu'il est entré en contact avec moi. Je lui ai parlé de la torture. »

Il lut la frustration dans son regard. C'était ce qu'il ressentait également.

Elle lui parla des Pakistanais que Tang avait impliqués et qui les attendaient dans la montagne. Il se força à se relever.

« Je vais prendre le risque. »

Il regarda aux alentours.

« Il faut que nous trouvions le chemin pour monter.

— Ce n'est pas un problème.

— Laisse-moi deviner. Viktor te l'a dit aussi. »

74

Tang pénétra dans la grande cour. Des plantes à feuilles persistantes datant de la dynastie des Ming poussaient dans des anfractuosités du pavage. Les portes massives, dont il avait toujours pensé qu'il fallait des géants pour les manœuvrer, étaient grandes ouvertes ; leurs battants sculptés évoquaient des scènes néolithiques synonymes d'aventure et de rudesse. Les dalles qu'il foulait aux pieds avaient été posées des siècles auparavant, et beaucoup comportaient des poèmes gravés, ce qui donnait son nom à la surface polie au centre de la cour, *Huan yong ting*, « pavillon entouré par des chansons ». L'eau coulait suivant un lit soigneusement défini par l'homme, enjambé par plusieurs ponts en bois arrondis.

Chaque bâtiment à plusieurs étages entourant l'espace était surmonté par un avant-toit retourné. Dans les coins, des piliers en bois élancés polis par de multiples couches de peinture rouge et de laque brillaient comme du verre. Durant des siècles, des frères avaient vécu là, obéissant à une hiérarchie déterminée par l'âge et le rang. Cet endroit autrefois dépourvu d'électricité, nettement plus favorable aux oiseaux qu'aux gens, avait été transformé par le Ba en un sanctuaire.

L'hélicoptère était parti.

Seuls le bruit de ses pas, le ruissellement de l'eau et le tintamarre métallique des carillons troublaient le calme ambiant.

Deux frères attendaient à l'extrémité de la cour, en haut d'un escalier en terrasse, vêtus d'une robe en laine avec une ceinture rouge. Leurs cheveux étaient courts devant et tressés dans le dos. Leurs yeux, noirs comme des olives, clignaient à peine. Il se dirigea tout droit vers une véranda soutenue par d'autres piliers rouge sang, argent et or. Il grimpa les trois quarts des marches et s'arrêta au pied de la troisième terrasse. Derrière les frères, s'ouvraient des portes à double battant, flanquées de chaque côté par deux défenses d'éléphant imposantes.

Pau Wen se détacha de la porte.

Enfin, ils se retrouvaient face à face. Après tant d'années.

Pau descendit les marches.

Tang attendit, puis s'inclina.

« Tout s'est passé comme tu l'avais prévu.

— Tu as parfaitement agi. La fin est proche à présent. »

Tang éprouvait un sentiment de fierté. Il tendit à Pau la montre venant de la chambre de la bibliothèque impériale.

« J'ai pensé que tu aimerais la récupérer. »

Pau s'inclina en recevant le cadeau.

« Je te remercie.

— Où est Ni Yong ?

— Il attend. À l'intérieur.

— Dans ce cas, finissons-en, et entamons une nouvelle ère pour la Chine. »

« C'est terriblement calme par ici », dit Malone.

Leur parcours s'était déroulé sans incident jusque-là.

Un océan de sommets enneigés déchiquetés les cernait. Qu'avait-il lu un jour ? Une région de loups noirs et de pavots bleus – bouquetins et léopards des neiges. *Où les fées se réunissaient,* avait même noté un autre observateur. Peut-être James Hilton s'était-il inspiré de cet endroit lorsqu'il écrivit *Horizon perdu.*

Aucune trace de Viktor pour le moment, ni de soldats.

Pratiquement aucun bruit, sinon celui de leurs pas sur le sentier rocheux.

Au loin, se dressaient de misérables collines, baignées de vert et rayées de rouge. Des troupeaux et des tentes de nomades arborant des drapeaux jaunes parsemaient les pentes. Au fond d'une gorge, il aperçut le cadavre en décomposition d'un âne : la bête avait dû glisser.

Il perçut un mouvement dans son angle de vision, en haut, juste devant eux.

Il continua à marcher comme si de rien n'était.

« Tu n'as rien vu ? chuchota-t-il à l'oreille de Cassiopée.

— Si », marmonna-t-elle.

Quatre hommes.

Le sentier devant eux menait à une rangée de peupliers. Cassiopée marchait en tête.

« Prépare-toi à décrocher », murmura-t-il, tout en cherchant le pistolet sous sa veste.

Il entendit le craquement d'une arme, puis une balle le frôla.

Tang entra dans la pièce et dévisagea Ni Yong. Pau Wen avait déjà emmené Sokolov et le petit garçon. Il fallait espérer que les retrouvailles avec son fils calment le Russe et le rendent coopératif.

« Notre combat est terminé, dit-il à Ni.

— Et quelle explication donnera-t-on à ma mort ?

— Un tragique accident d'hélicoptère. Tu étais dans la province du Xinjiang toujours en train d'enquêter sur la corruption. C'est bien ça que tu fais ?

— Mon équipe est au courant de l'endroit où je me rendais et pourquoi.

— Tes hommes vont coopérer, sinon on les réduira au silence.

— Et la police de Yecheng ? Et les deux pilotes de l'avion que j'ai réquisitionnés à Xian ? Ils savent des choses. »

Tang haussa les épaules.

« Tous faciles à éliminer. Tu me croyais à ce point stupide ? Je savais parfaitement que tu surveillais mes communications satellites. Nous nous en sommes servis pour envoyer des messages. As-tu apprécié la discussion que nous avons eue Pau et moi ? »

Ni haussa les épaules.

« Rien de bien extraordinaire pour deux fieffés menteurs comme vous.

— On me tenait au courant de tout ce que tu faisais. C'est comme ça que j'ai su que tu allais en Belgique.

— Et l'agression dont j'ai été victime là-bas ?

— Elle était réelle. J'espérais bien résoudre le problème. Mais, apparemment, tu as réussi à éviter mes hommes.

— En fait, Pau Wen m'a sauvé la vie. »

Avait-il bien entendu ? Viktor ne pouvait pas savoir ce qui était arrivé chez Pau Wen, étant donné qu'il était à Anvers, en train de traiter avec Cassiopée Vitt. Aucun de ses hommes ne lui avait jamais rien rapporté, et Pau, fidèle à lui-même, n'avait rien dit. Il allait devoir évoquer le sujet avec le maître. Il se contenta donc d'affirmer :

« L'Hégémon ne craint pas de répandre le sang. S'il est intervenu, c'est qu'il y avait de bonnes raisons.

— Des paroles dignes d'un vrai légaliste. Félicitations, ministre, pour ta victoire. L'histoire retiendra ton nom comme étant celui de l'homme qui a finalement réussi à détruire la Chine. »

Malone plongea sur le sol rocailleux, profitant du peu de protection que les peupliers épars pouvaient offrir. Cassiopée en fit autant, et ils rampèrent sur le gravier coupant, jusqu'à un rocher suffisamment large pour les abriter tous les deux.

D'autres coups de feu retentirent dans leur direction.

« Ça devient sérieux, dit Cassiopée.

— Tu crois ?

— Ce ne sont pas des Chinois, dit-elle. Je les ai aperçus. Sans aucun doute des Pakistanais. Ils semblent connaître notre destination.

— C'est ce que j'ai pensé aussi. »

Puis il ajouta : « Je t'avais bien dit qu'il nous poserait des problèmes. »

Elle ne tint pas compte de ses paroles.

« Il faut que nous allions dans cette direction. » Il désigna un endroit derrière eux.

« Ces soldats sont beaucoup trop près.

— Faisons-lui confiance pour s'en occuper, dit-elle enfin.

— C'était ton souhait, pas le mien. Passe la première. Je te couvre. »

Il saisit le pistolet chinois à double action.

Cassiopée se prépara elle aussi.

Puis elle courut jusqu'à un buisson de genévriers.

Ni regardait Kwai Tang d'un air furieux.

Bien que Tang se soit efforcé de rester imperturbable, il avait remarqué sa surprise quand il avait expliqué que Pau Wen était celui qui avait arrêté les hommes armés. Peut-être leur discussion ne s'était-elle pas réduite à une mise en scène ?

« Nous t'avons promené comme un ours au bout d'une laisse, dit Tang. Tu as écouté nos communications, et nous t'avons fourni exactement les informations que nous voulions te donner. Tu es allé en Belgique, puis à Xian, et tu as fini par venir ici, tout cela à notre invitation.

— Est-ce que ce *nous* comprend le Premier ministre ?

— Il n'a plus aucune importance. C'est un vieillard qui ne va pas tarder à mourir. »

Cette éventualité l'attrista. Il avait fini par admirer le Premier ministre, un modéré qui avait beaucoup contribué à atténuer le fanatisme communiste. Et il n'avait fait l'objet d'aucun scandale.

« Pau Wen est notre maître, dit Tang. Les frères, y compris moi, nous lui avons tous fait allégeance. Nous pensions qu'une guerre simulée entre Pau et moi te donnerait un faux sentiment de sécurité. Évidemment, tout ça aurait dû se passer différemment. Tu devais mourir en Belgique.

— Pau ne t'a jamais dit qu'il avait tué les quatre hommes ? »

Tang était pétrifié.

« Quoi qu'il ait fait, il a bien agi.

— Cassiopée Vitt et Cotton Malone ne faisaient sans doute pas partie de votre plan. »

Tang haussa les épaules.

« Le maître avait besoin d'elle et de Malone pour rentrer en Chine. »

Un claquement résonna dans le lointain.

Puis d'autres.

« Des coups de feu, dit Tang. Destinés à tes alliés.

— Vitt et Malone ? »

Malgré son inquiétude, Ni s'efforça de garder un ton désinvolte.

« Ils se sont enfuis de Yecheng, mais ils ne vont pas tarder à mourir ici, en montagne, comme toi. »

75

Cassiopée attendait que Cotton la rejoigne. Il avait protégé sa retraite en tirant quelques coups de feu bien ciblés.

Dès qu'il fut arrivé, tous deux s'élancèrent, à couvert derrière les arbres. Des salves de fusils automatiques retentirent en même temps, et les balles se mirent à pleuvoir autour d'eux. Puis le sentier sortit des arbres, et ils se retrouvèrent à découvert. Sur sa droite, elle vit d'autres canyons à pic bordés d'ombres. Ils longèrent la lisière meuble du sentier, faisant attention où ils mettaient les pieds. Un soleil éclatant flamboyait de l'autre côté de la gorge, assombri seulement par l'ardoise noire de la montagne. À trente mètres en contrebas, une eau brunâtre cascadait dans son lit, projetant en l'air une écume mousseuse. Ils se hissèrent en haut d'un talus abrupt, de l'autre côté de moraines écroulées.

Elle aperçut le pont dont Viktor avait parlé.

Des cordes reliaient des traverses ancrées dans des empilements de pierre de chaque côté de la gorge. Les empilements en question étaient constitués de rochers posés les uns sur les autres, liés entre eux par des broussailles faisant office de mortier. Une passerelle en planches suspendue par du chanvre franchissait les trente mètres au-dessus de la rivière.

Des coups de feu sporadiques résonnèrent dans le lointain.

Elle regarda derrière elle.

Pas de soldats.

D'autres coups de feu retentirent.

« Peut-être les met-il sur une fausse piste », dit-elle.

Il ne fit aucun commentaire, mais il avait l'air sceptique. Il fourra son pistolet dans une poche.

Elle en fit autant, puis s'avança sur le pont.

Ni entendit d'autres coups de feu dans le lointain.

« Tu auras des funérailles nationales, dit Tang. Ce sera un vrai spectacle. Après tout, tu es un homme éminemment respecté.

— Et que feras-tu ensuite ?

— Je prendrai le contrôle du gouvernement. Le Premier ministre n'en a plus pour longtemps ici-bas, il est donc logique qu'il cède progressivement les rênes à son premier adjoint. C'est alors que nous entamerons notre nouveau voyage vers la gloire.

— Et le fait d'avoir des ressources illimitées de pétrole contribuera à ce voyage ? »

Tang sourit.

« Je vois que Sokolov t'a tout dit. Bien. Autant que tu saches ce que tu as raté. Et oui, la perspective de ne plus jamais devoir nous prostituer envers la Russie, le Moyen-Orient, et l'Afrique, ni de redouter d'éventuelles mesures de l'Amérique, pour nous assurer simplement que nos usines continuent à tourner, tout ça mérite un effort.

— Aller chercher cette lampe en Belgique faisait donc partie de ce grand stratagème que vous aviez imaginé, Pau et toi ?

— Ne te trompe pas, la lampe était importante, mais c'était aussi l'appât idéal pour t'attirer là-bas. Et tu devais mourir.

— Au lieu de cela, quatre hommes sont morts. »

Tang haussa les épaules.

« Comme tu l'as dit, Pau les a tués.

— Mais tu as ordonné le meurtre du pilote. »

Tang resta silencieux.

« Tu n'as aucune idée de ce qui inquiète la Chine.

— C'est faux. Cette nation a besoin d'une poigne ferme. »

Ni secoua la tête.

« Tu es fou. »

Son destin paraissait scellé.

Et à entendre les coups de feu venant de la montagne, Malone et Vitt étaient eux aussi en mauvaise posture.

La puissance du courant faisait vibrer les planches sous les pieds de Cassiopée. Malone s'était aventuré le premier, estimant que si le pont était assez solide pour lui, il le serait pour elle. Le fait qu'il soit plus lourd avait également contribué à stabiliser la structure, limitant le balancement éprouvant pour les nerfs. Ils étaient maintenant suspendus en l'air, complètement à découvert au beau milieu du pont, passant de l'ombre au soleil. Elle remarqua un sentier gravillonné de l'autre côté menant à d'autres arbres. Au-delà du sentier, une statue sculptée dans la paroi rocheuse, de cinq mètres de haut peut-être, sans doute une représentation bouddhiste, lui confirma qu'ils étaient au bon endroit.

« Ce pont a connu de meilleurs jours, dit-elle tandis que Malone se retournait vers elle.

— J'espère qu'il lui en reste encore au moins un. »

Elle saisit les cordes entortillées qui soutenaient la travée, constituant une main courante de fortune. Aucun signe de leurs poursuivants. Mais un nouveau bruit retentit par-dessus le courant. Des sons profonds de basse. Lointains encore, mais de plus en plus forts.

Elle aperçut une vague ombre sur une paroi rocheuse, à quelque deux kilomètres de distance, là où la gorge qu'ils traversaient en croisait une autre, perpendiculaire. L'ombre grandit, puis prit la forme distincte d'un hélicoptère.

Ce n'était pas un appareil de transport. C'était un appareil de combat, équipé de canons et de missiles.

« Il ne vient certainement pas à notre secours », dit-elle.

Puis elle comprit. Les soldats les avaient acculés dans cet endroit.

Le pilote se mit à tirer.

Tang entendit le bref coup de canon et comprit ce qui était en train de se passer. Les Pakistanais avaient fait usage d'un de leurs Cobras. Il leur avait dit qu'une incursion aérienne dans les montagnes ne serait pas, pour cette fois au moins, considérée d'un mauvais œil. Au contraire, il voulait que la mission soit accomplie au mieux, et il pensait que le pont serait l'endroit idéal. Il lui restait à espérer que Viktor ait fait équipe avec Malone et Vitt, et qu'ils soient tous les trois en train de traverser.

Sinon, les soldats pourraient finir le travail.

« Je serai le prochain Premier ministre de ce pays, dit-il à Ni. La Chine retrouvera sa place au premier rang des nations. Nous reprenons également Taïwan, les régions septentrionales. La Mongolie, et même la Corée. Nous formerons à nouveau un tout.

— C'est ce genre d'idiotie qui nous a amenés là où nous sommes.

— Et toi, tu es le brillant leader qui peut nous sauver ? Tu n'as même pas vu qu'on te manipulait. Tu es d'une naïveté incurable.

— Et le monde se contentera de te regarder en faire à ta guise ?

— C'est ça le côté intéressant. Tu vois, savoir que ce pétrole est renouvelable présente un grand avantage. Il suffit de garder cette information pour nous, de l'utiliser à bon escient, et nous pourrons orchestrer l'effondrement de nombreuses puissances étrangères. Le monde se bat pour avoir du pétrole comme des enfants pour des bonbons. Ils s'opposent les uns les autres à la fois physiquement et matériellement pour satisfaire leurs besoins. Tout ce que nous avons à faire, c'est de diriger la bataille. »

Il secoua la tête.

« Les armées du monde ne poseront aucun problème à la Chine. Tu vois, ministre, une seule bribe de savoir peut être plus puissante que cent armes nucléaires. »

Il se dirigea vers la porte.

« À présent, avant que tu ne quittes ce monde, le maître a pensé que tu aurais plaisir à voir quelque chose. En fait, il pense que tous les deux, nous lui trouverions de l'intérêt, sachant qu'il s'agit de quelque chose que je n'ai pas vu non plus.

— Dans ce cas, allons-y. Allons voir ce que l'Hégémon veut nous montrer. »

Cassiopée se jeta sur les planches du pont sans quitter Cotton des yeux, tandis que des coups de canon se succédaient sans discontinuer dans leur direction. L'hélicoptère rugit en s'approchant, ses pales fendant l'air limpide. Des tirs atteignirent le pont, faisant sauter des éclats de bois et déchirant la corde.

Prise de colère, elle saisit son pistolet, se mit à genoux, et tira dans la verrière de l'hélicoptère. Mais le maudit engin était certainement blindé et se déplaçait à la vitesse de l'éclair.

« Couche-toi tout de suite ! » hurla Malone.

Un nouveau coup de canon coupa le pont entre eux. L'instant précédent, il y avait une structure en bois et en corde, l'instant d'après, elle volait en éclats. Elle comprit que la travée tout entière allait s'effondrer.

Malone se leva d'un bond.

Ne pouvant plus parvenir jusqu'à elle, il jugea préférable de négocier les six derniers mètres de son côté en se cramponnant aux cordes, tandis que le pont s'effondrait sous leurs pieds.

L'hélicoptère passa à toute vitesse en direction de l'autre extrémité de la gorge.

Elle aussi s'était cramponnée aux cordes. Mais bientôt le pont se scinda, chaque moitié se balançant de chaque côté de la gorge. Elle serra alors le filin de toutes ses forces et voltigea dans l'air.

Son corps alla cogner contre le rocher, rebondit, puis se stabilisa.

Elle resserra sa prise sur la corde et jeta un coup d'œil de l'autre côté. Cotton se hissait lentement vers le haut, et il ne lui restait plus que quelques mètres à parcourir.

Le vacarme du courant ajouté au bruit de l'hélicoptère était assourdissant.

De l'autre côté de la gorge, Cotton avait atteint le sommet. Il était maintenant debout et ne la quittait pas des yeux. Elle se cramponnait toujours des deux mains à l'autre moitié du pont, le long de la façade brune de la gorge. Mais la roche friable ne lui permettait pas de prendre pied sur le rocher.

L'hélicoptère effectua un virage serré à l'intérieur de la gorge et fonça de nouveau sur eux.

« Tu peux grimper ? » cria-t-il par-dessus le bruit.

Elle secoua la tête.

« Vas-y ! » hurla-t-il.

Elle tendit le cou dans sa direction.

« Tire-toi d'ici, lança-t-elle.

— Pas sans toi. »

Le Cobra était à un peu plus d'un kilomètre. Son canon allait se mettre à tirer d'une seconde à l'autre.

« Grimpe », cria-t-il.

Elle commença à se hisser, mais à la prise suivante, la corde céda.

Elle tomba à pic.

Dans le courant tumultueux de la rivière.

76

Ni suivit Tang à travers le complexe de bâtiments. Des galeries peintes en rouge et en jaune reliaient les différentes ailes. Des piliers abondamment décorés aux motifs dorés restés intacts malgré leur ancienneté soutenaient de hauts plafonds. Des brûle-encens et des braseros réchauffaient les salles. Enfin, ils pénétrèrent dans une énorme pièce s'élevant sur trois étages.

« Voici la Salle de l'Harmonie suprême, dit Tang. Le site le plus sacré pour le Ba. »

Le bâtiment était différent des autres, plus abondamment décoré encore, avec des galeries alternativement rouges et jaunes. Une forêt de piliers délimitait son périmètre sur trois côtés, avec d'élégantes arcades entre. Un arsenal de sabres, de couteaux, de lances, d'arcs, et de boucliers ornait le pourtour du rez-de-chaussée, avec une demi-douzaine de braseros pleins de charbons ardents.

Le soleil passait par les fenêtres des galeries supérieures. À l'extrémité, sur une estrade surélevée, le mur, haut de trente mètres, abritait des centaines de casiers en diagonale débordants de rouleaux. Des lampes en argent ornaient les murs entre les différents niveaux, mais elles n'étaient pas allumées. La lumière provenait de lustres électriques tombant du plafond.

« Sur ces étagères, se trouve réuni tout notre savoir consigné sur de la soie à la disposition de l'Hégémon, dit Tang. Pas des traductions ni des récits de seconde main. Les textes authentiques.

— Apparemment, le Ba ne manque pas de moyens, déclara Ni.

— Bien que d'origine ancienne, nous sommes tout à fait actuels en dépit de la réincarnation. Les eunuques de l'époque du dernier empereur, au début du XXe siècle, se sont assurés que nous ayons des fonds suffisants. Mao a essayé de les rassurer, mais beaucoup ont préféré apporter leur fortune ici.

— Mao détestait les eunuques.

— Effectivement. Mais ils le détestaient encore plus.

— Je regrette beaucoup de ne pas vivre assez longtemps pour te voir échouer.

— Je n'ai pas l'intention d'échouer.

— Un fanatique finit toujours par échouer. »

Tang s'approcha tout près.

« Tu as perdu la bataille, ministre. C'est ce dont l'histoire se souviendra. Exactement comme la bande des Quatre a perdu sa bataille. Plusieurs d'entre eux sont morts d'avoir essayé, eux aussi. »

Derrière Tang, à l'extrémité, une partie du mur imposant était ouverte, la cloison étant habilement dissimulée entre les étagères.

Pau Wen sortit par la porte dégagée par le panneau.

« Ministres, appela Pau. Venez s'il vous plaît. »

Voyant que Tang n'appréciait pas l'interruption, Ni décida de retourner le couteau dans la plaie.

« Ton maître appelle. »

Tang lui jeta un regard furieux.

« C'est justement ce qui ne va pas en Chine, dit-il. Le pays a oublié ce que sont la peur et le respect. J'ai bien l'intention de réinstaurer les deux dans la nation.

— Cela risque d'être difficile de maintenir un milliard et demi de gens dans la peur.

— C'est arrivé précédemment. Cela peut se reproduire.

— Qin Shi ? Notre illustre premier empereur ? Il a régné à peine douze ans, et son empire s'est désintégré à sa mort. »

Il se tut un instant. « Grâce aux intrigues d'un eunuque. »

Tang ne broncha pas. « Je ne commettrai pas les mêmes erreurs. »

Ils traversèrent en silence la grande salle d'environ cinquante mètres de long, et moitié moins large. De courtes marches menaient à un palier surélevé.

« Je ne savais pas qu'il y avait une porte dans le mur », dit Tang.

Ni perçut l'irritation dans sa voix.

« Seuls l'Hégémon et quelques frères triés sur le volet connaissent l'existence de cette chambre, dit Pau. Tu n'en faisais pas partie. Mais j'ai pensé que c'était le bon moment pour vous montrer à tous les deux le bien le plus précieux en possession du Ba. »

L'eau en contrebas dévalait de la montagne entre les rochers.

Malone attendait que Cassiopée remonte à la surface.

Mais elle ne remontait pas.

La rivière charriait certainement de la vase dans son formidable courant et d'autres rochers en même temps que des nuages d'écume. Il aurait voulu sauter pour aller la chercher, mais il se rendait bien compte que c'était impossible.

Lui non plus ne survivrait pas à la chute.

Il continuait à regarder, incrédule.

Après tout ce qu'ils avaient traversé ces trois derniers jours.

Elle avait disparu.

De l'autre côté de la gorge, un mouvement attira son attention. Viktor sortit des rochers et s'approcha du bord de la falaise.

Malone sentit la fureur l'envahir.

« Espèce de salaud ! hurla-t-il. Tu nous as tendu un piège. Tu l'as tuée. »

Viktor ne répondit pas. Il était occupé à remonter les restes du pont, attachant la corde qu'il avait apportée à l'extrémité tout abîmée de l'autre.

« Vas-y, hurla Viktor. Remonte jusqu'ici. Je vais aller la chercher. »

Va te faire foutre, pensa Malone.

Il prit son pistolet.

Viktor lança le pont de l'autre côté. L'extrémité de la corde tomba dans la rivière. Sur l'autre bord, son ennemi ne le quittait pas des yeux comme pour dire : *Tu as l'intention de me tuer ou de me laisser essayer de la trouver ?*

L'hélicoptère tournait en descendant pour effectuer un nouveau passage.

Malone visa.

Le coup de canon résonna dans la gorge. Une giclée de tirs de gros calibre fit éclater la pierre à quelques mètres dans un bruit d'orage grandissant.

Malone plongea à couvert tandis que l'hélicoptère passait à toute vitesse.

« Vas-y, hurla Viktor. Ni et Sokolov ont besoin de toi. »

Et Viktor se mit à descendre la pente.

Il aurait donné n'importe quoi pour avoir sa corde à lui. Il aurait volontiers tué Viktor Tomas, mais le salaud avait raison.

Ni Yong et Sokolov. Il fallait les trouver.

Tang pénétra dans la chambre sans fenêtres, dont l'espace était divisé en quatre pièces. Pau Wen y était entré le premier, suivi par Ni Yong. Deux frères attendaient à l'extérieur, portant tous les deux une arbalète.

Des lumières tamisées éclairaient des murs rose-rouge. Le plafond était d'un bleu foncé, parsemé d'étoiles dorées. La chambre centrale était dominée par un socle de bronze sur lequel reposait un costume funéraire en jade.

Le spectacle était sidérant, et Tang comprenait maintenant pourquoi la tombe du premier empereur était nue.

« J'ai sauvé Qin Shi, dit Pau. Malheureusement, l'autel de jade sur lequel il reposait était trop important pour être transporté. Il avait certainement été édifié à l'intérieur du mausolée. Mais j'ai pu au moins en retirer cela. »

Pau montra l'objet.

« Les masques de la tête et du visage, la veste, les manches, les gants, le pantalon, et ce qui couvrait les pieds ont été fabriqués spécialement pour le défunt. Autrement dit, Qin Shi ne mesurait pas plus d'un mètre soixante-quinze et était très mince. Très différent de l'homme imposant que l'histoire a inventé. »

Pau hésita, comme pour permettre à son auditoire de bien s'imprégner de ses paroles.

« Deux mille sept morceaux de jade, réunis avec du fil d'or.

— Tu les as comptés ? demanda Ni.

— C'est la découverte archéologique la plus importante de toute l'histoire de la Chine. Le corps de notre premier empereur, enchâssé dans du jade. Cela mérite une étude attentive. Nous estimons qu'il a fallu environ un kilo de fil d'or pour relier les morceaux. Ce costume a dû demander aux artisans une bonne décennie pour le réaliser. »

Tang voulait comprendre.

« Tu as intégralement pillé le site ?

— Tous les objets. Voici tout ce qu'il en reste, à l'intérieur d'un *dixia gongdian* improvisé. Ce n'est pas tout à fait un palais souterrain traditionnel, mais c'est suffisant. »

Les trois autres chambres débordaient d'objets funéraires. Des sculptures en bronze, des récipients en cuivre, des ustensiles en bois laqué et en bambou. Des objets d'or, d'argent et de jade. Des instruments de musique, de la céramique et des porcelaines. Des sabres, des fers de lance et des flèches.

« Deux mille cent soixante-cinq objets, dit Pau. Jusqu'aux ossements des ouvriers et des concubines. J'ai réalisé un inventaire photographique complet de la tombe. L'emplacement précis de chaque chose a été relevé avec exactitude.

— Comme c'est aimable à toi, dit Ni. Je suis certain

qu'un jour les historiens te remercieront pour ton zèle.

— Être sarcastique te donne-t-il une impression de supériorité ?

— À quoi t'attendais-tu ? Que je sois impressionné ? Tu es un menteur et un voleur, comme je te l'ai dit lors de notre première rencontre. Sans compter que tu es aussi un meurtrier.

— Te rends-tu compte de ce que Mao aurait fait avec ça ? demanda Pau en montrant le costume de jade. Et les incompétents qui lui ont succédé. Il n'y aurait plus rien.

— Les guerriers de terre cuite en ont bien réchappé, dit Ni.

— Exact. Mais pour combien de temps ? Le site se détériore de jour en jour. Et que fait-on ? Rien. Les communistes se fichent complètement de notre passé.

— Et toi, non ?

— Mes méthodes ne sont peut-être pas très conventionnelles, mais les résultats sont patents. »

Ni s'approcha du socle.

Tang restait en arrière, fasciné lui aussi par cette image surréaliste – on aurait dit un robot étendu là, raide, inflexible. Mais il commençait à s'impatienter. Il voulait savoir pourquoi Pau avait tué les quatre hommes en Belgique et laissé Ni en vie. Pourquoi le maître lui avait-il menti à propos des lampes à huile dans le mausolée de Qin Shi ?

« As-tu ouvert le costume ? » demanda Ni.

Pau secoua la tête.

« Cela ne m'aurait pas semblé convenable. Qin mérite notre respect, même dans la mort.

— Combien de centaines de milliers de gens sont morts pour qu'il puisse régner ? demanda Ni.

— C'était nécessaire à son époque, dit Pau.

— Et ça l'est toujours, se sentit obligé d'ajouter Tang.

— Non, dit Ni. La peur et l'oppression ne sont plus des méthodes de gouvernement viables. Tu te rends certainement compte que nous avons largement progressé. Deux tiers du monde pratique la démocratie, et nous ne parvenons même pas à adopter quelques-uns de ses points forts ?

— Pas tant que je suis aux commandes », déclara Tang.

Ni secoua la tête. « Tu t'apercevras, tout comme nos ancêtres communistes, que la force n'est qu'une solution à court terme. Pour qu'un gouvernement perdure, il doit avoir l'appui consensuel du peuple. »

Le visage de Ni se crispa.

« L'un d'entre vous s'est-il jamais rendu au bureau des pétitions à Pékin ?

— Jamais, dit Tang.

— Tous les jours, des centaines de gens venus de tout le pays font la queue pour déposer plainte. Presque tous ont été victimes de quelque chose. Leur fils a été battu par un fonctionnaire local. Leur terre a été spoliée par un promoteur avec l'appui du gouvernement local. Leur enfant a été volé. »

Ni hésita un instant, et Tang comprit qu'il voulait laisser cette accusation en suspens.

« Ils sont furieux contre les fonctionnaires locaux et ils sont convaincus que si quelqu'un dans la capitale voulait bien les écouter, les torts qu'ils ont subis seraient pris en compte. Toi et moi savons hélas qu'ils se trompent. Rien ne sera jamais fait. Mais ces gens comprennent parfaitement ce qu'est une démocratie. Ils veulent pouvoir s'adresser directement à leur gouvernement. Combien de temps penses-tu que nous pourrons continuer à les ignorer ? »

Tang connaissait la réponse.

« Toujours. »

77

Cassiopée atteignit l'eau de plein fouet. Elle fut projetée en avant par le courant violent et ballottée comme dans une tornade. L'eau était froide, mais c'était le cadet de ses soucis. Respirer était sa principale préoccupation, et elle parvint à remonter à la surface, à prendre une rapide inspiration à travers l'écume avant que l'eau ne l'engloutisse de nouveau.

Il fallait qu'elle puisse s'arrêter. Sinon, elle finirait par être projetée contre les rochers, avec le risque de se casser un membre, de se fracasser le crâne ou de se tuer. Un grondement assourdissant lui remplissait les oreilles, ajouté au milliard de bulles qui tourbillonnaient. Elle n'avait pas encore touché le fond.

Elle réussit à prendre une autre respiration et aperçut ce qu'il y avait devant.

Des rochers. Énormes. Dont les silhouettes dégoulinantes d'eau émergeaient du courant.

Il fallait qu'elle prenne le risque.

Dans un effort désespéré, elle se mit à patauger dans

l'eau en s'efforçant de se diriger. Son corps était affreusement ballotté. Un nuage d'écume brune lui collait au visage. Elle étendit les bras devant elle, jusqu'à ce que ses mains cognent contre quelque chose de dur.

Mais elle ne rebondit pas.

Au contraire, elle se cramponna.

Sa tête émergea.

L'eau lui fouettait les épaules, mais au moins elle ne dérivait plus.

Elle respira plusieurs fois profondément, secoua la tête pour s'éclaircir la vue, avant de s'apercevoir qu'elle était gelée.

Malone suivait un sentier bordé de petits temples funéraires et de murs de prière. Un souffle glacial montait des glaciers proches. Il tremblait de froid, et se trouvait dans un état d'intense concentration, les poings serrés, les yeux humides sous le coup de l'émotion.

Combien d'amis lui restait-il encore à perdre ?

Des lapins gris traversaient le sentier à toute allure et s'engouffraient dans des fissures. Il entendait encore l'eau dévaler derrière lui. L'hélicoptère était parti. Viktor était probablement au fond de la gorge, en train de faire ce qu'il pouvait.

Espèce de salaud.

Il n'avait pas éprouvé une telle fureur depuis l'enlèvement de Gary. Il avait tué le ravisseur de son fils sans le moindre remords.

Et il en ferait autant avec Viktor.

Pour l'instant, il fallait qu'il se concentre. Protéger Sokolov était la clé de tout. Aider Ni Yong, impératif. De toute évidence, Stéphanie considérait que ces deux objectifs étaient importants. Autrement, pourquoi les aurait-elle utilisés, lui et Cassiopée, et embauché Viktor. À Copenhague, il s'était demandé pourquoi Stéphanie n'avait pas paru s'inquiéter outre mesure du sort de Cassiopée. Et pourquoi elle en savait autant sur le pétrole abiotique et biotique.

À présent, il comprenait.

Elle avait mis Viktor en piste, soi-disant pour la protéger.

Mais l'avait-il fait ?

Stéphanie, elle aussi, devrait s'attendre à subir certaines conséquences quand tout ceci serait terminé.

Il aperçut un autel de pierre éclairé par deux lampes et s'approcha prudemment. Le sentier tournait à droite et une paroi abrupte bouchait le passage après le virage. La lumière miroitait sur le rocher gris imposant. Il détestait les émotions, niant leur existence, les noyant sous une avalanche de responsabilités. Pourtant, au fond, il en était extrêmement dépendant – une chose qu'il n'avait jamais voulu s'avouer, jusqu'à ce qu'il soit trop tard.

Cassiopée Vitt lui manquerait, bien plus qu'il ne l'aurait jamais pensé.

Il l'avait aimée – effectivement – mais il n'avait jamais pu se résoudre à le lui avouer.

Pourquoi ?

Un gong résonna au loin.

Les notes graves s'évanouirent, et un grand silence désolé retomba sur lui.

Ni était bien décidé à ne pas montrer de faiblesse. Il affronterait ces fanatiques jusqu'au bout.

« Les Soviets soutenaient qu'ils pouvaient forcer le peuple à les servir, dit-il. Et même toi, Pau, en Belgique, tu avais relevé cette erreur.

— Les Soviets ont effectivement commis beaucoup d'erreurs. Nous devons éviter d'en faire autant.

— Mais je ne laisserai pas la Chine perdre sa spécificité, déclara Tang. L'Occident tente tous les jours de promouvoir ici son idéologie et ses valeurs, croyant pouvoir nous déstabiliser par une sorte de campagne marketing. Par la démocratie.

— Tu n'as pas la moindre idée des dangers que nous affrontons, dit Ni. Nous ne sommes plus la Chine de l'époque de Qin Shi.

— Nous sommes toujours chinois, dit Tang. Renverser notre gouvernement, que ce soit de l'extérieur ou de l'intérieur, sera beaucoup plus difficile que ça l'a été en Union soviétique. »

Ni observait Tang et Pau. Des hommes aussi fourbes ne différaient en rien des despotes qui avaient sévi avant eux. La Chine semblait condamnée à répéter les mêmes erreurs.

Il s'éloigna du socle et regarda à l'intérieur des trois autres chambres. Elles n'étaient pas aussi grandes que les salles souterraines de Xian, mais suffisamment spacieuses, et toutes remplies d'objets venant de la tombe.

Pau s'approcha.

« Certains des récipients en bronze sont remplis de liquide. J'ai rompu un cachet, et j'ai senti un arôme d'ambroisie. L'analyse du liquide à l'intérieur a révélé la présence d'alcool, de sucre, de graisse – une sorte de rhum au beurre, vieux de plus de deux mille ans. »

En d'autres temps, Ni aurait été impressionné, mais pour l'instant, il essayait de trouver comment éviter de mourir dans un accident d'hélicoptère.

« Ces lampes en bronze, dit Tang. Elles sont identiques ? »

Ni les avait déjà remarquées. Disposées tout autour des murs sur des piédestaux, sur des étagères, par terre. Une tête de dragon sur un corps de tigre, avec les ailes d'un phénix. Il y en avait peut-être une centaine. Exactement comme celle qu'il avait prise au musée.

« Ce sont les mêmes que celle d'Anvers, dit Pau. Toutes sont pleines de pétrole extrait du gisement de Gansu il y a plus de deux millénaires. J'en ai gardé une comme souvenir et je l'ai emportée en Belgique.

— J'ai besoin de cet échantillon de pétrole, dit Tang.

— Je crains que la tombe de l'empereur ne soit plus dans son état d'origine », dit Ni.

Malone et Vitt lui avaient raconté ce qui était arrivé après qu'il se fut enfui. Ils avaient évoqué l'incendie et la fumée. Il le dit à Pau.

« Heureusement, dit Pau, les dommages ont été minimes. L'huile minérale que j'ai répandue pour protéger du mercure n'aurait occasionné aucun véritable dommage. Le mercure, en revanche, c'est une autre affaire. Il faudra du temps pour que les vapeurs qu'il dégage se dissipent.

— Ça n'a pas d'importance, dit Tang.

— Tang n'est pas comme toi, dit Ni à Pau, il paraît ne pas beaucoup se soucier du passé.

— Une erreur à laquelle il remédiera. Nous en parlerons.

— Il y a beaucoup de choses dont nous devons parler, déclara Tang. Des choses que tu sembles avoir négligé de mentionner. »

Pau se tourna vers Tang.

« Comme la raison pour laquelle j'ai tué les hommes que tu as envoyés chez moi ?

— C'en est une.

— Nous en parlerons. Mais sache que je ne dois d'explication à personne. »

Tang parut ne pas apprécier la remarque.

« Ça fait partie du spectacle ? demanda Ni. Vos querelles à tous les deux.

— Non, ministre, dit Pau. Nos points de vue divergent vraiment. »

Cassiopée commençait à lâcher prise, le courant glacial attaquant ses articulations déjà douloureuses. Pour la troisième fois en deux jours, la mort semblait toute proche. Elle craignait de ne pas pouvoir survivre à la descente du courant, et, d'ailleurs, à un moment ou à un autre, il y aurait forcément une cascade tombant dans la vallée en contrebas. Un nuage d'écume brune lui submergea le visage et elle ferma les yeux sous le choc.

Quelque chose venant d'au-dessus lui enserra alors fermement le bras droit et l'arracha au rocher.

Elle ouvrit les yeux : Viktor la regardait d'en haut. Il était en équilibre sur un rocher, la main droite cramponnée à son bras. Elle tendit la main gauche, et son corps tourna sur lui-même pendant qu'il la hissait hors de l'eau.

Il lui avait sauvé la vie.

Une nouvelle fois.

« Je croyais que vous n'alliez plus recommencer, dit-elle, en reprenant sa respiration.

— C'était soit ça, soit être tué par Malone. »

Un frisson incontrôlable la parcourut de la tête aux pieds. Viktor s'agenouilla près d'elle au sommet du rocher et ôta sa veste. Il l'enveloppa dans l'épaisse laine polaire et la serra contre lui.

Elle ne résista pas.

C'était impossible.

Les tremblements survenaient de manière irrépressible.

Elle claquait des dents, tout en essayant de toutes ses forces de se calmer.

Viktor la serrait toujours contre lui.

« J'ai essayé de détourner l'attention des soldats jusqu'à ce que Malone et vous ayez franchi le pont, mais je n'étais pas au courant pour l'hélicoptère. Il est arrivé très vite, sachant apparemment que vous devriez emprunter le pont. Tang avait tout prévu.

— Où est Cotton ? parvint-elle à demander, espérant que le tir de canon ne l'avait pas atteint.

— Je lui ai dit de partir. C'était après qu'il eut décidé de ne pas me tuer. L'hélicoptère voulait m'abattre moi aussi, mais il n'a pas pu placer son tir. Et il s'est éloigné. »

Elle leva les yeux et lut dans son regard l'inquiétude et la colère à la fois.

« Comment m'avez-vous retrouvée ?

— Quand j'ai vu que vous restiez suspendue, cela m'a donné suffisamment de temps. En fait, je m'attendais plutôt à trouver quelques os cassés.

— Vous et moi en même temps. »

Elle commençait à retrouver son équilibre, les tremblements s'espaçaient. Après coup, elle mesurait les risques qu'il avait pris, en avançant pas à pas sur les rochers émergés. Un faux mouvement, et il aurait été emporté.

« Merci, Viktor.

— Je ne pouvais pas vous laisser vous noyer. »

Elle se délivra de son étreinte et se leva, la veste toujours bien serrée autour d'elle. Ses vêtements étaient trempés, ses mains violettes. À cette heure matinale, le soleil ne parvenait pas jusqu'en bas des parois en surplomb. Mais il devait faire chaud là-haut.

« Il faut que nous allions jusqu'à ce temple. »

Il montra la rive.

« Il y a un sentier qui remonte là-haut. Malone devrait être au monastère à présent.

— Vous pourriez faire la paix tous les deux, quand tout sera terminé.

— J'en doute.

— Il peut se montrer raisonnable.

— Pas quand il s'agit de vous, dit-il.

— Et vous ? »

Il lui expliqua comment regagner la rive à travers les rochers sans trop de risques.

« Il nous faudra une bonne vingtaine de minutes pour arriver en haut. Dépêchons-nous. »

Elle lui saisit le bras.

« Je vous ai posé une question.

— Malone avait raison, dit-il. J'ai assassiné ce pilote uniquement pour gagner votre confiance. »

Il se tut un instant.

« Comme Malone le répète sans arrêt, je suis un électron libre. Autrement dit *personne*. Quant à moi, quelle importance ?

— Stéphanie compte sur vous. Elle vous a envoyé chercher Sokolov.

— Et Ivan m'a envoyé tuer Tang. Et pourtant me voilà, en train de vous sauver la vie. Encore une fois. »

Ne sachant pas quoi dire, elle lui lâcha le bras.

Et il sauta jusqu'au rocher suivant.

78

Malone s'approcha prudemment du monastère. Il avait franchi le coude du sentier et s'était mis aussitôt à étudier le grand ensemble de murs crénelés rouge pourpre. Un solide rempart, avec une seule porte dans les parapets.

Il s'arrêta à l'entrée pavée en jaune d'or. Au-dessus des imposantes portes laquées de rouge, était accrochée une tablette comportant des symboles.

Ces caractères figuraient déjà sur la carte en soie qui se trouvait chez Pau Wen, ainsi que sur la carte que le Premier ministre avait déployée.

Afang.

Le nom du palais de Qin Shi. En même temps que le caractère désignant la Salle de l'Harmonie suprême.

Les portes étaient ouvertes, comme pour l'inviter à entrer ; il emprunta une avenue pavée assez large pour laisser passer six personnes de front. Trois portes plus abondamment décorées menaient à une cour entourée par des bâtiments à plusieurs étages et des porches à colonnes. Des arbres ornementaux, des buissons, des fleurs, et le bruit d'un cours d'eau créé par l'homme, tout donnait un sentiment de paix.

Mais cet endroit était tout sauf calme.

La statue d'une divinité avec des bras multiples et plusieurs visages se dressait devant lui. À l'extrémité, en haut de trois terrasses étroites, après une véranda, une porte à deux battants flanquée de défenses d'ivoire ouvrait sur un espace abondamment éclairé.

Il n'avait encore vu personne.

Il garda le pistolet à son côté, le doigt sur la détente. Son cœur battait à tout rompre à cause de l'atmosphère raréfiée, et la tête lui tournait.

Il entendit alors un bruit.

Un éclat de rire.

Un enfant.

Parlant russe.

Il parcourut la cour du regard et repéra la provenance de la voix. Sur sa droite, un étage au-dessus, venant d'une fenêtre ouverte.

Sokolov et son fils ?

Il devait en avoir le cœur net.

Cassiopée gravissait le sentier en zigzag en direction de l'endroit où Cotton et elle auraient dû arriver si leur traversée de la rivière n'avait pas été interrompue. Elle s'accrochait aux arbres qui déployaient tout autour leurs racines noueuses.

L'effort lui faisait du bien. Viktor marchait devant et se retournait de temps en temps pour voir si tout allait bien. Il l'avait serrée très fort près de la rivière. Trop fort. Elle avait senti son émotion, comprit qu'il tenait à elle, mais comme Cotton, comme elle-même, il préférait garder ses sentiments pour lui. Le meurtre de ce pilote chinois semblait l'affecter. Curieux. Des hommes comme Viktor prenaient rarement la peine d'analyser leurs actes ou d'exprimer des regrets. Un job était un job, tant pis pour la morale. En tout cas, c'était toujours ainsi que Viktor avait traité les choses. Elle le croyait en ce qui concernait Sokolov. Stéphanie voulait le Russe vivant. Ivan, en revanche, c'était une autre affaire. Il voudrait que Sokolov soit réduit au silence.

Ses vêtements trempés et tachés de brun par l'eau boueuse lui pesaient, et la poussière du sentier s'accrochait à elle comme à un aimant. Elle avait perdu son pistolet dans sa chute. Et Viktor n'avait qu'un couteau. Dieu seul savait où ils allaient, mais ils y allaient sans armes.

Ils atteignirent le haut du sentier et passèrent devant des rochers sculptés et un autel. Après un tournant, ils aperçurent la masse vaguement pourpre du monastère, haut perché, surplombant un amphi-théâtre naturel de falaises et de vallées.

Un gong résonna.

Ni se rapprocha d'un ensemble de sabres en bronze. Les fines lames à facettes brillaient dans les lumières incandescentes, avec leur fil et leur extrémité soigneu-sement aiguisés.

Fais quelque chose.

Même si tu te trompes.

Pau se tourna vers Tang, et Ni profita de l'instant pour saisir une des armes. Il passa aussitôt son bras autour de Pau et approcha la lame de la gorge du vieil homme. Il se contenta, pour l'instant en tout cas, d'ap-puyer le plat de la lame sur la peau.

« Je pourrais te trancher la gorge », dit-il à l'oreille de Pau.

Devant la menace, Tang appela les hommes restés dehors. Deux frères se précipitèrent à l'intérieur et levèrent leurs arbalètes.

« Dis-leur de poser les arcs par terre et de partir, ordonna Ni à Pau. Il me suffit d'un rien pour te faire saigner à mort. »

Pau resta silencieux.

« Dis-leur, répéta-t-il, et pour mieux se faire entendre, il tourna le sabre de quatre-vingt-dix degrés, amenant le tranchant sur la peau.

— Faites ce qu'il dit », ordonna Pau.

Les deux frères posèrent leurs armes par terre et se retirèrent.

Malone pénétra dans un des bâtiments qui bordaient la cour et monta un escalier jusqu'au premier étage. En haut, il emprunta un large couloir jusqu'à une intersection. En regardant prudemment dans l'angle, il aperçut un homme jeune dans une robe en laine qui montait la garde devant une porte fermée. La pièce devait correspondre à la fenêtre ouverte sur la cour.

Une dizaine de mètres le séparaient du garde apparemment sans arme. Préférant une approche directe, il fourra le pistolet dans sa poche arrière et se prépara.

Un.

Deux.

Il surgit du coin du couloir et chargea. Comme prévu, sa brusque apparition retarda momentanément la réaction du garde, suffisamment pour lui donner le temps de l'assommer d'un coup de poing : sa tête alla cogner contre le mur de pierre.

L'homme s'écroula sur le sol.

Effectivement, il ne portait pas d'arme. Intéressant. Peut-être jugeait-on superflu d'en avoir derrière les fortifications impressionnantes qui abritaient le complexe.

Il prit son pistolet et regarda derrière lui : tout était calme. Il ouvrit lentement la porte.

Tang se demandait ce que Ni espérait gagner. Il ne pouvait aller nulle part.

« Tu ne peux pas t'échapper.

— Mais je peux tuer ton maître.

— Je ne crains pas la mort, dit Pau.

— Moi non plus. Plus maintenant. En fait, je préfère mourir que de vivre dans une Chine dirigée par vous deux. »

En son for intérieur, Tang se félicitait de sa prévoyance. Il lui suffisait d'attirer de nouveau Ni dans la salle.

Là, il pourrait se débarrasser de ce problème.

Malone vit l'expression de soulagement sur le visage de Sokolov. Il aperçut le garçon sur ses genoux.

« Malone, murmura Sokolov. Je me demandais ce qui vous était arrivé. »

Il traversa la chambre vide et jeta un coup d'œil par la fenêtre. La cour était toujours calme.

« Combien y a-t-il d'hommes dans cet endroit ?

— Pas beaucoup, dit Sokolov. Je n'en ai vu que quelques-uns. Mais Tang est là.

— Où est passé Ni ?

— Ils nous ont séparés il y a environ une demi-heure. »

Le garçon le dévisageait d'un regard sévère.

« Il n'a rien ? demanda-t-il à Sokolov.

— Il paraît aller bien.

— Il faut que nous partions, mais il ne doit pas faire de bruit. »

Sokolov chuchota quelques mots à l'oreille du garçon, qui acquiesça en inclinant plusieurs fois la

545

tête. Au signal de Malone, ils sortirent de la pièce et le suivirent jusqu'au rez-de-chaussée.

Pour gagner la sortie, il fallait traverser la cour ouverte.

Malone scruta les galeries supérieures. Ne voyant personne, il leur fit signe et ils se précipitèrent. Ils traversèrent une galerie inférieure, franchirent un des ponts en bois voûtés par-dessus la rivière artificielle et trouvèrent momentanément refuge dans une galerie donnant de l'autre côté de la cour.

Jusqu'à présent, tout allait bien.

Ni avait compris que plus il s'attardait dans cet espace confiné, plus il prenait de risques. Il n'avait aucune idée du nombre de frères qui l'attendaient à l'extérieur. Certainement trop pour lui en tout cas. Mais il était bien décidé à agir.

« Sors d'ici », dit-il à Tang.

Son adversaire se décala vers la porte.

« Attention, ministre, chuchota Pau. Il semble vouloir que tu sortes.

— La ferme. »

Et pourtant, Pau avait raison. Il avait lu la même chose dans le regard de Tang. Mais il ne pouvait pas rester là. Qu'avait dit le Premier ministre ? *La vie d'un homme peut être plus pesante que le mont Tai ou plus légère qu'une plume d'oie. À toi de décider ce que pèsera la tienne.*

« Avance », ordonna-t-il à Pau.

Ils sortirent lentement et regagnèrent la grande

salle. Il scruta les galeries pour y détecter d'éventuelles menaces, tout en surveillant les trois hommes qui se trouvaient à quelques mètres.

Il y avait tellement d'endroits où se cacher.

Et lui était complètement à découvert, sur une estrade surélevée, avec un vieil homme comme unique rempart contre la mort.

« Tu ne peux aller nulle part, dit Tang d'une voix calme.

— Dis à ceux qui pourraient se trouver dans ces galeries de se montrer », dit-il à Tang.

Pour souligner sa demande, il appuya la lame contre la gorge de Pau. Le vieil homme tressaillit. Bien. Il était grand temps qu'il prenne peur.

« Dis-leur toi-même, dit Tang.

— Montrez-vous ! cria-t-il. Tout de suite. La vie de votre maître en dépend. »

Malone perçut des cris.

Sokolov, qui berçait le garçon dans ses bras en le serrant très fort, entendit également.

« On dirait Ni, chuchota Malone.

— Quelque chose à propos de se montrer, sinon leur maître va mourir », traduisit Sokolov.

Malone étudia les choix qui s'offraient à lui. Apercevant une porte ouverte à quelques mètres, il attrapa Sokolov par le bras et le poussa dans le bâtiment. Un autre long couloir bordé de portes s'ouvrait devant eux. Il se glissa jusqu'à l'une des portes et tourna lentement le loquet. Il pénétra dans une petite pièce d'une vingtaine de mètres carrés, sans fenêtre, remplie de céramiques imposantes, peut-être destinées à la cour.

« Attendez ici », dit-il tout bas à Sokolov.

Le Russe acquiesça, avec l'air de dire : *Vous avez raison, nous ne pouvons pas l'abandonner.*

« Je reviens, cachez-vous derrière tout ça.

— Où est Cassiopée ? »

Il ne pouvait pas lui dire ce qui était arrivé. Pas maintenant.

« Ne bougez pas. Tout ira bien. »

Il ferma la porte, quitta le bâtiment et se dirigea droit vers la porte ouverte à l'extrémité de la cour, d'où venaient toujours des voix.

Tang goûtait particulièrement l'instant.

Ni Yong était pris au piège.

Neuf frères seulement faisaient fonctionner le monastère. Deux étaient là, un autre surveillait Lev Sokolov. Les six derniers étaient dispersés dans le complexe, attendant ses ordres.

Malone entra.

Passé la porte, il trouva un vestibule, puis une salle de réunion majestueuse, surmontée d'un toit également en tuiles vernissées jaunes. La lumière venant de six braseros disposés par trois de chaque côté ajoutait encore à l'éclat des murs peints. Des armures et des armes ornaient le pourtour. À l'extrémité de la salle, il vit cinq hommes.

Pau, Tang, Ni, et deux autres.

Ni tenait un sabre appuyé contre la gorge de Pau.

Derrière eux, des casiers disposés en diagonale étaient bourrés de manuscrits roulés. Des milliers, rangés sur une hauteur de plus de quinze mètres. Il resta dans l'ombre, certain de ne pas s'être trahi. Il remarqua que des pièces plus petites et des pavillons de moindre importance ouvraient tout autour du rez-de-chaussée, l'isolant du reste du monde. La lumière pénétrait par les arcades supérieures apparemment bordées de fenêtres.

À l'extérieur, un gong résonna de nouveau.

Il se réfugia derrière une armure et des armes, et parcourut du regard les deux étages supérieurs des galeries, croyant un instant voir quelque chose bouger.

Il devait venir en aide à Ni.

Un brasero brûlait non loin, juste à l'extérieur de la galerie où il se cachait. Il s'avança et s'abrita derrière l'énorme récipient en cuivre qui dégageait une chaleur intense, puis regarda à gauche et derrière pour voir s'il y avait le moindre danger.

Rien.

« Ministre Ni, appela-t-il. C'est Cotton Malone. Je vous couvre avec mon pistolet. »

Ni n'en croyait pas ses oreilles.

« C'est bon d'entendre votre voix », cria-t-il.

Il vit Malone surgir de derrière un brasero, son pistolet braqué dans sa direction.

« À présent, je peux te trancher la gorge et en finir,

murmura Ni à l'oreille de Pau. Tes mensonges ont assez duré.

— Tu as trouvé le courage de supprimer la vie de quelqu'un ?

— La tienne ne me poserait pas de problème.

— Ne te trompe pas, ministre. Il y a gros à perdre. »

La lame collait à la peau, il suffirait d'un petit geste pour trancher la gorge du vieil homme. Il regarda Kwai Tang, regrettant qu'il ne soit pas à la place de Pau sous la menace du sabre.

La décision aurait été facile à prendre.

Il lut alors quelque chose dans le regard de Tang.

« Il veut que tu ailles jusqu'au bout », murmura Pau.

79

Cassiopée et Viktor pénétrèrent dans le monastère et tombèrent sur une cour centrale. Tout était calme, à l'exception d'un bruit de voix en provenance d'une porte à double battant ouverte à l'extrémité. Ils avancèrent prudemment dans cette direction, en restant à l'abri des colonnes. Une fois là, Viktor se plaqua contre le mur du bâtiment et regarda discrètement par la porte.

« Malone est là », chuchota-t-il.

Ils se glissèrent ensemble à l'intérieur du vestibule qui précédait ce qui semblait être une grande salle. Cotton se trouvait à peu près à mi-chemin d'une zone surélevée à l'extrémité, face à Tang et à deux frères, ainsi que Pau Wen. Ni Yong menaçait le vieil homme d'un sabre qu'il tenait contre son cou.

Ils se cachèrent derrière un pilier massif pour observer la scène.

Tang parlait à Cotton, mais c'est ce qui se passait au-dessus qui retint l'attention de Cassiopée. Dans la galerie du premier étage, un homme armé d'une arbalète se dissimulait à l'intérieur d'une des arcades. L'angle de vue ne permettait pas à Cotton de se rendre compte du danger juste au-dessus de lui.

« Il ne voit rien, chuchota Viktor.

— Prévenons-le. »

Viktor secoua la tête.

« Il faut que nous profitions de l'effet de surprise. Chargez-vous de ce type. Je ne vois personne d'autre là-haut. »

Il n'était pas question de discuter.

Il fit un geste en direction de la gauche, derrière eux.

« Par là. Couvrez-nous.

— Qu'allez-vous faire ? »

Il ne répondit pas, mais elle n'aima pas son regard.

« Ne faites pas l'idiot, dit-elle.

— Pas plus que d'habitude. Tang sera surpris quand il me verra. Profitons-en. »

Elle aurait préféré qu'ils aient un pistolet.

« Donnez-moi votre couteau. »

Il consentit à le lui donner.

« De toute façon, je n'en ferai rien.

— Cotton me croit probablement morte. »

Il acquiesça.

« Je compte bien là-dessus. »

Malone respirait l'air chaud imprégné de l'odeur du charbon. Il était resté à une quinzaine de mètres des autres. Les galeries supérieures lui posaient un problème, raison pour laquelle il s'était collé contre le mur droit de la salle, d'où il voyait parfaitement les galeries à gauche, et donc toute personne susceptible de tirer de cet endroit. Ni pouvait également les surveiller.

« J'ai réussi à éviter votre comité d'accueil, dit-il à Tang, tout en jetant un coup d'œil furtif vers le haut.

— Et où est passée Miss Vitt ?

— Elle est morte. Conformément à vos ordres », dit-il d'un ton amer.

Et il ajouta, conscient que Tang voudrait certainement en savoir plus : « Viktor, votre homme, est peut-être encore en vie, lui. »

Tang ne dit rien.

« Où est Sokolov ? demanda Malone pour gagner du temps.

— Il est ici, dit Ni. Avec son fils.

— Et va-t-il obtenir un échantillon de pétrole ? Un échantillon qui lui permette de prouver qu'il est inépuisable ?

— Je vois que vous connaissez les enjeux, vous aussi, dit Pau.

— Vous vouliez que je voie cette carte dans votre maison, n'est-ce pas ?

— Si vous ne l'aviez pas remarquée, je me serais arrangé pour que vous le fassiez.

— Est-ce vous qui avez mis le feu à la tombe de Qin Shi ? demanda Tang.

— C'était moi. Ça vous a empêché de nous tuer.

— Et ça a permis à ministre Ni de s'échapper, dit Tang.

— Ce n'est pas... »

Cassiopée se précipita vers l'escalier et grimpa les marches en marbre jusqu'à la galerie du premier étage. Elle s'accroupit derrière la balustrade qui séparait la galerie de la grande salle en dessous et se glissa jusqu'au coin. Elle jeta un coup d'œil et vit un homme de dos dans une robe de laine, à environ un tiers de la descente, armé d'une arbalète.

Elle se débarrassa sans bruit de la veste en polaire de Viktor.

Elle écouta. C'était la voix de Cotton.

Puis celle de Tang.

Et ça a permis à ministre Ni de s'échapper.

Ce n'est pas...

« Malone ! »

La voix de Viktor.

Le couteau à la main, elle progressa en rampant.

Voyant Viktor surgir de nulle part, Tang se demanda depuis combien de temps il était à l'intérieur de la salle. Il aurait dû être mort, comme Malone et Vitt.

Y avait-il quelqu'un d'autre dans cet endroit ?

Ni vit l'étranger, celui-là même qui lui avait sauvé la vie dans la tombe de Qin Shi.

Était-ce un ami ou un ennemi ?

Au moment où, ayant décidé que c'était un ennemi, il était sur le point de donner l'alarme, l'homme cria le nom de Malone.

Malone fit volte-face.

Viktor se précipita vers lui, puis il sauta en avant et le plaqua au sol.

Malone lâcha le pistolet, mais saisit Viktor à la gorge, le bourrant de coups avec son poing droit en hurlant.

« Où est-elle ? »

Viktor se dégagea de l'étreinte de Malone, une lueur de folie dans les yeux.

« Elle a été entraînée par le courant. Morte. »

Malone plongea en avant et cogna de toutes ses forces, heureux du bruit que faisait son poing sur l'os.

Viktor battit en retraite.

Ils avaient toute la place nécessaire pour manœuvrer entre les arcades, les armes et les braseros. Malone pensa qu'un des sabres pourrait s'avérer utile. Viktor parut lire dans ses pensées, et il chercha du regard les lances disposées à côté de l'armure et des boucliers. Viktor se jeta en avant, saisit le manche en bambou d'une lance et la brandit, gardant Malone à distance.

Malone respirait péniblement, et la tête lui tournait à nouveau. Il bouillait intérieurement. Cet homme, ce Viktor, avait toujours été une source d'ennuis. À présent, Cassiopée était morte par sa faute.

« Tu joues les durs avec cette lance », se moqua-t-il.

Viktor lui lança l'arme et en saisit une autre.

Cassiopée entendit le bruit de la bagarre. Il fallait qu'elle lui vienne en aide. Ce qui impliquait de supprimer l'homme vers lequel elle se glissait, dont l'attention était focalisée sur la mêlée. Elle passa devant des miroirs et une paire de vitrines contenant des trésors de bronze, de jade et de porcelaine. Le soleil matinal entrait par les fenêtres en écailles qui bordaient la galerie tout du long. Elle tenait le couteau, mais une autre idée venait de lui traverser l'esprit. Sur sa droite, une douzaine de statuettes étaient disposées dans une niche du mur. Des corps humains avec des têtes d'animaux, les bras croisés sur la poitrine, d'une trentaine de centimètres de hauteur. Elle s'approcha, fourra le couteau dans sa poche et en saisit une.

Un exemplaire avec une tête de chien, lourd, avec une base massive arrondie.

Parfait.

Elle se dirigea tout droit vers sa cible.

Un coup dans la nuque et l'homme s'effondra sur le marbre. Pendant qu'il tombait, elle le soulagea de l'arbalète. Il risquait d'avoir mal à la tête, mais c'était tout.

Elle regarda en bas.

Viktor et Cotton s'affrontaient au centre de la salle, armés tous les deux d'une lance. Ni tenait toujours le sabre contre le cou de Pau. Personne ne semblait s'être aperçu de la scène à l'étage au-dessus. Elle scruta les autres arcades du premier étage et ne vit personne.

Elle était seule, armée, prête à toute éventualité.

Tang avait donné la consigne à un frère de se positionner dans la galerie supérieure avec une arbalète. Il devait se trouver sur sa gauche, à mi-distance à peu près de l'entrée principale. Deux autres frères attendaient sur sa droite, dans la galerie du rez-de-chaussée, hors de la vue de Ni.

Tandis que le combat se poursuivait au centre de la salle, il regarda discrètement vers la droite et aperçut les deux frères.

Un léger mouvement de tête suffit à leur dire. *Pas tout de suite.*

Malone ne quittait pas Viktor des yeux.

Des pupilles brûlantes pareilles à des charbons ardents le fixaient en retour, et son adversaire avait une expression terrible.

« Tu sais combien de fois je t'ai évité de mourir ? » demanda Viktor.

Malone n'écoutait pas. Des souvenirs lui revenaient par vagues. Il voyait Cassiopée emportée par le courant, son corps englouti par la rivière. Viktor, le responsable de tout, se moquant de lui sur la vidéo, surgissant en haut des rochers.

Il plongea en avant.

Viktor esquiva le direct et croisa sa lance avec celle de Malone. Il la dirigea vers le bas, puis la fit tourner.

Mais Malone tint bon et résista à la manœuvre.

Viktor avait le front en sueur. Malone aussi avait chaud à cause du feu qui brûlait à quelques mètres à peine. Il pensa alors que les braseros pourraient lui servir et il recula tout en continuant à se battre avec Viktor, et à l'attirer vers lui. Chaque foyer était posé sur un trépied métallique, à une dizaine de centimètres du sol.

Juste assez instable pour ce qu'il voulait faire.

Viktor continuait à s'approcher, attiré par Malone.

Ni appuya le tranchant de la lame contre le cou de Pau. Le vieil homme n'offrait aucune résistance, mais c'étaient les deux frères qui inquiétaient Ni, bien qu'ils soient sans arme.

Il ne les quittait pas des yeux.

« Tous les deux, vous pouvez prendre leur courage en exemple », dit Pau.

Tang sembla ne pas apprécier la pique.

« J'ignorais que je manquais de courage.

— T'avais-je demandé de tuer Jin Zhao ? demanda Pau. C'était un géochimiste brillant. Un mari et un grand-père. Parfaitement inoffensif. Ce qui ne t'a pas empêché de l'arrêter et de le tabasser à tel point qu'il est tombé dans le coma. Ensuite, tu l'as fait condamner à tort et exécuter par balle pendant qu'il gisait inconscient sur son lit d'hôpital. C'est une preuve de courage, ça ? »

Tang paraissait indigné par ces reproches.

« Quand tu as placé des rats sur le ventre de Sokolov et que tu l'as regardé souffrir, c'était du courage ? poursuivit Pau. Quand tu as détruit la bibliothèque de Qin Shi, quelle dose de courage t'a-t-il fallu pour ça ?

— Je me suis contenté de te servir fidèlement, déclara Tang.

— T'avais-je demandé de réduire en cendres ce musée à Anvers ? Un de nos frères est mort dans cet incendie. »

Tang ne dit rien.

« Et toi, ministre Ni, dit Pau. Il en faut du courage pour trancher le cou d'un vieil homme ?

— Pas beaucoup, ce devrait donc être facile pour moi.

— Tu te sous-estimes, dit Pau. Chez moi, tu as relevé le défi de ces tueurs. La situation n'est pas tellement différente de celle-ci, avec deux hommes qui s'affrontent. Tous les deux sont venus ici totalement ignorants de ce qui les attendait. Et pourtant ils sont venus. Voilà ce que j'appelle du courage. »

Cassiopée voyait que Cotton voulait attirer Viktor vers le brasero. Elle se demanda si elle devait intervenir, mais elle n'avait qu'une seule flèche à sa disposition. L'homme en robe qui gisait inconscient sur le sol derrière elle n'en avait pas d'autre.

Révéler sa présence maintenant serait contre-productif.

Ne pouvant tirer qu'une fois, elle devait être sûre de son coup.

Malone savait qu'il était tout près de la source de chaleur. Il entendit des charbons crépiter derrière lui tandis qu'il esquivait un autre coup de lance de la part de Viktor.

Il fallait bien choisir son moment, aussi il décrivit un grand arc avec sa lance, ce qui força Viktor à prendre le manche à deux mains pour riposter et bloquer le coup. À l'instant où Viktor resserrait sa prise et se préparait à frapper à son tour, Malone donna un coup du pied droit dans le support métallique, renversant le récipient en cuivre.

Des braises fumantes se répandirent sur le sol.

Surpris, Viktor battit en retraite.

Malone piqua une braise par terre du bout de sa lance.

Il l'envoya en direction de Viktor qui fit un pas de côté pour esquiver le projectile brûlant.

Puis Malone en piqua un autre et le jeta en direction des autres hommes.

Ni vit Malone jeter un charbon dans leur direction. La braise fumante passa au-dessus de la tête de Tang et disparut dans les étagères derrière lui. Des rouleaux de soie d'un casier partirent en fumée sous l'effet de la chaleur, les manuscrits se dissolvant littéralement devant ses yeux.

80

Malone rejeta la lance de côté et regarda Viktor en face, incapable de se calmer.

« Finissons-en maintenant. »

Viktor n'hésita pas. Il abandonna son arme, lui aussi.

« Il y a longtemps que j'en ai envie. »

Ils se ruèrent l'un sur l'autre, en se bourrant de coups. Viktor atteignit Malone d'un coup de poing près de la tempe gauche, et il en vit trente-six chandelles.

Il donna un coup de pied et envoya Viktor valdinguer, en attendant le moment propice pour lui décocher un crochet du droit dans la mâchoire.

Un coup de pied vicieux dans le bas de sa jambe fit tournoyer Malone.

Il esquiva ensuite une paire de coups, laissant Viktor s'approcher un peu plus. Avant que le troisième coup ne l'atteigne, il visa la gorge de Viktor, puis lui flanqua un bon coup du droit dans les côtes.

L'air raréfié lui entamait les poumons comme des lames de rasoir.

Il s'avança vers Viktor, qui se redressait, une main en travers du ventre, le visage tordu par la colère.

« Je vais te tuer, Malone. »

Cassiopée avait entendu Viktor. Il avait les nerfs à vif et s'était précipité dans la grande salle, bien décidé à avoir cette confrontation. Cotton lui aussi paraissait à cran.

Elle prit soin de rester derrière le pilier, hors de vue.

Un cri aigu venant d'en dessous attira son attention.

Malone entendit un hurlement au moment où l'épaule de Viktor heurtait sa poitrine. Surpris, ils se jetèrent ensemble au sol et glissèrent.

Quelque chose percuta son épaule.

Une douleur fulgurante traversa son cerveau, et une sensation de chaleur lui monta dans la nuque. Il sentit l'odeur caractéristique de cheveux brûlés.

Les siens.

Viktor était sur lui, les mains autour de sa gorge.

Tang était sous le choc de la diatribe de Pau Wen. Jamais le maître ne lui avait parlé ainsi, en dehors de leurs discussions arrangées lorsqu'ils voulaient tromper Ni.

Il se demanda si cela en faisait partie : Pau excellait lorsqu'il s'agissait d'improviser. Il décida de jouer le jeu.

« Je ne savais pas que tu me considérais comme un lâche.

— Il y a beaucoup de choses que tu ignores.

— Comme la bibliothèque impériale que tu as trouvée il y a des décennies ? Ou le fait que tu aies pillé la tombe de Qin Shi et tout apporté ici ?

— Tout cela date d'avant ton accession à un poste de responsabilité. En revanche, c'était moi l'Hégémon.

— Pourquoi t'es-tu enfui de la fosse à Xian avec les frères, sans tuer Malone et Vitt ? Ils auraient dû mourir là-bas. »

Ça, il tenait vraiment à le savoir.

« Avec toute l'attention que ça aurait suscité ? Pas même toi, le premier vice-Premier ministre, n'aurait pas pu fournir d'explication.

— Si tu me juges tellement incompétent, pourquoi faisons-nous ça ?

— Dis-lui, ministre, dit Pau à Ni. Pourquoi faisons-nous ça ? »

Ni n'était pas dupe des réprimandes que Pau avait adressées à Tang, mais il préféra répondre à l'interrogation par une question à lui.

« Combien de gens es-tu prêt à tuer pour arriver au pouvoir ?

— Autant qu'il le faudra.

562

— Dans ce cas, la réponse à ta question est évidente, dit-il à l'oreille de Pau. Tu agis ainsi pour qu'un grand nombre de gens puissent mourir. »

Une brusque douleur au sommet de son crâne donna à Malone un regain d'énergie. Il lança son bras droit vers le haut et prit le cou de Viktor en étau, le faisant tourner, renversant ainsi d'un coup la situation.

Viktor atterrit sur les charbons, qui s'écrasèrent sous sa veste.

Ils roulèrent de nouveau, en s'éloignant de la chaleur cette fois. Mais Malone avait un problème. Son épaule gauche le faisait terriblement souffrir, et la douleur handicapait son bras droit.

Viktor se jeta une nouvelle fois sur lui.

Cassiopée vit Cotton se tenir l'épaule gauche juste au moment où Viktor lui décochait un direct dans la mâchoire, le faisant tomber en arrière. Viktor en profita pour se saisir du pistolet qui avait glissé plus loin au début de la bagarre.

Il fallait qu'elle fasse quelque chose.

Elle prit alors le couteau dans sa poche et le jeta par-dessus la rambarde, en visant les charbons près de Cotton.

Malone entendit quelque chose tomber dans les braises.

Il regarda à droite et aperçut le couteau juste au moment où Viktor s'emparait du pistolet.

Son épaule était probablement démise. Le moindre mouvement lui envoyait des décharges électriques dans la tête. Il prit son bras gauche de la main droite, essayant de remettre l'articulation en place, avant de saisir la lame toute chaude et de faire tourner le bout entre ses doigts, prêt à le lancer.

Les yeux de Viktor étaient durs comme de la pierre.

Une sueur glaciale perlait sur leurs fronts à tous les deux.

Viktor visa avec le pistolet.

Tang cria en mandarin. « Allez-y ! »

Les deux frères restés dans l'ombre se précipitèrent en avant, leurs arbalètes braquées sur Ni.

« Ta démonstration de courage est terminée ! » dit Tang.

Il vit une expression de satisfaction dans les yeux de Pau.

« J'avais tout prévu, persifla Tang.

— Apparemment, tu fais peu de cas de ton maître, répliqua Ni.

— Au contraire. Je le tiens en haute estime. Suffisamment pour que si tu le tues, nous te tuions aussi.

— Tu le crois ? demanda Ni à Pau. Ou va-t-il nous tuer tous les deux ?

— Baisse la lame », dit Pau doucement à Ni.

Ni se rendait bien compte qu'il n'avait plus le choix. Il pouvait tuer Pau Wen et mourir sur-le-champ, ou il pouvait baisser l'arme et tenter sa chance.

Tang était celui qui méritait de mourir, pas Pau.

Il éloigna la lame et la jeta par terre.

Cassiopée visa vers le bas avec son arc, se préparant à tirer. Elle ne savait pas exactement ce qui était en train de se passer, sinon que Cotton était blessé. Viktor était furieux. Ni était mal parti, et elle seule était en situation de faire quelque chose.

« Arrêtez ! » cria-t-elle.

Malone entendit la voix de Cassiopée.

Il tourna la tête dans sa direction : une arbalète sortait de la galerie du premier étage près d'un des piliers, braquée sur Viktor.

« Jetez le pistolet, hurla-t-elle. Tout de suite. »

Malone regarda Viktor : celui-ci ne bougea pas, tenant toujours l'arme des deux mains, les yeux fixés sur sa cible en plein milieu de la poitrine de Malone.

« Tue-moi et elle te tuera », dit-il à Viktor.

Il doutait de pouvoir lancer le couteau avant qu'il ne tire.

« C'est mon couteau, dit Viktor calmement. Je le lui ai donné.

— Et elle me l'a donné. »

Ce qui en disait long.

Viktor ferma les yeux puis les rouvrit. Il n'avait plus le même regard et paraissait animé de meilleures intentions. Il comprit alors. Ce que Stéphanie avait dit.

En réalité, nous aimerions bien voir Tang disparaître.

« Occupe-toi d'elle, Malone », dit Viktor.

Puis il fit volte-face et ajusta son tir.

En plein sur Kwai Tang.

Tang commençait à en avoir assez de la confrontation entre Viktor et Malone.

Qu'attendait-il ?

Il arracha l'arbalète des mains du frère à côté de lui et hurla.

« Tue-le tout de suite, sinon je te tue. »

Viktor fit volte-face.

Toutes les craintes qu'il avait éprouvées envers cet étranger ressurgirent quand le canon du pistolet se braqua sur lui.

Il déclencha l'arbalète.

L'instant d'après, la flèche s'enfonçait dans Viktor Tomas.

L'autre frère, sentant le danger, avait lui aussi réajusté son tir. Une seconde flèche transperça la poitrine de Viktor. Ce dernier étouffait, le sang jaillit de sa bouche. Il lâcha le pistolet. Il porta la main à sa gorge.

Ses genoux se dérobèrent sous lui.

Puis il s'effondra.

Cassiopée eut un mouvement de recul en voyant le corps de Viktor transpercé coup sur coup par deux flèches. L'instant d'après, il vacillait, essayait de reprendre son équilibre, puis s'écroulait sur le sol dans un grognement.

Elle sortit de l'ombre, s'approcha de la balustrade, visa Kwai Tang avec son arc et tira.

Ni comprit que Cassiopée Vitt se trouvait dans la galerie supérieure et qu'elle était armée. Les deux frères avaient tiré leurs flèches. L'étranger avait été abattu. Malone tenait un couteau, mais il était loin.

Elle représentait leur dernière chance.

Vitt sortit à découvert, une arbalète à la main et elle tira.

Mais Tang avait anticipé la manœuvre et plongé sur sa droite.

La flèche atteignit le sol sur lequel elle glissa.

Malone vit que Cassiopée avait manqué sa cible. Il tenait le couteau, mais cela ne pouvait pas lui servir à grand-chose.

Le pistolet ! Il se trouvait par terre près de Viktor.

Il fallait qu'il le récupère.

Tang se releva et se précipita vers le sabre que Ni Yong avait abandonné. Il saisit la garde et ordonna aux deux frères de s'emparer de Ni.

Il allait montrer à Pau Wen qui avait du courage.

Il inclina le bras et avança en direction de Ni.

Ni essaya de se libérer, mais les deux frères avaient

de la poigne. Pau Wen s'était rapproché des étagères et observait la scène.

Il scruta la grande salle.

Malone cherchait quelque chose.

Tang était à moins de trois mètres, brandissant le sabre, prêt à enfoncer la lame dans le ventre de Ni.

Malone avait atteint le pistolet.

La douleur dans son épaule était atroce. Il n'aurait peut-être même pas pu lancer le couteau. Il leva l'arme de la main droite, le doigt sur la détente. Il se demanda s'il y avait d'autres frères dans le hall, prêts à l'embrocher, lui aussi.

Tant pis.

Il n'avait pas le choix.

Il visa et tira.

Tang entendit quelqu'un crier, puis sentit quelque chose heurter son flanc droit. Curieuse sensation. Rien d'abord, puis une douleur inimaginable, comme si une décharge électrique l'avait traversé, lui brûlant les entrailles.

Il s'arrêta et tituba vers la droite.

Il regarda en direction du hall et vit Cotton Malone qui braquait un pistolet sur lui.

Une autre détonation, et une balle lui transperça la poitrine.

Un troisième coup de feu.

Alors il ne vit plus rien.

81

Cassiopée avait été choquée par la mort de Viktor. Celle de Tang, en revanche, ne lui déplaisait pas. Sa tête avait explosé sous le tir final de Cotton, le précipitant au sol.

« Que personne ne bouge, cria Malone, le pistolet toujours levé. Ministre Ni, prenez ce sabre. »

Ni obéit.

« Cette affaire est maintenant terminée », décréta calmement Pau Wen.

Ni tenait toujours le sabre.

Il dévisagea Pau Wen et dit :

« Explique-toi.

— Toi et moi, nous nous sommes parlé en Belgique. Tu as cru que je t'avais menti là-bas. Tu te trompais. Tout ce que j'ai dit était la vérité. La Chine doit changer. Mais comment, c'est là la question. Un retour au strict légalisme ? Autocratie ? Ou quelque chose de plus modéré ? Confucianisme ? Démocratie ? J'avoue qu'au début, il y a vingt ans, je pensais qu'un retour au légalisme était la réponse. Mais je n'en suis plus certain. Ce que je sais, c'est que le déclin d'une nation comme sa gloire peut avoir une seule et même cause.

— Ce sont les paroles de Confucius, dit Ni.

— En effet. C'était un sage.

— Curieux discours de la part d'un légaliste. »

Pau secoua la tête.

« Je suis tout sauf légaliste. »

Malone écoutait l'échange entre Ni et Pau, tout en gardant son pistolet levé et en scrutant la grande salle.

« Il y a des décennies, dit Pau, j'ai retiré tous les textes de Confucius de la bibliothèque souterraine de Qin Shi. Ces écritures ne pouvaient pas disparaître. Il aurait été criminel de les détruire. À présent, ils sont à ta disposition, si tu en éprouves le besoin. Ces principes éthiques sont peut-être justement ce dont la Chine a besoin pour lutter à la fois contre la corruption et les inégalités croissantes de notre société. »

Pau hésita alors.

« Ministre, le Ba n'a joué aucun rôle dans cette bataille entre Tang et toi. Nous n'avons voulu exercer aucune influence, nous n'avons pris le parti de personne.

— Tang était des vôtres. »

Pau acquiesça.

« Effectivement. Mais ça ne veut pas dire que je voulais le voir réussir. La bataille devait se jouer sans aucune interférence, et ça a été le cas. Tu l'as emporté maintenant. À partir de ce jour, le Ba te promet fidélité.

— Pourquoi voudrais-tu que je croie un seul mot de tout ça ? » demanda Ni.

Malone était également curieux de la réponse.

« La découverte par Tang du pétrole renouvelable a tout changé. Le pouvoir conféré par cette découverte le dépassait. Son ambition a pris le dessus. J'en étais arrivé à craindre qu'il ne fasse pas mieux que ses prédécesseurs.

— Ce qui ne t'a pas empêché de mettre ma vie en danger. Tu nous as tous laissés aux mains de Tang.

— Et je vous ai amenés ici, ministre. J'ai fait en sorte que les choses se déroulent ainsi. »

Ni ne semblait pas particulièrement impressionné.

« Tu es un assassin.

— Quatre hommes sont morts en Belgique. Mais n'était-ce pas de la légitime défense ?

— Pas pour celui que tu as torturé, puis tué d'une balle dans la tête. »

Au même instant ils entendirent la voix de Cassiopée venant d'en haut.

« Où est Sokolov ? cria-t-elle.

— Il est en sécurité », dit Pau.

Malone préférait ne pas mentionner l'endroit où il se trouvait. Il avait du mal à considérer Pau comme un allié. Il préféra garder son pistolet braqué et demanda :

« Comment expliquerez-vous la mort de Tang ?

— Il sera victime d'un accident de voiture, ici, dans les montagnes, répondit Pau. Il était venu pour se remettre les idées en place, se remonter le moral.

— Et la trace des balles ?

— Malheureusement, la voiture a pris feu, et le corps a été carbonisé. »

Ni resta silencieux quelques instants, tenant toujours le sabre.

Malone n'avait pas baissé son arme, mais Pau n'avait pas bougé.

« C'est à vous de décider, ministre, dit Malone à Ni. Que faisons-nous ?

— Je le crois, dit Ni.

— Pourquoi ? cria Cassiopée.

— Baissez vos armes », ordonna Ni.

571

Malone se demanda quelle était sa stratégie, mais il se souvint qu'ils étaient coincés dans un bastion en pleine montagne avec un certain nombre d'hommes autour, et pas grand-chose comme armes, sinon un sabre et quelques balles dans son pistolet. Il décida de s'en remettre au jugement de Ni et baissa le revolver.

Il leva alors les yeux et demanda à Cassiopée.

« Ça va ?

— Ça va. Et toi ?

— L'épaule en a pris un coup.

— Vous avez risqué votre vie tous les deux en venant ici, leur dit Ni.

— Viktor est mort », dit-elle.

Pau se tourna vers Ni.

« En Belgique, tu m'avais demandé pourquoi je me souciais de tout ça. Je t'avais dit alors que l'explication serait trop longue. Je t'avais également dit que mon seul intérêt était de trouver ce qui serait le mieux pour la Chine. Je disais la vérité. »

Ni resta silencieux.

« Le Ba, dit Pau, fut créé pour permettre un système politique fort, garant d'une sécurité collective. Au cours des premières dynasties, on faisait surtout usage de la force et de la violence pour parvenir à ces deux fins. Mais avec le temps, ces moyens sont devenus moins efficaces. Aujourd'hui, comme tu le sais, ils sont contre-productifs. Le mieux pour la nation est ce que nous soutenons. La bataille entre Tang et toi était inévitable. Personne ne pouvait s'y opposer. Mais nous pouvions être là quand elle se terminerait.

— Pourquoi ne pas me l'avoir dit ? demanda Ni à Pau, avec de la colère dans la voix. Pourquoi ne pas avoir voulu m'aider ?

— Je l'ai fait, dit Pau. Je t'ai appris des choses dont tu ne soupçonnais pas l'existence. Quand tu es venu en Belgique, et que j'ai vu que tu ignorais presque tout, j'ai compris que ma tâche était de t'aider à avancer. Il fallait que tu affrontes le défi à venir, mais pour cela, il fallait que tu en mesures l'importance. Avoue, ministre. Tu ignorais tout de ce que je t'ai dit. »

Le silence de Ni était éloquent.

« Ne me reproche pas d'avoir choisi de te montrer le problème plutôt que de te l'avoir exposé, dit Pau. L'arrivée de Vitt et de Malone m'a aidé à le faire. Si je ne t'avais pas ouvert les yeux, Tang aurait été meilleur que toi. Nous le savons parfaitement, toi et moi.

— Tu m'as menti et tu as tué un homme de sang-froid.

— Je t'ai sauvé la vie.

— Tous les frères sont-ils d'accord avec vous ? » demanda Cassiopée.

Pau acquiesça.

« Ils ont juré allégeance et feront ce qui est le mieux pour la Chine. Ministre Ni s'est montré le plus fort. Le Ba respecte la force.

— Que faut-il que je fasse ? demanda Ni.

— Prépare-toi à prendre le pouvoir. Tang a disparu. Deviens d'abord premier vice-Premier ministre, puis prends de plus en plus de responsabilités. Le Premier ministre te respecte et te fait confiance. Je sais que c'est vrai. Le Ba soutiendra ta politique, quelle qu'elle soit. Nous savons bien que le gouvernement va évoluer, se modeler sur son nouveau dirigeant comme cela s'est déjà produit de nombreuses fois, et nous sommes préparés à ce changement.

— Le gouvernement *va* vraiment changer, déclara Ni. Nous allons avoir une nouvelle Constitution.

— Et nous pouvons t'aider à la faire approuver, dit Pau.

— Et que va-t-il se passer pour le pétrole renouvelable ? » demanda Malone.

Pau se retourna et fit un geste. Un des frères disparut par le panneau ouvert dans le mur.

« Un effet secondaire inattendu de cette bataille, dit Pau. À mettre à son crédit. Tang avait compris que cette découverte pourrait être manipulée, si on n'y veillait pas. »

Le frère ressurgit en tenant un objet que Malone reconnut aussitôt.

Une lampe dragon.

Comme celle qu'il avait vue en Belgique.

Pau la donna à Ni.

« Elle est à toi. Un échantillon de pétrole du gisement de Gansu, extrait du sol il y a deux mille deux cents ans, conservé dans la tombe du premier empereur. Espérons qu'il confirmera la théorie de Lev Sokolov. »

Ni prit la lampe.

« Ministre Ni, dit Pau, tu sais que j'aurais pu simplement donner à Tang la lampe avec le pétrole. Ou lui donner une de celles qui sont ici. J'ai préféré m'en abstenir.

— Tu t'en es servi comme appât pour m'attirer en Belgique. Pour me tuer. »

Pau acquiesça.

« C'était l'objectif de Tang, pas le mien. Voilà pourquoi je t'ai sauvé la vie là-bas. J'ai également permis à Mlle Vitt de prendre la lampe. Elle nous a fait une faveur à tous les deux. Cela a permis de gagner du temps. »

Malone n'était pas entièrement d'accord avec cette idée de faveur, mais il comprenait sa logique. Pau aurait pu simplement donner à Tang ce qu'il désirait.

« Le monde sera mis au courant de la découverte », déclara Ni.

Pau acquiesça.

« Et la Chine sera mise à l'honneur. La Chine a oublié sa grandeur. Nous étions les maîtres du monde autrefois en matière d'imagination, et nous pouvons le redevenir. »

Pau s'inclina.

Malone vit Ni hésiter.

Puis Ni s'inclina à son tour.

Il regarda Viktor. Les flèches étaient restées fichées au plus profond de sa poitrine, et le sang coulait de ses blessures mortelles. Ses yeux aveugles fixaient le plafond. Malone se pencha au-dessus de Viktor et lui referma doucement les paupières. Il s'était trompé sur cet homme.

Il leva alors les yeux vers Cassiopée.

Elle était en larmes.

82

Malone buvait du thé noir en attendant que la douleur de son épaule s'estompe. Une attelle de fortune avait été improvisée pour maintenir l'articulation en place. Il faudrait qu'il consulte un médecin quand ils auraient quitté ce bastion.

Trois heures s'étaient écoulées depuis que Viktor était mort. Il avait passé une demi-heure dans la pseudo-sépulture de Qin Shi à admirer un costume funéraire en jade ainsi que d'extraordinaires objets rituels.

Ni Yong était assis avec lui sur la terrasse. Au-delà du muret, le soleil de l'après-midi teintait les montagnes de nuances de rouge, de noir et de jaune. L'air était doux, avec une brise légère agitant les quelques drapeaux de prière proches. Il avait observé attentivement un cadran solaire en marbre qui se trouvait à proximité, posé sur une base circulaire soutenue par quatre piliers carrés.

« Tous les temples en Chine ont un cadran solaire, dit Ni. C'est une façon de nous rappeler que la vertu devrait briller à toute heure, comme le soleil à midi. Un conseil avisé que nous avons longtemps préféré ignorer.

— Croyez-vous ce que Pau Wen vous a dit ?

— Pas un mot.

— Je suis heureux que vous n'ayez pas été dupe.

— Au cours de notre enseignement militaire, il y a une histoire qu'on nous raconte toujours, dit Ni. Un grand guerrier nommé Chao avait mené, avec ses quarante mille soldats, le siège d'une ville défendue par une garnison minuscule commandée par un opposant du nom de Zhang. Au bout de quarante jours, les habitants de la ville échangeaient leurs enfants contre de la nourriture. Mais Zhang refusait de se rendre et fit même trancher la tête aux officiers qui en étaient partisans. À la fin, les troupes de Zhang manquèrent de flèches, si bien qu'il ordonna aux habitants de fabriquer des mannequins en paille grandeur nature et de les habiller en noir. Puis, une nuit, il fit descendre les mannequins à la corde le long des murs de la ville. Les forces de Chao envoyèrent des dizaines de milliers de flèches sur ce qu'ils crurent d'abord être des fuyards ennemis. Les flèches restèrent fichées dans les mannequins en paille qu'on hissa ensuite à l'intérieur pour récupérer les projectiles. Les troupes de Zhang qui n'avaient précédemment aucune munition en avaient désormais en abondance.

— Malin.

— Ce n'est pas tout, dit Ni. Plus tard au cours de cette même nuit, Zhang envoya cinq cents de ses hommes les plus braves descendre avec les cordes. Du côté de Chao, on pensa que c'était encore les mannequins en paille et on n'y prêta pas attention. Les hommes de Zhang envahirent le camp de Chao et tranchèrent les têtes de l'ennemi endormi. Les forces de Chao se replièrent alors dans un désordre total. »

Malone comprenait l'allusion.

« Zhang a transformé ses faiblesses en position de force, dit Ni. Je me suis souvenu de cette leçon en parlant avec Pau Wen. Nous étions à court de munitions, aussi j'ai mis un leurre et attiré le tir de Pau, tout en rechargeant notre arme. Étant donné qu'il veut toujours être du bon côté, j'ai pris en compte ce qu'il anticipait. »

577

Cette stratégie était imparable.

« Mais je finirai par "fermer la porte pour attraper un voleur". »

Malone sourit. Il savait que cette maxime voulait dire : « Encercle l'ennemi. Coupe toutes ses voies de repli. »

Ni acquiesça.

« On nous a appris ça aussi. Mais il y a cinq choses dont il faut se souvenir pendant qu'on agit. Premièrement, pour fermer la porte, il faut disposer d'une plus grande concentration de forces. Deuxièmement, il doit y avoir une porte à fermer. Troisièmement, on ne peut pas attendre que le voleur entre sans rien faire. Il faut l'attirer. Quatrièmement, la porte doit être refermée au bon moment pour s'assurer que le voleur reste bien à l'intérieur. Et cinquièmement, toutes les autres issues doivent être également verrouillées. »

Il comprit ce que Ni avait fait.

« Vous avez endormi Pau.

— Comme il avait essayé de le faire avec moi en Belgique.

— Toute cette affaire consistant à refuser un échantillon de pétrole à Tang. Il retournait les choses dans tous les sens, essayant toutes les approches possibles. Il se moquait complètement de vous. »

Ni acquiesça.

« C'est un menteur et un tricheur. Je me suis contenté de retourner ses armes contre lui. Mais quel autre choix me restait-il ? Nous sommes sur son terrain. C'est un endroit imprévisible. Il a proposé d'être mon allié, et j'ai donc accepté. Mais je vous l'assure, je refermerai toutes les portes au moment opportun.

— Et tout ce discours à propos de "ne pas faire usage de la violence" ?

— C'est à cause d'hommes comme Pau Wen que la Chine décline. Ils sont le cancer de notre société. Il est grand temps qu'ils reçoivent à leur tour tout ce qu'ils ont eu tellement de plaisir à infliger. Le légalisme n'est pas autre chose que de l'opportunisme. Il se base sur la force et la terreur pour obtenir le respect. Je vais leur donner ce qu'ils ont déjà compris, ce qu'ils ont longtemps proclamé comme étant la seule façon de gouverner. Ce n'est que justice. »

Malone acquiesça.

« Même si je dois déculotter tous les membres du gouvernement et de l'armée, je purgerai la Chine de tous les eunuques. »

Malone perçut le changement de ton de Ni, empreint d'une confiance nouvelle, et demanda :

« Il y a longtemps que vous pensez à ça, n'est-ce pas ?

— J'ai vu ces minables stupides et égoïstes détruire notre pays. Ils sont tous corrompus, tous autant qu'ils sont. Cela va cesser. Je me servirai du Ba à mon avantage jusqu'à ce que le moment soit venu de les éliminer. »

Il espérait que cet homme pourrait vraiment mettre ses projets en œuvre. Mais il était curieux, et Washington voudrait savoir.

« La démocratie fait-elle partie de vos plans ?

— Ce mot a beaucoup de connotations négatives ici. Il a été si longtemps utilisé pour générer la haine. Mais le peuple aura sans aucun doute son mot à dire dans le nouveau gouvernement. Nous devrons leur rendre des comptes du haut en bas de l'échelle. »

Ni sourit.

« La démocratie tient d'ailleurs beaucoup de Confucius.

— Vous semblez prêt. »

Ni acquiesça.

« Je viens de parler au Premier ministre. Il va me nommer en second. Il est content que Tang soit mort et me soutiendra dans ma purge du Ba le moment opportun. Pau a beaucoup surestimé sa valeur dans la Chine d'aujourd'hui. Son époque est révolue.

— Ce n'est pas mon truc, dit Malone. Je serais incapable de jouer tous ces jeux. »

Ni sourit.

« Nous sommes en Chine, Malone. C'est ainsi que nous agissons. Malheureusement, la duperie est indissociable de notre façon de gouverner. J'aimerais bien changer ça aussi, mais il faudra un peu plus longtemps.

— Savez-vous que Viktor Tomas travaillait à la fois pour les Russes et les Américains ?

— Ça ne me surprend pas. Mais leur agent étant mort, aucune de ces puissances étrangères n'apprendra la moindre chose. »

Ni marqua une pause.

« En plus de ce que Mlle Vitt et vous allez rapporter. »

Il avait employé le mot *agent* pour Viktor.

C'est bien ce qu'il était.

« Et Sokolov ? » demanda Malone.

Cassiopée était allée rejoindre le Russe et son fils pour s'assurer que tout allait bien.

« Il sera ramené à son laboratoire de Lanzhou avec l'échantillon de pétrole. Il dit qu'il coopérera avec moi.

Évidemment, la menace persistante que font peser les Russes sur lui joue à notre avantage. Il sait qu'ils veulent sa mort. Son fils et lui vont retourner à Kashgar avec moi. Sa femme a hâte de voir l'enfant. Je me suis arrangé pour la faire venir par avion pendant que nous parlons. Je ferai tout mon possible pour les protéger et gagner sa confiance.

— Surveillez-le bien.

— Évidemment. Mais, une fois que j'aurai révélé sa découverte au monde, je pense qu'il n'y aura plus de danger.

— Vous en avez vraiment l'intention ? »

Ni acquiesça.

« C'est la seule solution. Cette découverte devrait changer le monde pour le bien général.

— Et projeter un éclairage différent sur la Chine.

— Espérons-le. »

Ce qui devrait satisfaire Washington. Et Ivan ? Une planche pourrie.

« Et en ce qui concerne Pau Wen et ces quatre meurtriers ?

— On ne les oubliera pas. »

Il était content de l'entendre.

« Pourquoi nous avoir fait confiance à Xian ? »

Ni haussa les épaules.

« Quelque chose me disait que Mlle Vitt et vous étiez des gens fiables. »

Malone pensa à Henrik Thorvaldsen et regretta que son vieil ami soit mort en pensant la même chose.

« Je vais partir pour Kashgar retrouver le Premier ministre, dit Ni. Nous rentrerons à Pékin ensemble. Je m'assurerai qu'un hélicoptère revienne vous chercher Mlle Vitt et vous. »

Ni se leva et tendit la main.

« Je vous remercie. Je vous dois la vie. »

Malone lui serra la main et fit signe que ce n'était pas la peine de le remercier.

« Contentez-vous de tenir vos engagements. »

Mais il voulait encore savoir une chose.

« Si je n'étais pas arrivé, auriez-vous tranché la gorge de Pau ? »

Ni ne répondit pas aussitôt, comme s'il réfléchissait sérieusement.

« Je l'ignore, finit-il par déclarer. Dieu merci, nous ne le saurons jamais. »

Il sourit.

« Prenez soin de vous, monsieur Malone.

— Vous aussi. »

Ni disparut par une porte menant vers l'intérieur. Il comprenait pourquoi ils ne partaient pas en même temps, Cassiopée et lui.

Le moment était venu de s'effacer.

Comme tous les agents le font.

Malone avait lu en quoi consistait un enterrement céleste. Le fait de découper un corps en morceaux, de le réduire pour en faire une pâte avec de la farine, du thé et du lait, puis le donner aux charognards en pâture représentait un retour au feu, à l'eau, à la terre et au vent, les éléments constitutifs de l'homme. Un grand honneur.

Ils assistaient tous les deux à la cérémonie antique, Cassiopée et lui. Deux heures auparavant, le corps de

Viktor avait été transporté à l'extérieur des murs jusqu'à une vallée proche et préparé.

« Nos frères sont exercés au *jhator*, dit Pau. C'est un rituel auquel nous nous sommes livrés de nombreuses fois.

— Vous allez vraiment aider Ni Yong ? demanda Malone.

— Légalisme ? Confucianisme ? Communisme ? Démocratie ? Un empereur ? Ou un président élu ? Notre problème au cours de ces soixante dernières années est qu'aucun concept ni aucune philosophie n'a prévalu. Au lieu de cela, nous sommes restés englués dans un centre mou, avec des bribes de tous les systèmes rivalisant les uns avec les autres pour exercer le pouvoir. Les Chinois redoutent le chaos. Nous exécrons l'incertitude. Nous avons maintes fois accepté un mauvais régime au nom de la certitude. »

Pau hésita un instant.

« Au moins, Tang et Ni proposaient un choix clair. À présent, le choix est fait. Donc le Ba sera l'allié de Ni.

— Chez moi, dit Malone, il existe un proverbe : "Ce n'est pas à la grosseur de ses fesses qu'on mesure son appétit." Les Chinois pourraient peut-être en prendre de la graine. »

Pau sourit.

« C'est une maxime d'un de vos grands philosophes américains ?

— Un certain groupe, oui. On les appelle les péquenots.

— Comment empêcher quelqu'un de prendre la place de Tang ? demanda Cassiopée. Il a certainement des partisans prêts à relever le flambeau.

— Sans aucun doute, dit Pau. Mais nous ne

sommes pas en Amérique, ni en Europe. Ces partisans n'ont aucun accès aux médias, ni à la hiérarchie du Parti. Ces privilèges se gagnent, au prix de nombreuses années de loyaux services. La politique ici est une aventure personnelle, une aventure qui prend un temps fou. L'ascension de Tang a pris près de vingt ans. »

Pau secoua la tête. « Non. Ministre Ni est à présent le seul qui soit prêt à assumer le pouvoir suprême. »

Ce que Ni savait parfaitement, pensa Malone. Il regrettait de ne pas être dans les parages quand Pau Wen recevrait une dose de sa propre médecine.

« Vous paraissez confiant, dit Cassiopée.

— Le destin en a décidé pour la Chine.

— Vous ne croyez pas réellement à ça ? intervint Malone. Le destin ? Vous en avez organisé la plus grande partie. »

Pau sourit.

« Comment toute notre intervention pourrait-elle s'expliquer autrement ? N'était-ce pas étrange que nous nous soyons trouvés les uns et les autres à l'endroit précis, au moment précis, pour influer aussi précisément sur le résultat ? Si ça n'est pas le destin, qu'est-ce que c'est ? »

Le jugement de Ni sur Pau paraissait exact. Il se surestimait. Et il ne fallait pas être un génie pour comprendre à quoi pouvait mener cette erreur. Mais ça n'était pas le problème de Malone. Son boulot était terminé.

Une demi-douzaine de frères faisait cercle en psalmodiant autour des restes préparés de Viktor, tandis que l'encens montait en volutes des vases de cuivre.

Les vautours s'étaient rassemblés dans le ciel.

« Pouvons-nous nous en aller ? » demanda Cassiopée.

Ils partirent avant que les oiseaux s'abattent et retournèrent en direction du monastère à travers des rochers et des pavés striés de rubans d'herbe d'un vert pâle. Ni l'un ni l'autre ne se retourna pour voir ce qui se passait.

« J'avais tort à propos de Viktor, dit Malone doucement.

— On pouvait facilement se tromper au début. Il était dur à déchiffrer.

— Pas à la fin.

— Il s'est sacrifié avec Tang, comptant sur moi pour tirer le coup fatal », dit-elle.

Il avait pensé la même chose.

« J'ai entendu ce qu'il a dit quand il s'est retourné », dit-elle.

Occupe-toi d'elle.

Il s'arrêta.

Elle en fit autant.

« Nous avons joué des tas de jeux, dit-il.

— Beaucoup trop.

— Que faisons-nous maintenant ? »

Les yeux de Cassiopée débordaient de larmes.

« Bizarre. Que nous ayons cette conversation toi et moi alors que Viktor est mort.

— Il a choisi. »

Elle secoua la tête : « Je ne suis pas sûre de ne pas l'avoir fait à sa place quand j'ai jeté ce couteau en bas. C'est ce qui me tracasse. Il a joué beaucoup de rôles devant beaucoup de publics différents. On peut se demander si ses dernières paroles ne faisaient pas encore partie de son rôle ? »

Malone connaissait la réponse. Il avait été témoin de quelque chose qu'elle n'avait pas pu voir. Au moment de sa mort, Viktor Tomas avait fini par dire la vérité.

Occupe-toi d'elle.

Oui, bien sûr.

Elle le regardait, comme si elle voulait trouver le courage de dire quelque chose. Il la comprenait. Lui aussi avait l'esprit passablement embrouillé. Quand il l'avait crue morte, l'avenir lui avait paru inconcevable sans elle.

« Fini de jouer », dit-elle.

Il acquiesça.

Il lui prit la main entre les siennes.

« Cotton... »

Il posa deux doigts sur ses lèvres pour la faire taire.

« Moi aussi. »

Et il l'embrassa.

Note de l'auteur

Ce livre nous a conduits, Elizabeth et moi, à Copenhague et à Anvers, mais hélas pas en Chine. Ce voyage nous aurait pris beaucoup trop de temps. Écrire un livre par an exige un emploi du temps rigoureux. Aussi, avec l'Antarctique de *La Prophétie Charlemagne*, la Chine figure en tête de notre liste de pays à découvrir.

J'ai toutefois fait en sorte que les personnages voyagent le plus possible dans le pays. Chongqing, la province du Gansu, Xian, Kashgar, Yecheng, Pékin, Lanzhou, la province du Yunnan et les montagnes de l'ouest sont autant de lieux décrits avec un maximum de précision. Les statistiques sur la Chine figurant au chapitre 2 sont exactes, comme le sont toutes les informations fondamentales concernant le pays citées dans le roman. C'est vraiment le pays des superlatifs. La ville de Batang et la Salle de l'Harmonie suprême sont des endroits fictifs. Le lac Dian (chapitre 47) existe, mais la pollution qui y règne est bien pire que je ne l'ai décrite (chapitre 48).

Voyons maintenant quels sont les faits réels et ceux que j'ai imaginés.

La Commission centrale pour l'inspection de la discipline du Parti communiste chinois est une réalité et fonctionne ainsi que je l'ai décrit (chapitre 4).

Toutes les découvertes scientifiques anciennes, les innovations et les inventions attribuées aux Chinois détaillées dans les chapitres 4 et 7 sont factuelles. Autrefois, la Chine était le leader mondial en matière de techniques. Cette domination a duré jusqu'au XIVe siècle quand différents facteurs – parmi lesquels l'absence d'un alphabet fonctionnel, l'influence du confucianisme et du taoïsme, et la propension de toutes les dynasties successives à éradiquer toute trace de celles qui les avaient précédées – conduisirent non seulement à une stagnation idéologique mais également à une amnésie culturelle. L'anecdote relatée au chapitre 7 – concernant des missionnaires jésuites montrant une pendule dont les Chinois ignoraient qu'ils l'avaient eux-mêmes inventée mille ans auparavant – est véridique. Au cours du XXe siècle, un universitaire britannique, Joseph Needham, a consacré tout son temps à faire des recherches sur le passé technologique et scientifique oublié de la Chine. Les recherches et les publications qu'il a initiées se prolongent aujourd'hui au sein du Needham Research Institute.

Les jardins de Tivoli, à Copenhague, sont un but de visite merveilleux. Tout ce qui est décrit au chapitre 3 existe, y compris la pagode chinoise. Le café Norden (chapitre 13) se trouve sur la Højbro Plads à Copenhague et continue à servir de délicieux veloutés à la tomate.

Malheureusement, le vol d'enfants est un fléau pour la Chine (chapitres 8 et 10). Plus de soixante-dix mille enfants y disparaissent chaque année, en grande majorité de jeunes garçons, qui sont vendus à des familles désespérées de ne pas avoir de fils. Inclure cette terrible réalité dans l'histoire est ma façon d'attirer l'attention sur ce problème. Pour ceux d'entre vous qui voudraient en savoir plus sur ce sujet, il existe un remarquable documentaire, *Les Enfants volés de la Chine*.

Le débat entre le confucianisme et le légalisme a fait rage pendant trois mille ans (chapitre 10). Une de ces deux philosophies rivales a toujours défini les contours de chaque dynastie régnante, y compris celle des communistes. Il est également vrai qu'aucun des textes originaux de Confucius n'existe plus. Ne subsistent que des interprétations ultérieures des textes originaux. Les échecs de Mao (chapitre 49), l'ascension et la chute de tant de dynasties impériales corrompues (chapitre 12), la campagne des Cent Fleurs (chapitre 45), et la désastreuse révolution culturelle sont des épisodes tous fidèlement relatés. De même, les violentes scissions au sein de la structure politique de la Chine sont fréquentes, tout comme les terribles guerres civiles internes. La bataille entre la bande des Quatre et Den Xiaoping a bien eu lieu à la fin des années 1970 (chapitre 12). Trois des quatre protagonistes de la bande défaite y ont perdu la vie. Dans ce roman, je me suis contenté d'imaginer une autre guerre entre deux prétendants au pouvoir suprême.

Il y a des siècles, le Ba était florissant. L'histoire de l'hégémonie, le Ba, et le légalisme sont évidemment véridiques. L'hégémonie (chapitre 45) est un concept strictement chinois, un concept qui a longtemps modelé la conscience nationale d'une façon que l'Occident a du mal à comprendre. Et, ainsi que Kwai Tang en prend conscience au chapitre 24, le totalitarisme est une innovation chinoise.

Anvers est une merveilleuse ville d'Europe, qui a gardé ce charme si particulier du vieux continent. Je voulais depuis longtemps l'inclure dans une de mes histoires. Toutefois, le musée Van Egmond est une invention de ma part. Sachant que j'allais détruire le bâtiment, je pensais qu'un endroit imaginaire serait préférable. Curieusement, j'avais tenu à m'inspirer du véritable musée d'Anvers, lequel a brûlé depuis que j'ai écrit ce livre.

Lev Sokolov et Cassiopée Vitt ont un passé commun, qui est effleuré au chapitre 36. Si vous voulez connaître toute l'histoire, savoir comment ces deux-là se sont rencontrés, et pourquoi Cassiopée a une dette envers lui, vous pouvez télécharger ma nouvelle *The Balkan Escape* (*Aventure dans les Balkans*), qui peut être obtenue sur mon site comme un livre électronique inédit.

Les eunuques (chapitre 7) jouent un rôle important dans l'histoire chinoise. Nulle part ailleurs ils n'ont exercé autant d'influence sur la politique. Il est certain qu'il y en avait des bons (chapitre 51) et des mauvais. Leur histoire, telle qu'elle est relatée au cours du roman, est exacte, tout comme le processus de leur émasculation. Le fait d'associer les eunuques avec le Ba est de mon invention, bien qu'ils aient fort probablement joué un rôle dans ce mouvement.

Deux méthodes de torture sont mises en œuvre : la première consistant à employer de la poudre de piment bouillante (chapitre 23), la seconde, des rats (chapitre 30). Toutes deux furent inventées par les Chinois. Les *Mémoires historiques* ou *Shiji* (chapitre 38) demeurent une source essentielle concernant l'histoire chinoise ancienne. Les passages cités tout au long du roman sont fidèlement reproduits. La Chine pratique en permanence la censure de l'Internet (chapitre 43). Un Intranet, exclusivement réservé au pays, est actuellement en cours de création.

Les citations du président Mao sont plus connues sous le nom de *Petit Livre rouge* (chapitre 43). Avec ses quelque sept milliards d'exemplaires, c'est le livre le plus imprimé de tous les temps. Autrefois, chaque Chinois en avait un sur lui. Plus maintenant.

Les funérailles célestes, décrites aux chapitres 63 et 82, font partie des rites de la mort au Tibet et dans les montagnes de la Chine occidentale. La lampe dragon (chapitre 4) est authentique, bien que trouvée dans une autre tombe impériale chinoise, et attribuée ici à celle de Qin Shi.

La baie d'Halong, dans le nord du Vietnam (chapitre 41), est un endroit magnifique que je n'ai pas résisté à inclure. Le mausolée de Mao (chapitres 42 et 43) me fascine également. Les histoires entourant le corps du président, l'embaumement raté, l'effigie en cire, et l'éventualité que le corps lui-même ait disparu sont toutes véridiques. Et bien que cela appartienne à l'histoire plus récente, ce qui s'est produit sur la place Tien'anmen, et ce qui s'est produit là-bas en juin 1989 (chapitre 4) reste un mystère. Aujourd'hui encore, on ignore le nombre des victimes. De nombreux parents se sont risqués sur le site après que les tanks se sont retirés pour chercher leurs enfants (chapitre 43). Et comme je le raconte au chapitre 66, tous les livres et les sites Internet qui osent mentionner l'événement sont censurés en Chine.

Le musée des Guerriers en terre cuite (chapitre 6), près de Xian, constitue une toile de fond majeure du roman. Quand l'exposition itinérante des guerriers a été présentée au High Museum d'Atlanta, j'y suis allé deux fois. J'étais tellement fasciné que j'ai acheté une reproduction pour la mettre dans mon bureau. J'ai voulu donner au musée de Xian le plus d'importance possible, en me focalisant sur l'immense fosse 1 (chapitre 6), et sur l'étrange fosse 3 (chapitre 53). La chambre de la bibliothèque impériale est évidemment un ajout de ma part. Le concept du chariot tourné vers la gauche et l'absence de tout guerrier sur le côté gauche de la fosse 3 (chapitre 53) n'est pas de mon fait. Ils viennent de l'ouvrage *Les Guerriers d'Argile. Le code secret du premier empereur* [1] par Maurice Cotterell.

Le tumulus de la tombe de Qin Shi qui s'élève non loin de l'armée souterraine est décrit exactement (chapitre 38). Le tunnel de drainage, creusé il y a plus de deux mille deux cents ans, est toujours intact. La description de l'intérieur de la tombe, mentionnée au chapitre 38, est le seul compte rendu écrit qui en existe. Ma vision de l'intérieur (chapitres 55-57) est imaginée, mais je me suis efforcé de rester conforme non seulement au *Shiji*, mais aux autres tombes impériales connues. Jusqu'à ce jour, le gouvernement chinois n'a autorisé aucune fouille de la sépulture de Qin Shi. La description de Qin Shi au chapitre 38 est basée sur la représentation la plus courante, mais elle a été réalisée des siècles après sa mort. En fait, personne ne sait à quoi il ressemblait.

Chose incroyable, les Chinois ont effectivement foré pour chercher du pétrole il y a deux mille cinq cents

---

1. Éditions La Huppe, 2005.

ans, comme je l'ai décrit au chapitre 21. Ce fut, à l'époque, le seul peuple capable de réaliser un tel exploit. Ils ont non seulement trouvé du brut, mais également du gaz naturel et ont appris à s'en servir pour leur vie quotidienne. La dépendance actuelle de la Chine en matière de pétrole (chapitre 17) est une réalité, comme l'est sa politique de main tendue envers l'étranger pour s'en procurer des quantités gigantesques. Son manque de réserves est une faiblesse stratégique, et il suffirait d'un simple blocus naval de deux détroits, loin du pays, pour mettre les Chinois à genoux (chapitre 17).

Le débat entre pétrole biotique et abiotique est véridique, et il n'est pas clos. Le pétrole vient-il d'organismes en décomposition ou est-il naturellement produit par la terre ? Une source est finie, l'autre infinie. Les Russes, à l'incitation de Staline, ont défendu la théorie abiotique dans les années 1950, et continuent à extraire du pétrole, en utilisant le concept, dans des endroits où des pétroles fossiles ne pourraient pas exister (chapitres 15 et 17). De la même façon, comme Stéphanie Nelle le fait remarquer au chapitre 15, certains puits situés dans le golfe du Mexique se tarissent extrêmement lentement, à un rythme qui a surpris les experts américains. Les diamantoïdes ou adamantanes (chapitre 44) ont été isolés pour la première fois dans du pétrole tchèque en 1933, puis à partir d'échantillons américains vers la fin des années 1950. Récemment, ces étonnants composés ont montré la possibilité d'applications prometteuses dans les nanotechnologies. Je m'en suis servi comme preuve du pétrole abiotique étant donné que les diamantoïdes ne peuvent se former que sous l'effet d'une chaleur et d'une pression extrêmes, semblables à celles qui se produisent dans les profondeurs de la Terre, loin de l'endroit où le pétrole fossile risque de se trouver.

Et qu'en est-il du mythe éprouvé du pétrole renouvelable ?

« Le pétrole fossile » n'est rien d'autre qu'une théorie élaborée en 1757 par un scientifique russe nommé Mikhail Lomonosov. Au cours de débats au sein de l'Académie impériale des sciences, Lomonosov déclara : « Le pétrole provient de minuscules corps d'animaux enfouis dans les sédiments qui, sous l'influence de l'augmentation de la température et de la pression pendant une période infiniment longue, se transforment en pétrole. »

De nombreux scientifiques mettent en doute cette affirmation. Pourtant, avec le temps, nous en sommes simplement arrivés à croire que le pétrole vient uniquement de composés organiques.

En 1956, le patron des géologues en matière d'exploration pétrolifère d'Union soviétique déclara : « La prépondérance sidérante de la preuve géologique oblige à conclure que le brut et le gaz pétrolier naturel n'ont aucun rapport intrinsèque avec la matière biologique trouvant son origine près de la surface de la Terre. Ce sont des matériaux fondamentaux qui ont fait irruption des grandes profondeurs. »

Mais peu de gens l'ont écouté.

En 2005, Raymond Learsy écrivait dans son ouvrage *Over a Barrel (À propos d'un baril)* : « Rien ne dure, ni la célébrité, ni la fortune, ni la beauté, ni l'amour, ni le pouvoir, ni la jeunesse, ni la vie elle-même. C'est le règne de la précarité. Donc la précarité – ou plus exactement la perception de la précarité – offre des opportunités aux manipulateurs. » Le meilleur exemple en est l'Opep – l'Organisation des pays exportateurs de pétrole – qui continue à tirer des profits obscènes d'une précarité de sa propre invention.

Learsy, toutefois, ne laisse aucun doute. Lui, et beaucoup d'autres, dont les Russes, en sont absolument convaincus : « Le pétrole n'est pas rare. Nous craignons seulement qu'il ne le soit. »

REMERCIEMENTS

À tous les collaborateurs de Random House : Gina Centrello, Libby Mc Guire, Cindy Murray, Kim Hovey, Katie O'Callaghan, Beck Stvan, Carole Lowenstein, Rachel Kind, et tous ceux qui travaillent à la promotion et aux ventes. Encore une fois, merci.

À Mark Tavani, merci d'être un éditeur aussi obstiné.

À Pam Ahearn, devant laquelle je m'incline neuf fois en signe de gratitude et de reconnaissance éternelle.

À Simon Lipskar, dont j'apprécie beaucoup la sagesse et les conseils.

Et quelques mentions spéciales : Charlie Smith, qui a effectué quelques précieuses reconnaissances en Chine ; Grant Blakwood, un auteur de thriller génial qui m'a empêché de tomber à Denver ; Els Wouters, qui a effectué du jour au lendemain des recherches capitales à Anvers. Esther Levine, pour m'avoir ouvert les portes de l'exposition des guerriers de terre cuite. Bob et Jane Stine, qui ont stimulé mon imagination au cours d'un déjeuner et m'ont mis en rapport avec « Julia » Xiaohui Zhu ; James Rollin pour m'avoir une nouvelle fois sauvé la mise ; Michele et Joe Finder, qui m'ont prodigué de sages conseils ; Meryl Moss et sa merveilleuse équipe ; Melisse Shapiro, qui est infiniment plus utile qu'elle ne le pense ; et Esther Garver et Jessica Johns qui veillent sur History Matters et Steve Berry Enterprises.

Je veux aussi remercier tous mes lecteurs à travers le monde. J'apprécie votre soutien sans failles, vos commentaires avisés, votre enthousiasme contagieux, et oui, même vos critiques. C'est grâce à vous que je continue à écrire tous les jours.

Et je n'oublie pas Elizabeth – critique, chef de troupe, éditeur, épouse, muse. Tout à la fois.

Pour finir, ce livre est dédié à Fran Downing, Frank Green, Lenore Hart, David Poyer, Nancy Pridgen, Clyde Rogers, et Daiva Woodworth. Ensemble, ils m'ont montré comment je pouvais devenir un écrivain.

Quant à savoir si j'ai réussi, le débat se poursuit.

Une chose, pourtant, est évidente.

Sans leur aide, aucun de mes écrits n'aurait jamais été imprimé.